Moon Notes

Julie Chapel

HARD TO SAY I LOVE YOU

MOON NOTES

Klimaneutral
Druckprodukt
ClimatePartner.com/53248-2011-1002

Dieses Buch wurde klimaneutral produziert. Dadurch fördern wir anerkannte Nachhaltigkeitsprojekte auf der ganzen Welt. Erfahre mehr über die Projekte, die wir unterstützen, und begleite uns auf unserem Weg unter www.oetinger.de

FSC
www.fsc.org
MIX
Papier aus verantwortungsvollen Quellen
FSC® C014496

Originalausgabe
1. Auflage

Satz: Sabine Conrad, Bad Nauheim
Druck und Bindung: GGP Media GmbH,
Karl-Marx-Straße 24, 07381 Pößneck, Deutschland
Printed 2021
ISBN: 978-3-96976-016-1

www.moon-notes.de

Für alle Bookies und Booklovers,
für alle, die träumen,
für alle, die zweifeln,
für alle Wortakrobatinnen
und Schubladen-Poetinnen,
für alle, die eine Welt ohne Bücher nicht kennen wollen.

»Es ist nie zu spät, das zu werden,
was man hätte sein können.«
– George Eliot

Kapitel 1

29. September
Ich habe viele Talente. Ich kann einen Zauberwürfel in elf Sekunden lösen, freihändig Rad fahren, Skulpturen aus Handseife schnitzen, Delfingeräusche nachmachen, Mandarinen nach Mikamuki-Kunst schälen, mit nur einem Strich einen Schwarm Flamingos zeichnen, auf einer Karotte Flöte spielen, Moby Dick aus Dollarnoten falten und jeden der einhundert wichtigsten Romane der Literaturgeschichte anhand eines Satzes, irgendeines Satzes, identifizieren. All so was halt.

Absolut kein Talent, ein Anti-Talent sozusagen, habe ich für diese eine Sache: das Schreiben.

Bei aller Liebe für das geschriebene Wort überlasse ich diese Kunst den Menschen, die dafür geboren wurden. Entweder hat man dieses Talent oder eben nicht. Ohne lebt man sicher auch ruhiger, ist zufrieden mit einem Nine-to-five-Job und muss nicht schauen, wie man mit dem angeborenen Segen drei bis vier Blueberry Muffins pro Woche verdient.

Manche behaupten, jeder könne schreiben. Ist die Idee da, müsse man sich nur auf den Hosenboden setzen und losschreiben, je abgefahrener desto besser, und für den Schliff gibt es das Lektorat. Meiner Meinung nach braucht es aber nicht nur eine interessante Story, sondern auch ein Gespür für die Sprache, für den richtigen Ton, den Klang, den Rhythmus, für die Leichtigkeit und die Schwere, die Belanglosigkeit und den Wert. Wer das Talent des Schreibens hat, kann die Neugier im Dunst der Langeweile wecken und die Abenteuerlust in der Enge des Alltags.

Das Schreiben ist eine Kunst wie das Malen, das Komponieren, die Comedy und das Schauspielen. Hätte jeder das Talent dazu, wäre es keine Kunst mehr. Es wäre gewöhnlich. Daraus entstehen würde eine mit Fast Food vergleichbare Fast Art, an die sich in zweihundert Jahren kein Mensch mehr erinnert.

Als ich zehn war, habe ich eine Art Tagebuch geführt. Aber ich habe meine Erlebnisse der Tage nicht so festgehalten, wie sie sich tatsächlich ereignet haben, sondern wie ich sie hätte erleben wollen. Ganze dreizehn Tage habe ich das getan. Nachdem meine Mutter das Buch gefunden und gelesen hatte, habe ich es geschreddert. Ich hatte nur für mich geschrieben, eben nicht, um andere zu unterhalten oder, wie in Moms Fall, aufzuregen.

Ich habe mir nie gewünscht, schreiben zu können. Was zum Teufel habe ich also hier verloren?

Ich bin umgeben von Erstsemestlern, die entweder glauben, schreiben zu können, oder davon überzeugt sind, es in anderthalb Monaten zu lernen. Wie ich studieren sie Englisch als Master. Mehr als dreihundertfünfzig Studienanfänger wurden in diesem Jahr für das Englischstudium zugelassen. Jetzt sind wir nur zweiundzwanzig. In einem Seminarraum der Mason Hall, wo die meisten Kurse stattfinden, haben wir uns versammelt.

Professor Carter, die den Workshop »The Mood of Indian Summer« leitet, hat gerade in die Runde gefragt, welche

Schreiberfahrungen wir haben. Eine Studentin, mit der ich vor zwei Stunden noch im Shakespeare-Kurs gesessen habe, erzählt, dass sie seit der Grundschule Gedichte über ihre Katzen schreibt, und wird dafür höflich ausgelacht. Danach geht es los: Chefredakteur der Schulzeitung, freie Mitarbeit bei den Ann Arbor News, mehrfacher Gewinner des Detroit Teen Poetry-Slams, erster Platz beim Short Story Contest, zehntausend verkaufte Exemplare des Self-Publishing-Romans, zweihundertfünfzigtausend Follower auf einem Fan-Fiction-Blog.

Schau mal, ob du ein Talent fürs Vom-Erdboden-verschluckt-Werden hast, ächzt der Spott in mir.

Ich rutsche auf dem Stuhl ein bisschen tiefer, damit mich Professor Carter nicht anspricht und in die Verlegenheit bringt, die Katzengedichte zu toppen und mein Dreizehn-Tagebuch zu erwähnen. Obwohl?! Vielleicht würde sich das Problem so von allein lösen. Vielleicht schmeißt sie mich dann raus.

Am Englischinstitut der University of Michigan, die man hier in Ann Arbor nur U of M nennt, ist Professor Carter eine Art Star. Zwei ihrer sechs Romane haben Auszeichnungen eingeheimst. Sie ist Assistenz-Professorin für Kreatives Schreiben. Ihre Kurse sind rappelvoll, auch dieser Zusatzkurs, für den es Extra-Credits gibt. Es ist daher gut möglich, dass sie mit einem Untalent wie mir keine Zeit verplempert.

»Kannst du mal aufhören, so herumzuzappeln?«, flüstert Stella und wirft mir einen genervten Blick zu. »Du machst mich nervöser, als ich sowieso schon bin.«

Meine Mitbewohnerin Stella ist in zweien meiner drei regulären Kurse, die ich neben der obligatorischen Basic-Vorlesung für meine fünfzehn Semester-Credits belege. Jeden Dienstag- und Donnerstagmorgen steht für Stella und mich Storytelling »Von Dickens zu Dexter« auf dem Programm. Montags und mittwochs sind wir bei Shakespeare. Dieser Kurs aus dem Bereich Literatur vor 1700 wird Erstsemestlern wärmstens empfohlen. Dementsprechend viele bekannte Gesichter sehe ich jetzt wieder, aber nur wenige Namen sind bisher hängen geblieben.

Stella linst zu Elijah, dem Grund allen Übels. Seit einem Monat, ziemlich genau seit dem Semesterbeginn Ende August, rackert sie sich schon an ihm ab. Praktisch in der Sekunde als er ihren Stift, der heruntergefallen war, aufgehoben und ihr gegeben hat, hat sie sich in ihn verliebt. Der Stift ist inzwischen so etwas wie ein Heiligtum. Sie schreibt ausschließlich damit. Als sie herausgefunden hat, dass Elijah diesen Workshop besucht, hat sie sich dafür eingeschrieben. Und mich gleich mit, um nicht allein zu sein.

Ich hätte einfach Nein sagen sollen, aber ich wollte Stella den Gefallen tun. Ich mag sie. Ich habe das Gefühl, wir werden von Mitbewohnerinnen zu Freundinnen. Für Stella scheint das eine selbstverständliche Entwicklung zu sein. Für mich ist es etwas Besonderes. Freunde sind schwer zu finden.

»Er tut so, als wäre ich nicht da«, wispert sie. »Vorhin, nach Shakespeare, sind wir zusammen aus dem Raum gegangen, und ich habe ihm gesagt, dass wir uns im Workshop sehen. Er fand das cool. Warum ignoriert er mich jetzt?«

Ich könnte auf meinen umfangreichen Wissensschatz zugreifen und ihr verschiedene Optionen vorstellen, warum Männer Frauen ignorieren. Aber dieses Wissen habe ich ausschließlich aus Romanen, und das Gefühl solchen Frustes kenne ich nicht einmal. Ich bin zwar oft ignoriert worden, aber nie auf diese Weise. Ich war auch noch nie verliebt. Lässt man Phillip Pirrip, Sherlock Holmes, Sir Lanzelot, Huckleberry Finn und Mister Darcy einmal außen vor.

Es ist also besser, wenn ich die Klappe halte. Ohnehin sollten wir Professor Carter zuhören.

»Sie werden lernen, Geschichten fesselnd zu erzählen«, sagt sie mit bedeutungsschwangerer Stimme. »Das können große Themen sein, aber auch vermeintlich unscheinbare. Es geht um Gefühle. Um Ihre Gefühle.«

Lächelnd schaut sie in die Gesichter ihrer Zuhörer. Wie in einem Gottesdienst schweigen wir alle andächtig und warten auf mehr. Die Prof wendet sich den vier Personen zu, deren Anwesenheit mich schon hat rätseln lassen.

»Ich habe mir Unterstützung geholt. Nick, Gloria, Daphne und Jordan studieren inzwischen im siebten Semester. In meinen Kursen gehören sie zu den Besten des Jahrgangs, daher bin ich überzeugt, dass sie Ihnen wunderbare Coaches sein werden.«

Die Studentin mit dem Selfpublishing-Roman meldet sich zu Wort: »Also lernen wir gar nicht von Ihnen?«

Ein paar andere stöhnen und schütteln die Köpfe. Professor Carter ignoriert das und antwortet: »Wir arbeiten in Gruppen. Nur so sind intensive Arbeit und individuelle Entwicklung möglich. Natürlich werde ich die meiste Zeit da sein, von Gruppe zu Gruppe gehen und zuhören. Außerdem lese ich Ihre Arbeiten. Zur Halbzeit und am Ende des Workshops, am fünften November, werde ich sie einsammeln.«

Damit übergibt sie das Wort an die vier Studenten.

Daphne macht den Anfang. Sie arbeitet neben dem Studium als Kolumnistin für die Detroit Free Press und glaubt zu wissen, worauf es beim kreativen Erzählen ankommt. Mit Freude will sie uns dieses Wissen vermitteln. Sie erntet freundlichen Applaus.

Gloria zählt ein paar Autoren auf, deren Werke sie bewundert, und ist gespannt auf die kreative Zusammenarbeit mit uns. Sie erntet freundlichen Applaus.

Nick hat Humor. Er erzählt von seinen ersten Texten, die heute in einer Schublade verstauben, die er sich nicht einmal mehr zu öffnen traut. Seiner Ansicht nach kann man nur lernen, gute Texte zu schreiben, wenn man regelmäßig schreibt, auch schlechte Texte. Er erntet freundlichen Applaus.

Jordan ist an der Reihe, doch ihm scheinen die Worte zu fehlen. Er schiebt die Hände in die Hosentaschen, mustert uns stumm.

Stella beugt sich zu mir und will gerade etwas sagen, da macht er den Mund auf.

»Die Anklage lautet: Totschlag«, sagt er.

Ein paar Leute kichern.

Er beachtet sie nicht und fährt fort: »Die Tatwaffe ist schnell gefunden. Es sind öde Texte.«

Das Kichern wird zu einem Lachen. Mir kriecht ein Schauder über die Arme.

Jordan hebt seine Stimme über das Lachen. »Neunzig Prozent aller, die meinen, schreiben zu müssen, sind die Täter. Sie haben die Literatur auf dem Gewissen.«

Ein paar Leute finden das noch lustig. Das Lachen klingt jetzt aber eher verhalten. Vermutlich bin ich nicht die Einzige, die sich bei den Worten dieses Typen ein bisschen gruselt.

Stella murmelt: »Irgendwas stimmt mit seinen Augen nicht. Sind die zweifarbig?«

In der Tat! Nicht allein was er von sich gibt ist irritierend, sondern auch sein Blick. Der ist nicht nur zweifarbig, sondern auch so kühl und hart, dass ich ihm ausweiche, als er bei mir ankommt. Für ein paar Sekunden schaue ich auf meine Knie, dann sehe ich wieder zu Jordan hin.

Seine Haare sind dunkelblond und ein bisschen länger. Wirr fallen sie um sein kantiges Gesicht. Sein Kinn könnte eine Rasur vertragen. Er ist schlank und größer als die anderen drei. Seine Kleidung ist schlicht. Er trägt ein schwarzes T-Shirt mit weißem Herzfrequenz-Print auf der Brust, schwarze Jeans und schwarze Sneaker mit weißen Sohlen.

»Ich war mir nicht sicher, ob ich hier mitmachen soll«, sagt er, als das Lachen ganz verstummt. »Ich bin kein sehr geduldiger Mensch. Professor Carter weiß das.«

Bei diesen Worten wirft er ihr einen Blick zu und grinst schief. Sie schmunzelt und wiegt den Kopf hin und her.

»Wie auch immer …« Jordan stellt das Grinsen ab. »Ich habe weder Zeit für noch Lust auf langweilige Texte.«

Nimm deine Füße in die Hände und lauf!, ruft die Angst.

»Ach du Scheiße!«, raunt Stella.

Mir bleibt die Spucke weg. Wer in der Gruppe dieses Typen landet, kann sich eigentlich gleich beerdigen lassen, wenn er nicht schon einen Bestseller veröffentlich hat.

»Wenn wir fantastisch schreiben könnten, wären wir aber nicht hier. Find ich ein bisschen krass, was du da sagst«, kontert der Student, der schon dreimal den Poetry-Slam gewonnen hat.

Sein Name ist AJ. Zusammen mit ihm und Simon, der neben ihm sitzt, habe ich ebenfalls dienstags und donnerstags ein Seminar, das sich Mark Twain und großen amerikanischen Schriftstellern widmet.

»Klar doch«, gibt Jordan zurück. »Meine Zeit verschwendet ihr auch erst dann, wenn ihr nicht lernt, nicht zuhört und stur in eurer Spur fahrt, entweder weil ihr nicht anders wollt … oder weil ihr nicht anders könnt. Letzteres wäre traurig, Ersteres einfach nur dumm. Gebt mir eure Ehrlichkeit, gebt mir eure Emotionen, gebt mir Texte, die Regeln brechen, dann bin ich zufrieden. So schwer ist das eigentlich nicht.«

Er setzt sich. Ich atme tief durch.

»Ich will auf gar keinen Fall in seine Gruppe«, flüstert Stella.

»Das will garantiert keiner«, gebe ich noch leiser zurück.

Ich schaue mich um. Die meisten schweigen, andere flüstern miteinander. Applaus gibt es keinen. Jordan scheint das nichts auszumachen.

Professor Carter greift sich eine kleine Box, in der gefaltete Zettel sind. Sie erklärt, dass unsere Namen auf den Zetteln stehen und dass die Coaches nacheinander einen Papierschnipsel ziehen werden. Aufgrund der Teilnehmerzahl, zweiundzwanzig, werden die Gruppen unterschiedlich stark sein. Daphne und Jordan haben sich bereit erklärt, jeweils sechs Studenten zu unterrichten. Leider steigt damit das Risiko, bei dem Sympathiebolzen zu landen.

Die Auslosung beginnt. Professor Carter geht von Coach zu Coach und lässt sie Zettel ziehen. Nervös rutsche ich auf dem Stuhl herum und schimpfe im Stillen wieder mit mir, weil ich nicht Nein gesagt habe. Als Elijah von Gloria gezogen wird, beginnt Stella neben mir, leise Stoßgebete gen Himmel zu senden. Wer auch immer da oben verantwortlich ist, hört sie scheinbar, denn in der nächsten Runde fischt Gloria ihren Namen aus der Box. Stella hat Mühe, ihre Freude nicht rauszujubeln.

Weiter geht es. Inzwischen bibbere ich vor mich hin, die Stirn auf die Hand gestützt, den Blick auf die Stuhllehne vor mir getackert. Rund herum atmen Leute auf oder freuen sich, wenn sie von Daphne, Gloria oder Nick gezogen werden. Wann immer Jordan einen Namen liest, wird verdrießlich geschwiegen.

»Layla Sullivan«, höre ich ihn schließlich sagen.

Nein!, protestiert der Trotz in mir. *Warum sollst du dir das antun? Du musst hier nichts lernen. Du willst deine Blaubeer-Muffins nicht mit dem Schreiben verdienen, sondern mit dem Lesen. Du solltest jetzt gehen.*

Vor Ärger brodelnd bleibe ich sitzen und starre die vordere Stuhllehne weiter an.

»Tut mir echt leid«, nuschelt Stella, während die Auslosung in die letzte Runde geht. »Vielleicht ist er gar nicht so schlimm.«

Ich drehe ihr den Kopf zu und ziehe eine Braue hoch.

Kapitel 2

1. Oktober
Jordan hat den letzten Mittwoch, an dem wir in die Teams gelost wurden, als Tag null bezeichnet. Heute will er mit uns durchstarten. Heute ist Workshoptag eins.

Für mich ist heute in erster Linie Freitag. Sechzehn Uhr. Eigentlich hätte ich schon um zehn Uhr, nach der Basic-Vorlesung im Auditorium der Angell Hall Schluss gehabt und wäre nach Hause gefahren. Stattdessen muss ich heute drei und morgen sechs Stunden in Raum 1460 der Mason Hall absitzen, lächerlicherweise im Zeichen des Indian Summers. Zu Hause, in Charlevoix, einer Kleinstadt im Norden am Lake Michigan, kann man den schönsten Indian Summer genau jetzt erleben. In Ann Arbor gibt es zwar einige Parks, aber die werden nicht so grandios bunt wie die Wälder rund um meine Heimatstadt. Und auch das Sonnenlicht schimmert hier nicht so warm und sanft wie ein zugleich wehmütiger und tröstender Abschiedsgruß des Sommers.

Ich setze mich auf einen der letzten beiden freien Plätze im Stuhlkreis. Jordan kommt kurz nach mir, schließt die Tür und nimmt mir gegenüber Platz. Links von mir sitzt Fan-Fiction-Blogger Bob, der freiwillig beginnt und uns seinen Blog vorstellt, auf dem er »Per Anhalter durch die Galaxis« mit immer neuen Geschichten weitererzählt. Selfpublisherin Cathryn, die auf Bobs anderer Seite sitzt, möchte einfach Cat genannt werden. Sie hat ihren Bestseller in nur einem Monat hingeklimpert, wie sie es nennt, und war vom Erfolg selbst überrascht. Neben Jordan hockt Benedict, der Benedict genannt werden will und nicht Ben. Er schreibt auch schon lange, und zwar neue Songtexte zu alten Liedern. Das tut er ausschließlich mit dem versilberten Luxusfüller seines Großvaters. Als er das in der Vorstellungsrunde sagt, hebt Poetry-Slammer AJ die Hand vor den Mund und nimmt sie erst wieder herunter, als er an der Reihe ist. Er hat zu slammen begonnen, nachdem er den Film »8 Mile« mit Eminem gesehen hatte. Auf Simon, rechts von mir, hatte ich alle Hoffnung in puncto Normal-Sein gesetzt, bis er erzählt, dass er seinen ersten Roman im Alter von zwölf verfasst hat, seither drei weitere, aber sich einfach nicht überwinden kann, sie einem Verlag vorzustellen.

Unglaublich! Das ist keine Vorstellungsrunde, sondern ein Contest, als würden sich hier alle auf einen, auf den einzigen Studienplatz bewerben.

Ja, und du wirst gleich in der Vorrunde ausscheiden, höhnt der Spott.

Aber davon abgesehen, wie crazy sie alle auch sein mögen, immerhin schreiben sie und sind damit mehr oder weniger erfolgreich.

Als Simon fertig ist, schaut mich Jordan an, auffordernd und dann abwartend. Jetzt erkenne ich seine Augenfarben; das linke Auge ist grün, das rechte bernsteinfarben. Wieder trägt er nur schwarze Klamotten. Statt einer Herzfrequenz hat er eine Bärensilhouette vorm Vollmond auf dem T-Shirt. »Papa Bear« steht darunter.

Absicht!, grummelt der Trotz. *Er will sich als gutmütiger, vertrauenswürdiger Kuschelpapi präsentieren.*

»Layla?« Jordans Blick ist durchdringend, als wolle er hinter meine Stirn schauen.

Ich blinzele. Ich bin dran. Immer noch.

Erzähl, dass du einen Poetry-Contest gewonnen und die Schulzeitung geleitest hast!, wispert die Hinterlist. *Und einen teuren Füller hast du auch, aber deiner ist vergoldet.*

Innerlich schüttele ich den Kopf.

»Das einzig halbwegs Kreative, was ich in den letzten Jahren geschrieben habe, waren Schulaufsätze«, gebe ich zu.

Ich höre, wie Cat kichert.

Jordan verzieht keine Miene. »Aber du willst schreiben lernen?«

»Ehrlich gesagt bin ich bloß hier, weil meine Mitbewohnerin darauf bestanden hat.«

»Vermutet sie ein schlummerndes Talent in dir oder warum?«

»Ich weiß es nicht.«

Jordan zieht eine Braue hoch. »Ah ja! Na dann.«

»Heißt ja nicht, dass sie kein Talent hat«, sagt jemand anderes. Mein Blick fliegt über die kleine Runde. Von AJ kam das. Er zwinkert mir zu. Ich spüre, dass mein Kopf rot wird, und sehe weg. Auch nicht zu Jordan, sondern auf meine Knie.

»Gut, dann lasst uns loslegen.« Jordan holt einen kleinen Stapel daumendicke, in festen Karton gebundene Hefte aus seiner Tasche. »Hier hab ich eure Journale. Das sind eure Schreibbegleiter. Ihr nutzt sie für Notizen und Textexperimente, haltet Ideen und Gedanken darin fest. Eure Storys schreibt ihr natürlich auch hinein.«

Während er die Journale austeilt, redet er weiter. »Wir wollen lernen, die Regeln zu brechen, um mit den Erwartungen der

Leser zu spielen. Das ist ein Drahtseilakt. Und ihr wollt zu den Artisten werden.« Er wirft mir einen Blick zu. »Oder vielleicht auch nur schauen, ob ihr hier richtig seid. Wir werden sehen.«

Mach den Adler!, nörgelt der Frust. *Wieso bist du noch hier? Stella und Elijah sind in einer Gruppe und jetzt dazu verdammt, ihr Glück zu finden. Mission accomplished.*

Jordan geht zum Whiteboard und nimmt einen Stift. »Lerne die Regeln wie ein Profi, damit du sie brechen kannst wie ein Künstler!«, sagt er, schreibt es dabei auf und dreht sich wieder zu uns. »Diese Worte stammen von Pablo Picasso.«

Er schaut von einem zum anderen. »Um die Regeln brechen zu können, muss man sie aber erst einmal kennen. Was also sind die Regeln des kreativen Schreibens?«

»Gib dem Leser einen Charakter, mit dem er sich identifizieren kann«, schlägt AJ vor.

Verstohlen betrachte ich ihn.

Hipster-AJ nenne ich ihn im Stillen. Dass er diesen Poetry-Slam schon dreimal gewonnen hat, liegt ganz sicher nicht nur an seinem lyrischen Talent, sondern auch an seiner ungewöhnlichen Optik. Ohne den Hipster-Bart und die runde Hipster-Brille im John-Lennon-Stil, ohne die schwarzen Tattoos, die aus seinem von Hosenträgern in der Hose gezüchtigten Leinenhemd gucken, wäre er einfach ein attraktiver Typ. Mit all dem ist er außergewöhnlich. Die Mädels der Poetry-Slam-Szene verleitet er sicher zu Road-Movie-Träumen, deren Titel intellektuell und inhaltlich eigentlich viel zu anstrengend, aber trotzdem so romantisch sind.

AJ verunsichert mich, ohne dass ich weiß, warum. Am liebsten möchte ich durch ihn hindurchschauen, wie durch jeden anderen, aber sein Bart, seine Brille, die Tattoos und die Hosenträger halten mich davon ab.

»Jeder Satz muss entweder etwas über den Charakter verraten oder die Handlung voranbringen«, fügt AJ an, während Jordan die Regel notiert.

»Man soll sich Zeit lassen«, meint Benedict. »Die richtigen Worte kommen nicht auf Kommando.«

Jordan schüttelt den Kopf. »Das mag sein, ist aber keine Regel des kreativen Schreibens.«

»Zeigen, nicht erzählen«, zwitschert Cat und wirft sich die kupferrot gefärbten Haare über die Schultern zurück. »Und sparsam mit Adjektiven und Adverbien umgehen.«

»Gut, und stattdessen?«, hakt Jordan nach.

»Man sollte starke Substantive und Verben verwenden, um Gefühle oder Zustände erkennbar zu machen.«

Jordan notiert beide Regeln an der Tafel. »Auf Adjektive kann und sollte man natürlich nicht völlig verzichten«, erläutert er dazu. »Manchmal braucht man sie für die Anschaulichkeit, aber in vielen Fällen wirken sie blähend und nehmen der Sprache die Kraft und die Klarheit. Adjektivitis nennt man es, wenn Texte diese Krankheit haben.«

Cat weiß noch mehr: »Sei ein Sadist! Du musst gnadenlos sein mit deinen Charakteren, die schlimmsten Dinge müssen ihnen passieren.«

Jordan formuliert das um: »Enthülle die wahre Natur deiner Charaktere und ihr Potenzial, indem du sie an ihre Grenzen bringst.«

»Man soll im Aktiv formulieren und das Passiv möglichst vermeiden«, schlägt Bob vor.

»Vermeide Fremdwörter, Fachwörter oder geschwollen klingendes Geschwurbel«, legt AJ nach.

»Gib den Lesern so bald wie möglich so viele Informationen wie möglich«, sagt Simon. »Vor einer Weile dachte man noch, man solle es möglichst spannend machen und einiges für sich behalten, aber das ist wohl Blödsinn.«

Jordan notiert den ersten Teil und gleich darauf die Regel, die AJ noch einfällt: »Arbeite ausschließlich an einem Text so lange, bis er fertig ist.«

»Okay, neun wichtige Regeln haben wir.« Er dreht sich um und schaut mich an. »Eine fehlt mir noch. Layla, warum so still?«

Mein Herz rast los, als wäre es mit einem Peitschenhieb angetrieben worden. Ich spüre, wie mir Hitze in den Kopf steigt, und höre Cat neben mir amüsiert schnauben. Wahrscheinlich wundert sie sich, wie ausgerechnet mir die eine Regel einfallen soll, die keinem der Asse in den Sinn gekommen ist. Mir, die von allen hier ganz offenbar kein Schreibtalent besitzt und aus sekundären Gründen anwesend ist. Und da wundert sie sich zu Recht.

Ich könnte etwas sagen, das mir schon eine Weile auf der Zunge liegt, beiße mir aber lieber auf ebendiese und entscheide mich für ein: »Ich weiß es nicht.«

Leider lässt Jordan das nicht gelten.

»Dann denk nach. Na los, bemüh deine kleinen grauen Zellen.« Er hockt sich auf die Kante eines Tisches, verschränkt die Arme vor der Brust, ohne mich aus den Augen zu lassen. »Was hat jede Geschichte?«

Es will nicht aus meinem Mund. Es ist, als hätte ich einen Knoten in meiner Zunge. Jordan wartet weiter. Ich kann unserem starr verbandelten Blick nicht länger standhalten, schaue weg und knurre: »Ich hab echt keinen Schimmer.«

»Mach es dir nicht so leicht. Was hat denn jede Geschichte, egal wie sie erzählt wird?«

»Eine spannende Handlung«, platzt es aus mir heraus.

Er wiegt den Kopf hin und her, gibt sich aber nicht zufrieden. »Manche guten Geschichten sind nicht spannend, sondern hoch emotional oder auf witzige Weise erzählt.«

»Unterhaltung!«, sagt Bob, aber Jordan bringt ihn mit einer Handbewegung zum Schweigen und fixiert mich weiter mit seinem zweifarbigen Blick, der mich immer mehr nervt.

»Denk simpler!«, sagt er in mein trotziges Schweigen hinein.

Ja, verdammt! Auch auf die Gefahr hin, dass ich mich total blamiere, denn simpler geht es nicht, aber gut. »Jede gute Geschichte braucht einen Anfang, ein Zentrum und ein Ende.«

Jordan lächelt. »Na bitte.«

Während er diese letzte Regel notiert, grummele ich im Stillen vor mich hin, kann meine Gedanken aber nicht länger zurückhalten und spucke sie aus.

»Das ist doch selbstverständlich. Diese Dinge sind essenziell.«

»Erzähl das den Leuten, die heutzutage Bücher veröffentlichen«, kontert Jordan, ohne sich umzudrehen. »Viele sehen einen Storybeginn. Dann überlegen sie sich, wie die Sache ausgeht, und füllen den Raum dazwischen mit einer Reihe Belanglosigkeiten. Oder sie zerren das Ende an den Haaren herbei.«

Er setzt ein Ausrufezeichen hinter die Regel und dreht sich wieder zu uns um.

»Jack trifft Diane in der S-Bahn zur Arbeit«, wirft er in den Raum. »Jack verliebt sich in Diane. Diane verliebt sich in Jack. Über die Spanne von vierhundert Seiten eiern sie von Date zu Date, mal gehen sie ins Kino, mal ins Restaurant. Am Ende sagen sich Jack und Diane endlich, dass sie einander lieben. Reizt dich diese Geschichte, Layla? Würdest du das lesen wollen?«

Ich schüttele den Kopf. »Das hätten sie sich schon dreihundertfünfzig Seiten eher sagen können.«

Im Augenwinkel sehe ich, dass AJ ein paar Worte mit Simon wechselt, und schaue hinüber. Sie wirken vertraut, scheinen befreundet zu sein. Beide sehen mich an, und ich erwarte Spott in ihren Blicken, aber der von Simon ist nichtssagend, während AJs freundlich ist. Zu allem Überfluss lächelt er mich an und bringt mich damit ziemlich durcheinander. Ich weiß nicht, wie ich reagieren soll, und konzentriere mich lieber auf Jordan, der zu einem anderen Thema übergegangen ist. Gemeinsam nehmen wir uns die erste Übung vor, die er das ABC nennt. Er sagt einen Satz, der mit dem Buchstaben A beginnt, und übergibt an AJ, der einen thematisch passenden Satz mit B anfügen soll. Simon macht mit C weiter, ich mit D. So geht es reihum und wird von Runde zu Runde lustiger. AJ fallen die witzigsten Sätze ein. Einmal ist unser Gelächter so laut, dass man es sicher sogar im Park vor der Mason Hall hören kann. Als ich mir eine Lachträne von der Wange wische und zu AJ schaue, sieht er mich wieder an und zwinkert mir zu. Pünktlich zur kurzen Pause haben wir das Alphabet voll.

AJ und Simon sprechen mit Jordan, Bob und Benedict beschäftigen sich mit ihren Handys. Cat verlässt den Raum. Ich gehe auch, um die Toilette aufzusuchen, und treffe dort auf Cat, die ihr Make-up auffrischt. Im Spiegel mustert sie mich auffallend lange und konzentriert sich dann wieder auf sich selbst.

Ich zögere einen Moment und überlege, ob ich etwas sagen soll, das das Eis zwischen uns brechen lässt. Ich könnte Cat fragen, welche Kurse sie belegt, aber wahrscheinlich verstünde sie das nur als hilflosen Versuch, ein Gespräch zu beginnen. Also lasse ich es, verschwinde in einer der Kabinen und komme erst wieder heraus, als ich die Tür hinter Cat ins Schloss fallen höre. Vor dem Spiegel strubbele ich mir durch die Haare und lasse meine Gedanken wegtrudeln. Dann trotte ich zurück, um die zweite Hälfte des Kurses hinter mich zu bringen.

Wenig überraschend sollen wir unsere eigenen Alphabet-Geschichten schreiben.

»Verbinden wir diese Übung mit einer zweiten«, sagt Jordan. »Eure ABC-Story darf von nur einem einzigen Charakter erzählen. Gebt ihm einen Namen, den ihr gut findet, und schreibt über diese Person. Erzählt, wer er oder sie ist und was er oder sie im Sinn hat.«

Ich brauche nicht lange, um einen Namen zu finden: Millicent Morales fällt mir prompt ein. Mit ihrer Geschichte tue ich mich aber schwer, würge an den Sätzen herum und bin froh, dass sich AJ und Bob melden, als Jordan eine Stunde später fragt, wer vorlesen möchte.

Jordan betrachtet uns andere, die ihre Hände unten gelassen haben, einen nach dem anderen.

»Heute kommt ihr so davon.« Er schmunzelt. »Es ist nicht mehr genug Zeit für sechs Texte, aber in Zukunft lesen immer alle.«

Nachdem AJ und Bob ihre ABC-Geschichten vorgetragen haben, verkündet Jordan unsere bis morgen zu erledigende Aufgabe. Wir sollen einen Text über unseren Lebenstraum mit nicht mehr als einhundert Wörtern verfassen.

Ich hätte nicht gedacht, dass ich im Leben noch einmal Hausaufgaben wie an der Highschool bekomme. Aber davon abgesehen, das hat mir gerade noch gefehlt! Für nächste Woche muss ich mich auf eine Diskussion zu Shakespeares *Richard III.* vorbereiten, moralische Stellenwerte in Twains *Huckleberry Finn* in einem Essay analysieren und zwei von Dickens Erzählungen für einen Vergleich lesen. Vorhin, in den sechs freien Stunden nach dem Grundkurs bin ich mit dem Essay und der

Diskussion vorangekommen, aber längst nicht fertig. Und die Erzählungen werden meine Bettlektüre fürs Wochenende. Die fürs kreative Schreiben offenbar zu erledigenden Hausaufgaben sind definitiv ein weiteres Argument gegen diesen Workshop.

Missmutig packe ich meinen Kram zusammen und gehe aus dem Raum, da ruft mich jemand. AJ, wie ich mit einem Blick über die Schulter feststelle.

»Kommst du gleich mit zum Fluss?«, fragt er.

Zum Fluss? Jetzt? Er und ich? Warum würde er mit mir zum Fluss wollen? Außerdem hat er doch mindestens genauso viele Kurse wie ich und sollte ebenso vielbeschäftigt sein.

»Es ist Freitag«, fügt er an. »Der Workshop trifft sich. Ist doch klar. Bist du da?«

»Ich, ähm …«

Stella taucht an meiner Seite auf.

»Wir treffen uns gleich alle am Fluss im Riverside Park«, plappert sie. »Wir müssen los, komm! Das wird mega.«

Damit schleppt sie mich mit sich. Auf dem Weg zu unserem Appartement geht sie in Gedanken ihren Kleiderschrank durch und stellt mir ihre möglichen herbstlichen Flussparty-Outfits vor. Die Auswahl ist umfangreich, und ich verliere schnell den Überblick. Klamottentechnisch ticke ich ein bisschen simpler. Um dennoch eine Hilfe zu sein, überlege ich, welche Farben am besten zu ihren schwarzen, glatten Haaren und ihrem dunkleren Teint passen. Stella hat asiatische Wurzeln; ihre Großeltern sind in jungen Jahren aus Malaysia eingewandert.

In ihrem Zimmer angekommen, fachsimpeln wir vor ihrem Schrank von Kleiderbügel zu Kleiderbügel und grübeln, womit sie Elijah, der meist Hemd oder Pullover und Jeans trägt, am meisten beeindrucken kann. Nach einer halben Stunde entscheidet sich Stella für ein weißes Strickkleid, eine rote Strickjacke und schwarze knöchelhohe Boots. Ihre dicken weißen Kniestrümpfe irritieren mich, aber das behalte ich für mich. Außerdem verwirrt mich ihre plötzliche Eile, vermutlich weil ich mich innerlich damit abgefunden hatte, vor dem Schrank zu bleiben. Es ist kurz nach sieben und dämmert schon. Jetzt noch rausgehen zu müssen, nervt mich eigentlich völlig, aber Stella freut sich so auf die Party, und ich will keine Spielverderberin sein.

Von unserem Wohngebäude aus, dem South Quadrangle, das alle nur South Quad nennen, ist es nicht weit bis zum Riverside Park. Zehn Minuten später sind wir dort. Die anderen haben schon ein Lagerfeuer an einer dafür vorgesehenen Stelle entzündet. Eine Soundbox spielt Musik ab. Aus diversen Rucksäcken schauen Flaschenhälse, angebrochene Sixpacks Bier stehen im Sand. Lisha, die wie Stella in Glorias Gruppe ist, stürmt beschwipst kreischend auf uns zu und fällt Stella um den Hals. Ihre Freude, Stella zu sehen, als sei es eine Ewigkeit her, triggert etwas in mir. Vielleicht auch, weil sie mich mit der gleichen Überschwänglichkeit begrüßt. Ich muss grinsen und habe das Gefühl, gleich wie Stella und Lisha auszuflippen. Einfach nur, weil ich hier bin. Vielleicht habe ich allen Grund dazu.

Ich bin am Wasser aufgewachsen, auf einer gerade einmal tausend Meter breiten Landzunge zwischen Lake Michigan und Lake Charlevoix. Aber ich habe nie eine Party an unserem Hausstrand veranstaltet, und ich wurde nie zu einer eingeladen. Wäre ich eingeladen gewesen, wäre ich nicht hingegangen. Mit den Leuten, die die Partys in Charlevoix organisiert haben, hatte ich nie etwas zu tun.

Etwa zehn Sekunden lang fühle ich mich jetzt wie ein Teil von allem … und gleich darauf wieder wie der Außenseiter. Stella ist die, die hier alle kennt, die alle begrüßen. Ich bin bloß ihre Begleitung. Ich hätte im Appartement bleiben und Dickens lesen sollen!

Stella nimmt die Weinflasche, die ihr Lisha hinhält, und setzt sie an. Ich schüttele den Kopf, als Stella mir davon anbietet. Im nächsten Moment lässt sie sich von Lisha fortziehen, zu Elijah, der gerade auf der Bildfläche erschienen ist. Während ich den beiden nachsehe, wächst dieses nagende, nervende, schreckliche Gefühl in mir.

Was soll ich machen? Stella nachlaufen? Oder mich irgendwo dazustellen, mich ins Gespräch einklinken und hoffen, dass ich beachtet werde?

Ich hasse das!

Ich gehöre nicht hierher. Habe ich noch nie. Ich sollte verschwinden.

Mein Blick fällt auf AJ. Er und Simon unterhalten sich mit zwei Mädels, die in Nicks Gruppe sind. Tammy und Lucy heißen die beiden, glaube ich. Alle vier lachen. AJ nimmt keine Notiz von mir.

Noch einmal schaue ich nach Stella, die ein Gespräch mit Elijah begonnen hat, dann mache ich einen Schritt zurück. Dem folgt ein weiterer, und dann bin ich auf dem Rückweg zum Appartement.

Kapitel 3

2. Oktober

Der Samstagskurs mit seinen sechs Stunden dürfte der härteste der drei wöchentlichen Workshoptage sein. Um zehn Uhr geht es los. Ausschlafen am Wochenende ade! Missmutig habe ich mich schon um halb neun aus den Federn zu gewühlt, um mit einer unerträglich gut gelaunten Stella zu frühstücken. Ich glaube, auch die anderen fünf in meiner Gruppe haben unerträglich gut gelaunt gefrühstückt. Ich glaube, sie mögen diesen Workshop und freuen sich auf jede Stunde, auch wenn sie den schwierigsten Coach erwischt haben.

Sie haben weniger als einhundert Worte geschrieben und dennoch alles gesagt. Alle haben große oder besondere Lebensträume. Besonders sind sie auch, weil alle so schöne Worte dafür gefunden haben. Worte, die ihre Träume lebendig und greifbar wirken lassen. Wem auch immer ich heute zuhöre, ich glaube, dass jeder einzelne von ihnen seinen Traum früher oder später verwirklichen wird, weil die geschriebenen Worte so sehr überzeugen.

Simon will sich ein Waldhaus in der kanadischen Wildnis kaufen und dort schreiben. Ob er damit erfolgreich sein wird oder nicht, spielt für ihn keine Rolle. Er will einfach nur an diesen Ort und das tun, was er liebt und von dem er glaubt, dass es das Einzige ist, das er kann.

Cat träumt von einem Leben in einem Vorort von New Jersey. Sie sieht sich an der Seite ihres Mannes, der in der ersten Liga Football spielt, und als Mutter ihrer zwei oder drei Kinder, denen sie Gutenachtgeschichten vorliest, die sie geschrieben hat. Ein Golden Retriever komplettiert die familiäre Idylle ihres Lebenstraums, der mich überrascht. Ich hätte sie eher als überzeugte Singlefrau mit heißen, aber flüchtigen Beziehungen an die Upper East Side von New York verortet.

Benedict will das Grundstück seiner verstorbenen Großeltern kaufen. Es wurde wegen Schulden zwangsversteigert, die Großeltern sind in einem Seniorenpflegeheim verstorben. Benedict hat in diesem Haus einen Großteil seiner Kindheit verbracht und will es sich zurückholen, um dort zu leben. Seine Geschichte rührt mich so sehr, dass ich Tränen wegblinzeln muss.

Bob will zum Saturn fliegen. Mit seinem Lebenstraum dreht er voll auf, erzählt uns von einer Mensch-Alien-Multikulti-Gesellschaft, die vollkommen abgefahren klingt, unfreiwillig lustig an manchen Stellen, aber trotzdem richtig gut.

AJ möchte zusammen mit seinem Bruder, der geistig behindert ist und am liebsten Abenteuerfilme schaut, eine Wüstenrallye durch die Sahara fahren. Sich und seinem Bruder will er das Gefühl endloser Freiheit und Unabhängigkeit geben, wenn auch nur für einen Monat. Er will ein solches Abenteuer einmal erlebt haben, und er will es mit seinem Bruder teilen.

Noch mehr als bei Benedicts Geschichte kämpfe ich jetzt mit den Tränen. Die anderen sind ähnlich gerührt. Jordan gibt ein anerkennendes »Wow, sehr gut geschrieben« von sich und äußert damit mehr Lob als bei jedem zuvor. Zwar hat er keinen der anderen heruntergeputzt, aber immer mindestens einen Kritikpunk gehabt.

Ich bin dran! Und ich will nicht.

Ich schüttele den Kopf, aber Jordan tut das auch.

»Leg los«, sagt er. »Wir sind gespannt.«

Meine Hände zittern, als ich mein Journal aufschlage. Ich habe den Text gestern nach meinem kurzen Partybesuch geschrieben und zehnmal neu angefangen. Es wäre leichter gewesen, über den Beruf der Buchhändlerin oder Englischlehrerin zu schreiben, aber diese beiden sind nur Optionen, falls ich knapp am Ziel vorbeischramme. Also habe ich mir Gedanken über den Job der Lektorin gemacht, an Sätzen herumgedoktert, Worte ausgetauscht. Gegen zwei war ich fertig, da kam Stella von der Party und hat gemeckert, weil ich so früh verschwunden bin. Ihre Fortschritte bei Elijah waren glücklicherweise wichtiger als mein unentschuldigter Abgang.

»Ich möchte Lektorin sein«, lese ich und möchte das Journal am liebsten in eine Ecke klatschen, weil schon dieser eine Satz so dämlich, so uninteressant klingt im Vergleich zu allem, was ich bisher gehört habe. »Mir ist ganz egal, wo ich für diesen Job leben werde. Der Verlag spielt auch keine Rolle. Ich möchte einfach nur lesen. Ich möchte tolle Geschichten finden, ihnen eine Plattform und ein Publikum geben. Dabei will ich mich nicht von den gerade gefragten Themen leiten lassen, sondern vom tatsächlichen Potenzial. Ich will keinen Trends treu sein und Storys nur deshalb veröffentlichen, weil sie einer Erfolgsgeschichte ähneln. Ich möchte, dass die Leser mit den von mir entdeckten Romanen etwas Unerwartetes zu lesen bekommen. Ganz neue Geschichten sollen es sein, die aufgrund ihrer Einzigartigkeit zu Weltbestsellern werden.«

Das sind ganz genau neunundneunzig Worte. Nur eins weniger, als ich gedurft hätte. Vorhin fand ich meine Gedanken noch richtig gut, insbesondere den zum Unerwarteten. Schließlich hat Jordan gesagt, man soll mit der Erwartung der Leser spielen. Inzwischen habe ich aber gar kein gutes Gefühl mehr.

Nach meinem letzten Wort herrscht Schweigen. Das ist okay. Wir haben nach jeder Geschichte geschwiegen. Als ich aufsehe, entdecke ich jedoch nirgends Tränen der Rührung oder ein seliges Lächeln. Cat zieht eine spitze Schnute, Simon kratzt sich an der Schulter, Benedict runzelt die Stirn, Bob bläst die Backen auf, AJ verzieht den Mund wie zu einem bedauernden *Das war nix*. Jordan starrt mich an, als würde er auf mehr warten.

Mehr gibt es nicht.

»Das war's?«, fragt er.

»Das waren neunundneunzig Worte.«

Mit einem »Das waren Worte, ja« verschränkt er die Arme vor der Brust. »Tut mir leid, Layla, aber ich habe selten so viele seelenlose Worte gehört.«

Obwohl ich es fast geahnt habe, trifft mich sein Urteil wie eine Faust in den Magen. Alle Gedanken schwirren aus meinem Kopf und lassen Leere zurück. Wie durch einen Schleier sehe ich, dass Jordan den Kopf in den Nacken legt, durchatmet, sich wieder gerade hinsetzt.

»Du hast das Wort Job verwendet«, sagt er. »Und das war wie ein Intro zu allem weiteren. Wir alle machen irgendwann einen Job. Wenn dieser sogenannte Job unser Lebenstraum ist, nennen wir ihn nicht so.«

Ich will aufspringen und weglaufen, bin aber wie gelähmt.

Und Jordan redet weiter.

»Du willst Lektorin sein. Du willst, wie du es nennst, tolle Geschichten finden.« Das Adjektiv kommt mit einiger Verachtung über seine Lippen. »An deiner Stelle würde ich mich auf die Suche nach grandiosen, fantastischen, ergreifenden Geschichten machen. Dazu fühlst du dich berufen, wenn das dein Lebenstraum ist, richtig? Solche Geschichten brauchst du wie die Luft zum Atmen. Du willst umgehauen werden davon, von diesen Outsidern, vermeintlichen Underdogs, und du willst, dass jede dieser Geschichten wie eine Flut über diesen Planeten rauscht und auch jeden anderen umhaut. Sie sollen Herzen erobern, Diskussionen auslösen, die Gefühle verrücktspielen lassen. Die Leser sollen sie auslesen, die von dir gefundenen Geschichten, und davon so berührt sein, dass sie wochenlang nichts anderes lesen können.«

Ein Frösteln jagt das nächste. Jedes einzelne Wort könnte meins sein. Jeder Satz, genauso formuliert, könnte meiner sein. Was Jordan sagt, ist genau das, was ich denke. Es fand seinen Weg aber nicht über meine Finger und den Stift in mein Journal. So wenig, wie es jetzt irgendein Wort aus meinem Mund schafft.

Jordan klingt plötzlich sauer: »Bei dem, was ich von dir gerade gehört habe, frage ich mich ganz ehrlich, ob du als Lektorin wirklich glücklich werden willst oder halt doch einfach nur einen passabel bezahlten, relativ sicheren Job.«

Erschrocken starre ich ihn an. Dann klappe ich mein Journal zu und lasse es in meiner Tasche verschwinden. Als ich aufstehe, vermeide ich den Blick in die Runde.

»Ich gehöre nicht hierher«, murmele ich, füge noch ein »Sorry« an und husche aus dem Raum. Der Flur ist wie ausgestorben. Ich tappe ein paar Schritte in Richtung Ausgang, lehne mich dann an die Wand und versuche, einen klaren Kopf zu bekommen. Das will mir nicht gelingen, denn einerseits bin ich froh, diesen Workshop verlassen zu haben, andererseits habe ich ein schlechtes Gefühl deswegen, als hätte ich einen Fehler gemacht, in jedem Fall aber versagt.

Ich sehe AJ erst, als er vor mir steht.

Wie eben noch verzieht er den Mund zu einem mitleidigen Lächeln. Ich will sein Mitleid nicht und sehe an ihm vorbei.

»Ich finde nicht, dass du aufgeben solltest«, höre ich ihn sagen.

»Ach ja, warum nicht? Ich habe deinen Text gehört und kann jetzt schon sagen, dass du Talent hast. Mein Text war genauso aufschlussreich, eben nur in die andere Richtung.«

»Blödsinn.«

»Nein. Ich verschwende deine Zeit, die der anderen und in erster Linie die von diesem Blödmann! Das hat er doch klar zum Ausdruck gebracht. Er hasst es, wenn jemand ohne Talent seine Zeit verschwendet.«

»Lass dich von ihm nicht so verunsichern. Du solltest mehr scheiben als einen Text, um herauszufinden, ob du schreiben kannst. Am Ende des Kurses kannst du vielleicht darüber urteilen. Jetzt ist es noch viel zu früh.«

Das sehe ich anders, sage aber nichts mehr dazu, denn da ist etwas anderes, das mich plötzlich beschäftigt.

»Warum kümmert es dich überhaupt?«

AJ zuckt mit den Schultern. »Weil ich dich mag.«

Er mag mich? Er kennt mich doch gar nicht.

Mit einem »Warum?« schaue ich AJ wieder an. Es interessiert mich wirklich. Wahrscheinlich würde jeder anderen gerade das Herz aufgehen, aber ich finde es merkwürdig.

»Ich hab dich vermisst gestern Abend«, sagt er statt einer Antwort.

Ich versuche, in seinem durch die John-Lennon-Brille schlau wirkenden Blick zu lesen. Seine Augen sind dunkelbraun und von dichten Wimpern gerahmt. Viele Frauen würden töten für solche Wimpern. Von der Farbe und ihrem Rahmen abgesehen, entdecke ich darin nichts.

Er verarscht dich, flüstert die Vorsicht in mir.

»Du hattest gesagt, dass du kommst«, murmelt er.

»Ich war da. Ganz kurz nur. Ich musste wieder weg.«

»Schade. Es war echt gut. Schaffst du es heute vielleicht?«

»Ich habe den Workshop gerade geschmissen. Also habe ich auf den Partys nichts mehr verloren.«

»Du hast den Workshop nicht geschmissen.« Er macht einen letzten Schritt auf mich zu und steht damit gefühlt viel zu nahe bei mir. Sein Lächeln ändert sich und wirkt plötzlich nicht mehr mitleidig, sondern ein bisschen spöttisch. »Du ringst gerade mit dir, bist eigentlich schon auf dem Weg zurück.«

Als das Geräusch einer zufallenden Tür durch den Flur schallt, schauen wir den Flur entlang. Beim Anblick von Jordan schwindet der Mut, den ich gerade am Zipfel gegriffen hatte, wieder.

»Ist das hier draußen die Antiparty?«, fragt er und bleibt bei uns stehen. »Habt ihr gute Themen? Wenn ja, würden wir Loser da drinnen euch Gesellschaft leisten.«

»Ich finde es falsch, dass Layla hinschmeißt«, erklärt ihm AJ und geht wieder einen Schritt von mir weg. »So daneben ist ihr Text gar nicht. Ein bisschen positives Feedback …«

»Gib uns bitte mal zwei Minuten«, fällt ihm Jordan ins Wort, ohne sich um seine Kritik zu scheren.

AJ tauscht einen Blick mit mir, der mich scheinbar aufmuntern soll, und verschwindet. Mit Jordan allein fühle ich mich plötzlich wie vor einem Richter, der kurz davor ist, den Schuldspruch zu verkünden. Voller Unbehagen verschränke ich die Arme vor der Brust und muss mich geradezu zwingen, ihn anzuschauen. Sein Blick ist hart und kühl. Keine Spur des Bedauerns liegt darin.

»Willst du schreiben können oder nicht?«, fragt er.

Nachdenklich betrachte ich das heutige Motiv seines schwarzen T-Shirts: Ein roter Fuchs auf einem klapprig aussehenden Fahrrad, das ein bisschen zu klein für ihn ist. Man könnte fast meinen, dass Jordan Humor hat.

»Schaden kann das nicht … als Lektorin«, höre ich von ihm und überwinde mich, vom netten Fuchs zu seinem nicht so netten Gesicht zu sehen. Er klappt den Mund zu und schaut mich an, als müsste ich dazu irgendetwas sagen. Ich habe nichts zu sagen, und er redet weiter.

»Aber das ist nur meine bescheidene Meinung. Nicht jede grandiose Geschichte ist von Anfang an gut geschrieben oder druckfertig. Eigentlich wird sie erst durch die Arbeit des Lektorats …« Abermals zögert er und fährt dann fort. »… so was wie perfekt. Ich glaube nicht, dass es das perfekte Buch gibt oder dass irgendetwas wirklich perfekt sein kann.«

Ein Teil der Kälte in Jordans zweifarbigen Augen schmilzt. Es wäre übertrieben, seinen Blick als herzlich zu bezeichnen, aber immerhin starrt er mich nicht mehr an, als würde er mich verachten.

»Perfektion ist langweilig«, murmele ich. »Eine perfekte Story würde ich weder lesen noch herausgeben wollen.«

»Okay.« Ein Lächeln huscht über sein Gesicht. Ganz kurz nur ist es da; es verschwindet gleich wieder in der ernsten Linie seines Mundes. »Also gut, wenn du mir eine zweite Chance gibst, gebe ich dir auch eine.«

»Einverstanden.«

Er macht einen Schritt zurück, in Richtung des Raums. Ich folge ihm.

Kapitel 4

2. Oktober – abends
Noch als wir am Fluss ums Feuer sitzen, geht mir der Workshop nicht aus dem Kopf. Den Nachmittag haben wir mit Übungen verbracht, die an unsere Texte angeknüpft waren. Es ging um Freude und Vorfreude. Jordan hat uns Bilder in die Hand gedrückt, die entweder das eine oder das andere auslösen. Wir sollten uns in das jeweilige Gefühl hineinfühlen, um es mit wenigen Worten zu beschreiben. Ich habe mein Bestes gegeben, aber es ist mir nicht leichtgefallen. Wie schon bei der Hausaufgabe konnte ich meine Gedanken bündeln, sie waren in meinem Kopf und meinem Herzen, haben mich lächeln lassen und innerlich erwärmt. Aber ich war nicht in der Lage, sie zu formulieren. Als wäre ich stumm. Emotional stumm. Immerhin hat sich Jordan mit seiner Kritik zurückgehalten.

Nervös denke ich an die neue Hausaufgabe, bei der es um eine andere Emotion geht, eine negative diesmal: die Enttäuschung. Ich befürchte, damit werde ich ähnliche Probleme haben.

Stellas Stimme holt mich aus meinen Gedanken. »Da ist er«, raunt sie und knufft mich in die Seite.

Elijah ist eingetroffen, reichlich spät. Stella hat die letzte

Stunde damit verbracht, sich die Tragödie der Sinnlosigkeit auszumalen, die sich ohne Elijah hier am Flussufer abspielen würde. Die restliche Zeit hat sie sich gefragt, was er bloß Besseres vorhaben könnte.

Ich beobachte, wie Elijah zu drei Jungs aus Daphnes Gruppe geht und sie mit Handschlägen begrüßt. Dass er damit in der Nähe der drei Mädels steht, die ebenfalls bei Daphne sind, gefällt Stella nicht. Insbesondere nicht, als sie ihm neugierige Blicke zuwerfen.

Ich kann Stellas Verliebtheit und auch das Interesse der anderen nachvollziehen, denn Elijah ist praktisch schön wie ein griechischer Gott. Allerdings ist ihm das entweder nicht bewusst oder egal. Er ist in jedem Fall weit davon entfernt, sich auf sein Aussehen etwas einzubilden, und das macht ihn so sympathisch. Er bekommt nicht einmal mit, dass ihn so viele anschmachten.

»Ich muss da irgendwie hin«, murmelt Stella.

Wenn sie zu Elijah geht, bleibe ich, wo ich bin. Das nehme ich mir fest vor. Ich verdrücke mich auf keinen Fall wieder. Mir gefällt es am Feuer, bei den anderen. Es ist warm und gemütlich, und die flackernden Flammen hüllen den von uns belegten Teil des Parks in ein warmes Licht. Den Huron River, dessen Ufer nur zehn Meter entfernt ist, erreicht der Feuerschein aber nicht. Sein Wasser glitzert silbrig im Mondlicht.

Benedict, AJ und Kyle, der wie Stella und Elijah in Glorias Gruppe ist, haben Gitarren dabei. Sie wechseln sich mit dem Spielen ab, zupfen die Melodien älterer und neuerer Songs von den Saiten. AJ ist der zweite, der angeschmachtet wird. Anders als Elijah scheint er sich dessen bewusst zu sein. Säße er nicht zwischen den beiden Jungs, würden Tammy und Lucy an seinen Seiten kleben. Sie flirten mit ihm, indem sie ihn damit aufziehen, dass er bestimmte Songs nicht spielen kann, und AJ flirtet zurück, indem er ihnen zuerst zustimmt und ihnen dann das Gegenteil beweist.

»Er schaut gar nicht, ob ich da bin«, murrt Stella.

Ich sehe zu Elijah, der immer noch bei den Jungs aus Daphnes Gruppe steht, und versuche, Stella zu beruhigen. »Er ist doch eben erst gekommen und unterhält sich gerade.«

»Ich würde sofort nach ihm schauen.«

»Er ist nicht du. Wenn ihr gestern Abend lange geredet habt und heute im Workshop auch ein paar Mal, wird er …«

Sie unterbricht mich und schwärmt. »Ich hab dir noch nicht von seiner Geschichte erzählt. Er schreibt so klasse. Er träumt vom Leben in Italien, von einem Haus in den Weinbergen der Toskana. Stell dir vor, wir haben denselben Traum.«

Ich entsinne mich an Stellas Lebenstraum, den sie mir gestern Abend vorgelesen hat. Sie selbst muss ich offenbar auch daran erinnern.

»Du willst in Maine leben.«

»Ich hätte schwören können, dass es bei ihm Klick gemacht hat, nachdem ich vorgelesen hatte.«

»Zwischen Italien und der Ostküste liegen an die zehntausend Kilometer.«

Sie stöhnt, runzelt die Stirn und schüttelt den Kopf, als würde ich das Entscheidende an der Sache nicht kapieren. Tue ich sicher auch nicht.

»Die Toskana ist so etwas wie das europäische Neuengland«, erklärt sie mir. »Und in meiner Geschichte ging es auch um ein zurückgezogenes Leben inmitten von Weinbergen.«

»Auf einem anderen Kontinent.«

Stella schlägt mir auf den Arm. »Du bist so unromantisch«, ruft sie und lacht.

Ich muss auch lachen.

»Das glaube ich nicht«, kontert jemand in unsere Richtung. AJ. Er schaut zu uns herüber.

»Was glaubst du nicht?«, fragt ihn Stella.

»Dass Layla unromantisch ist.«

Wahrscheinlich enttäusche ich seine Erwartungen, als ich nichts sage und wieder wegsehe.

Benedict spielt die Melodie eines Songs, der vielen nicht gefällt. Ein paar Leute nörgeln, Tammy und Lucy bitten AJ um einen Song von Ed Sheeran.

Stella beugt sich zu mir. »AJ steht auf dich«, raunt sie mir ins Ohr. »Er ist übrigens Elijahs Mitbewohner. Elijah sagt, der Typ ist krass.«

Krass? Pff!

»Echt, was tut er denn Krasses?« Den belustigten Tonfall kann ich mir nicht verkneifen. »Züchtet er Klapperschlangen, macht er Base-Jumping, oder so?«

»Er ist einfach ein cooler Kerl, das ist mit krass gemeint.«

Genau das passt an der Sache nicht, warnt mich die Vernunft. *Er ist cool. Und du bist langweilig.*

Stella flüstert weiter auf mich ein: »Er hat deine Aufmerksamkeit gesucht. Merkst du nicht, dass er immer wieder herguckt?«

Ich merke es, und ich finde es merkwürdig. Was will er von mir? Warum will er was von mir?

»Echt jetzt, Layls! Wird Zeit, dass du die Tomaten von den Augen nimmst.«

Ich will die Tomaten kommentieren, da stimmt AJ einen neuen Song an, indem er kräftiger an den Saiten zupft. Die Melodie kommt mir bekannt vor. Es ist irgendein alter Song. Erst als AJ zu singen anfängt, weiß ich, welcher es ist und was mir damit bevorsteht. Während rund herum alle jubeln, weil endlich auch gesungen wird, möchte ich in entgegengesetzter Grasrichtung wachsen. Im Chorus hat dann auch der Letzte kapiert, dass der Song mir gilt, und alle singen mit:

»›*Layla, you got me on my knees. Layla, I'm begging, darling please. Layla, darling, won't you ease my worried mind?*‹«

Eric Claptons *Layla* war in den siebziger Jahren so beliebt, wie es offenbar heute noch ist.

Stella neben mir lacht sich halb kaputt, schafft es dabei aber doch mitzusingen. Ganz und scheinbar ernsthaft bei der Sache, bringt AJ das Lied zu Ende. Dabei schaut er abwechselnd auf die Gitarrensaiten und zu mir. Am Schluss, als es Applaus gibt, lächelt er mich an.

»Hast du's jetzt auch kapiert?« Stella legt den Arm um mich. Ihr Hin-und-weg-Sein von AJs Ständchen hält nicht lange an. Plötzlich wird sie nervös. »Wo ist Elijah hin?«

Ich schaue mich um, sehe ihn aber nirgends.

»Gerade war er doch noch da«, schimpft sie leise.

»Elijah ist mit Mason, Dennis und Cat weg«, informiert sie Bob, der gerade erst zum Feuer gekommen ist. »Die wollen irgendwo in der Stadt was essen.«

Damit verpufft Stellas gute Stimmung. Sie wird nörgelig und beginnt zu frieren. Keine zehn Minuten später sind wir auf dem Heimweg. Stella wollte mich zum Bleiben überreden, aber ich wollte sie nicht allein durch den Park und die Straßen von Ann Arbor ziehen lassen. Außerdem wird AJ längst von Tammy und Lucy in Beschlag genommen. Im Augenwinkel habe ich zwar gesehen, dass er immer wieder zu mir geschaut hat, aber ich will nicht bleiben. Mein sechster Sinn sagt mir, dass mit dem Typen etwas nicht stimmt. Mein sechster Sinn ist gut trainiert und hat mich bisher nie getrogen.

»Diese Cat ist doch in deiner Gruppe?«, fragt Stella, nachdem sie eine Weile vor sich hin gegrummelt hat.

»Ist sie, ja.«

»Sie hat diesen Roman selbst herausgegeben, diesen Porno, stimmt's?«

Uff! »Wie kommst du darauf, dass es ein Porno ist?« Das ist das erste Mal, dass ich das höre.

»Weiß doch jeder, weil sie es überall herumposaunt. Platz eins bei Amazon für fünf Tage, bla bla!« Stella redet sich in Rage. »Irgendeine Fickgeschichte zwischen einem Mauerblümchen und Mister Million-Dollar-Sexgott-Dauerschwanzgesteuert, der sich einfach nicht gegen den Mauerblümchen-Charme wehren kann, obwohl er eigentlich lieber weiter durch die Betten der viel weniger komplizierten Barbies hüpfen würde.«

»Hast du das Buch gelesen?«

»Nä!« Das spuckt Stella förmlich aus. »So einen Dreck rühr ich nicht an.«

Es wird Zeit, sie zu bremsen.

»Also, mal angenommen, Cat hat einen Erotikroman geschrieben«, sage ich. »Das bedeutet doch nicht automatisch, dass sie sich an Elijah ranmacht.«

»Warum ist sie sonst mit den Jungs mit?«

»Weil sie Hunger hatte?«

Stella schnaubt. »Du bist nicht ernsthaft so naiv, oder?«

Nein. Und ehrlich gesagt kann ich mir selbst nicht vorstellen, dass Cat um zehn Uhr abends noch einen Burger verdrückt. Ihre Figur lässt eher darauf schließen, dass sie Diät macht und ihre Kilos im Fitnessstudio unter Kontrolle hält. Aber etwas anderes ist naheliegend.

»Mason ist doch auch dabei. Ich glaube, er ist viel eher Cats Kragenweite als Elijah.«

»Ich hoffe, du hast recht«, brummt Stella und scheint das Thema mit einem Atemstoß von sich zu schieben. Das neue Thema beginnt sie wahrscheinlich für die eigene Ablenkung, aber auch aus Neugier.

»Was ist da zwischen dir und AJ? Das mit dem Song hat er ja nicht aus heiterem Himmel gemacht.«

Ich erzähle ihr, was vorhin passiert ist, dass er mir nachgelaufen ist und mich überredet hat, weiterzumachen. Zuerst bekommt Stella ein schlechtes Gewissen, weil sie mich für diesen Workshop eingeschrieben hat, aber das bleibt nicht lange.

»Ich würde ja vorschlagen, dass du die Sache sausen lässt, wo du eh keine Lust darauf hattest und auch noch in einer anderen Gruppe als ich gelandet bist.« Sie grinst verschmitzt. »Aber dann würdest du AJ nicht mehr sehen.«

»Würde ich doch«, kontere ich. »Er ist in meinem Twain-Seminar.«

Stella findet das super und konzentriert sich wieder auf das für sie Wesentliche: »Wer weiß, vielleicht singt er bei der nächsten Party noch einen Song für dich.«

»Keine Ahnung, wie viele Songs es mit meinem Namen gibt. Ich hoffe nur, er singt nie wieder einen, wenn ich dabei bin.«

»Wie kann man nur so unromantisch sein?«, schimpft sie los, als wir das South Quad erreichen. »Unromantisch hoch drei bist du! Oder liegt es an AJ? Ist er nicht dein Typ?«

Ich möchte ihr nicht antworten. Ich finde AJ interessant, mehr einfach nicht. Davon abgesehen sind da die Alarmglocken, die in meinem Kopf bimmeln. Stella lässt aber nicht locker und bohrt noch nach, als wir unser Appartement betreten. Ich halte es nicht länger aus und verliere die Geduld.

»Ich glaube nicht, dass er es ernst meint, okay?«, platzt es aus mir heraus.

Verärgert über Stella, über mich selbst, über AJs Ständchen, über irgendwie alles, ziehe meinen Mantel aus und feuere ihn aufs Sofa im Wohnzimmer. Stella stutzt, überrascht von meiner heftigen Reaktion.

»Warum sollte er dir etwas vormachen? Wenn AJ irgendeine fürs Bett wollte, würde er die auch ohne persönlichen Livesong finden, ganz sicher sogar.«

»Was will er von mir?«, frage ich sie, als wüsste sie die Antwort, als wäre sie AJ. »Wir haben ja kaum drei Worte miteinander gewechselt.«

Ein paar Sekunden lang starrt sie mich wort- und offenbar auch ratlos an. »Warum fragst du dich das?«, murmelt sie schließlich. »Jede andere wäre …«

»Er ist zu bemüht«, unterbreche ich sie. »Ohne einen echten Anlass zu haben. Warum ist er mir nachgelaufen, als ich den Workshop schmeißen wollte? Warum hat er diesen Song gesungen? Er prescht nach vorn, und das passt nicht zu einem ernsthaften Interesse.«

Stella verschränkt die Arme vor der Brust. »Du denkst zu viel nach.«

Kurz überlege ich, ob sie mit AJ unter einer Decke steckt. Ob das alle im Workshop inzwischen tun und sich händereibend auf meine Bruchlandung freuen. Als die altbekannte Panik in mir kribbelt, schiebe ich den Gedanken weg. Stella ist eine aufrichtige Freundin. Auch das sagt mir mein sechster Sinn.

»Ich bin nicht der Typ für Ständchen am Lagerfeuer«, erkläre ich ihr. »Ich bin niemand, mit dem man sich auf Dates verabredet. Ich date nicht.«

Sie runzelt die Stirn. »Du willst mir jetzt aber nicht sagen, dass du dich hässlich findest, oder?«, fragt sie tonlos.

Ich presse die Lippen aufeinander, löse sie dann wieder und

zwinge die Worte hervor: »Ich sage, ich bin nicht der Typ für all das. Mehr nicht.«

»Du hattest also noch nie ein Date?«

Ich schüttele dann den Kopf. So what?!

»Und zum Abschlussball? Kein Date?«

»Ich war nicht mal da. Ich hätte mit zwei Freundinnen hingehen können, die auch solo waren, hatte aber keine Lust.«

Allein bei der Vorstellung von mir auf dem Abschlussball graut es mir. Alle hätten getuschelt und gegrinst, sich vielleicht Streiche überlegt, wie sie mich noch mehr blamieren könnten. Der King des Footballs, der mir mithilfe seiner Freundin, Queen der Cheerleaderinnen, und einigen anderen eine Falle stellen wollte und mir plötzlich Interesse vorgaukelte, war sicher enttäuscht, dass ich mich nicht hatte blicken lassen. Ein Szenario wie bei Stephen Kings *Carry* hätte es zwar nicht gegeben, aber auch nur, weil es mir an telekinetischen Fähigkeiten mangelt. Genug Wut im Bauch hatte ich oft genug. Dass ich in der Highschool »Eiskönigin« genannt und zur unbeliebtesten Schülerin des Jahrgangs gewählt wurde, verschweige ich Stella, wie all die anderen Geschichten. Sonst sucht sie sich morgen eine neue Mitbewohnerin.

Mit einem »Keine Ahnung, wieso das so war« nimmt sie mich bei der Hand und zieht mich in ihr Zimmer. Dort knipst sie das Licht an und dirigiert mich vor ihren Wandspiegel.

»Was soll das?« Ich versuche mich aus ihrem Griff zu lösen, aber sie rückt mich vor den Spiegel, stellt sich hinter mich und schaut mich über meine Schulter hinweg an.

»Layla Sullivan«, sagt sie. »Vielleicht bin ich der erste Mensch, der dir das mitteilt: Du bist eine attraktive Frau, und aus vermutlich genau diesem Grund versucht AJ, dich mit Lagerfeuersongs zu beeindrucken.«

Als ich mich verdrücken möchte, schlingt sie beide Arme und mich und hält mich fest.

»Lass mich los!«, schimpfe ich und versuche mich aus ihrer Umarmung zu lösen.

»Sei nicht albern und schau dich an.«

»Der Quatsch hier ist albern.«

»Layls, bitte. Nur eine Minute.«

Um meine Ruhe zu bekommen, gebe ich nach und sehe in den Spiegel. Stella lockert ihren Griff, um an meinen Haarspitzen zu zupfen. Sie reichen gerade bis zu den Schultern. Bis zur zehnten Klasse habe ich meine Haare, die etwas lockig sind, lang getragen und sie dann spontan abschneiden lassen.

»Goldblond«, sagt Stella. »Färbst du sie?«

»Nein.«

»Anfangs dachte ich, du hättest blaue Augen.«

»Sie sind grau.«

Die Eiskönigin mit ihren Eisaugen, hallt es in mir. Das hat in einem blöden Gedicht gestanden.

»Ungewöhnlich«, findet Stella.

Ich zucke mit den Schultern. »Sind wir jetzt fertig hier?«

Sie mustert meinen Pullover. »Du hast einen guten Stil. Würdest du einen Hut aufsetzen, wärst du das perfekte Boho-Model.«

»Ich mag keine Hüte.« Ich trete vom Spiegel weg. »Ich mag es eher minimalistisch.«

»Ist mir nicht entgangen. Du ziehst das konsequent durch, oder?«

»Es ist unkompliziert, vermeidet Entscheidungen und Verwirrung.«

Steve Jobs' Überzeugung, dass wir den ganzen Tag über Entscheidungen treffen müssen, die unsere mentale Energie auffressen, hat mich dazu bewogen, wie er, bei der Wahl der Kleidung Energie zu sparen. Auf Jeans und schwarze Rollkragenpullis wollte ich mich dann aber doch nicht festlegen. In meinem Kleiderschrank finden sich genau sieben Farben: Pistaziengrün, Sandbeige, Nussbraun, Rostrot, Taubenblau, Altrosa und Silbergrau. Jetzt, im Herbst und später im Winter wähle ich zwischen sieben Oversize-Pullovern. Die kombiniere ich mit einer von drei Jeans, einem von zwei Paar Boots, entweder den grauen oder den braunen. Dazu passt immer einer von zwei Schals und einer meiner beiden Mäntel. Auf Schmuck, Make-up oder Accessoires verzichte ich. Auch auf ein Sammelsurium von Taschen. Ich habe genau eine. Sie funktioniert mit allen Kleidungsstücken, und alles, was ich den Tag über benötige, passt hinein und wird schnell gefunden. Ist ein Teil kaputt oder abgetragen, wird es durch ein Gleiches oder Ähnliches ersetzt.

Easy peasy!

Stellas Stimmung schlägt wieder um. Die Ablenkung mit mir vor dem Spiegel ist vorbei. Ihre Traurigkeit und der Zweifel wegen Elijah überrollen sie, und ich kann ihre Unsicherheit, ihre negativen Gedanken geradezu greifen. Allerdings weiß ich nicht so recht, was ich ihr noch sagen soll. Cat ist mit Elijah und zwei anderen Typen in der Stadt etwas essen. Niemand weiß, was sie in diesem Moment machen.

»Es hat dich ganz schön erwischt, mh?«, murmele ich unbeholfen, überwinde mich und strecke die Hand aus, um Stella über ihre glatten schwarzen Haare zu streichen. So etwas habe ich noch nie gemacht, aber ich kann nicht anders. Sie braucht Nähe und Trost, und ich bin die Einzige, die gerade da ist.

Sie seufzt und stürzt sich in meine Arme. »Kein Typ, den ich kenne, ist wie er«, jammert sie. »Er passt nicht zu Cat.«

»Mach dir keine Sorgen. Ich glaube echt nicht, dass er Cats Beuteschema ist. Und sie ist auch nicht seins. Vielleicht ist er einfach schüchtern.«

Sie atmet durch. »Unternehmen wir morgen irgendwas?«, fragt sie. »Vielleicht treffen wir ihn.«

Es tut mir so leid, ihr eine Absage erteilen zu müssen, doch ich habe keine Wahl. »Würde ich gern, aber ich fahre morgen doch nach Charlevoix.«

»Ach ja, richtig«, erinnert sie sich. »Dein Vater wird siebzig.«

»Montagmittag bin ich wieder da. Den Grundkurs verpasse ich leider.«

»Kein Ding, du kannst dir meine Notizen kopieren«, schlägt Stella vor und hängt eine Frage an, die sie vermutlich für rhetorisch hält: »Freust du dich auf zu Hause?«

Damit wären wir beim nächsten unangenehmen Thema. Ich liebe Charlevoix. Jetzt, im Herbst, noch mehr als zu jeder anderen Jahreszeit. Trotzdem fahre ich nicht gern nach Hause.

Kapitel 5

3. Oktober

Möglicherweise wurde ich aufgehalten … von Vorbereitungen auf Twain oder Shakespeare, vom Verkehr auf dem Highway, von den szenischen Aussichtspunkten entlang der Strecke. Möglicherweise bin ich auch absichtlich spät losgefahren, habe mir Zeit gelassen, Pausen eingelegt und die eigentlich vierstündige Fahrt zu einer fünfstündigen gemacht. Kurz nach fünf passiere ich das Ortseingangsschild von Charlevoix und fühle mich innerlich zerrissen. Es ist das zweite Mal seit Studienbeginn, dass ich herkomme. Wie letztes Mal könnte ich vor Rührung heulen, ohne aber ankommen zu wollen.

Die Sommertouristen, meist Familien mit Kindern, sind bereits abgereist, und so ist es auf der Bridge Street mit ihren Shops, Bars und Restaurants recht still. Hier und da bummeln Senioren, die für den Indian Summer gekommen sind. Sie bleiben vor Schaufenstern stehen und überlegen, sich ein Michigan-Sweatshirt zu kaufen. Es gibt sie überall und in allen Farben: »Lake Michigan – No Salt, No Sharks, No Worries«.

Hinter der Brücke über den Kanal beginnt der nördliche Teil der Stadt. Das Haus meiner Eltern liegt auf der Landzunge zwischen Lake Michigan und dem Lake Charlevoix.

Fährt man die kurze Raspberry Lane entlang, sieht man nur dichtes Grün. Wer sich als Besucher in die Gegend verirrt, bleibt wohl ahnungslos, doch die Einwohner wissen, was sich hinter den Eisentoren, Bäumen und Sträuchern verbirgt. Vom Lake Charlevoix aus, während einer Bootstour, haben die meisten die sechs Häuser, von denen eins meinen Eltern gehört, bereits gesehen. Wobei das Wort Haus vielleicht der falsche Begriff ist. Es sind Villen, jede ein kleines Schloss mit eigenem Bootsanlegesteg.

Ich stelle mein Auto in der Einfahrt ab, nehme meine spärlich gefüllte Reisetasche vom Beifahrersitz und steige aus.

Klassische Musik und Stimmengewirr schlagen mir entgegen, als ich ins Foyer trete. Eine Frau mit Tablett, die offenbar zum Cateringservice gehört, huscht vorbei. Ich zögere und überlege, ob ich erst in mein Zimmer gehen oder Hallo sagen soll, da steht Mom schon vor mir.

»Du bist spät dran«, meint sie, während sie mir ihre Wange für einen Kuss hinhält. »Wie du weißt, hat die Party um fünfzehn Uhr begonnen.«

»Es war viel los auf den Straßen.«

»Du hättest gestern fahren sollen, dann hättest du diesen Verkehr nicht gehabt.«

»Nun bin ich ja da.«

Mom tritt ein Schritt zurück und mustert mich von Kopf bis Fuß. Sie ist die Meisterin des kritischen Musterns. Mein Look scheint ihr nicht zu imponieren, denn sie schüttelt den Kopf und schürzt die Lippen. »Wie siehst du wieder aus?«

»Ich hab noch was anderes dabei«, gebe ich zurück, doch sie winkt ab.

»Nein, ich kann mir vorstellen, wie die Alternative zu Jeans und Pulli aussieht.«

Jeden Kommentar dazu spare ich mir. Margaret Sullivan hält nichts von Minimalismus, schon gar nicht bei Kleidung.

»Oben auf deinem Bett liegen zwei Outfits«, sagt sie. »Ich wusste nicht, ob dir heute eher nach Dunkelblau oder Schwarz ist, also habe ich dir beides zur Auswahl gekauft.«

Dass weder Dunkelblau noch Schwarz Farben sind, die ich mag, steht nicht zur Debatte. Ich würge die Widerworte hinunter.

Mit einem »Bis gleich. Lass deinen Vater jetzt nicht mehr ewig warten« schwirrt sie ab.

Ich gehe die gewundene Treppe hinauf und nach links den Gang entlang bis zu dessen Ende. Hinter der letzten Tür liegen meine Zimmer. Es ist der altbekannte frische Duft nach Jasmin und der vertraute Anblick meiner Habseligkeiten an Ort und Stelle, die mir das Gefühl geben, zu Hause zu sein. Dennoch fühle ich mich hier fremd. Ich versuche, diesen Widerspruch zu sortieren und nur noch eines von beiden zu fühlen. Es gelingt mir nicht; die Zerrissenheit bleibt. Leise schließe ich die Tür hinter mir, stelle die Tasche ab und gehe zu den Fenstern. Die Segel der Boote, die ich von hier aus auf dem See erkenne, leuchten im späten Sonnenlicht. Ihr Weiß ist ein grandioser Kontrast zum tiefen Blau des Lake Charlevoix. Der Tag war ideal zum Segeln. Er ist es noch für zwei Stunden, bis die Sonne untergeht und der sanfte Wind zu kalt wird.

Vor zehn Jahren bin ich zum letzten Mal gesegelt. Damals, als Kind, habe ich es geliebt. Heute habe ich Angst davor und setze keinen Fuß mehr auf ein Boot. Aber den Anblick liebe ich noch immer. Er ist beruhigend, malerisch, melancholisch. Trügerisch idyllisch.

Auf dem Bett finde ich die Outfits, zwischen denen ich wählen darf: ein dunkelblauer Jumpsuit und ein schwarz-weißer

Dreiteiler, der aus Hose, Jackett und Shirt besteht. Beides aus weichem, seidigem Stoff und mit Schuhen und Accessoires komplementiert. Mom macht keine halben Sachen. Der Jumpsuit ist das kleinere Übel, also ziehe ich ihn an und stecke meine Füße in das passende Paar Pumps. Auch die Kette und das Armband lege ich an. Diese beiden Stücke stammen aus Moms Kollektion.

Aus meiner Reisetasche krame ich das Geschenk, das wie jedes Jahr schwer zu finden war. Dad hat alles. Was er nicht hat und sich wünscht, kauft er sich selbst oder lässt es sich von Mom schenken.

Dad, Douglas Sullivan der Dritte, ist Jurist und Politiker, inzwischen im Ruhestand. Er hatte viele Ämter in der Region inne, war Staatsanwalt, Richter, Bürgermeister, zuletzt Abgeordneter im Unterhaus von Michigan. Seit seiner Pensionierung liest er viel, vor allem Biografien. Das war zuletzt immer mein Rettungsanker. In diesem Jahr ist es die Special Deluxe Autobiografie von Neil Young. Der Witz liegt schon im Titel, denn der Sänger erzählt die Geschichten seines Lebens im Spiegel seiner Autos. Dazu bekommt Dad ein Paar Manschettenknöpfe. Für ein Buch zum Siebzigsten würden mich die meisten Gäste belächeln. Mehr ist dir dein Vater nicht wert?, würde es heißen, obwohl er diese Geschenke im Grunde selbst bezahlt – es ist zwar meine Kreditkarte, aber nicht mein Geld.

Nach einem Abstecher ins Bad, wo ich meine Locken ein bisschen in Form bringe, gehe ich nach unten.

Ich kenne sie alle. All die Johns und Richards und Roberts samt ihrer Gracies und Ambers und Marylous. Es sind nette Leute, nur furchtbar oberflächlich und nicht sonderlich achtsam in ihren Äußerungen. Das waren sie nie, und es wird schlimmer, je älter sie werden. Die Freunde meiner Eltern sind alle um die siebzig. Mom ist mit sechsundsechzig Jahren praktisch der junge Hüpfer in der verschworenen Bande, die aus Anwälten, Bankiers und Politikern mit ihren in diversen Klubs engagierten Gattinnen besteht. Überall sage ich Hallo und verspreche, für ein Gespräch zurückzukommen, um sie auf den neuesten Stand meines Lebens zu bringen, sobald ich Dad gratuliert habe. Ich finde ihn auf der Schwelle zum Wohnzimmer, dessen Türen sperrangelweit zur zum See führenden Terrasse geöffnet sind. Er sieht mich nicht, denn er diskutiert mit einem John, einem Richard und einem Robert und klingt aufgebracht. Es geht um Politik.

In der Hoffnung, seine Aufmerksamkeit zu bekommen und nicht länger verloren danebenzustehen, spreche ich ihn an. Dad hebt den Finger, um mir zu zeigen, dass ich mich einen Moment gedulden soll, führt seinen Gedanken zu Ende, hört sich das Kontra von einem Robert an und lässt ihn wissen, dass sie später noch einmal auf das Thema zurückkommen werden. Dann wendet er sich mir endlich zu und rückt sich die Brille auf der Nase zurecht.

»Da bist du ja«, sagt er und scheint sich zu freuen.

»Alles Liebe zum Geburtstag, Dad!«, presse ich zwischen den Zähnen hervor.

Ich umarme ihn, er umarmt mich. Wir halten uns so lange fest, bis er mir auf den Rücken klopft, was bedeutet, dass er die Umarmung beenden möchte. Um sein Geschenk zu inspizieren, justiert er seine Brille abermals auf der Nase.

»Was hast du dir dieses Jahr einfallen lassen?«

»Nur eine Kleinigkeit.«

Er packt die Manschettenknöpfe aus und beschließt, sie sofort gegen seine aktuellen auszutauschen. Nachdem das geschafft ist, wickelt er die Biografie aus dem Geschenkpapier und verkündet, dass er so bald wie möglich zu lesen beginnen wird.

Er gibt sich wirklich Mühe. Alle heute Anwesenden, mit Ausnahme von Mom, werden ihm das Schauspiel auch abkaufen. Er verhält sich wie ein glücklicher, zufriedener Mann. Der ist er aber nicht.

»Wir haben gehört, du gehst jetzt aufs College, Layla?«, fragt ein Robert.

»Seit einem Monat«, antworte ich.

»Aber in Ann Arbor«, klinkt sich ein Richard ein.

»Auf die U of M«, antworte ich und überlege, ob ich ihn darauf hinweisen soll, dass diese Uni in den Top Ten der Staaten rankt und die beste Universität Michigans ist. Zugegeben, sie ist natürlich nicht Harvard!

»Wolltest du nicht nach Harvard wie Law und Leo?«, wundert sich eine Gracie.

Das Zucken um Dads Mund entgeht mir nicht. Er atmet durch und gesellt sich dann zu einem anderen Richard und einem anderen John, während ich dem Rest eine Antwort schulde. Ich könnte klarstellen, dass ich nach Harvard *sollte*, wie Law und Leo, Dad, Granddad und Great-Granddad. *Gewollt* habe ich das nie.

»Ich bin nicht angenommen worden«, sage ich stattdessen und hänge ein »Leider« dran.

»Wie kann das sein?«, empört sich ein John. »Hattest du dich für die Rechtswissenschaften beworben?«

Ah, da kommt das nächste Thema: Jura.

»Nein, für Englisch.«

»Ah, Englisch. Ah ja! Ah ja!«

Schon klar. Englisch ist in dieser Gesellschaft keine große Sache, hier zählen nur Jura und Medizin als würdige Studienfächer. Zum Englischinstitut von Harvard hat meine Familie auch keine Verbindungen.

»Na ja, die U of M ist ja auch eine tadellose Universität«, findet ein Robert.

»Ich kann mich nicht beklagen.«

»Dann mal viel Erfolg!«

»Dein Kleid steht dir wirklich ausgezeichnet«, zwitschert eine Marylou im Vorbeigehen. »Aber warum trägst du die Haare so kurz?«

»Junge Frauen sollten sie lang tragen«, klinkt sich eine Gracie ein. »Das mögen die jungen Männer lieber.«

Eine Marylou winkt ab. »Ach, die wachsen schon wieder. Du solltest sie wieder wachsen lassen.«

Freundliches Nicken, Lächeln, Schultertätscheln. Und dann weiter zu den Lachshäppchen und der dritten Runde Schampus.

Hatte ich die Oberflächlichkeit erwähnt?

»Du solltest mehr Blau tragen«, säuselt Mom, die auf leichten Füßen herangeschwebt ist. »Das Outfit solltest du mit nach Ann Arbor nehmen.«

Wenn ich noch einmal höre, dass ich irgendetwas sollte …

»Ich habe blaue Sachen, Mom.«

»Nicht dieses Blau. Das Blau, das du trägst, ist zu lasch. Du brauchst kräftige Farben, du bist eine Sullivan.«

Mom schwebt weiter, um sich bei einer Amber für die Empfehlung des Cateringservices zu bedanken.

Ich habe keine Ahnung, inwieweit mein Familienname mit kräftigen Farben in Verbindung zu setzen ist, und ich bin zu müde, um darüber nachzudenken. Lustigerweise denke ich an die Hausaufgabe, die uns Jordan bis nächsten Mittwoch aufgegeben hat. Ich denke an die Enttäuschung. Bei all dem Smalltalk, den ich gerade geführt habe und von dem ich wünschte, er hätte vom Wetter gehandelt, bleibt mir gar nichts anderes übrig, als an eine bestimmte Enttäuschung zu denken. An den Brief, der mich aus Harvard erreicht hat. An die Standardzeilen, mit denen mir mitgeteilt wurde, dass ich leider nicht zu den Auserwählten gehöre. Ich denke an Dads Schimpftirade über die unvorstellbare Frechheit, die sich die Uni erlaubt, und an Moms bittere Tränen.

Ich nehme mir ein Glas Orangensaft und wechsele vom Wohnzimmer ins Kaminzimmer, wo sich auch viele Leute aufhalten. Und da sind sie: Leo und Law. Leonard und Lawson Sullivan, der Stolz der Familie Sullivan. Groß, blond, attraktiv, warmherzig, erfolgreich und in einer Einheit, wie nur Zwillinge sie sein können, ein unwiderstehlicher Sympathiestrudel. Ihre Gesichter sind von der Sonne gebräunt, Witz funkelt in ihren eisgrauen Augen. Sie tragen maßgeschneiderte Anzüge, die sich perfekt an ihre vom Training und vom Einholen der Segel geformten Körper anschmiegen. Leos Anzug ist dunkelblau, der von Law ist schwarz.

Mit einem Frösteln sehe ich zu ihnen hoch, zu ihrem beinahe lebensgroßen Porträt. Einen Moment lang träume ich mich in die Vorstellung davon, wie diese Party mit ihnen wäre, wie sie mein Englischstudium an der U of M verteidigen und mir sagen, wie gut mir meine kürzeren Haare stehen. Wie wir uns zusammen aus dem Zentrum der Feier verkrümeln, ich, Leo und Law mit ihren super sympathischen Frauen, die zwei- und dreijährigen Kids im Schlepptau.

Ich liebe meine Brüder, und das werde ich immer tun. Ich vermisse die Verbindung, die wir hatten und nicht mehr haben können. Ich verübele es ihnen, dass sie ihren Weg gegangen sind und mich allein gelassen haben, in diesem riesigen Haus mit niemand anderem außer unseren Eltern. Und ich bin überwältigt von der Herausforderung, vor die sie mich, ohne dies zu beabsichtigen, gestellt haben. Einmal mehr wird mir klar, dass es völlig egal ist, was ich tue. Ich kann erreichen, was auch immer es zu erreichen gibt. Ich kann brillieren, worin auch immer man brillieren kann. Ich bin in einem Wettstreit, in dem ich nicht sein möchte und von dem ich weiß, dass ich ihn nur verlieren kann. Meinen Brüdern werde ich niemals das Wasser reichen können.

Kapitel 6

4. Oktober

Es ist ein strahlend schöner Morgen. Die Terrasse ist in gleißendes, sonniges Licht getaucht. Ich wollte draußen decken, aber Mom war es zu frisch, also habe ich den Tisch in der Küche für das Frühstück vorbereitet. Draußen hätten wir die Möwen kreischen, das leise Pfeifen des Windes und das Rauschen der Wellen, das Knattern von Motorbooten hören können. Hier drinnen ist es still, mit Ausnahme des klimpernden Bestecks und des Tickens der Wanduhr. Ich werfe einen Blick hin. Es ist halb neun. In einer halben Stunde muss ich los, damit ich die Shakespeare-Vorlesung um dreizehn Uhr schaffe.

»Du hättest schon Freitag kommen sollen«, sagt Mom, während sie eine Grapefruit auslöffelt. »Hier kannst du doch auch lernen. Hier ist es außerdem viel ruhiger, und es gibt keine Zimmernachbarin, die dich ablenkt.«

»Stella lenkt mich nicht ab«, gebe ich zurück. »Außerdem bin ich hier viel unkonzentrierter als in Ann Arbor.«

»Früher hast du auch in deinem Zimmer gelernt«, kontert Mom.

»Jetzt ist es anders.«

Tatsächlich fühlt es sich falsch an, oben in meinem Zimmer

zu sitzen und mich auf Vorlesungen vorzubereiten. Zuletzt hat sich ein Highschool-Gefühl eingeschlichen, das mich nach einer Weile so nervös gemacht hat, dass ich meine Unterlagen weggepackt habe und am See spazieren gegangen bin.

Mom lässt nicht locker. »Warum ist es jetzt anders?«

»Ich weiß nicht«, winde ich mich schulterzuckend. »Es hat mit dem College zu tun.«

»Du möchtest nicht mehr nach Hause kommen, ist es das?«

Na klasse! Das Gespräch entwickelt sich prächtig. »Oh Mom, bitte!«

»Sag es nur frei heraus!«

»Es sind vier Stunden Fahrt, hin und zurück jeweils. Denkst du auch daran? Ich kann nicht ständig das halbe Wochenende auf dem Highway verbringen.«

Mom schnaubt, als wäre das eine lahme Ausrede.

Mir platzt fast der Kragen. »Warum legst du überhaupt so viel Wert darauf, dass ich die Wochenenden hier verbringe?«

Ob es Dad auch wichtig ist, weiß ich nicht. Er hält sich aus der Unterhaltung heraus. »Es ist ja nicht so, als würden wir Zeit miteinander verbringen. Jeder macht hier doch sein Ding, wie immer.«

Alles ist wie immer. Mit der Ausnahme, dass ich dafür nun extra herkomme. Der Sinn erschließt sich mir immer weniger, aber es ist schwer zu erklären, ohne verletzend zu sein.

Mom hat kein Problem damit auszuteilen. »Ach, worauf hast du denn Lust?«, fragt sie mit vor Ironie triefender Stimme. »Spaziergänge am See? Shoppingtouren? Eine Partie Golf im Belvedere Club? Seit wann hast du den Wunsch nach Geselligkeit? Kam der auch mit dem College?«

Sie ist so gemein! Am liebsten möchte ich meinen Creamcheese-Bagel auf den Teller klatschen, aufstehen und verschwinden, doch das würde nichts besser machen. Also bleibe ich sitzen und beiße ein weiteres Mal ab. Dabei wird mir bewusst, dass Mom im Prinzip nur bei ihrer alten Strategie bleibt: Sie möchte nicht darüber nachdenken, was bei uns nicht stimmt, und verdrängt jeden Hinweis darauf, indem sie in die Offensive geht. Die ständige Defensive ist mir aber seit Langem zu viel. Und diese Stille, die Selbstverständlichkeit der Erwartungen, die widerwillige Duldung meiner Entscheidungen, eine gewisse Ignoranz – das alles nimmt mir die Luft zum Atmen, wie ein Brustpanzer, der immer enger wird. Ich stecke schon lange drin, und er hat nie richtig gut gesessen. Aber inzwischen bin ich herausgewachsen.

Genau deshalb kann ich in meinem Zimmer nicht mehr lernen.

»Was war es gleich?« Inzwischen klingt Mom nur noch gereizt. »Warum konntest du nicht schon am Freitag kommen? Irgendein Extrakurs, richtig?«

Irgendein Extrakurs! Wenn ich das schon wieder höre! Irgendein Extrakurs zusätzlich zu irgendwelchen anderen irrelevanten Kursen.

Tu so, als hätte sie ganz normal gefragt!, mahnt mich die Vernunft und versucht, den Ärger weiter auszubremsen. *Wenn du patzig reagierst, wird es nur noch schlimmer.*

Das Thema hatte ich noch für mich behalten, weil ich mir das Theater am Telefon ersparen wollte.

»Kreatives Schreiben«, sage ich nun.

Mom runzelt die Stirn. Dad schaut von seinen Pancakes auf und mustert mich mit einem dicken Fragezeichen in der Miene.

»Ist dieser Kurs denn verpflichtend?«, brummelt er.

»Nein, freiwillig.«

»Ein Professor hält den?«, hakt er weiter nach.

»Eine Professorin. Professor Carter. Sie ist Schriftstellerin. Wir werden aber von Coaches unterrichtet.«

»Coaches …«, murrt Dad. »Studenten höherer Semester, nehme ich an.«

»Du hast dich doch früher nie fürs Schreiben interessiert«, stellt Mom gespielt verwundert fest.

Tadaa! Der nächste Früher-hast-du-Satz!

Die Erklärung spare ich mir jetzt ganz einfach. Ich werde den beiden ganz sicher nicht erzählen, dass Stella mich eingeschrieben hat.

»Kannst du dich nicht einmal auf das Wesentliche konzentrieren?« Ärger funkelt in Moms Augen. »Diese Traumtänzeridee, Lektorin …« Sie schnalzt mit der Zunge. »Die ist schon abwegig genug. Dafür brauchst du einen Top-Abschluss, sonst wirst du in den Verlagen nicht mehr als ein Handlanger, gibst auf und landest miserabel bezahlt an einer Highschool. Und jetzt kommst du uns damit?«

»Womit denn?«, fauche ich sie an. »Es ist ein Schreib-Workshop, kein Poledance-Training.«

Mom schaut zu Dad. »Sag doch was, Douglas! Sag, dass wir das nicht unterstützen. Sie studiert sich ins blanke Verderben.«

»Als würde sie auf mich mehr hören als auf dich«, gibt er zurück. Sein jetzt nachdenklicher Blick ruht noch kurz auf mir. Er ist nicht verärgert, auch nicht überrascht. Lediglich enttäuscht. Wieder einmal. Schließlich nimmt er seine Tasse, nippt an seinem Kaffee und widmet sich seinen Pancakes. Wie er mit seiner Gabel im Essen herumstochert, verrät, dass ihm der Appetit vergangen ist.

Mom wendet sich wieder an mich. »Schriftstellerin! Das wäre der Gipfel der brotlosen Kunst.«

Daher weht der Wind also. Zugegeben habe ich fast ein bisschen Spaß an der Vorstellung, meinen Eltern jetzt von meiner brandneuen, noch viel grandioseren Traumtänzeridee zu erzählen. Auch wenn ich sie gar nicht habe. Am Ende entscheide ich mich aber dafür, die Wogen lieber zu glätten, statt sie weiter aufzuschäumen, und sage ihnen, dass ich kein Talent fürs Schreiben habe und es auch nicht entwickeln will.

»Warum dann dieser Kurs?«, fragt Mom nur wenig besänftigt. »Das ist doch völlige Zeitverschwendung.«

»Ich sehe das anders. Es schadet nicht, wenn ich als Lektorin auch die Techniken des kreativen Schreibens kenne. Schließlich lese ich die Manuskripte nicht nur, sondern bearbeite sie auch.«

Dads Handy gibt einen Ton von sich. Er schaut auf das Display und entschuldigt sich, um im Büro ein wichtiges Telefonat zu führen. Mom beginnt, den Tisch abzuräumen. Das Frühstück ist also beendet. Na gut, dann komme ich eher los als gedacht.

Nachdem ich Mom mit dem Abräumen geholfen habe, gehe ich in mein Zimmer und packe meine Sachen zusammen. Die von Mom für die Party gekauften Outfits nehme ich nicht mit.

Von Dad verabschiede ich mich zuerst. Er steht vom Schreibtisch auf, drückt mich kurz, wünscht mir eine gute Fahrt und setzt sich wieder. Mom wartet im Foyer.

»Sehen wir uns nächstes Wochenende?«

Innerlich schnaube ich. Ich habe es doch erklärt! Warum macht sie das?

»Der Schreib-Workshop findet immer mittwochs, freitags und samstags statt. Den ganzen Oktober über.«

Sie schürzt die Lippen. »Das heißt, du kommst erst im November wieder nach Hause?«

»Ja.«

Ja! Und die Vorstellung tut nach den vergangenen Stunden richtig gut.

»Mom, bitte versteh das«, füge ich in der Hoffnung auf eine versöhnliche Verabschiedung an. »Ich brauche den Sonntag zum Lernen und für die Vorbereitungen.«

»Na schön.« Sie hält mir die Wange hin.

Ich drücke einen Kuss darauf und gehe durch die Tür, entriegele mein Auto, werfe die Tasche auf den Beifahrersitz und setze mich hinters Lenkrad. Beim Losfahren werfe ich einen Blick in den Rückspiegel. Die Haustür ist schon geschlossen. Wie immer.

Auf der Fahrt durch die Stadt versuche ich die Erinnerung an das Frühstück abzuschütteln. Ich versuche über Shakespeares »Richard III.« nachzudenken, über die Diskussion dazu, die in vier Stunden ansteht. Aber Shakespeare und Richard wollen nicht so recht. Sie verblassen immer wieder hinter anderen Gedanken. Nach einer Weile gebe ich auf und stelle die Musik lauter. A Perfect Circle läuft. Ich will ein bestimmtes Lied hören und skippe, bis die ersten leisen Töne von *Passive* erklingen. Der Song bleibt nicht leise. Er wird laut, zornig, verzweifelt. Ich stelle noch ein bisschen lauter und singe mit:

»Wake up and face me! Don't play dead 'cause maybe someday I'll walk away and say: You fuckin' disappoint me!«

Kapitel 7

5. Oktober

Das Seminar »Mark Twain und der Große Amerikanische Roman« findet in Raum MH3401 statt, also in der dritten Etage der Mason Hall. Damit Diskussionen möglich sind, sitzen wir nicht wie im Auditorium und bei Shakespeare in abgestuften Reihen mit Blick auf das Podium, sondern an zu einem Quadrat gestellten Tischen. Professor Seybold ist neben seiner Arbeit an der U of M Gründungsredakteur des Centers for Mark Twain Studies und nicht nur ein echter Twain-Experte, sondern auch ein guter Erzähler. Heute erzählt er uns vom Medienkrieg, den der Schriftsteller Mitte der 1860er-Jahre gegen die Polizei von San Francisco führte, und dass er mit seiner Kampagne nicht nur die Ablösung des damaligen Kommissars bewirkte, sondern auch Reformen, die in den folgenden Jahren landesweit von Police Departments übernommen wurden. Als er eine Diskussion über die antagonistische Beziehung zwischen Polizei und Medien in heutiger Zeit anregt, melden sich sofort die üblichen Verdächtigen zu Wort. Eine davon ist eine Studentin, die Professor Seybold so offen anhimmelt, dass es schon peinlich ist. Mir zumindest, und das, obwohl ich nur Zuschauerin bin. Ich selbst denke beim aktuellen Thema an die Reaktionen der

Polizei auf Proteste der BLM-Bewegungen und an die Berichte in den Medien. Gerade will ich mich in die Diskussion einklinken, da stupst mich meine Nachbarin in die Seite und reicht mir einen zusammengefalteten Zettel. Mein Name steht drauf. Verwundert falte ich den Zettel auf.

Sag mir, was ich beim nächsten Mal spielen soll, damit du bleibst, lese ich.

Ich sehe zu AJ, der neben Simon und mir gegenübersitzt. Er grinst und dreht seinen Stift in den Händen. Ich senke den Blick, falte den Zettel wieder zusammen und versuche, mich auf Professor Seybolds Thema zu konzentrieren. Vergeblich. Immer wieder huschen meine Gedanken zu AJs Aufforderung. Schließlich falte ich den Zettel wieder auseinander und antworte.

Ich bin nicht wegen dem Song gegangen, sondern weil Stella loswollte. Aber ich habe keinen Wunsch. Ich bin kein Fan von Ständchen.

Der Zettel wandert von Hand zu Hand zurück zu AJ, was völlig oldschool und fast ein bisschen romantisch ist. Ich schaue nicht hinüber, als er ihn aufklappt. Im Stillen ärgere ich mich, einerseits über AJ, andererseits über das, was ich ihm gerade geschrieben habe. Kalt und abweisend klang das, dabei war er immer freundlich zu mir. Was, wenn er sich wirklich für mich interessiert und mich einfach nur kennenlernen will?

Der Zettel kommt zurück. Ich falte ihn auf.

Spielverderberin!, steht darauf und: *Jetzt sei doch nicht so! So schlimm singe ich doch gar nicht.*

Irgendwie niedlich. Ich linse zu AJ. Er grinst immer noch, breiter inzwischen. Seine dunklen Augen hinter den runden Brillengläsern funkeln amüsiert.

»Miss Sullivan«, tönt Professor Seybolds Stimme. »Insofern

Ihr Schriftverkehr themenrelevant ist, würden wir uns freuen, wenn Sie uns daran teilhaben lassen.«

Erschrocken sehe ich ihn an, schüttele den Kopf, falte den Zettel zusammen und verberge ihn in meiner Faust.

»Wie schade!«, findet der Prof. »Haben Sie dann vielleicht etwas beizutragen, das relevant ist?«

Hastig sortiere ich mich und werfe dann meine Gedanken zu den BLM-Protesten ein. Glücklicherweise kann ich meinen Hals damit aus der Schlinge ziehen. Der Prof scheint zufrieden und lehnt sich zurück, um die sich entwickelnde Diskussion nur noch zu moderieren.

Am Ende der fünfundsiebzig Minuten bin ich darauf gefasst, dass mich Professor Seybold zur Seite nimmt, aber er gibt mein »Bis Donnerstag« nur gut gelaunt zurück und wischt das Whiteboard ab.

AJ wartet im Flur auf mich.

»Wann beginnt dein nächster Kurs?«, fragt er.

»Morgen um neun«, gebe ich zurück. »Heute habe ich keinen mehr, aber ich will gleich in die Bibliothek.«

»Hast du's gut.« Er wirft sich seinen Rucksack über die Schulter und schließt sich mir an, als ich die Treppe hinuntergehe. »Um vierzehn Uhr muss ich noch zu *Liebe und Sex in der Poesie der Renaissance*.«

Diese Vorlesung ist aus dem Bereich *Identität und Unterschied*, aus dem ich in diesem Semester keine Veranstaltung belege.

»Wie ist es? Ich überlege, das nächstes Semester zu machen.«

AJ lacht kurz. »Nimm lieber was anderes. Der Kurs ist langweiliger, als der Titel vermuten lässt, und mit Professor Ainsworth auch irgendwie ungünstig besetzt.«

»Echt, wieso? Ist er oder sie nicht sexy genug?«

»Er ist steinalt. Manchmal macht er ewig lange Pausen und starrt vor sich hin. Ich denk dann immer, dass er gleich tot umfällt.«

Jetzt muss ich lachen. »Das klingt gruselig.«

»Ist es. Ihm fehlt einfach das Feuer. Sogar mit einem Rondeau über einen Orgasmus würde er mich einschläfern.«

»Okay. Dann nehme ich lieber *Bollywood and Beyond*. Das klingt lustig.«

»Fand ich auch, ist aber nicht mein Ding. Diese Filme treiben mich in den Wahnsinn.« AJ überspringt die letzten drei Stufen und fährt zu mir herum. »Lust auf Lunch mit mir?«

Zögernd betrachte ich ihn und lausche in mich hinein.

Gib dir einen Ruck!, verlangt der Mut in mir. *Er ist an dir interessiert! Ganz eindeutig. Freu dich doch!*

»Na, komm schon«, sagt AJ. »Lass uns Burritos holen und uns draußen irgendwo hinsetzen. Wetter passt.«

So ganz ist mir sein Motiv immer noch nicht klar, aber ich habe echt Hunger, deshalb stimme ich zu. Auf dem Weg zu einem Bistro, während AJ mehr von Professor Ainsworth erzählt, lausche ich weiter in mich. Es müsste doch etwas passieren. Ein Flattern im Bauch oder in der Brust, Vorfreude aufs Mittagspicknick in der Sonne mit dem wahrscheinlich interessantesten Typen in meinem Semester. Die Verunsicherung, die ich in AJs Gegenwart vor Kurzem noch empfunden habe, hat nachgelassen, aber mehr als vorsichtige Sympathie ist nicht hinzugekommen.

Noch nicht, tröstet mich meine Geduld. *Alles braucht Zeit.*

Ich stelle die inneren Lauscher ab, überfliege das Menü des Bistros und suche mir einen Burrito aus.

Mit den Snacks und Getränken kehren wir in den Park vor die Mason Hall zurück. AJ zieht seine Lederjacke aus, um sich draufzusetzen. Ich tue das Gleiche mit meiner Strickjacke und wickele meinen Burrito aus der Verpackung. AJ öffnet seine Coke und flucht, als die Flüssigkeit übersprudelt. Ich beobachte, wie er den Arm ausstreckt und die Dose über dem Gras abtropfen lässt. Wie gewohnt trägt er ein Hemd, dessen Ärmel umgeschlagen sind, und Hosenträger, die am Bund seiner weit geschnittenen grauen Hose festgeklippt sind. Mein Blick wandert über die Tattoos, die unter den Hemdsärmeln verschwinden.

»Wie viele Tattoos hast du?«, frage ich ihn.

»Eigentlich nur eins«, antwortet er.

Ich deute auf seine Arme. »Die hängen zusammen?«

»Ja.« Er trinkt, setzt die Dose dann ab und sieht mich an. »Auf den Schultern und dem Rücken geht es weiter.«

Ich beiße vom Burrito ab. AJ wirft seinen Mittagssnack, der noch in der Verpackung ist, ein Stück in die Luft, sodass er sich dreht, und fängt ihn mit der Hand wieder auf.

»Piercings hab ich auch«, meint er dann.

Ich werfe einen Blick auf seine Ohren, seine Nase, seine Lippen. Nichts. Daran, dass seine Zunge gepierct ist, kann ich mich auch nicht erinnern.

»Will ich wissen, wo?«, witzele ich vorsichtig.

»Drei Stück sind es«, gibt er grinsend zurück.

»Rechte Brustwarze, linke Brustwarze …«

»Stimmt.«

Allein die Vorstellung schmerzt. »Autsch!«, murmele ich und nehme noch einen Bissen. Ich kann mir denken, wo das dritte Piercing ist, und werde einen Teufel tun und dieses Körperteil thematisieren. AJ scheint darauf zu warten und amüsiert sich offenbar, weil ich stattdessen meinen Burrito futterte. Bald gibt er nach und isst ebenfalls.

Unser Schweigen ist anfangs okay. Nach ein paar Minuten beginnt es aber zu drücken und wird immer präsenter. Ich überlege, was ich AJ erzählen könnte, da hebt er den Arm und grüßt jemanden.

»Hey Jordan, hast du ne Minute?«, ruft er quer über den Rasen.

Oh no!

Ich linse kurz in die Richtung, in die AJ gerufen hat. Jordan löst sich von einer Gruppe Studentinnen, mit denen er gerade gesprochen hat, und kommt zu uns. Mit einem Mal bin ich so nervös wie im Workshop, als ich vorlesen musste, und würge den letzten Bissen hinunter. Den Rest des Burritos stecke ich wieder in die Verpackung.

Als Jordan sich zu uns hockt, muss ich mich überwinden, um ihn ansehen zu können. Das Lächeln fällt mir dreimal so schwer.

»Was gibt's?«, fragt er und sieht von mir zu AJ.

»Wegen dem Text für morgen.« AJ schirmt seine Augen vor der Sonne ab und blinzelt Jordan aus einem Auge an. »Muss der superernst sein?«

»Ernst gemeint genügt«, antwortet Jordan, ohne die Miene zu verziehen.

»Okay, das ist gut. Drama ist nicht so mein Ding, weißt du.«

»Solange du uns deine Enttäuschung spüren lässt, ist alles gut.« Er wendet sich mir zu. »Wie ist es bei dir? Kommst du mit dem Thema klar?«

Zuerst halte ich vor Schreck den Atem an, dann lasse ich ihn gehen und beeile mich zu nicken. »Ich denke schon.«

»Wenn ich dir helfen kann …«

»Nein, alles gut. Danke.«

Jordan betrachtet mich, als würde er mir nicht glauben. Dann steht er auf und geht ein paar Schritte rückwärts, wobei sein Blick zwischen AJ und mir hin- und herwandert.

»Bis morgen«, sagt er dann und dreht sich um.

Ich atme durch, flüstere ein »Puh!« und grinse AJ an.

Er schnaubt amüsiert. »So schlimm ist er doch gar nicht«, meint er und beißt von seinem Burrito ab.

Kapitel 8

6. Oktober

Einhundert Worte über die Enttäuschung. Dieser Text ist mir viel schwerer gefallen als der Lebenstraum-Text. Vielleicht, weil das Gespräch mit meinen Eltern noch nachwirkt, vielleicht auch, weil ich mehrere Themen zur Auswahl hatte. Die Enttäuschung war schon einige Male mein Gast, wie sicher bei jedem, doch darüber zu schreiben hat sich falsch angefühlt. Diese Themen sind zu privat; ich möchte sie nicht vor einer Gruppe fremder Menschen vortragen. Außerdem geht es mir ein bisschen wie AJ. Drama ist auch nicht mein Ding. Ich käme mir damit vor, als würde ich herumheulen, und das habe ich nicht einmal getan, als ich enttäuscht wurde. Tränen hätten nichts geändert. Das tun sie so gut wie nie.

Gestern Abend habe ich die paar Sätze schließlich aus dem Stift gewürgt. Stella hat den Text gelesen, während ich mir ihren angeschaut habe. Zuerst wollte sie über Elijahs Verhalten schreiben, natürlich ohne seinen Namen zu nennen. Dass er sich mal mit ihr unterhält und sie wenig später wie Luft behandelt, bezeichnet Stella inzwischen als äußerst frustrierendes Spielchen.

Das Thema war ihr am Ende aber zu heikel, und so hat sie

ihrer Enttäuschung über eine ehemalige Freundin ordentlich Luft gemacht.

Nun geht es ans Vorlesen.

Als Jordan fragt, wer zuerst möchte, melden sich fünf. Jordan ignoriert sie. Er schaut mich an und fordert mich auf, loszulegen. Von seiner Sonderbehandlung wenig begeistert, schlage ich mein Journal auf, blättere zur letzten beschriebenen Seite und lese:

»Sie würden es nie direkt sagen. Nicht aus Nachsicht, sondern weil es sich durch Worte noch realer anfühlen würde. Sie sagen es anders. Die Enttäuschung steht in ihren Augen, jedes Mal, wenn sie mich ansehen. Wenn ich ihre Augen nicht sehe, erkenne ich ihre Enttäuschung an der Art, wie sie sich abwenden, und in ihren Bewegungen, ihren Gesten. Aus jeder Pore steigt sie. Vielleicht wissen sie, dass ich es auf die Absage angelegt hatte, einfach ein bisschen schlampig war bei meiner Bewerbung. Vielleicht wussten sie es vorher schon. Vielleicht waren sie nicht mal überrascht, denn in einer Sache enttäusche ich sie nie: dass ich sie enttäusche.«

Ich bin fertig und schaue auf. Ohne ein Wort schnippt Jordan mit dem Finger und zeigt auf Simon, der zuerst so perplex ist wie ich, aber gleich loslegt und uns an seiner Enttäuschung über seine Mutter teilhaben lässt. Die hat, wie er es nennt, den Sittich gemacht und ist zu einem anderen Vogel geflattert.

Als Jordan wieder schnippt und auf Cat zeigt, ist uns klar, dass das die Vorgehensweise in dieser Runde ist. Cat verwendet viele Verdammts, Fucks sowie die Worte Blödfisch, Wichser und Arschgeige in ihrer textlichen Abrechnung mit ihrem Exfreund. Bob, der als Nächstes angeschnippt wird, war enttäuscht, dass er an seinem achtzehnten Geburtstag noch nicht zum Mond fliegen konnte. Das hatte er sich als Achtjähriger fest vorgenommen. Aus dem Schmunzeln, das Bob für seine witzigen Gedanken erntet, wird ein Lachen, als AJ vorliest, wie er mit sechs im Schwimmbad ein Erdbeereis aß, das nach Himbeere schmeckte. Nach dem letzten Schnippen ist Benedict dran und erzählt von Wort zu Wort aufgebrachter, wie maßlos enttäuscht er im Februar von den Detroit Lions war, nachdem sie es wieder einmal nicht in die Play-offs geschafft haben und überhaupt eine der wenigen Mannschaften sind, die niemals im Superbowl gespielt haben. Ich denke, jeder von uns ist überrascht, wie sehr das den eigentlich so ruhigen Benedict in Rage bringt.

Zu Benedict äußert sich Jordan zuerst. »Du hast deine Emotionen gut transportiert. Ich glaube, jeder konnte, mit und ohne Begeisterung für Football, deine Enttäuschung greifen.«

Die nächsten beiden wertet er gemeinsam aus. »AJ und Bob, ihr beide habt Humor und Selbstironie eingesetzt. Was euch enttäuscht hat, hat uns zwar amüsiert, aber wir konnten euch dennoch nachfühlen. Sehr gut.«

Simon kommt nicht mehr ganz so gut weg. »Das war zu viel Sarkasmus. Deine Gefühle wurden davon völlig überdeckt. Was deine Mutter in dir ausgelöst hat, als sie dich und deinen Vater verlassen hat, konnten wir nur erahnen. Wirklich gesagt hast du es uns nicht.«

Sein Urteil zu Cats Text ist ähnlich: »Du wolltest provozieren, okay. Aber ich hätte lieber etwas in der Art gehört: ›Er hat mir das Herz aus der Brust gerissen, dieser Blödfisch.‹ Das wäre emotionaler gewesen als ›Fick dich, du Blödfisch, und fahr in die verdammte Hölle‹. Klar, man versteht schon, dass du enttäuscht bist, aber deine Worte waren nicht bildlich genug. Wir haben nicht erfahren, was diese Enttäuschung mit dir gemacht hat.«

Cat sieht ihre Fehler ein. Mich zerreißt es fast. Mir tut der Bauch schon weh, weil ich mir das Lachen verkneife.

Jordan schaut mich an. »Was ist so lustig?«

»Blödfisch!«, japse ich. »Das Wort hab ich noch nie gehört. In Cats Text klang es schon urkomisch, aber wenn du es verwendest …«

Ich bringe den Satz nicht zu Ende, und das Lachen vergeht mir auch gleich, denn Jordan sieht mich nur leicht irritiert an und knöpft sich meinen geistigen Erguss vor.

»Du hast deine Eltern enttäuscht, nehme ich an. Dein Text ist recht kryptisch. Prinzipiell gut formuliert, aber völlig emotionslos. Die Gefühle, die du hättest einbringen können, wären Wut, Genugtuung, Schadenfreude oder Trotz gewesen. Keines davon war da. Und davon abgesehen, hättest du mit diesen Gefühlen das Thema verfehlt.«

Dass Jordan es genau so sehen würde, hat mir Stella nach dem Lesen prophezeit. Sie hat sich gewundert, warum ich meine eigene Enttäuschung nicht zum Thema gemacht habe. Ich wollte ihr keine Antwort darauf geben.

»Das hab ich doch auch, ohne die Gefühle einzubringen«, antworte ich Jordan.

»Das Thema verfehlt?« Er zieht eine Braue hoch, womit er unfassbar arrogant wirkt. »Ja, das hast du. Etwa absichtlich? Enttäuschst du absichtlich?«

»Nein!«, knurre ich. »Ich dachte, es wäre okay. Du hast nicht gesagt, dass wir nur über eigene Enttäuschungen schreiben dürfen.«

»Merkwürdigerweise bist du die Einzige, die es nicht getan hat.« Seine Stimme wird lauter. »Alle öffnen sich. Das braucht dieser Workshop. Du tust das nicht. Du versteckst dich hinter den Emotionen anderer.« Er atmet durch und beruhigt sich wieder. »Was ich von dir wollte, Layla, war der Moment einer Niederlage, einer Zurückweisung und wie du dich dabei gefühlt hast. Unvollständig, makelhaft, dreckig, ungenügend , wütend, ernüchtert, mutlos?«

Nichts davon wird er von dir bekommen!, beschließt der Ärger, der in mir brodelt.

Ich beiße die Zähne aufeinander und will seine Worte an mir abperlen lassen. Leider klappt das nicht.

»Ist das noch Kritik oder schon Schikane?«, brause ich auf. »Du bist furchtbar gern gemein, oder? Es macht dir Spaß, andere kleinzumachen.«

Jordan schüttelt den Kopf und schweigt einen Moment lang sichtlich getroffen. »Nicht dein Ernst, oder?«, murmelt er dann.

»Du reagierst ein bisschen heftig, Layla«, klinkt sich Cat ein. »Ich finde, Jordan hat recht. Du hast dich um das Thema gedrückt, warum auch immer.«

Bob und Benedict stimmen ihr zu. Als AJ etwas sagen will, stoppt Jordan die aufkommende Diskussion, indem er die Hände hebt. Sein Blick liegt weiter nur auf mir.

»Mit genau welchem Wort habe ich dich, wie du glaubst, schikaniert?«

Ich weiß es nicht mehr! Ich will auch nicht mehr darüber nachdenken. Ich hasse diesen Kerl! Ich hasse, wie er die Braue hochzieht. Ich hasse seine merkwürdigen Augen und wie er mich von oben herab anstarrt. Ich hasse seine Stimme, seinen ewig kritischen Ton. Ich hasse seine Humorlosigkeit, wie er sich stupide in seinem Schema festbeißt. Ich hasse seine schwarzen Klamotten, seine ach so witzigen T-Shirts. Ich hasse diese Katze, die mit einer Pistole in jeder Pfote auf dem T-Shirt des Tages herumspringt. »Pew! Pew! Madafakas!« steht unter dem Bild.

»Eigentlich wollte ich es dir nur recht machen«, bringe ich mit vor Wut zitternder Stimme hervor.

»Tatsächlich? Davon merke ich nichts.«

Unfassbar!

»Fünfzehn Minuten Pause«, beschließt er. »Danach machen wir weiter mit einem Thema, das uns allen gerade sicher gut in den Kram passt.«

Ich stürme aus dem Raum. AJ ruft mich, aber ich ignoriere ihn. Professor Carter ist hier irgendwo, bei Nick, Daphne oder Gloria. Wird Zeit, dass sie bei ihrem Schützling Jordan aufschlägt und sich ein Bild von seiner Art zu unterrichten macht.

Daphne hat ihre Studenten auch gerade in die Pause geschickt. Bei ihr finde ich Professor Carter und bitte sie um ein Gespräch.

Ich bin keine Petze, erzähle ihr keine Details. Ich drücke mich anders aus: »Jordan und ich harmonieren einfach nicht. Auch im zweiten Anlauf nicht. Ist es vielleicht möglich, dass ich den Coach wechsele?«

Professor Carter schaut mich nachdenklich an, dann wiegt sie den Kopf hin und her, und nimmt die auf einem Klemmbrett befestige Teilnehmerliste unter die Lupe.

»Haben Sie schon mit Jordan darüber gesprochen?«

Kein Wort wirst du mehr mit dem sprechen!, tönt der Trotz.

»Nein, ich dachte, ich frage Sie erst einmal, ob das prinzipiell möglich ist. In Nicks und Glorias Gruppe sind jeweils nur fünf Studenten.«

»Ich weiß nicht, ich fände es Jordan gegenüber unfair, das über seinen Kopf hinweg zu entscheiden. Holen wir ihn doch zu uns. Da kommt er ja gerade.«

Sie ruft ihn und winkt ihn zu uns.

So hatte ich mir das nicht vorgestellt. Ich wappne mich,

drehe mich zu ihm um. Sein spöttischer Blick verrät, dass er sich vorstellen kann, worum es geht.

»Was gibt's denn?«, fragt er und sieht von mir zur Prof.

»Nun, Miss Sullivan meint, die Chemie zwischen Ihnen beiden stimmt nicht recht. Deshalb würde sie gern zu Nick oder Gloria wechseln.«

Feigling!, steht jetzt in Jordans Augen, und tatsächlich schäme ich mich ein wenig. Ein paar Sekunden betrachtet er mich, dann scheint er sich seine Worte zurechtgelegt zu haben.

Er wendet sich wieder an Professor Carter. »Ich sehe es so: Layla und ich werden in diesem Leben wohl keine besten Freunde, aber dafür sind wir auch nicht hier. Die Chemie würde ich aber trotzdem nicht verantwortlich machen, sondern die angezogene Handbremse, mit der Layla fährt. Das Problem hätte sie auch bei Nick und Gloria.«

Professor Carter nickt und schaut auf ihre Uhr. »Ich habe gleich einen wichtigen Telefontermin und muss in mein Büro.« Sie schenkt mir ein ermutigendes Lächeln. »Miss Sullivan, versuchen Sie es doch bis Ende der Woche mit Jordan. Wenn er ihr Problem richtig einschätzt, können Sie eigentlich keinen besseren Coach als ihn haben.«

Na klasse! »Okay«, presse ich zwischen den Zähnen durch.

»Wäre das für Sie in Ordnung?«

Nein! »Jepp.«

»Prima. Am Freitag bin ich ohnehin zu Gast in Ihrem Team. Wir können das Problem, sofern es noch besteht, dann gern weiter besprechen.«

Damit schwirrt sie ab.

»Zufrieden?«, blaffe ich Jordan an.

Er verzieht keine Miene. »Immer noch nicht«, gibt er zurück und lässt mich stehen.

Ich mache mich auf die Suche nach Stella, um ihr von diesem Drama zu erzählen, finde sie aber nirgends. Wahrscheinlich ist sie mit den Leuten aus ihrer Gruppe essen gegangen. Jeder Bissen würde mir jetzt im Hals stecken bleiben, so trocken ist er vor lauter Ärger. Aufgewühlt tigere ich die letzten Minuten herum und gehe dann wieder in Raum MH1460. Nur AJ ist da.

»Mir hat dein Text gefallen«, sagt er. »Auch wenn er kryptisch war. Da blickt halt nicht jeder durch.«

»Thema verfehlt, hast du doch gehört.« Ich setze mich, obwohl ich noch viel zu sauer zum Sitzen bin und lieber weiter durch die Gegend stampfen würde.

»Sieh's nicht so eng. Der Text war schon viel besser als dein erster.«

»Ja, der erste war richtig scheiße.«

»Von welcher Uni hast du dir denn absichtlich eine Absage eingefangen?«

»Harvard.«

»Uh!« Überrascht runzelt er die Stirn. »Warum wolltest du nicht hin?«

»Vielleicht wollte ich mit Traditionen brechen.«

Das stimmt nicht, aber es passt ganz gut ins Bild, das Jordan gerade gewagt hat, von mir zu erstellen.

»Kleine Rebellin!« AJ schmunzelt. »Ich find rebellische Frauen echt sexy!«

Was für ein Blödsinn!

Ich komme nicht dazu, AJ zu sagen, was ich von seiner Aussage halte, denn Cat, Simon und Bob betreten den Raum. Cat lacht schrill. Wenig später trudeln auch Benedict und Jordan ein. Sobald alle sitzen, verkündet Jordan die nächste Übung.

»Erinnert euch an etwas, das euch wütend gemacht hat.

Nicht einfach nur ein bisschen sauer, sondern richtig wütend.« Er sieht von einem zu anderen in der Runde, nur mich ignoriert er geflissentlich. »Ich gebe euch fünf Minuten Zeit. Denkt kurz nach, denkt euch in euren Zorn hinein, spürt ihn nach. Und dann schreibt. Die Zeit läuft ab jetzt.«

Während die anderen noch vor sich hinstarren, schreibe ich schon. Eine Viertelseite habe ich bereits gefüllt, da halte ich inne und überfliege meine Worte. Sie sind eher … Vergessen wir das! Schnell streiche ich das Geschriebene durch und beginne von vorn. Ich kritzele, drücke den Stift hart auf das Papier, umklammere ihn. Manche Worte schreibe ich nicht aus, weil mein nächster Gedanke schon da ist, aber das macht nichts. Ich werde es schon entziffern können. Hinter das letzte Wort haue ich ein Ausrufezeichen, setze den Stift dann ab und lege ihn weg. Meine Hand tut weh.

»Und stopp«, sagt Jordan. »Wer beginnt?«

Ich melde mich. Sonst niemand.

Jordan nickt mir zu.

»Mein Herz galoppiert wie ein von einem Schuss aufgescheuchtes Pferd«, lese ich, muss aber stoppen, weil meine Stimme zu kippen droht. Ich schlucke, atme durch und fahre fort: »Mein Puls schlägt immer wieder dumpf gegen mein Trommelfell. Mein Inneres zittert, als wären alle Muskeln plötzlich zu kurz. Ich weiß nicht, ob ich heulen oder ihn anschreien soll. Ich weine nie, ich schreie nie jemanden an, und ich hasse, dass er mich vor die Entscheidung zwischen diesen beiden Sachen stellt. Gedanken flattern in meinem Kopf wie die Fetzen einer ausgefransten Flagge im Sturm. Manche Gedanken wollen die Ohnmacht füllen, andere wundern sich über den Sinn von alledem. Ich bin hilflos, während der Ärger an meinen Nerven frisst, gierig, bis der Zorn kommt und sich wie ein roter

Luftballon aufbläst. Er will platzen, alles beenden. Was hab ich hier verloren?, frage ich mich, wo ich ja nie hier sein wollte.«

Immer noch aufgeregt, aber eher nervös als wütend, hebe ich den Blick vom Blatt und sehe Jordan an.

»Jetzt bin ich zufrieden«, sagt er.

Kapitel 9

7. Oktober

Nach der letzten Vorlesung am Donnerstag gehen Stella und ich ins Sava's, ein beliebtes Restaurant im Unibezirk. Wir brauchen mal etwas anderes als die sonst üblichen abendlichen Pizzalieferungen oder Nudeln vom Panda Express um die Ecke. Ich bestelle Pasta, Stella einen Wrap. Sie ist aufgeregt und durcheinander, denn Elijah und sie haben die Mittagspause zusammen im Park verbracht. Er hat für sie beide Hotdogs an einem Stand gekauft.

»Gestern im Workshop, hattet ihr da auch die Zorn-Übung?«, frage ich sie, weil mich interessiert, ob Jordan nach Plan vorgegangen ist oder spontan umdisponiert hat.

Stella schüttelt den Kopf. »Wir sollten übertreiben. Es ging um den Superlativ.«

Aha!

»Wir sollten an unseren schlimmsten Urlaub, an den peinlichsten Moment oder das schlechteste Essen denken und beim Schreiben gnadenlos übertreiben.«

»Wofür hast du dich entschieden?«

»Für das Essen.« Sie lacht. »Keiner meiner Urlaube war so mies und mein peinlichster Moment war zu peinlich, um nur daran zu denken. Auf keinen Fall hätte ich den in der Gruppe geteilt.«

»Verrätst du ihn mir?«

Stella zögert, dann grinst sie. »Na ja, das war beim ersten Sex. Oder besser beim ersten Versuch, Sex zu haben. Er ging einfach nicht rein. Ich war total verkrampft. Das war ein bescheuertes Rumgemache, das ich gern aus meinen Erinnerungen radieren würde.« Sie denkt kurz nach. »Und den Kerl, der daran beteiligt war, gleich mit.«

»Wenn du ihn auch lieber vergessen würdest, hatte er sicher einen Anteil an dem Problem«, überlege ich.

Na klar, du Ahnungsbär!, höhnt mein Spott.

»Ja, na jedenfalls war mein Superlativ zum miesen Essen nur mäßig gut. Elijahs Text war klasse. Wir haben so gelacht.«

»Worüber hat er geschrieben?«

»Über einen Urlaub in Rom mit seinen Eltern, als er fünfzehn war. Sie haben ihn wohl von einer Sehenswürdigkeit zur nächsten geschleppt, dabei wollte er nur mit den Kids aus dem Nachbarzimmer am Pool abhängen.«

Die Vorstellung finde ich witzig. »Das hat auf jeden Fall Potenzial.«

»Es war urkomisch. Elijah hat einfach einen grandiosen Humor. Das ist eine der Eigenschaften, die ich an ihm echt mag.« Stellas Augen bekommen diesen Glanz, der sich immer zeigt, wenn sie über Elijah spricht. »Heute Mittag habe ich gelacht, bis ich Bauchschmerzen hatte. Er hat seinen ehemaligen Mathelehrer nachgeäfft, wie er genäselt hat und wie er immer an den Wänden entlang durch die Flure geschlichen ist. Ich habe den Typen praktisch vor Augen gehabt.«

»Warum unternehmt ihr nicht mal abends etwas miteinander?«, frage ich sie. »Schlag ihm das doch einfach mal vor.«

Stella zieht die Schultern hoch und lässt sie wieder fallen. »Ich trau mich nicht. Ich hatte den Vorschlag schon ein paarmal auf der Zunge, hab aber immer einen Rückzieher gemacht. Ich hab das Gefühl, er weiß noch nicht so richtig, was er will. Wetten, morgen ignoriert er mich wieder?«

»Beschwör es nicht noch!«

»Wir treffen uns immer spontan. Dann verstehen wir uns super. Wir sehen viele Dinge ähnlich, haben die gleiche Einstellung zu Themen. Bei mir kribbelt es irgendwann, und dann möchte ich ihm näherkommen, aber er scheint zu zögern.« Der Glanz in Stellas Augen verschwindet. Mit einem Mal wirkt sie sogar traurig. »Heute, in der Mittagspause, hat er mich wieder so angesehen, länger als man normalerweise jemanden anschaut. In mir drinnen ging richtig was los, ein richtiges Schmetterlingsfeuerwerk. Ich dachte, es ist der perfekte Moment für einen Kuss. Und dann steht er auf und meint, wir müssten zurück. Du weißt ja, wir sind im selben Lyrikkurs.«

»Wäre es nach dir gegangen, hättet ihr die Zeit vergessen und sitzen bleiben sollen?«

»Nein, das nicht.« Sie schnauft missmutig. »Es waren ja noch zwanzig Minuten bis zum Beginn.«

Dass unser Essen gebracht wird, verschafft mir Zeit. Ich weiß nicht, ob ich Stella etwas Ermutigendes sagen oder ihr raten soll, Elijah zu vergessen. Wenn ein Typ zögert, hat das häufig einen bestimmten Grund – und der spricht meist gegen die Frau, gegen eine Beziehung.

Zugegeben, auch diese Weisheit habe ich aus meinen Büchern, also kann mein spöttisches inneres Echo gefälligst die Klappe halten und muss mir das nicht unter die Nase reiben.

»Ich hab überlegt, ob er schon eine Freundin hat. In der Heimat oder so«, sagt Stella und äußert damit einen Gedanken, den ich nicht anstoßen wollte. Sie soll ja nicht noch trauriger werden.

»Woher kommt Elijah denn?«

»Ohio.« Sie nimmt ihren Wrap und betrachtet ihn, als wäre er ein Orakel. »Du weißt doch, wie das an der Highschool läuft«, murmelt sie gedankenverloren. »Große Liebe im Abschlussjahr, der erste Sex, man verspricht sich zusammenzubleiben, auch wenn man auf verschiedene Unis in unterschiedlichen Bundesstaaten geht.«

»Das hält aber bei den wenigsten. Aus den Augen aus dem Sinn. Und davon abgesehen, du weißt nicht, ob es bei Elijah so ist. Also mach dich nicht verrückt.«

»Versuche ich ja die ganze Zeit.«

Meine Mittagspause habe ich in der Bibliothek verbracht und nichts gegessen. Entsprechend laut knurrt mein Magen. Hungrig mache ich mich über meine Pasta her und hatte das Beziehungsthema eigentlich abgehakt, da dreht Stella den Spieß um.

»Du hast gesagt, du hattest nie ein Date«, meint sie zwischen zwei Bissen. »Heißt das, du hattest auch noch keinen Sex?«

Ich schüttele den Kopf, weil mein Mund voll ist.

Ihr lang gezogenes »Okayyy« klingt, als sei das absolut nicht okay.

Als ich sie fragend ansehe, ringt sie um Worte.

»Das ist irgendwie … Ich kann mir das einfach nicht vorstellen«, stammelt sie. »Irgendein Typ, wenn nicht mehrere, haben garantiert auf dich gestanden.«

»Nein.« Die Typen waren Blödfische. Das ist mein neues Lieblingsschimpfwort.

»Also warst du immer nur verliebt, und es ist nie etwas daraus geworden?«

»Ich war auch noch nie verliebt.«

Stella verschluckt sich vor Überraschung am Wrap.

»Du bist neunzehn und warst nie verliebt?«, krächzt sie, nachdem sie sich ausgehustet hat. »Nicht mal verknallt? In den Footballhelden, den Nachbarsjungen, den Sohn der besten Freunde deiner Eltern, die Kumpels deiner Brüder, notfalls in den Englischlehrer?«

»Nein.«

»Okayyyyy?«, sagt sie noch einmal, nun noch ungläubiger.

Es wird wohl Zeit für ein paar Erklärungen.

»Das Haus meiner Eltern liegt etwas ab vom Schuss«, beginne ich. *Ab vom Schuss* ist an dieser Stelle ein fabelhaftes Synonym für *abgeschottet.* »In der Straße gibt es nur fünf andere Häuser, und in keinem haben Kinder in meinem Alter gelebt.«

»Okay, der Nachbarsjunge ist also raus«, schlussfolgert Stella. »Was ist mit dem Sohn von Freunden deiner Eltern? Heimlich knutschen bei der Barbecue-Party?«

»Die Söhne der Freunde waren auch viel älter als ich. Genau wie meine Brüder. Ich bin als Überraschung vierzehn Jahre nach ihnen gekommen.«

»Hm. Zehn Jahre eher wäre perfekt gewesen.«

»Ich hab meine Geburt genauso wenig geplant wie meine Eltern.«

»Okay, und was war in der Schule?«

Auch wenn ich ein bisschen Angst habe, dass mich Stella für den Freak hält, der ich in der Schule für alle war, rede ich nicht lange um die Wahrheit herum.

»Ich war nicht sonderlich beliebt. Meine Mitschüler glaubten, dass ich mich für jemanden Besseres hielt. Es wurde schlimmer, je älter wir alle wurden. Die Späße wurden fieser.

Und die kamen halt nicht nur von den Mädels, sondern auch von den Jungs, insbesondere von den Footballspielern. Die haben sich viel lieber über mich lustig gemacht, als sich in mich zu verlieben.«

»Meine Güte, tut mir echt leid!« Stella zieht eine mitleidige Schnute. »Klar, in solche Charmebolzen verliebt man sich einfach nicht. Also hattest du nicht mal Freundinnen?«

»Doch, mit zwei Mädchen habe ich mich irgendwann angefreundet, wohl aus der Not heraus. Ich brauchte Partner für bestimmte Projekte und wollte in den Pausen nicht allein herumsitzen.« Mit einem mulmigen Gefühl erinnere ich mich an Jackie und Sybill, die Charlevoix schon im Juni verlassen und sich geschworen haben, nie mehr einen Fuß in diese Stadt zu setzen. »Die beiden waren auch Outsider, eine, weil sie stark übergewichtig war. Die andere war neu und hatte schulische Probleme. Ihr habe ich beim Lernen geholfen.«

In ihre Gedanken versunken futtert Stella ihren Wrap auf. Meine Nudeln habe ich schon bis auf den letzten Soßenkleks verputzt. Nachdem wir bezahlt haben, machen wir uns auf den Weg zum South Quad.

»Deine Highschool-Zeit stelle ich mir Horror vor«, sagt Stella und schließt den Reißverschluss ihres Parkas, weil der Wind kühl durch die State Street pfeift. »Ich hab gedacht, du warst super beliebt. Ich dachte aber auch, nur Leute, die …« Sie sucht das richtige Wort. »Nicht falsch verstehen, aber ich hab geglaubt, vor allem optisch nicht ins Gesellschaftsideal passende Leute werden gemobbt.«

Ich wickele mir meinen Schal noch einmal mehr um den Hals und ziehe ihn bis zur Nasenspitze hoch. In meiner Highschool gab es einen Vortrag zum Thema Mobbing. Meine Mitschüler haben mit Engelsmienen gelauscht und in der Gesprächsrunde klare Kante gegen Mobbing gezeigt. Ich hätte im Strahl kotzen können.

»Ich glaube, dieses grässliche gesellschaftliche Phänomen zieht sich durch alle Schichten und Reihen.« Ein leichter Schauder schüttelt mich. »Optik allein macht dich weder besonders angreifbar noch schützt sie dich. Es geht los, sobald du kein Herdentier bist und dich weigerst, mit der Herde mitzutraben.«

Anderssein, auf welche Weise auch immer, wird nicht geduldet. Die meisten Menschen haben Angst vor etwas oder jemandem, der anders ist, ohne sich dessen bewusst zu sein.

»Jetzt ist mir auch klar, warum du solche Zweifel an AJs Absichten und dir selbst hast.« Stella bleibt stehen, dreht sich zu mir und hebt den Finger, wie um mir einen Vortrag zu halten. »Das hört mir hiermit auf, Miss Sullivan, damit das klar ist.« Sie zwinkert. »Wir werden jetzt lernen, Komplimente anzunehmen, männliches Interesse zu identifizieren und nicht mehr wie ein verhuschtes Hühnchen davonzurennen, wenn ein Typ Hallo sagt.«

Lachend setzen wir unseren Weg fort.

»Du solltest AJ eine Chance geben.«

»Ach, der hat gestern, als ich die Nase ohnehin schon voll hatte, so einen blöden Spruch gerissen, von wegen, ich sei eine Rebellin und Rebellinnen findet er sexy.«

»Oh Mann!« Stella rauft sich im Gehen die Haare. »Layls, er ist ein Kerl! Und dazu einer, der noch in der Ausbildung ist. Sexy ist für die ein Kompliment. Punkt. Und dass er dich als Rebellin bezeichnet hat, finde ich sogar süß.«

»Ich bin aber keine.«

»Ist doch egal.« Sie murrt plötzlich, als hätte sie jemanden erspäht, den sie nicht mag, und nickt zur anderen Straßenseite hinüber. »Da drüben ist dein Coach.«

Mein Blick folgt ihrem. Ich sehe Jordan. Er ist nicht allein. Eine Frau geht neben ihm. Er lacht, wie ich ihn noch nicht habe lachen sehen, legt den Arm um ihre Schulter, zieht sie zu sich heran und drückt ihr einen Kuss auf die Schläfe. Über seinen schwarzen Klamotten trägt er einen schwarzen Mantel, der steht offen, aber das tagesaktuelle T-Shirt-Motiv kann ich auf die Entfernung nicht erkennen. Schade irgendwie. Er scheint das durchzuziehen mit seinem Schwarz und diesen T-Shirts. Das finde ich konsequent und auf gewisse Weise auch minimalistisch.

»Er hat also eine Freundin«, schlussfolgert Stella.

»Scheint so.«

»Wie hält es denn eine Frau bitte schön mit dem aus? Die muss ja Nerven wie Panzertape haben und ein Eisbärenfell.«

»Vielleicht ist er nett, wenn er nicht gerade Coach ist.«

»Nett?« Sie schaut mich mit großen Augen an. »Ernsthaft, Layls, kannst du dir Jordan in nett vorstellen?«

Ich überlege eine kleine Weile. »Ich habe noch nicht drüber nachgedacht«, sage ich dann.

»Du bist gestern zur Prof gegangen und wolltest in ein anderes Team wechseln, weil er dich fertiggemacht hat.«

Ein Königreich für ein anderes Team!, rufen gleich mehrere Stimmen in mir.

In einem anderen Leben vielleicht. In diesem muss ich mich wohl mit Jordan abfinden. Aber das auch nur noch ungefähr vier Wochen.

Jordan und seine Freundin verschwinden im Ashleys, einem Grillrestaurant auf der State Street. Stella und ich gehen weiter und vorbei an der imposanten Angell Hall. Sie ist praktisch die Pforte des Institutes für Literatur und Sprache. Acht dicke, hohe Säulen stützen den Eingangsbereich des historischen Gebäudes. Wenig später sind wir beim South Quad. Unser Appartement liegt in der dritten von zehn Etagen. Weil der Fahrstuhl immer ewig braucht, nehmen wir die Treppe.

»Ich frag mich, ob Elijah heute …«, sagt Stella, klappt den Mund aber zu, weil jemand von oben herunterkommt. In der vierten Etage wohnen viele der Erstsemester-Jungs. Vermutlich hofft sie darauf, Elijah zu begegnen, und ist enttäuscht, als AJ die Stufen herunterspringt.

»Hey Ladies«, grüßt er uns. »Kommt ihr oder geht ihr?«

»Wir kommen«, antwortet Stella. »Was hast du noch vor?«

»Ich wollte gerade eine Runde um den Block drehen.« AJ schaut von Stella zu mir. »Hey Layla, Lust mich zu begleiten?«

»Klar«, platzt es aus Stella raus.

Stirnrunzelnd sehe ich sie an. Spinnt sie?! Wie sie selbst muss ich noch etwa fünfzig Seiten in Eagletons »Einführung in die Literaturtheorie« lesen, um in der Vorlesung morgen früh nicht wie ein Schwein ins Uhrwerk zu gucken.

»Das geht leider nicht«, schiebe ich deshalb schnell hinterher.

AJ steckt die Hände in die Taschen seiner Lederjacke. »Nur ein kleiner Spaziergang. Lass uns ein bisschen quatschen.«

Im Augenwinkel sehe ich, dass Stella schon wieder für mich antworten will. Diesmal komme ich ihr zuvor.

»Ein anderes Mal, AJ. Ich muss heute echt noch ein bisschen was machen.«

»Okay, na dann …« Er geht weiter, wir auch. »Wie ist es mit morgen nach dem Workshop?«, ruft er dann von unten. »Sehen wir uns am Fluss?«

Ist es schon wieder so weit? Freitag. Wochenende.

»Sind wir morgen am Fluss?«, frage ich Stella.

»Logisch sind wir das«, gibt sie zurück und drückt die Tür der dritten Etage auf.

»Cool. Dann erst mal bis morgen«, ruft AJ, der Stellas Antwort gehört hat, herauf. Dann tappen seine Schritte auf den Stufen. Wenig später fällt die untere Tür zu.

Auf dem Weg über den Flur überlege ich, ob AJ sein tatsächlicher Name oder eine Abkürzung für seinen Vor- und Mittelnamen ist. Und wenn es Letzteres ist, wofür steht AJ dann? Für Albert John, Alexander Joel, Ashton Jacob?

Wie wäre es mit Awesome Jerk?, witzelt mein Schalk.

Stella zerrt mich ins Appartement, drückt die Tür zu und raunt mit todesernstem Blick: »Versprich mir, dass du ihm eine Chance gibst, Layls.«

»Versprochen«, antworte ich ihr.

Sie gibt sich damit aber noch nicht zufrieden und fügt eine Erklärung an: »Man braucht nicht immer einen Grund, um jemanden zu mögen. Manchmal tut man's einfach.«

Daran glaube ich nicht, doch für eine Diskussion bin ich zu müde. Ich denke, einen Grund gibt es immer. Möglicherweise erschließt er sich einem nicht gleich.

Kapitel 10

8. Oktober

Professor Carter ist heute in unserer Gruppe der Hölle anwesend. Außer einem Gruß in die Runde hat sie bisher aber nichts gesagt. Sie überlässt Jordan das Wort.

Es gibt Lose. Sechs an der Zahl. Jordan hält jedem seine zu einer Schale geformten Hände hin und lässt ihn eines der gefalteten Zettelchen ziehen. Zu mir kommt er als Vorletztes. Ich nehme mir eins der beiden verbliebenen Papierknäuel und achte darauf, dass ich seine Haut dabei nicht berühre. Bob, rechts neben mir, hat keine Wahl mehr und bekommt das letzte.

Neugierig falte ich meinen Zettel auseinander.

»Käse«, steht auf meinem Zettel.

»Katze! Miau!«, säuselt Cat, die zu meiner Linken sitzt.

»Kaktus?«, sinniert Bob.

Geht es um Worte mit K?, frage ich mich gerade, als Simon »Post-it-Block«, sagt.

»Mülltonne«, liest Benedict, wobei er beinahe buchstabiert, so langsam, wie er das Wort ausspricht.

»Gummibär«, amüsiert sich AJ. »Alter, was wird das denn?«

»Alter, das wird lustig«, pariert Jordan und setzt sich. Er

schlägt die Hände auf die Oberschenkel, nach dem Motto *Legen wir los!*, und schaut belustigt in die Runde. »Ihr seid, was auf eurem Zettel steht. Schreibt aus der Sicht eures Gegenstandes oder Tieres!«

»Ich bin eine Mülltonne?«, ächzt Benedict unverhohlen unzufrieden.

»Ich bin eine Kitty«, maunzt Cat und schickt, weil es beim ersten Mal scheinbar nicht alle mitbekommen haben, ein zweites »Miau« hinterher. Um noch lasziver zu wirken, rekelt sie sich wie eine Katze.

»Ihr seid im Supermarkt«, erklärt Jordan, »im Kühlschrank, im Büro, zu Hause. Wo auch immer euer Platz ist, fristet ihr euer Dasein. Lasst mich doch wissen, wie es euch so geht.«

Damit lehnt er sich auf seinem Stuhl zurück und verschränkt die Arme vor seiner Brust, löst sie aber wieder, um auf seine Armbanduhr zu schauen.

»Ach ja, und dafür habt ihr ab sofort zwanzig Minuten Zeit. Auf geht's!«

What??!! Ich bin ein Käse?! Was für ein Käse denn?

Da beginnen die Probleme schon. Es gibt ja tausend verschiedene Käsearten. Hartkäse, Weichkäse, Schnittkäse, Frischkäse. Und dann etliche Sorten. Cheddar, Parmesan, Grana Padano, Gouda, Gorgonzola, Ricotta, Mozzarella.

Zugegeben, ich liebe Käse. Müsste ich mich entscheiden, ob ich lebenslang lieber Fleisch oder Käse essen möchte, würde ich Käse wählen.

Aber welcher Käse bin ich jetzt? Und was bitte denkt ein Käse?

Okay, die harte Nummer! Diebische Freude schleicht sich in mir hoch. Ich knipse die Miene aus dem Stift und beginne zu schreiben.

Ich bin der Despot! Èpoisses de Bourgogne ist mein Name. Ich bin klein, dick und rund, habe eine runzelige, rötliche Rinde und bin innen weich wie ein Camembert. Ich spreche mit einem unverkennbar französischen Akzent und empfinde das größte Vergnügen an einer bestimmten Sache: stinken, was das Zeug hält. Selbst doppelt in Frischhaltefolie eingepackt und in eine Box gelegt, stinke ich, sobald jemand die Pforte zu meinem Reich, dem Kühlschrank, öffnet, in Nullkommanix durch das Haus, in jeden Winkel und bis zur Haustür hinaus.

So habe ich viele Mienen des Grauens gesehen: den Ekel und die Abscheu, die Schockstarre und den Würgereiz. Manchmal wird mir auch ein Lächeln geschenkt, doch in der Regel ist es nur einer der Hausbewohner, der mich anlächelt, in fast allen Fällen eine weibliche Erwachsene. Alle anderen ergreifen die Flucht, sobald sie mich zu Gesicht bekommen oder eben riechen. Immerhin können sie mir entkommen. Dem Volk, über das ich im Kühlschrank herrsche, ist das nicht vergönnt. Die Salami beginnt zu schwitzen, die Milch wird sauer und der Kopfsalat fällt in sich zusammen, wenn sie mich sehen. Die anderen Käse sind mir untertänigst ergeben. Hin und wieder kommt zwar einer und will mich stürzen, ein Reblochon oder Saint-Albray meinetwegen, aber Renegaten wie diese stinke ich locker an die Wand, denn keiner stinkt so mächtig wie ich.

Ich bin fertig, bevor die Zeit um ist, und freue mich diesmal regelrecht auf das Vorlesen. Die anderen sind noch beschäftigt, auch Jordan und Professor Carter schreiben. Ich frage mich, was er schreibt. Ein eigenes Los hat er ja nicht gezogen.

AJ ist als Nächstes fertig. Wir tauschen einen Blick und, warum auch immer, ein verschwörerisches Lächeln. Dann hebt er den Daumen und sieht mich fragend an. Als ich nicke, wirkt er zufrieden und beugt sich zu Simon, um zu lesen, was er geschrieben hat.

Jordan klemmt den Stift an sein Schreibbrett und bittet uns, zum Ende zu kommen.

Es gibt nicht viele Freiwillige diesmal, was vielleicht auch an Professor Carters Anwesenheit liegt. AJ und Cat melden sich. Benedict scheint sich am meisten wegzuducken. Nach einem kurzen Zögern hebe ich meine Hand auch. Jordan nimmt davon Notiz, lässt aber Cat anfangen. Sie liest mit laszivem Ton.

Als schwarze Katze ist sie auf Streifzug durch die Nacht. Sie sucht einen Kater, trifft auch drei, aber keiner ist ihr gut genug. Der erste ist zu dick, der zweite zu dumm, der dritte zu überheblich. Auf dem Heimweg begegnet ihr schließlich ein Gott von Kater, doch er zeigt kein Interesse an ihr. Sie kehrt nach Hause zurück und träumt von ihm.

»Nette Story«, lautet Jordans Kommentar. »Aber eigentlich wollte ich nicht so sehr wissen, was du tust. Ich wollte auch nicht zwingend Dialoge, sondern wissen, wie es dir geht.«

Oha, er ist wieder mal in Bestform. Zieh dich warm an, Layla!, warnt mich die Vorsicht.

»Was treibt dich als diese Katze denn an?«, fragt er Cat.

Sie zuckt mit den Schultern, wirkt beleidigt. »Ich will einen Typen kennenlernen, dachte, das sei klar.«

Jordan hebt die Hände. »Warum willst du einen Typen kennenlernen? Zum gemeinsamen Mäusefangen?«

Cat schüttelt den Kopf. »Ich will Sex. Das ist doch logisch.«

»Aha, du willst Sex.« Jordan lässt die Hände wieder sinken und erdolcht Cat mit seinem Blick. »Du bist rollig, brauchst es in dieser Nacht, kannst an nichts anderes denken, nur an Sex. Es quält dich, kribbelt unerträglich zwischen deinen Schenkeln. Aber du bist wählerisch, der eine Kater soll es sein. Er ist der Kater deiner feuchten Träume. Er bringt dein kleines Katzenherz zum Holpern und versetzt deinen Unterleib in noch mehr

Aufruhr. Doch du versagst. Du lässt ihn kalt. Also trollst du dich heim ins Körbchen. Unzufrieden, unbefriedigt, ungevögelt.«

Ach du meine Güte! Das haut er einfach so raus. Das war heftig, aber auf den Punkt. Professor Carters Anwesenheit stört ihn nicht im Mindesten. Und sie stört sich nicht an seinen Worten. Sie bleibt still und macht sich Notizen.

»Oder so«, brummt Cat.

»Nein. Nicht oder so.« Jetzt ist er richtig sauer, hebt die Stimme. »So und nicht anders, wenn das deine Story ist. Das war doch genau dein Thema, Cat, also komm schon. So etwas solltest du mit links und vierzig Fieber schaffen.« Er schnippt mit den Fingern. »Wie in deinem Roman. Oder ist deine Heldin da auch nur gedanken- und gefühllos von Dialog zu Dialog spaziert?«

»Natürlich nicht«, sagt Cat leise.

Ich finde sie nicht sehr sympathisch, aber leid tut sie mir schon. Ich weiß zu gut, wie es sich anfühlt, wenn Jordan einen Text, bei dem man sich Mühe gegeben hat, so auseinandernimmt. Und wenn ich's recht bedenke, möchte ich nun doch lieber etwas später lesen. Am besten gar nicht.

»Layla, bitte«, sagt Jordan und atmet durch, als würde er sich schon einmal prophylaktisch beruhigen.

Na dann, Augen zu und durch!

Ich hatte überlegt, mit französischem Akzent zu lesen, so wie Cat sich eben das Laszive in die Stimme gelegt hat, entscheide mich jetzt aber dagegen.

Als ich das erste amüsierte Schnauben höre, bin ich ein bisschen erleichtert, bei den ersten Lachern an den erwarteten Stellen, noch mehr. Hin und wieder muss ich selbst lachen, bringe den Text mit einem Grinsen zu Ende und sehe auf.

»Chapeau!«, sagt Jordan.

»Echt richtig gut«, findet AJ.

Wie bitte? Lob von Jordan? Ein Chapeau von Jordan? Kneif mich mal wer!

Vielleicht macht er das, weil Professor Carter da ist, flüstert mein Argwohn. *Er will demonstrieren, dass er dich als Untalent nicht auf dem Kieker hat.*

»Ähm, sorry?«, ächzt Cat. »Hab ich was verpasst? An welcher Stelle hat Layla denn bitte ausgedrückt, wie sie sich fühlt?«

»In jeder verdammten Zeile«, antwortet ihr AJ.

»Blödsinn, nicht ein Mal!«, kontert Cat.

Jordan schaltet sich ein. »Laylas erster Satz lautet ›Ich bin der Despot‹. Weißt du, was ein Despot ist?«

Cat schnaubt. »Einer, der vom Militär abgehauen ist?«

Ich beiße mir auf die Zunge, um nicht zu lachen. Zum Glück tut das auch niemand anders. Cat würde ausflippen.

Jordan erklärt: »Nein, ein Despot ist ein Herrscher, ein grausamer, gefürchteter Herrscher in den meisten Fällen. Mit diesem Satz, dem einen Wort vielmehr, hat Layla sehr genau ausgedrückt, wie es ihr geht. Sie ist herrschsüchtig und hat Spaß dabei. Wie blendend es ihr als Käse im Kühlschrank geht und auch warum, erfährt man in allem, was folgt.«

Cat bleibt hartnäckig. »Das sehe ich anders. Dass es ihr blendend geht, hat sie nie gesagt.«

Jordan schnaubt genervt. »Du hast dir heute vorgenommen, mir auf den Geist zu gehen, oder?«

»Nein, aber …«

»Was sollte Layla denn schreiben? ›Mir geht's blendend, sprach der Käse‹? So was etwa?« Er fährt sich mit einer Hand durch die Haare und bringt sie noch mehr durcheinander, als sie sowieso schon sind. »Seit wann drücken wir Gefühle so aus? Das ist Grundschulniveau.«

Ich bemerke, wie Professor Carter von ihren Notizen aufschaut und Jordan einen belustigten Blick sendet. Er bekommt davon nichts mit, ist zu frustriert und will weitermachen. Als Nächstes fordert er Bob auf. Als Kaktus bekommt der nicht ganz so viel Kritik wie Cat, aber glücklich macht er Jordan auch nicht. Benedict als Mülltonne und Simon als Post-it-Block überzeugen ihn wieder. Den Vogel schießt AJ ab. Er ist der letzte gelbe Gummibär in der Tüte und beobachtet bibbernd vor Angst, wie seine Kumpel einer nach dem anderen gepackt und gegessen werden. Für ihn gibt es sogar Applaus, den er auf seine charmante Weise gelassen hinnimmt.

Jordan verliert noch ein paar abschließende Worte mit Tipps, dann entlässt er uns in die Pause. Professor Carter bittet Cat, für ein kurzes Gespräch zu bleiben. Im Anschluss möchte sie mit Bob, dann mit mir sprechen. Auf dem Flur treffe ich Stella. Auf einer Bank im Park vor der Mason Hall erzählt sie mir, dass sie eben aus der Sicht einer Kerze bei einem Dinner geschrieben hat. Ihre Story hat großartiges Feedback von Gloria bekommen.

»Ich habe nur für Elijah und Stella gebrannt«, sagt sie und schmunzelt. »Aber ich glaube, er hat das mal wieder nicht gerafft.«

»Darf ich's lesen?«

»Klar, ich zeig's dir nachher. Hab meine Sachen im Raum gelassen.«

»In welche Rolle musste Elijah schlüpfen?«

»In die von Wasser.« Sie seufzt sehnsüchtig. »Das hat er wieder so gut gemacht. Er war ein Wassertropfen, der über Haut rinnt. Das war pure, sinnliche, aber wundervoll dezente Erotik. Kannst du dir vorstellen, wie heiß mir geworden ist? Ich glaube, ich habe ihn angestarrt und an seinen Lippen gehangen.«

Und damit ist sie wieder mittendrin in ihrer Schwärmerei.

Allzu lang kann ich ihr nicht zuhören, denn ich muss zu Professor Carter.

Als ich Raum MH1460 betrete, ist Bob schon nicht mehr da.

Professor Carter beginnt unser Gespräch mit einem Kompliment zu meinem Käsetext.

»Der war wirklich sehr gut ausgearbeitet, stilistisch ausgezeichnet«, meint sie. »Ich kann mir ja kaum vorstellen, dass Sie mit den anderen Texten Schwierigkeiten hatten. Prinzipiell waren die doch leichter.«

»Wenn man sich selbst gern im Fokus sieht, ja«, antworte ich. Für den Käse konnte ich mich verstellen und fremde Gefühle annehmen.

»Sie schreiben also nicht gern über sich selbst«, stellt sie fest. »Warum nicht?«

»Fünf Minuten aus meinem aufregenden Leben, und alle hängen schnarchend auf ihren Stühlen«, witzele ich, aber sie lacht nicht, und so werde ich wieder ernst. »Ich hab einfach keine bedeutenden Wünsche, nicht solche wie die anderen. Und es war mir unangenehm, über eine Enttäuschung zu schreiben, dieses Gefühl praktisch zu zerlegen und verbal auszuschmücken. Das kam mir vor wie ein Bad im Selbstmitleid.«

»Ich finde es völlig in Ordnung, mit sich selbst zu fühlen, wenn man enttäuscht wurde.«

»Ja, natürlich, das ist es. Aber man muss dieses Mitfühlen doch nicht mit anderen teilen.«

Sie nickt, nimmt das scheinbar hin und betrachtet mich nachdenklich.

»Es wird noch einige Texte zu schreiben geben, in denen es um Sie selbst geht«, sagt sie dann. »Und Jordan wird Sie bei jedem einzelnen dazu bringen wollen, Ihr Inneres nach außen zu kehren.«

Dann wirst du eben wieder zum Käse, beschließt mein Starrsinn. *Dann denkst du dir halt etwas aus. Dass du das kannst, weißt du jetzt ja.*

»Ich werde es versuchen«, antworte ich Professor Carter.

»Ich hatte den Eindruck, heute sind Sie und Jordan ganz gut miteinander ausgekommen.«

»Heute habe ich auch etwas geschrieben, das ihm gefallen hat.«

Sie lächelt schief. »Ich bleibe dabei, bin jetzt eigentlich noch überzeugter als gestern: Er ist der beste Coach, den Sie haben können.«

Wenn man vom Teufel spricht, geht die Tür auf und er spaziert herein. Er fragt, ob wir noch Zeit brauchen. Professor Carter verneint und geht zu ihrem Platz. Jordan setzt sich auf seinen, pfeift vor sich hin und blättert in seinen Notizen. Sein heutiges T-Shirt erinnert an einen Eintrag aus dem Oxford Dictionary. Das Wort »Escalation« steht in Silben getrennt auf seiner Brust. Darunter der Sprachlaut und die Definition.

Inzwischen frag ich mich echt, wie viele von den Teilen er hat.

Kapitel 11

8. Oktober – abends

Stella ist happy. Wir sitzen am Feuer, und Elijah sitzt bei uns. Bei ihr eigentlich. Sie reden über ihre Lieblingsbücher, von denen ich viele kenne. Ich halte mich trotzdem aus dem Gespräch heraus. Ich will nicht dazwischenfunken und ihnen die Illusion der Blase, in der sie vom Rest der Welt getrennt sind, nehmen.

Außerdem bin ich ein bisschen nervös, denn auf der anderen Seite des Feuers sitzt AJ und spielt wieder auf der Gitarre. Wann immer ich zu ihm linse, guckt er zu mir, und ich habe einfach das ganz dumme Gefühl, dass es gleich wieder einen Song für mich gibt.

Bitte nicht!

Als er seine Gitarre weglegt, atme ich auf und beobachte, wie er aufsteht. Geht er schon? Nein, tut er nicht. Er kommt ums Feuer herum, bleibt bei mir stehen und hält mir seine Hand hin.

»Spaziergang?«

»Ähm … ich …«

Jetzt stottere nicht herum, grummelt die Ungeduld, *sondern heb deinen Hintern hoch und geh schon mit ihm spazieren!*

»Einfach ein Stück am Fluss lang«, erklärt er, wie um mich von der Harmlosigkeit eines Spaziergangs zu überzeugen.

Ich zögere, nehme seine Hand dann und lasse mir von ihm aufhelfen. Weil es damit ja getan ist, will ich ihn loslassen, doch er hält meine Hand weiter fest. Sein amüsierter Seitenblick gilt wohl meinem vergeblichen Versuch.

Es ist ewig her, dass mich jemand an der Hand gehalten hat. Mom oder Dad waren es. Ich fand es nervig, hab mich mitgezogen gefühlt und durfte selten anhalten, wenn ich anhalten und etwas anschauen wollte.

AJ und ich gehen nebeneinander. Seine Hand ist warm, ein bisschen rau. Ich weiß nicht, was ich sagen soll. Sollte ich überhaupt was sagen?

Halt einfach die Klappe, Layla, und spaziere!, nuschelt die Gelassenheit.

»Dein Text heute war wirklich klasse«, höre ich von ihm.

Ich schaue auf unsere Füße, die im Gleichschritt zuerst über das im Mondlicht silbern glitzernde Gras und dann auf dem Weg gehen.

»Danke. Deiner auch.«

»Du brauchst deine Texte echt nicht verstecken. Spätestens seit du der Käse warst, weiß jeder, auch Jordan, dass du Talent hast.«

Ich will es dabei belassen und wechsele das Thema. »Wofür steht AJ?«

»Wofür steht Layla?«

Hä? »Ist AJ keine Abkürzung?«

Er lacht leise. »Doch, sorry, ich wollte dich ein bisschen teasen. AJ steht für Adrian James.«

»Wann hat dich zuletzt jemand Adrian genannt?«

»Ich kann mich nicht erinnern. Sogar meine Eltern sagen AJ. Manchmal frag ich mich echt, warum sie sich die Mühe gemacht haben, mir zwei volle Namen zu geben.«

»AJ Cole klingt auch viel lässiger.«

»Hey, du kennst meinen Nachnamen. Hast du mich etwa gegoogelt?«

Ich spüre, wie sein Daumen meinen Handrücken streichelt, und will meine Hand intuitiv wieder zurückziehen, denn es fühlt sich nicht richtig an. Vielleicht, weil ich das noch nie erlebt habe, vielleicht aber auch, weil es einfach nicht richtig ist. Sollte ich jetzt nicht endlich doch einmal aufgeregt sein, Schmetterlinge im Bauch haben? Mit diesen Gedanken beschäftigt, vergesse ich AJs Frage. Er wiederholt sie.

»Nein, hab ich nicht«, antworte ich ihm. »Ich hab ihn irgendwo gelesen. Ich googele keine Leute.«

Beim Gedanken an Google und Social Media werde ich unruhig. Der Argwohn, den ich bisher einigermaßen in Schach gehalten habe, drängt an die Oberfläche.

»Bist du aus Michigan?«, frage ich, um meine Nervosität zu überspielen. Dann erinnere ich mich, dass er den Detroit Teen Poetry-Slam gewonnen hat. Natürlich ist er aus Michigan!

»Klar doch, aus Kalkaska«, sagt er. »Und du?«

»Ich komme aus Charlevoix.«

»Hey, dann sind wir aus derselben Ecke. Ich war oft in Charlevoix. Ist klasse dort.«

Tatsächlich liegt Kalkaska nur eine Stunde südlich meiner Heimatstadt. Diese Tatsache und dass er oft zu Besuch war, tragen nicht gerade zu meiner Beruhigung bei.

Was, wenn er jemanden aus meiner Highschool kennt?, flüstert die Angst, und die Hand, die in AJs liegt, beginnt plötzlich zu kribbeln. Ich muss mehr erfahren und hake nach.

»Was hast du in Charlevoix gemacht?«

»Na ja, meist waren Freunde und ich dort, wenn unsere Blazers gegen eure Rayders gespielt haben.«

»Football?«

»Ja, und Baseball.«

Im Augenwinkel bemerke ich, dass AJ mich oft ansieht. Ich kann seinen Blick nicht erwidern. Am liebsten würde ich zur Gruppe zurückkehren. Wirre Gedanken schwirren durch meinen Kopf, und ständig kommt ein neuer dazu, der mich mehr verunsichert.

»Zum Venetian Festival und der AquaPalooza Beach Party sind wir natürlich auch gefahren«, erzählt AJ weiter. »Seltsam, dass wir uns da nicht über den Weg gelaufen sind. Du wärst mir aufgefallen.«

»Festivals und Partys sind nicht so mein Ding.«

»Nicht? Was ist denn dein Ding?«

Er bleibt stehen, stellt sich vor mich und zwingt mich so praktisch, ihn anzusehen.

Er lächelt. »Ich wette, Mondscheinspaziergänge sind dein Ding.«

Plötzlich komme ich mir dumm vor. Paranoid. Je mehr ich darüber nachdenke, desto mehr schäme ich mich für die Unterstellungen, die ich AJ innerlich gerade mache, nur weil er hin und wieder in Charlevoix war.

Weil du total paranoid bist!, schimpft die Vernunft. *Entspann dich mal!*

Mit der freien Hand streicht AJ mir eine Locke hinters Ohr.

»Deine Haare sind toll«, murmelt er. »Und deine Augen sind der Hammer. Hat dir das schon mal wer gesagt?«

»So was Ähnliches«, murmele ich.

Unsere Münder sind fast auf einer Höhe, denn AJ ist nur ein paar Zentimeter größer als ich. Weil er so nahe vor mir steht, muss ich an Stella denken und was sie über den Moment vor dem Kuss gesagt hat, über die Ahnung, dass es passiert. Ich bin mir ziemlich sicher, dass AJ mich gleich küsst … bis ich ein Geräusch höre.

»Was war das?«, flüstere ich.

AJ grinst und lauscht. Als das Geräusch, ein Stöhnen, noch einmal ertönt, grinst er noch breiter und schaut sich um.

»Lass uns verschwinden!«, bitte ich ihn.

Er schüttelt den Kopf. »Ich will wissen, wer das ist. Das ist garantiert jemand von uns.« Er schleicht los und zieht mich mit.

»Nein, AJ!«, wispere ich. »Ich will das nicht sehen!«

Ich versuche, mich von ihm zu lösen, aber er hält meine Hand fester und bugsiert mich Schritt für Schritt mit sich mit.

»Lass mich los!«, schimpfe ich leise.

Er ignoriert es, gibt ein »Sei doch mal still!« zurück.

Und dann sehen wir sie. Cat und Mason.

»Dachte ich es mir«, raunt AJ.

Die beiden haben den Schutz eines Busches gesucht, ihre Klamotten sind um sie herum verteilt, ein paar auch unter ihnen ausgebreitet. Cat liegt unten, Mason stützt sich über ihr auf. Sie hat die Beine um ihn geschlungen. Das Mondlicht lässt die Haut der beiden weiß erscheinen, Feuchtigkeit glänzt auf Masons Rücken. Mit schnellen, harten Bewegungen dringt er wieder und wieder in sie ein. Sie stöhnt und spornt ihn an, ihr mehr zu geben. Er keucht und fragt sie, ob sie seinen Schwanz geil findet.

Ich nutze AJs Abgelenktheit und mache mich endlich von ihm los. Leise, aber so schnell ich kann, flitze ich zurück zum Weg. Als ich höre, dass AJ mir nachkommt, schließe ich kurz die Augen und wünsche ihn dahin zurück, wo er doch jetzt eigentlich viel lieber sein möchte.

»Hey, jetzt warte doch«, höre ich ihn in gedämpften Ton sagen.

Ich gehe zügig weiter. Wenig später ist er an meiner Seite und gibt sich Mühe, mit mir Schritt zu halten.

»Wieso rennst du jetzt weg?«

»Ich wollte das nicht sehen, und das hatte ich dir auch deutlich gesagt.«

»Meine Güte, du tust so als …«

Ich lasse ihn nicht ausreden. »Ich tue nicht so. Ich fand das unmöglich. Wir hatten dort nichts verloren. Ich fühl mich voll eklig gerade, wie ein Spanner.«

»Übertreib mal nicht!«

»Wo übertreibe ich denn? Hätten die beiden gewollt, dass ihnen wer zuschaut, hätten sie sich nicht versteckt. Das war eine sehr private, sehr intime Situation, die Cat und Mason für sich allein wollten.«

Mit einem Blick verbiete ich ihm jedes weitere Wort. Ganz offenbar haben AJ und ich sehr gegensätzliche Ansichten diesbezüglich. Schweigend kehren wir zur Gruppe zurück. Ich kann Stella nirgends finden. Jemand sagt, dass sie mit Elijah spazieren geht. Ich lasse ihr ausrichten, dass ich nach Hause gegangen bin.

AJ ist nicht davon abzuhalten, mich zu begleiten. Er meint, Ann Arbor sei abends nicht sicher genug. Damit hat er zwar recht, aber so sauer, wie ich gerade bin, soll mir irgendjemand nur einen Zentimeter zu nahe kommen. Ich würde ihn glatt umhauen.

Als wir den Park hinter uns lassen, entschuldigt AJ sich. Ich schweige.

»Das meine ich ernst«, beharrt er. »Es tut mir wirklich leid. Ich hätte dich nicht zwingen sollen, den beiden zuzuschauen. Das war … Ich weiß auch nicht, was mich getrieben hat.«

Jetzt vergib ihm schon!, wispert die Nachsicht. *Denk daran, was Stella gesagt hat. Er ist ein Kerl in der Ausbildung.*

»Okay.«

Er lässt ein paar Sekunden verstreichen. »Wieso nehme ich dir dein Okay nicht ab?«, fragt er dann.

Wieso nimmst du ihm seine Entschuldigung nicht ab?, lautet die halbherzig geechote Frage in mir, die gleichzeitig eine stumme Antwort an ihn ist.

Schweigend erreichen wir das South Quad. AJ hält mir die Tür auf. Auf der Treppe kommen uns Studenten entgegen, die scheinbar für eine Party vorgeglüht haben und sich jetzt auf den Weg machen. In der dritten Etage angelangt, verabschiede ich mich von AJ. Mir ist egal, ob er in seine Wohnung oder zurück in den Park geht. Ich möchte jetzt meine Ruhe haben.

»Kann ich kurz mit zu dir?«, fragt er dennoch. »Reden?«

Ich ziehe die Tür zum Flur auf und drehe mich zu ihm um. Er macht einen Schritt zu mir und steht wieder so nahe vor mir wie gerade am Fluss, bevor er die bescheuerte Idee hatte, uns zu Spannern zu machen. Jetzt fühlt es sich noch falscher an als vorhin.

Ich schüttele den Kopf. »Ich bin ziemlich müde.«

»Nur ganz kurz«, beharrt er.

»Heute nicht. Bis morgen!«

»Komm schon!«

Komm schon?! Was soll das bitte?!

Ich will die Tür zwischen uns zufallen lassen, doch AJ hält sie auf. Obwohl mich sein Lächeln verunsichert, weil es plötzlich so kühl wirkt, erwidere ich es beinahe.

»Na dann, gute Nacht, Eiskönigin!«, sagt er, zieht seine Hand weg und geht.

Die Tür rumst zu.

Ich bin starr vor Schreck.

Alles will auf mich einprasseln, und es fühlt sich an, als ob sie alle hier sind: die Cheerleader und die Footballer, die Nerds und die Dope-Gang, die Clowns und die Klugscheißer.

Ruhig, Layla, atmen!, befiehlt die Besonnenheit. *Was kannst du tun?*

Was kann ich schon tun? Herausfinden, wen AJ kennt, von wem er diesen Namen weiß. Aber wie? Soll ich ihm nachlaufen und ihn fragen, wer ihm die Geschichte der Eiskönigin erzählt hat? Soll ich mich noch lächerlicher machen? Mein Instinkt hatte recht! Ich hatte so verdammt recht!

Weiß es nur AJ? Hat er es schon herumerzählt? Haben sie sich schon gegen mich verschworen? Stella?! Sie hat so auf mich eingeredet wegen AJ. Steckt sie mit drin? Lachen mittlerweile alle über mich?

Das bist du doch gewohnt!, tönt der Spott.

Ich will es aber nicht mehr gewohnt sein! Ich wollte all das hinter mir lassen.

Benommen tappe ich zum Appartement, schließe auf und drücke die Tür hinter mir zu. Gerade will ich in mein Zimmer gehen, da fliegt die Tür wieder auf. Ein völlig gehetzt aussehende Stella steht vor mir. Elijah kommt nach ihr ins Appartement. Irritiert sehe ich von ihm wieder zu meiner Mitbewohnerin.

»Ist alles in Ordnung?«, fragt sie beinahe so panisch, wie ich mich fühle.

»Ist was passiert?«, frage ich zurück.

»Nein! Ja. Bist du okay?«

»Bist du denn okay? Die anderen meinten, ihr wärt spazieren.«

»Waren wir auch. Wir sind zurück zum Feuer. Da kam Simon und hat AJ gesucht. Jemand sagte, dass er mit dir unterwegs sei. Und dann hat er … na ja, er hat einen merkwürdigen Kommentar gemacht.«

Meine Nackenhaare stellen sich auf. »Was für einen Kommentar?«

Stella fasst mich bei den Schultern, schaut mir fest in die Augen. »Ist irgendwas passiert zwischen dir und AJ?«

»Nein. Jetzt spuck es schon aus. Was für einen Kommentar hat Simon gemacht?«

Sie will es nicht sagen, das sehe ich am Zucken ihres Mundes und an der Dunkelheit in ihrem Blick.

»Stella! Los jetzt! Mir reicht es. Was hat Simon gesagt?«

»Ich hab keine Ahnung, worum genau es eigentlich geht«, klinkt sich Elijah ein. »Aber auf dem Weg hierher hab ich einiges in Zusammenhang setzen können, denke ich. Stella meint, du hattest recht, was AJ betrifft.«

Es ist eigenartig, das von ihm zu hören.

Stella übernimmt wieder. »Als Simon gehört hat, dass du und AJ zusammen unterwegs seid, hat er ›Oh fuck, die Wette habe ich dann wohl verloren‹ gesagt. Keine Ahnung, was das bedeutet, aber …«

Weiter weiß sie nicht.

Elijah aber: »Klingt, als hätten AJ und Simon eine auf dich bezogene Wette geschlossen.«

Eiskönigin, flüstert die Angst in mir.

Wie soll ich den Workshop morgen überstehen, wenn diese beiden Säcke da sind?

Ich will jetzt Gewissheit.

»Hat einer von euch beiden Facebook?«, frage ich Stella und Elijah.

Ich habe weder Facebook noch Instagram noch Snapchat noch weiß der Geier. Um zu erfahren, was über mich geredet wird, brauche ich diese Plattformen nicht.

Stella hat ihr Smartphone schneller parat.

»AJ und ich sind zwar keine dicken Kumpels«, sagt Elijah. »Aber vielleicht bekomme ich bei Gelegenheit trotzdem was aus ihm raus.«

Ich bitte ihn, vorsichtig dabei zu sein und im Zweifel lieber nicht nachzufragen. Elijah verspricht es und lässt uns allein. Stella und ich hocken uns auf mein Bett.

»Such nach AJ Cole«, bitte ich sie.

Sie gibt seinen Namen ein. »Hab ihn schon.«

»Siehst du, mit wem er befreundet ist?«

»Ja, sein Profil ist offen.« Sie bläst die Backen auf. »Puh, er hat über tausend Freunde.«

Die Liste durchzuscrollen, würde ewig dauern, also sage ich ihr nacheinander ein paar Namen. Nicht lange, und es gibt den ersten Treffer: ein Footballer. Nach fünf weiteren Treffern lassen wir es sein. Wahrscheinlich würden wir noch einige mehr bekommen. AJ ist in Charlevoix gut vernetzt. Das verrät mir natürlich nicht, worum genau es bei AJs und Simons Wette ging. Aber in etwa kann ich es mir vorstellen. AJ wird von meinen ehemaligen Mitschülern einiges über mich gehört haben. Ich bin mir fast sicher, dass er sich vorgenommen hat, die Eiskönigin zum Schmelzen zu bringen.

Kapitel 12

9. Oktober

Zum Abschluss der gestrigen Stunde hat uns Jordan eine Aufgabe gegeben, die wir heute direkt nach dem Aufstehen erledigen sollten. Handschriftlich, aber nicht im Journal sollten wir festhalten, was wir gerade denken, völlig egal was und ob es zusammenhängende Gedanken sind oder nicht.

Hätte ich aufgeschrieben, was in meinem Kopf kursiert ist, hätte auf meinem Blatt abwechselnd »Ich will, dass das aufhört« und »Ihr Arschlöcher« gestanden. Weil ich das auf gar keinen Fall vorlesen wollte, habe ich mir Gedanken ausgedacht, die man nach dem Aufwachen haben könnte, wenn das eigene Leben keine einzige Katastrophe ist. Dinge wie »Ich würde lieber liegen bleiben« und »Ich hab vergessen, Zahnpasta zu kaufen«.

Jetzt, im Workshop, kann ich AJ und Simon nicht anschauen. Sie zu ignorieren oder sie mir einfach wegzudenken schaffe ich leider auch nicht. Ich habe das Gefühl, sie starren mich an. Nicht nur die beiden, sondern alle. Mit einem Blick zu Cat, Benedict und Bob stelle ich aber fest, dass sie sich verhalten wie immer. Cat tippt auf ihrem Smartphone herum, Bob scheint einschlafen zu wollen und Benedict überfliegt seine Notizen.

Jordan kommt in den Raum und erkundigt sich, wie wir uns mit dem morgendlichen Schreiben gefühlt haben. AJ, Cat und Benedict antworten. Jordan bittet uns, ab sofort jeden Morgen auf diese Weise zu schreiben.

»Das werden eure sogenannten Morgenseiten.« Er setzt sich und überschlägt die Beine. »Hat jemand schon einmal davon gehört?«

Niemand.

Jordan redet weiter: »Es ist wichtig, so früh wie möglich zu schreiben. Ihr könnt dabei euren Kaffee oder Tee trinken, frühstücken oder noch im Bett liegen. Lasst die Gedanken aus eurem Kopf fließen, ohne sie zu bewerten. Ein oder zwei Seiten solltet ihr füllen.«

Bob stöhnt. »Echt, wieso denn so viel? So viel denke ich ja den ganzen Tag nicht.«

»Wenn du dich darauf einlässt und daran gewöhnst, schaffst du locker eine Seite, du wirst sehen«, gibt Jordan zurück und stellt eine neue Frage: »Hat jemand eine Idee, warum die Morgenseiten handschriftlich verfasst werden müssen?«

»Ist vielleicht authentischer«, schlägt Benedict vor.

Jordan verneint und wartet auf mehr Vorschläge.

Ich habe eine Idee, traue mich aber nicht.

»Das ist ja so etwas wie ein Tagebuch«, überlegt AJ. »Das schreibt man auch per Hand.«

Wieder schüttelt Jordan den Kopf. »Mit einem Tagebuch würde ich es nicht vergleichen, denn darin werden Geschehnisse festgehalten, analysiert und bewertet.«

Jetzt sag, was du denkst!, raunt der Mut. *Und sieh es, wie es wirklich ist: AJ ist der Loser, nicht du. Lass dich nicht verunsichern!*

»Ich glaube, es hat was mit der Geschwindigkeit zu tun«, sage ich und räuspere mich, damit meine Stimme fester wird.

»Wenn man ordentlich schreibt, die Worte ausschreibt, ist man langsamer als an einem Notebook.«

In Jordans Miene steht weder ein Ja noch ein Nein. »Warum sollte man deiner Meinung nach langsamer sein?«, hakt er nach.

»Vielleicht bremst man sein Hirn mit dem langsamen Schreiben aus.«

»Bingo.« Jordan lächelt. »Wenn ihr mit der Hand schreibt, gebt ihr euren Gedanken mehr Möglichkeiten der kreativen Entwicklung.«

»Und wir lesen uns das jeden Morgen gegenseitig vor?« Cat klingt skeptisch. »Ich weiß ja nicht, ob ihr eure morgendlichen Gedanken teilen würdet, aber ich möchte das eigentlich nicht.«

»Nein, ganz wichtig: Eure Morgenseiten sind nur für euch selbst gedacht. Ihr zeigt sie niemandem, lest sie hier natürlich auch nicht vor. Nicht einmal ihr selbst solltet sie noch einmal lesen, zumindest ein paar Wochen lang nicht.«

»Also sollen uns die Morgenseiten kreativer machen«, schlussfolgert AJ.

»Prinzipiell ja, aber ganz praktisch betrachtet schafft ihr mit ihnen Ordnung im Kopf. Wie nach einer Party. Ihr räumt den Dreck des vergangenen Tages weg und könnt in den neuen Tag starten, ohne über leere Flaschen, zerbröckelte Chips und stinkende Pizzakartons steigen zu müssen.«

»Cooler Vergleich«, findet Simon. »Klingt sinnvoll.«

»Das ist es, glaubt mir. Viele erfolgreiche Autoren schreiben Morgenseiten, um in den Flow zu kommen.« Jordan nimmt seine Notizen. »Okay, nun zum heutigen Thema.«

Er liest etwas vor. Dass es sein eigener Text ist, wird schnell klar.

»Ich bin in einem Vorort von Detroit aufgewachsen. Das Haus meiner Eltern lag etwa fünfzehn Meilen nördlich des

Flughafens. Manchmal bin ich dort hingefahren, zu einer bestimmten Stelle am Zaun unterhalb einer der Einflugbahnen. Ich habe mein Rad und später mein Auto geparkt, mich ins Gras oder auf die Motorhaube gehockt und die Flugzeuge beobachtet. Stundenlang konnte ich dort sitzen, manchmal wurde es Nacht, andere Male Morgen. Wann immer ein Stahlvogel über mich hinwegdonnerte – am Metro Airport geschieht das im Minutentakt –, bekam ich eine Gänsehaut. Ich liebte dieses Gefühl, die Welle, die durch meinen Körper rauschte. Das war, als würden damit alle positiven und negativen Gefühle neutralisiert. Die Haare auf meinen Armen hatten sich oft noch nicht wieder gelegt, da kam schon die nächste Maschine. Wenn ich das Glück hatte, einen der beiden Giganten zu sehen, einen Airbus 380 oder eine Dreamliner von Boeing, jubelte ich innerlich. Sie waren laut, unsagbar kraftvoll, wirkten mächtig, aber auch anmutig und stolz. Technische Wunderwerke, deren Fähigkeiten mich mein Leben lang staunen lassen werden.

Meine Eltern haben dieses Haus nicht mehr. Ich war lange nicht am Flughafen. Aber hin und wieder setze ich mich gedanklich an diese bestimmte Stelle am Zaun unterhalb einer der Einflugbahnen und beobachte die Stahlvögel.«

Jordan schaut auf. Sein Text erklärt sein heutiges T-Shirt. Es zeigt die Silhouette eines Flugzeugs über einer Landebahn.

»Hey, du warst ein Plane Spotter«, meint Bob.

»Nein.« Jordan legt seine Notizen weg. »Ich hab nur geschaut.«

»Was ist denn bitte ein Plane Spotter?«, fragt Cat.

AJ erklärt es ihr: »Nerds, die Flugzeuge beim Landen und Starten fotografieren.«

Während die anderen übers Plane Spotting reden, denke ich über Jordans Text nach. Ich habe ihn bildlich vor mir gesehen, wie er auf der Motorhaube sitzt, sich mit hinter dem Kopf verschränkten Händen gegen die Windschutzscheibe lehnt und in den Himmel schaut. Es war, als wäre ich bei ihm, als hätte ich die Flugzeuge auch gesehen und gehört.

»Die Stelle am Zaun beim Flughafen ist mein Lieblingsort«, erzählt er jetzt. »Oder besser, einer meiner Lieblingsorte. Jeder hat einen oder mehrere solcher Orte. Schreibt heute über euren liebsten Platz auf Erden. Welche Erinnerungen habt ihr daran? Welche unvergesslichen Geschichten haben sich dort zugetragen? Wie fühlt ihr euch dort? Mögen andere den Ort genauso sehr?«

Ich muss nicht lange überlegen. Mein liebster Platz auf Erden kristallisiert sich sofort vor meinem geistigen Auge.

»Bis zur Pause habt ihr dafür Zeit«, sagt er in meine immer lebendiger werdenden Gedanken hinein. »Also noch etwa zwei Stunden. Wenn's keine Fragen gibt, legt los!«

Niemand fragt. Papier raschelt, als die Journale zur nächsten leeren Seite umgeschlagen werden. Minen werden aus den Stiften geknipst. Cat, Benedict und AJ beginnen sofort zu schreiben. Simon und Bob brauchen etwas länger, sind aber auch bald dabei.

So leicht es war, meinen Ort zu benennen, so schwer fällt es mir, einen Anfang zu finden. Ich will keine geografische Angabe machen, sondern ihn so gut beschreiben, dass mein Text keine braucht. Jordans Stelle am Zaun kann überall rund um den Metro Airport sein, aber durch seine Art der Beschreibung habe ich ihn ohne weitere Details in Gedanken sofort gefunden. Das will ich für meinen Lieblingsort auch erreichen.

Auf meine Erinnerung konzentriert, schaue ich auf das linierte Blatt, bis es Farbe anzunehmen und zu einer Leinwand zu werden scheint. Als ich nicht nur den Ort sehe, sondern auch mich, finde ich meinen Anfang. Von da an ist es leicht zu erzählen.

Die Zeit verfliegt wie bei Tests in der Highschool. Ich beginne den letzten Absatz, als Jordan die letzten fünf Minuten verkündet, und setze den Punkt hinter das letzte Wort, als er uns bittet, die Stifte wegzulegen und Pause zu machen.

Während des Schreibens hatte ich AJ und Simon völlig vergessen. Jetzt werden sie mir wieder bewusst. Ich beeile mich, vor allen anderen aus dem Raum zu kommen.

Vor der Mason Hall warte ich auf Stella, da ruft Mom an. Eigentlich möchte ich nicht rangehen. Weil ich das Gespräch damit aber nur verschiebe, keinesfalls verhindere, bringe ich es dann doch lieber gleich hinter mich. Vielleicht ist auch etwas passiert.

Dass alles in bester Ordnung ist, wird klar, als sie sich darüber beschwert, dass ich nicht in Charlevoix bin. Dads Cousine aus Chicago, die heute Nachmittag zu Besuch sein wird, bekommt mich nun gar nicht zu Gesicht. Sehr unerfreulich! Während sie sich ärgert, bin ich heilfroh, mit dem Workshop ein Alibi zu haben. Ich mag Dads Cousine nicht, seit sie mich heimlich beiseitegezerrt und als unartiges, kleines Biest bezeichnet hat, weil ich ihren Hund versehentlich aus unserem Haus ausgesperrt hatte. Er war ausgebüxt, ohne dass ich ihn bemerkt hatte.

Als hätten wir das nicht alles erst letzten Montagmorgen besprochen, fragt Mom, was mir dieser Workshop überhaupt bringt. Ich erkläre es ihr noch einmal, aber keines meiner Worte scheint zu ihr durchzudringen. Wie gewohnt indirekt sagt sie mir, was sie von meinem Verhalten hält: Ich war schon immer unzuverlässig, ohne Verantwortungsbewusstsein und so weiter und so fort. Damit fertig, berichtet sie, was es Neues gibt: Ein Nachbarhaus hat einen Todesfall zu beklagen. In der Galerie von Dads Cousine stellt gerade ein Künstler aus, den ich kennen sollte. Jemand hat eine Einladung zu einer Hochzeit geschickt. Fünfzehn Minuten geht das so, dann kommt Stella. Ich versuche, mich von Mom zu verabschieden, aber sie ist nicht zu bremsen. Während Stella erst wartet und schließlich zu Lisha geht, erzählt Mom von einem anderen Nachbarn, der in der Latelife-Crisis ist, sich ein Motorboot gekauft hat und unerhört früh auf den See startet. Sie und Dad müssen jetzt immer bei geschlossenem Fenster schlafen. Dad wird juristisch gegen den Nachbarn vorgehen. Erst als ich in den Workshop zurückmuss, kann ich sie abwürgen und spurte mit gefühlt rauchendem Kopf zum Raum.

Benedict beginnt schon zu lesen. Auf leisen Sohlen husche ich zu meinem Platz. Er nimmt uns mit ins Haus seiner Großeltern, das bereits in seinem Lebenstraum Thema war.

Bob ist und isst am liebsten im Diner seines großen Bruders, das für ihn wie ein auf unterhaltsame Weise stark frequentiertes Wohnzimmer ist.

Cats Lieblingsort befindet sich auf den Bahamas, wo sie früher mit ihren Eltern Urlaub gemacht hat und zuletzt mit ihrem Exfreund war.

AJ erzählt von seinem Bett. Es war mir fast klar, dass er wieder querdenkt, alles ein wenig ins Lächerliche zieht und in erster Linie amüsieren will. Ich kann nicht lachen über seine Bettgeschichte. Ich bin viel zu froh, dass ich gestern keine geworden bin.

Simons liebster Ort ist ein Skiresort in Neuengland, wo ihm sein Großvater das Skifahren beigebracht hat.

Jordan nimmt zu seinem Text Stellung, wie zuvor zu den vier anderen, und bittet dann mich, zu lesen.

»Ich habe mich oft gefragt, wie der Pavillon dorthin gekommen ist«, beginne ich. »Vielleicht hat dort einmal ein Haus gestanden, auf dessen Grundstück er gebaut worden war. Vielleicht hatte er auch einen öffentlichen Zweck. Ich habe mich nie bemüht, seine Geschichte herauszufinden. Im Gegenteil, ich mag es, sie nicht zu kennen und meinen Gedanken dazu freien Lauf zu lassen. Heute ist dieser Pavillon jedenfalls verlassen. Seine Farbe ist abgeblättert. Wind und Regen haben seinem Holz zugesetzt, doch vom Wald, hinter dem er sich verbirgt, sind Kletterpflanzen über Steine und Sand gekrochen und an ihm hochgewachsen. Jeden Balken haben sie umschlungen und sein Dach überwuchert. An manchen Stellen hängen sie wie ein immergrüner Vorhang vor den Öffnungen. Im Sommer tanzen Schmetterlinge um die Blätter, im Winter legt sich Schnee darauf.

Manchmal habe ich davon geträumt, ein Bett in den Pavillon zu stellen und einen Sessel, um von dort aus fernzusehen. Das Programm hat mir immer nur den Lake Michigan gezeigt, aber jedes Mal anders. An einem Tag schimmerte das Wasser gelassen und still im Sonnenlicht, an einem anderen wurde es vom Wind zu Wellen aufgepeitscht, vom Regen aufgeraut. Mal waren Segelboote darauf zu sehen, mal schwebten krächzende Möwen darüber. Oft war es tiefblau, im Winter kilometerweit von Eisschollen bedeckt, mal spiegelte sich der Herbst darin und mal die untergehende Sonne.

Mich hat nie jemand zu diesem Pavillon begleitet, und ich habe nie mit jemandem über diesen Ort gesprochen. Es wäre mir falsch vorgekommen, denn wenn ich dort war, habe ich geglaubt, dass der Pavillon nur für mich existiert. Und das war ein guter Gedanke.«

Puh! Geschafft. Ich habe mich beim Lesen verspannt und spüre, wie ich jetzt lockerlasse.

»Du willst mich ärgern, oder?« Jordan klopft sich mit seinem Kugelschreiber auf die Handfläche.

Kein Lob also. Das wäre auch zu schön gewesen.

»Nach wie vor will ich das nicht, nein.«

»Sag mir, was gefehlt hat.«

»Gefühle, nehme ich an.«

»Wenn du es weißt, kannst du mich nur ärgern wollen.«

»Ich weiß es immer erst, wenn du so reagierst.«

»Wie ging es dir, wenn du beim Pavillon warst?«

»Gut.«

Er zieht die Brauen hoch. »Das war alles?«

»Ja, ich war ruhig, entspannt, ausgeglichen. Mir ging es dort wie dir mit deinen Flugzeugen.«

»Der Text ist zwar gut formuliert, von vorn bis hinten, aber es war kein Gefühl wirklich greifbar.« Er legt eine Pause ein, schaut zuerst auf seine offene Hand, in der sein Stift nun ruht, dann sieht er wieder mich an. »Bis auf eins, das du mit ein paar Ausdrücken angedeutet hast.«

Mir wird mulmig zumute, während ich darauf warte, dass er seinen Gedanken zu Ende bringt.

»Du hast den Pavillon beschrieben wie den einsamsten Ort der Welt«, sagt Jordan. »Diese Einsamkeit wolltest du dir bewahren. Die Einsamkeit des Pavillons verstehe ich als einen Spiegel.«

Ich weiß nicht, was ich darauf sagen soll. Also sage ich nichts.

Jordan fällt noch eine letzte Sache ein: »Dein Text wäre grandios gewesen, hättest du dieses Gefühl in den Vordergrund gestellt, statt es zu verstecken.«

Den Rest der Zeit sitze ich ab. Ich kann mich nicht konzentrieren. Dass Jordan meinen Text kritisiert hat, macht mir nichts aus. Mein Fell ist schon dicker geworden, und die anderen haben auch ihr Fett wegbekommen. Am schlechtesten ist es tatsächlich für AJ gelaufen. Jordans Feedback wurmt mich allerdings sehr. Keine Sekunde lang hatte ich die Absicht, ein Gefühl zu verstecken. Aber an Einsamkeit habe ich überhaupt nicht gedacht. Wenn der Text so verstanden wird, habe ich ihn völlig falsch geschrieben.

Als Jordan endlich Schluss macht, bin ich erledigt und durchgeschwitzt wie nach einem Halbmarathon, obwohl ich mich stundenlang keinen Meter bewegt habe. Ich sehne mich nach einer Dusche, bei der ich vielleicht auch meinen Kopf sortiert bekomme, und nach meinem Bett.

Auf dem Weg aus dem Raum ist AJ plötzlich neben mir. »Verrätst du mir, wo dein einsames Schloss steht, Eiskönigin?«, fragt er.

Entweder hat er nicht richtig zugehört oder einfach die Angewohnheit, Aussagen zu ignorieren, die nicht in sein Programm passen.

»Kümmere dich um die Probleme, die du im Bett hast«, gebe ich zurück und triumphiere innerlich über meine überraschende Schlagfertigkeit. »Und lass mich in Ruhe!«

Damit er noch mehr von meiner kalten Schulter hat, drücke ich mich vor ihm aus dem Raum. Davor wartet eine Frau. Es ist die, mit der Stella und ich Jordan neulich gesehen haben.

Sie trägt eine schwarze, lässige Hose und Stiefel mit Absätzen, einen schwarzen Rolli und einen weißen Trenchcoat. Ihre brünetten Haare sind zu einem akkuraten Pferdeschwanz gebunden. Ihre Augen sind dunkel und sanft, beinahe scheu. Ihr Lächeln ist zurückhaltend, aber freundlich. Ein unverbindliches »Hi« wirft sie mir entgegen. Ich sage »Hi« zurück und lächele ebenfalls, obwohl ich es eigentlich gar nicht will. Es wurmt mich, sie hier zu sehen. Im Weitergehen schiebe ich den Gedanken beiseite. Ich habe ohnehin schon viel zu viele Gedanken im Kopf.

Nachher gibt es wieder eine Party am Strand. Danke auch. Ohne mich!

Kapitel 13

10. Oktober

Der Sonntag ist zu einem Gammeltag geworden. Ich hatte mir so viel vorgenommen, bin aber mit Stella auf der Couch gelandet, wo wir schon den zweiten alten Schwarzweißfilm streamen. Stella ist aber nicht richtig bei der Sache. Immer wieder pausiert sie, um von Elijah zu erzählen. Ich hatte gedacht, dass sie und er sich auf dem Spaziergang am Freitag endlich nähergekommen sind, aber über kumpelhaftes Quatschen und Nebeneinanderhertappen ist es wieder nicht hinausgegangen.

Mitten in einer megaromantischen Szene pausiert sie den Film schon wieder.

»Sein im Text beschriebener Lieblingsort ist der Platz am Fluss, an dem wir waren.« Mit der Fernbedienung wedelt sie vor meiner Nase herum. »Ich hab das sofort erkannt.«

Ich nehme ihr das Ding weg und will den Film weiterlaufen lassen, frage sie zuerst aber, warum sie gestern nicht zur Party gegangen ist. Vielleicht hätte sich ein weiterer Spaziergang ergeben.

»Nach dem Workshop ist er nach Ohio gefahren«, antwortet sie. »Irgendeine familiäre Geschichte.« Letzteres brummt sie zwischen den Lippen durch.

Sie scheint daran zu zweifeln, dass Elijah für die Familie nach Hause gefahren ist. Sie spricht es nicht aus, aber ich glaube, sie hält es immer noch für möglich, dass er eine Freundin hat und sich mit ihr trifft. Weil ich mir und ihr nicht anders zu helfen weiß, starte ich ein Ablenkungsmanöver.

»Wie hat er den Platz am Fluss denn beschrieben?«

Stella seufzt. »Genauso romantisch, wie ich ihn erlebt habe, als ich mit ihm dort war. Er hat genau das beschrieben, was ich in diesem Moment gefühlt habe.« Sie wird wieder ernst, schüttelt den Kopf. »Aber ich habe trotzdem das Gefühl, er hat geschwindelt, als er meinte, er hätte eine familiäre Angelegenheit zu regeln.«

Wie ein Blitz durchzuckt mich eine Idee. »Vielleicht hat er wirklich eine Freundin in Ohio und ist mit ihr verabredet, um die Beziehung zu beenden und frei für dich zu sein.«

Stella setzt sich auf der Couch auf, starrt eine kleine Weile vor sich hin und sieht mich dann an. »Oh mein Gott! Das ist es. Das muss es sein.«

»Wenn das stimmt, beweist es, dass Elijah ein guter Kerl ist. Er will weder ihr noch dir etwas vormachen, sondern klare Verhältnisse schaffen. Er will …«

Weiter komme ich nicht, denn es klopft. Stella, von meiner Idee praktisch wiederbelebt und voll neuer Hoffnung, fliegt zur Tür und reißt sie auf. Sie erstarrt, als draußen ein »Hey, Darling« ertönt und spuckt ein bestürztes »Mom, was machst du denn hier?« aus.

Stellas Mom spaziert herein, in einer Hand ihre Tasche, in der anderen eine Tischlampe. Sie erspäht mich auf der Couch, identifiziert mich als die berühmte Layla, von der sie schon viel gehört hat, und stellt ihre Tasche ab, um mir Hallo zu sagen und sich als Yasmin vorzustellen.

Ich brauche ein paar Sekunden, um mich zu sortieren, denn Yasmin sieht aus wie Stellas Schwester. Keinesfalls wie eine Mom. Ihr glattes schwarzes Haar fällt genauso wie das ihrer Tochter, es ist nur ein wenig länger. Sie hat die gleichen feinen asiatischen Züge, trägt ähnlich stylische, figurbetonte Klamotten.

Mit feierlicher Miene nimmt sie die Tischlampe in beide Hände und verkündet: »Die habe ich auf einem Flohmarkt gefunden und dachte mir, sie passt perfekt hierher.«

In der nächsten Sekunde hebt sie unsere billige Lampe vom Tisch neben der Couch, stellt sie erst einmal auf den Boden und platziert ihren Flohmarktfund.

Mit in die Seiten gestemmten Händen begutachtet sie die Sache. »Perfekt, oder?«

Stella klappt den Mund zu, öffnet ihn zum Sprechen aber wieder. »Mom, du bist nicht wirklich zwei Stunden hergefahren, um die Lampe zu bringen, oder?«

»Warum sonst?«, gibt Yasmin zurück. »Das Wetter ist bescheiden, und ich hatte nichts anderes vor.«

»Mom, das ist …«

Yasmin klatscht in die Hände. »Gehen wir was essen!« Sie schaut auf die Uhr. »Gleich sechs, optimale Zeit. Gibt es gute Restaurants in der Nähe?«

»Layla und ich wollten Pizza bestellen.«

Yasmin winkt ab. »Das könnt ihr morgen Abend immer noch machen. Also los, husch, husch! Raus aus den Schlabberoutfits! Ich hab Hunger.«

»Ist in Ordnung, wenn ihr essen geht«, sage ich mit dem Vorsatz, mich nicht von der Couch zu bewegen, aber Yasmin lässt mich gleich wissen, dass ich sie und ihre Tochter selbstverständlich begleite. Keine Widerrede.

Stella schnauft genervt, verschwindet zum Umziehen in ihr Zimmer und lässt ihre Mutter von dort wissen, was sie von solchen Überraschungsaktionen hält. Ihre Worte perlen an Yasmin ab. Lächelnd betrachtet sie mich und gibt mir ein Zeichen, in die Gänge zu kommen, also gehe ich mich ebenfalls umziehen.

Wenig später düsen wir in Yasmins Auto durch das Univiertel. Als wir einen asiatischen Imbiss passieren, jammert Yasmin, dass es in ihrem Kaff nur Burger gibt. In der Konsequenz dirigiert Stella sie über die Liberty Street zum Pacific Rim, das man an der U of M als das beste asiatische Restaurant des Viertels kennt. In den Minuten auf der Rückbank von Yasmins SUV habe ich Todesangst und umklammere den Türgriff. Stellas Mom fährt, als hätte sie entweder erst gestern den Führerschein gemacht oder als wäre sie in all den Jahren des Fahrens blind für Verkehrsschilder geworden. Dabei plaudert und plaudert sie, von diesem und jenem, früher und heute, Oma und Opa. Ich bin heilfroh, als wir endlich vor dem Pacific Rim parken.

Yasmin plaudert weiter. Nie zuvor habe ich so viele Worte in so kurzer Zeit gehört. Wir bekommen einen Tisch zugewiesen und die Speisekarten in die Hand gedrückt. Die Karte ist übersichtlich. Es gibt jeweils ein Hauptgericht aus einem asiatischen Land. Yasmin ist begeistert und zugleich enttäuscht über den Mangel an einer malaysischen Spezialität. Kurzerhand entscheidet sie sich für den japanischen Zobelbarsch. Stella bestellt einen vietnamesischen Wrap, ich thailändische Nudeln in Erdnussbuttersauce.

»Zeig mir ein Bild von Elijah«, bittet Yasmin Stella, sobald uns die Bedienung unsere Getränke vorgesetzt hat.

Ich wundere mich, dass Yasmin von Elijah weiß, erwarte, dass Stella sich weigert, und wundere mich noch mehr, als sie ihr Smartphone zückt und ihrer Mom ein Foto von sich und Elijah zeigt. Am Freitag bei der Flussparty hat sie das gemacht, kurz bevor ich mit AJ verschwunden bin.

»Oh, der ist süß«, zwitschert Yasmin. »Aber wieder genau dein Beuteschema.« Sie schaut mich an, um dieses Statement zu erklären. »Stella verliebt sich immer in Softies. Es ist immer der gleiche Typ, sanfte Augen, eher weiche Gesichtszüge, schlank, kaum Muskeln, Hemd und Chinos statt Sweater und Jeans, du weißt schon.«

Während Stella ihre Mom auf den neuesten Elijah-Stand bringt, stelle ich mir vor, Stella und ich wären mit meiner Mom hier. Ich habe keine Ahnung, worüber wir sprechen würden. Ganz sicher nicht über Jungs. Und säße Margaret Sullivan mit uns dreien an diesem Tisch, hätte sie inzwischen zehnmal pikiert das Gesicht verzogen. Sie würde Yasmin hassen, sie für eine unverantwortliche und impertinente Person halten und sich nachher über sie auslassen.

Yasmins Stimme holt mich aus meinen Gedanken.

»Darling, zeig mir ein Foto von deinem Sweetheart!«, bittet sie mich, als sei es die größte Selbstverständlichkeit, dass ich ein Sweetheart habe.

Es ist nicht so sehr ihre Bitte, die mich durcheinanderbringt, sondern ein Gedanke, der gerade durch meinen Kopf gerauscht ist. Verwirrt blinzele ich sie an.

Er ist ein Fiesling!, wettert der Protest.

»Ach, der Typ heißt AJ«, antwortet Stella an meiner Stelle. »Aber er ist ein Arsch.«

»Das stimmt nicht, Stella«, protestiere ich.

»Und ob er ein Arsch ist!«

»Das meine ich nicht, sondern dass er mein …« Das Sweetheart bringe ich nicht einmal über die Lippen, so wenig trifft es auf AJ zu. An ihn habe ich eben aber gar nicht gedacht, und das erschreckt mich immer noch.

»Ich hab niemanden«, sage ich Yasmin.

Stella ignoriert das. Scheinbar bis ins Mark vertrauensselig erzählt sie Yasmin von der Wette, die AJ mit Simon laufen hatte und dass AJ wahrscheinlich von meinen ehemaligen Mitschülern aus Charlevoix auf mich angesetzt wurde.

Mehrmals versuche ich, Stella zu stoppen, doch Yasmin will alles im Detail erfahren. Sie reagiert so mitfühlend und empört zugleich, dass ich das Erzählen bald übernehme. Wenn ich schon hier bin und es um mich geht, kann ich auch den Mund aufmachen, statt Stella über mich plaudern zu lassen.

Tatsächlich rede ich mich in Rage und bin nicht einmal still, als das Essen gebracht wird. Ist mir schnurz, ob die Bedienung oder irgendjemand anders etwas aufschnappt.

Während des Essens gibt mir Yasmin nicht ganz ernst gemeinte Tipps, wie ich AJ eine Lektion erteilen könnte. Manche Vorschläge sind so komisch, dass Stella und ich uns allein bei der Vorstellung vor Lachen kringeln. Am Ende sind es aber doch bloß Späße. AJ hat ein Spiel mit mir getrieben oder tut es noch. Ich werde nicht mitspielen.

»Nein, mal im Ernst«, schimpft Yasmin schließlich wieder. »Er sollte zu spüren bekommen, dass er viel zu weit gegangen ist. Konfrontiere ihn öffentlich und stell ihn dabei bloß. Lass die anderen im Workshop wissen, was er vorhatte, und frag ihn nach dem Grund. Was meinst du, wie unangenehm ihm das sein wird.«

»Ja, und mir auch«, gebe ich zurück.

Die Sache öffentlich zu klären, kommt für mich nicht infrage. Damit würde ich mir wahrscheinlich nur ins eigene Fleisch schneiden.

Yasmin denkt sich weitere Reaktionen aus und bezahlt nebenbei. Auf der Rückfahrt bange ich einmal mehr um mein Leben. Wieder beim South Quad, steht mein Entschluss fest: Ich werde AJ konfrontieren und es auch nicht hinauszögern, sondern gleich tun. Wer weiß, ob ich morgen noch genug Mut habe. Im Moment, durch Yasmin und Stella aufgestachelt, fühle ich mich mutig wie drei Löwinnen.

Statt in unser Appartement gehe ich also eine Etage höher zu der Tür, hinter der Elijahs und AJs Wohnung liegt. Die Nummer habe ich gerade noch von Stella erfahren. Sie wollte sogar mitkommen, aber ich erledige das lieber allein. Ich kann das. Ich kriege das hin.

Mein Herz ist anderer Meinung. Es schlägt mir bis zum Hals und lässt mich zögern. Ich überwinde mich, klopfe an und wappne mich.

Elijah öffnet.

»Hey, ist AJ da?«, frage ich gleich.

Er schüttelt den Kopf. »Ist vor zehn Minuten weg, was zu trinken kaufen. Er ist aber sicher gleich zurück. Du kannst gern reinkommen und auf ihn warten.« Er hält mir die Tür auf.

Ich trete ein. Elijah nimmt eine Jacke von einem Sessel, damit ich mich setzen kann.

»Wie war dein Wochenende noch so?«, fragt er, während er die Jacke in sein Zimmer bringt.

»Ganz okay, hab nicht viel gemacht«, antworte ich ihm. »Und deins?«

Vielleicht kann ich die Gelegenheit nutzen und Elijah ein bisschen auf den Zahn fühlen.

»Ging so.« Er kommt zurück, lehnt sich in den Türrahmen. »Ich war zu Hause. Meine kleine Schwester stresst meine Eltern gerade ziemlich. Sie hat ein paar falsche Freunde und bekommt immer mehr Probleme in der Schule.«

»Also wolltest du mit ihr reden?«

»Ja, eigentlich kommen wir gut miteinander klar.«

Das ist keine ausgedachte Geschichte. Mir gegenüber wäre das auch unsinnig. Also lag ich falsch mit meiner Vermutung. Falls Elijah eine Freundin in Ohio hat, ist er definitiv nicht dort gewesen, um mit ihr Schluss zu machen.

»Klingt nicht, als wärst du zu ihr durchgedrungen«, schlussfolgere ich.

»Nicht wirklich, leider. Ich weiß auch nicht …«, fängt er an, da klingelt sein Telefon.

Er holt es aus der Hosentasche und schaut aufs Display. »Sorry, da muss ich gerade mal rangehen«, murmelt er, verschwindet wieder in seinem Zimmer und schließt sogar die Tür.

Weil es in der Wohnung so leise ist, höre ich ihn trotzdem sprechen und schnappe auch ein paar Worte auf. Da er im Zimmer herumzulaufen scheint, verstehe ich ihn mal besser und mal schlechter.

»Ich dich auch sehr«, schnappe ich zuerst auf, dann wieder nur Gemurmel.

Also doch eine Freundin in Ohio! Seine Antwort passt nur zu Sätzen wie »Ich mag dich«, »Ich liebe dich« oder »Ich vermisse dich«.

»Das will ich auch nicht mehr, aber …« Der Rest ist undeutlich.

»Mittwoch nach dem Workshop ist gut. Ich freu mich total.«

Hm! Das kann keine Freundin aus Ohio sein, wenn er sich hier mit ihr verabredet. Es ist jemand aus dem Workshop oder zumindest jemand von der Uni.

Halt, Moment! Ist das etwa Stella, die angerufen hat?

Als die Wohnungstür aufgeht, schrecke ich aus meinen Gedanken. AJ sieht mich und bleibt stehen, verdrängt seine Überraschung aber schnell und brummt: »Was machst du hier?«

Zuerst ist es, als klebten meine Zähne aufeinander. Mein Mund will nicht aufgehen. Mein dann herausgepresstes »Mit dir reden« klingt viel zu unsicher und eher wie eine Frage.

»Was gibt's denn zu bereden?« Mit dem Rücken zu mir räumt er die Getränke in den Kühlschrank, ein paar Flaschen Wasser und Coke-Dosen.

Gleich machst du dich richtig lächerlich, Layla Sullivan!, meldet sich der Spott zu Wort. *Heulst ihm deine traurige Mobbingstory vor und bittest ihn, nett zu dir zu sein.*

Ich atme durch und zwinge mich zu sprechen. »Was habt ihr gewettet, Simon und du?«

AJ dreht sich zu mir um. »Ich weiß nichts von einer Wette.«

»Ich aber.« Das war schon besser. Meine Stimme klingt fester.

»Dann hast du einen miesen Informanten«, kontert er.

Sein überheblicher Ton lässt Wut in mir köcheln. Innerlich beginne ich zu zittern, würde ihn am liebsten packen, schütteln und ihm klarmachen, dass ich in all den Jahren genug solchen Scheiß erlebt habe. Nach außen hin bleibe ich ruhig, stehe auf und gehe ein paar Schritte auf ihn zu. Es ist die Tatsache, dass er mich gerade anlügt, die mich stark macht. Wer lügt, fühlt sich in die Enge gedrängt und ist zu feige, das zuzugeben.

»Hat es dich viel Überwindung gekostet, so aufmunternd und freundlich zu mir zu sein?«, frage ich ihn.

AJ funkelt mich durch seine runden Brillengläser an. »Was faselst du da?«

»Die Komplimente, die Aufmerksamkeit, wozu das alles? Ging es darum, die Eiskönigin ins Bett zu kriegen und dann abzuservieren?«

Er hebt den Kopf ein wenig, verschränkt die Arme vor der Brust und schweigt.

Also bohre ich weiter: »Bist du tatsächlich so dämlich wie all die Idioten in Charlevoix?«

»Raus hier«, knurrt er.

Pah! Du hast dich gerade mal aufgewärmt, kontert der Trotz. *Du lässt dich nicht rausschmeißen.*

»Nichts lieber als das, sobald ich fertig bin.«

»Das sind wir.«

»Sind wir nicht. Dir ist längst klar, dass ich nicht so bin, wie sie dir erzählt haben.«

Es flackert im Braun seiner Augen. Sein Mund zuckt. Er schnaubt und versucht, sich in seiner abwehrenden Haltung noch ein Stück weiter aufzurichten. Dabei wird er eigentlich kleiner und kleiner. Sein Schweigen verstehe ich als Zustimmung und rede weiter.

»Aber du willst mich so sehen. Und das macht dich echt zu einem genauso dummen Menschen.«

Das kann er nicht auf sich sitzen lassen. »Ich hab ein ganz gutes Bild von dir«, sagt er. »Ich sehe eine eiskalte, arrogante Ziege, die nicht einen Funken Gefühl in sich hat und deshalb auch nicht schreiben kann.«

Autsch!

Das tat tatsächlich weh. Und es ist verdammt schwer, es nicht zu zeigen.

Zeit zu gehen!, empfiehlt die Vernunft. *Aber lass dir Zeit dabei. Nicht fortrennen.*

Rückwärts gehe ich gemächlich Schritt für Schritt zur Tür, wobei ich AJ nicht aus dem Blick lasse.

»Du glaubst, ich habe keine Gefühle. Und das gibt dir das Recht, so mit mir umzugehen?« Tränen kribbeln in meinen Augen, aber ich schaue ihn weiter an. »Vielleicht habe ich Gefühle und will sie nicht zeigen. Vielleicht habe ich durch Leute wie dich gelernt, keine Gefühle zu zeigen.«

AJ schweigt und starrt.

»Lass mich in Ruhe, klar?«, bringe ich noch hervor, bevor ich die Tür aufziehe und in den Flur trete.

Ob er noch etwas sagt, höre ich nicht. Es summt in meinen Ohren. Ich sehe die Stufen kaum, als ich sie hinunterlaufe. Alles fühlt sich dumpf an, wie in Watte gepackt. In meinem Kopf tönt, was ich gesagt habe, aber AJs Worte hallen wie Echos dazwischen.

Kapitel 14

11. Oktober

Nach der Shakespeare-Vorlesung am Montag besorge ich mir in der Bibliothek zwei Bücher, die ich demnächst benötige. Ich brauche »Comic Women, Tragic Men« von Linda Bamber zur Genderstudie bei Shakespeare sowie eine moderne Interpretation von »Wie es euch gefällt«. Mit dem Gang in die Bibliothek drücke ich mich auch ein bisschen vor Stellas Fragen.

Als ich gestern Abend von AJ zurückgekommen bin, wollte sie wissen, ob Elijah dagewesen ist und was er gemacht hat, ob er etwas über sie gesagt hat. Damit war klar, dass sie ihn definitiv nicht angerufen hat.

Was hätte ich tun sollen? Ihr einfach so hinklatschen, dass er mit einer anderen telefoniert und sich verabredet hat? Solange das keine bewiesene Sache ist, halte ich die Klappe. Ich habe bestimmte Worte gehört, ja, nach dem Gespräch mit AJ bin ich mir aber nicht sicher, ob ich alles so verstanden habe, wie es tatsächlich gesagt wurde.

Mit den Büchern unterm Arm und der Nase in einem dritten, das ich im Vorbeigehen entdeckt habe, tappe ich aus dem Gang, da rennt mich jemand fast über den Haufen. Meine Bücher fallen auf den Boden, andere Bücher poltern dazu. Ich fahre herum, will etwas sagen, doch die Worte bleiben mir im Hals stecken.

Jordan!

»Oh, sorry!« Er schiebt sich eine Hand in die Haare. »Da war ich wohl zu stürmisch.«

Tatsächlich wirkt er verlegen, ein Ausdruck, den ich noch nie an ihm gesehen habe. Einigermaßen verwirrt beobachte ich, wie er sich hinhockt, die Bücher aufsammelt und wieder aufsteht. Er hält mir meine hin. Ein merkwürdiger Schimmer liegt in seinen Augen und gibt dem bernsteinfarbenen einen goldenen, dem grünen einen smaragdfarbenen Ton.

Faszinierend!, säuselt die Begeisterung.

Unheimlich!, kontert der Trotz.

Ich senke den Blick auf sein T-Shirt. Ein Lama mit Sonnenbrille vor roten Sonnenstrahlen ist darauf gedruckt. »Dalaï« steht darunter.

»Wie viele schwarze T-Shirts hast du eigentlich?«, frage ich, während ich ihm meine Bücher abnehme.

»Vierunddreißig«, antwortet er. »Ich kann jeden Tag des Monats ein anderes anziehen. Ist wohl ein Spleen von mir.«

Wie es mein Spleen ist, an jedem Wochentag einen andersfarbigen Pullover zu tragen.

»Und im Winter? Sind es da Hoodies?«

»Nein, da ziehe ich einfach Cardigans oder eine Sweatjacke über die T-Shirts.«

Wieso reden wir über seine Klamotten?

Ich murmele ein »Okay«, drehe mich um und stakse so schnurstracks wie verwirrt zum Check-out. Jordan hat offenbar denselben Weg und wartet gleich darauf neben mir an den Countern, die alle von Studenten mit Bücherstapeln belegt sind.

Die Minuten ziehen dahin. Es geht nicht voran. Die Studentin am linken Counter hat Probleme mit dem Scannen. Dem Studenten am rechten Counter sind sämtliche Bücher heruntergefallen, und er braucht ewig, um sie wieder aufzusammeln. Hinter diesen beiden warten noch zwei andere vor Jordan und mir. Ich überlege, ob ich ein Gespräch beginnen soll, eins über den Workshop vielleicht, aber etwas anderes beschäftigt mich. Wieso war er gerade so verlegen? Jemand wie Jordan steckt so ein versehentliches Umrempeln doch mit einem Schulterzucken weg, hat es eigentlich gleich wieder vergessen.

»Ich schlage gleich Wurzeln«, nuschele ich halb zu mir selbst, halb zu Jordan.

»Hast du es eilig?«, fragt er.

»Ich kann es nicht leiden, auf der Stelle zu trampeln und zu warten. Das ist alles.«

»Also keine Eile?«

Ich wappne mich für seinen zweifarbigen Blick und sehe ihn an. »Nein, wieso?«

»Wie wäre es dann mit einem Kaffee irgendwo? Falls wir heute jemals hier rauskommen.«

What???

Ich kann mich geradeso davon abhalten, mir vors Ohr zu klopfen, um den Wackelkontakt zu beheben.

»Warum?«, platzt es ungewollt unfreundlich aus mir heraus. »Wegen des Pavillons? Ich will da echt nicht weiter drüber reden. Ist doch alles gesagt dazu.«

»Einfach so«, gibt er von meiner Schroffheit scheinbar unberührt zurück. »Aber gut, wenn du keine Lust hast …«

Er schaut auf seine Bücher, dreht das obere um und vertieft sich in den Klappentext. Ich beobachte, wie die Studentin endlich den verflixten Code einscannt und der Student das letzte

Buch vom Boden aufklaubt. Einen Moment lang vermisse ich das genervte innerliche Stöhnen. Das hätte eigentlich gerade seinen Auftritt, allerdings bin ich nicht genervt. Ich bin nur noch verwirrter als ein paar Minuten zuvor. Warum zum Teufel will Jordan einen Kaffee mit mir trinken, wenn nicht, um über meine Fehlpässe beim Schreiben zu sprechen?

»Wohin würden wir denn gehen?«, frage ich, ohne ihn anzusehen.

Es dauert ein bisschen, bis er reagiert. »Keine Ahnung«, murmelt er schließlich. »War ja nur so eine Idee. Ins HopCat vielleicht?«

»Da war ich noch nicht.«

»Irgendwann ist immer das erste Mal.«

Es kommt Bewegung in die Warteschlangen. Die Counter werden zeitgleich frei, und die Nächsten treten zum Scannen an. Jeder mit nur drei Büchern. Der Scanner piept dreimal fast unisono, dann sind Jordan und ich an der Reihe. Ich gehe zum linken, er zum rechten. Ich scanne die Bücher, dann meine Student-ID.

Schwuppdiwupp bin ich fertig, passiere den Counter und weiß plötzlich nicht so recht weiter, denn Jordans Scanner piept noch. Um beschäftigt zu sein, verstaue ich meine Ausbeute in meiner Tasche, gehe dabei ein paar Schritte weiter und lausche. Jordan scannt nicht mehr.

Wenig später ist er bei mir und steckt die ausgeliehenen Bücher in seinen Rucksack. Ohne ein Wort zu wechseln, verlassen wir die Bibliothek. Auf dem Weg aus dem Gebäude und durch den Park sprechen wir über die Bücher, die wir ausgeliehen haben, und es ist so schrecklich offensichtlich, dass wir das bloß tun, um ein Thema zu haben, dass es wehtut. Ein Teil von mir fragt sich, worüber wir reden sollen, wenn wir erst an einem

Tisch sitzen, aber dem anderen Teil ist das merkwürdigerweise herzlich egal. Der Ort auch.

Das HopCat liegt schräg gegenüber der Angell Hall auf der State Street. Es ist eine Kneipe, die bei Studenten der höheren Semester beliebt ist, weil man dort gutes Bier bekommt. Jordan hält mir die Tür auf. Ich trete ein und drehe mich zu ihm um, plötzlich wieder unsicher. Es ist fünf Uhr nachmittags, und die Kneipe ist ziemlich voll. Das Stimmengewirr ist laut, Musik und Gläserklirren untermalen es. Eine Bedienung mit einem vollen Tablett drängt sich an mir vorbei. Als Jordan seine Hand an meinen Rücken legt, um mich voranzudirigieren, fröstele ich und fühle mich so steif wie Eis am Stiel. Wir finden einen kleinen Tisch und setzen uns auf dessen zwei Hocker. Jordan bestellt einen schwarzen Kaffee, ich einen Cappuccino.

»Du bist also aus Detroit«, stupse ich die Konversation an, sobald die Bedienung weg ist.

Wahrscheinlich durchschaut er mich und erkennt diese Frage als den Versuch, ein Gespräch anzukurbeln, das sich mit ihm beschäftigt, nicht mit mir.

»Ich bin dort aufgewachsen«, antwortet er. »Im letzten Highschool-Jahr habe ich aber in South Haven gewohnt. Ich bin mit meinem Vater dorthin gezogen, nach der Scheidung meiner Eltern.«

Okay, eine Scheidung. »South Haven, das ist …«

Er vervollständigt meinen Satz. »Genau gegenüber von Detroit, am Lake Michigan.«

Ich senke den Kopf. Ich weiß nicht, ob ich ihm sagen soll, dass mir die Scheidung seiner Eltern leidtut, oder nicht. Prinzipiell tut sie das, aber ich bin mir nicht sicher, ob er so etwas hören will oder ob ihm die Trennung eine willkommene Angelegenheit war.

»Meine Mom wollte in Detroit bleiben«, erzählt er. »Sie arbeitet für die Free Press und ist eher ein Stadtmensch.«

»Und dein Dad?«

»Der ist das Gegenteil, lebt lieber zurückgezogen. Für seinen Job braucht er das.«

»Was macht er denn?«

»Er schreibt Bücher.«

Die Erkenntnis kommt wie mit einem Schlag.

Fuck!

Ich hätte eins und eins zusammenzählen können. Mit dem nächsten innerlichen Frösteln hebe ich den Blick wieder.

Jordan Bates! Seinen vollen Namen habe ich ständig auf Workshop-Sheets gelesen und mir nichts dabei gedacht. Jordan Bates! John Bates!

»Dein Vater ist John Bates?«

Jordan sieht die Bedienung kommen und wartet ab, bis sie uns die Kaffees hingestellt hat.

»Sag nur, du kennst seine Bücher?«, fragt er spöttisch.

Ich kenne »Das beste Geheimnis der Welt« und »H2War«. Ersteres hat mich einige Nächte lang um den Schlaf gebracht. »H2War« war ähnlich grandios, aber auch ziemlich beängstigend.

»In der Dusche deiner Affäre, am Morgen danach, findest du heraus, wie schlau du wirklich bist. Entweder schaffst du es, das warme Wasser anzudrehen oder eben nicht«, zitiere ich John Bates. »Am Anfang von ›Das beste Geheimnis der Welt‹ schreibt er das. Seite drei in den oberen Absätzen.«

Jordans schmunzelt. »Okay, du hast schon mal von ihm gehört.«

»John Bates ist einer meiner Lieblingsautoren. Klar habe ich von ihm gehört.«

Ein paar Sekunden lang betrachtet er mich, ohne mich hinter seine Stirn schauen zu lassen, dann wechselt er das Thema. »Was machen deine Eltern?«

Ich winke ab. »Nichts, an das sich die Welt in hundert Jahren noch erinnert. Mein Vater ist Jurist, meine Mutter wohl das, was man als Hausfrau bezeichnet.«

»Und wo steht der Pavillon?«

Verdammt, da wären wir bei dem Thema, das ich vermeiden wollte.

»Ist ein Geheimnis. Ich habe doch geschrieben, dass ich diesen Ort für mich behalten möchte.«

»Das habe ich verstanden. Aber verrätst du mir trotzdem, aus welcher Gegend Michigans du kommst, oder riskiere ich damit, exekutiert zu werden?«

Ich halte seinem zum Teil abwartenden, zum Teil spöttischen Blick stand und schiebe die Gedanken an meine Highschool-Zeit beiseite.

»Ich bin aus Charlevoix.«

»Grandios! Charlevoix! Wir machen unsere Tour wahrscheinlich nach Charlevoix.«

Wer ist wir? Er und seine Freundin?

»Was für eine Tour denn?«

»Na, Ende Oktober. Mit dem Workshop.«

Nein! »Ich dachte, wir fahren nach Traverse City?«

»Da gibt es Probleme mit der Übernachtung. Professor Carter sucht gerade Alternativen und hat etwas in Charlevoix gefunden.«

Ich glaub's ja nicht! Der ganze Workshop in Charlevoix. AJ in Charlevoix. Jordan in Charlevoix!

Das kann spaßig werden, höhnt der Spott tief drinnen.

Beruhig dich!, kontert die Gelassenheit. *Die paar Idioten, die noch da sind, werden der Gruppe kaum über den Weg laufen. Aber ein anderes Thema wäre jetzt ganz gut.*

»Was schreibst du im Kurs eigentlich, während wir an den Aufgaben arbeiten?«

Jordan runzelt die Stirn. »Okay, keine Freude über den Ausflug in die Heimat«, murmelt er amüsiert. »Wechselst du die Männer, mit denen du Kaffee trinkst, so schnell wie deine Themen?«

Welche Männer? »Ähm, nein.«

»Ich werde also nicht in den nächsten Sekunden ausgetauscht?«

Ich verkneife mir ein Lachen. »Nein.«

»Na schön. Also dann, auf zum nächsten Thema: Ich schreibe gerade an einem Roman. Genau genommen schreibe ich seit vier Jahren daran, seit meinem Work-und-Travel-Jahr in Australien. Vielleicht wird er irgendwann mal fertig, vielleicht auch nicht. Während ihr eure Texte ausarbeitet, notiere ich Gedanken dazu.«

»Wo hast du Work und Travel gemacht?«

»In Australien, gleich nach der Highschool.«

»Cool! Und worum geht es im Roman?«

»Um einen Roadtrip.« Er nimmt seine Kaffeetasse, trinkt aber nicht. »Im Äußeren. Der innere Trip führt zur Selbsterkenntnis. Irgendwann.«

»Warum wirst du damit nicht fertig?«

»Weil ich nicht zufrieden bin. Manche Passagen gefallen mir beim Lesen später einfach nicht mehr. Es ist, als würde ein wichtiger Gedanke fehlen oder nicht richtig ausgedrückt sein.«

»Dann lies erst mal nicht, was du geschrieben hast«, schlage ich vor. »Schreib es runter, wie bei den Morgenseiten, bis zum Schluss.«

Jordan schnaubt. »Ich glaube nicht, dass es das besser macht.«

Nachdenklich rühre ich in meinem Cappuccino und trinke einen Schluck. Ich kann mir vorstellen, dass die fehlenden Gedanken vielleicht greifbarer werden, wenn alles geschrieben steht, behalte das aber für mich. Auch meinen Vorschlag hätte ich für mich behalten sollen. Er ist der Profi. Ich bin der Lehrling mit eher miesen Erfolgsaussichten.

»Eine Sache frage ich mich«, sagt Jordan in meine Gedanken hinein.

Ich sehe ihn wieder an. »Und die wäre?«

»Hattest du wirklich nie das Bedürfnis zu schreiben?«

Ich könnte ihm vom Dreizehn-Tagebuch erzählen, schüttele aber den Kopf.

»So ein Talent dringt eigentlich irgendwann durch«, meint er grüblerisch. »Es ist wie eine Berufung. Eigentlich kann man gar nicht anders, als die eine Sache zu tun, zu der man sich berufen fühlt.«

Dann ist es ja ganz einfach. »Wo kein Talent ist, kann es nicht rufen.«

Jordan schüttelt den Kopf. »Das stimmt nicht.«

Ach komm! Es ist ja nett, dass er mich aufzumuntern versucht, wahrscheinlich, damit ich mich noch mehr anstrenge, aber das wirkt irgendwie lächerlich. Nur lachen kann ich darüber nicht. Und sagen auch nichts mehr.

Jordan fällt aber noch mehr ein: »Dein erster Text war tatsächlich grauenvoll, trotzig und unwillig dahingerotzt. Der zweite war besser, aber komplett am Thema vorbei, als hätte es dir einfach nicht gepasst. Als du deinem Zorn ein Ventil geben solltest, warst du schon richtig gut, und als Käse im Kühlschrank noch einmal besser.« Jordans Blick gräbt sich in meinen. »Da hast du gezeigt, dass du nicht nur Fantasie hast, sondern auch was von Sprache verstehst. Außerdem hast du verdammt guten Humor bewiesen. «

Wie er mich anschaut und auch seine Worte bewegen etwas in mir. Ein nervöses Kribbeln setzt in meinem Bauch ein. Mein Herz schlägt ein paar Takte schneller. »Ich … Ich weiß nicht …«

»Dein Pavillontext war poetisch und bildhaft.« Er atmet durch, überlegt kurz und redet dann weiter. »Ich hatte den Pavillon vor Augen, hab den Wind gespürt, den See gerochen, die Möwen kreischen und die Wellen gluckern hören. Ich hab dich dort gesehen. Aber du warst wie ein zweidimensionales Pappmännchen in dieser so großartig dreidimensional beschriebenen Umgebung.«

Ich will wegsehen, im Cappuccino rühren, in der Kneipe umherschauen, die Lampen zählen oder mir die Namen der Bierspezialitäten auf der Tafel durchlesen. Ich will irgendetwas anderes tun, als ihn anzuschauen, aber ich kann meinen Blick nicht von seinem lösen. Ich wünschte, er würde noch etwas sagen, um die Stille zu brechen, doch er zieht es vor zu schweigen. Zu schauen. Zu warten, auf meine Reaktion.

Mit einem Blinzeln gelingt es mir endlich, mich zu lösen. Ich trinke den Cappuccino aus, setze die Tasse ab.

Mir fällt eine gute Frage ein. »Worüber schreiben wir denn am Mittwoch?«

Jordan gibt sich keine Mühe, seine Überraschung über den erneuten Themenwechsel zu verbergen. Ungläubig schüttelt er den Kopf und braucht ein paar Sekunden, um sich zu sortieren. Schließlich fährt er sich mit der Hand übers Gesicht und schaut zur Bar.

»Du erwartest nicht ernsthaft, dass ich dir das verrate, oder?«, brummt er und sieht mich wieder an.

Diese Augen! Ein Schauer rieselt über meine Arme. Ich verschränke sie.

Nein, das erwarte ich nicht. Ich habe nicht gefragt, um es zu erfahren. Ich wollte das Thema beenden. Und das ist mir gelungen.

Kapitel 15

13. Oktober

»Berühmte erste Sätze der Weltliteratur« lautet das Thema des Schreibmittwochs. Jordans T-Shirt passt einmal mehr dazu. Ein weißer Wal taucht in der schwarzen See unter einem auf Wellen schaukelnden Dreimaster.

Er beginnt den Unterricht, indem er uns Beispiele aufzählen lässt. Von jedem von uns will er mindestens eins. Vier, fünf, sechs fallen mir auf Anhieb ein. Ich überlege aber noch, welcher mein Favorit ist.

Cat zitiert Jane Austen mit »Stolz und Vorurteil«: »Es ist eine allgemein anerkannte Wahrheit, dass ein alleinstehender Mann, der ein beträchtliches Vermögen besitzt, einer Frau bedarf.«

»In einem Loch im Boden, da lebte ein Hobbit«, sagt Bob. Diese Zeile stammt von Tolkien.

AJ entscheidet sich für den ersten Satz aus George Orwells Roman »1984«: »Es war ein strahlender, kalter Tag im April, und die Uhren schlugen dreizehn.«

Ich habe meinen Favoriten und melde mich zu Wort: »Es war die beste und die schlimmste Zeit, ein Jahrhundert der Weisheit und des Unsinns, eine Epoche des Glaubens und des

Unglaubens, eine Periode des Lichts und der Finsternis: es war der Frühling der Hoffnung und der Winter der Verzweiflung.«

»Das ist mehr als ein Satz«, nörgelt Cat.

Ohne den Hauch eines Zweifels kann ich ihr widersprechen. »Genau genommen ist der Satz noch gar nicht zu Ende, er geht noch weiter und weiter.«

Cat schnaubt. *Schlaumeierin*, lese ich in ihren Augen.

»Charles Dickens«, sagt Jordan. »Aus dem Roman ›Eine Geschichte aus zwei Städten‹.«

Nach mir zitieren Simon und Benedict noch Hemingway und Tolstoi. Ich hätte noch Sätze von J.D. Salinger, Franz Kafka, J.M. Barrie und Herman Melville parat, und gerade der Anfang von »Moby-Dick« brennt mir auf der Zunge, aber ich lasse das lieber. Mein Beitrag war lang und offenbar nerdig genug.

»Was bewirken diese ersten Sätze?«, fragt Jordan in die Runde.

AJ antwortet. »Dass der Leser neugierig wird. Er will mehr erfahren.«

»Richtig.« Jordan steht auf und geht zum Whiteboard. Er nimmt einen Stift und schreibt »Aufmerksamkeit«. »Mit einem guten ersten Satz landet der Autor sofort im Kopf des Lesers.« Er dreht sich wieder zu uns um. »Enorm wichtig ist so ein Satz, wenn ihr online schreibt, einen Blog, eine Kolumne oder einen Artikel für ein Onlinemagazin. Im Web habt ihr nicht mehr als zehn Sekunden Zeit, euch die Aufmerksamkeit der Leser zu holen. Also überlegt ihr euch besser einen richtig guten Anfang.«

Bob hat mit seinem Fan-Fiction-Blog einige Erfahrung gesammelt und erzählt sowohl davon als auch von Fehlern, die manche seiner Kollegen seiner Meinung nach machen. Jordan lässt sich kurz darauf ein, kommt dann aber zum Thema zurück.

»Wie ist es mit einem Roman?«, will er wissen. »Muss der in jedem Fall mit einem grandiosen ersten Satz beginnen?«

Nicht unbedingt, denke ich und melde mich zu Wort: »Ich habe einige Romane gelesen, deren erste Zeilen unspektakulär waren. Sie gehören trotzdem zu den Meisterwerken der Literaturgeschichte.«

Jordan nimmt es hin, wägt aber ab: »Okay, aber manche Autoren gehen so weit, den ersten Satz als das wichtigste Stück des Romans zu betrachten. Was meint ihr dazu?«

»Wenn das so wäre, bräuchte man sich mit dem Rest keine große Mühe mehr geben«, findet Simon. »Aber wichtig ist der erste Satz schon.«

Jordan stimmt zu und kommt auf fünf Regeln zu sprechen, an die man sich bei einem ersten Satz für einen Roman halten soll. In der Gruppe tragen wir sie zusammen. Jordan notiert sie am Whiteboard.

»Euch ist sicher klar, was ich jetzt von euch will«, sagt er, als er sich wieder setzt. Er grinst gespielt dämonisch, schaut von einem zum anderen und reibt sich die Hände.

»Na, dann überlegen wir uns mal einen spektakulären ersten Satz«, stöhnt AJ und schlägt sein Journal auf.

Jordan korrigiert ihn. »Der Satz muss nicht spektakulär sein, sondern ungewöhnlich. Denkt an die Regeln. Ach ja, wer mit hochtrabendem Vokabular eine Lichtung voller Blumen oder den Alarmton des Weckers beschreibt, wird zur Schlafmütze des Tages gekürt und muss zehn Journalseiten mit dem Satz ›Ich darf Jordan nicht langweilen‹ verschwenden.«

Es ist das erste Mal, dass unser Coach uns zum Lachen bringt.

»Wenn ihr geweckt werdet, dann nicht vom Wecker, sondern von einer Alien-Invasion, einer Racheidee oder so etwas.« Er schaut auf seine Uhr. »Los geht's. Es sind noch vierzig Minuten bis zur Pause. Ich geb euch dreißig.«

Ein bisschen gemein finde ich es schon, dass wir uns einen so anspruchsvollen ersten Satz in nur einer halben Stunde überlegen sollen. Das wäre eher eine Aufgabe für zu Hause gewesen. Als ich in die Runde schaue, starren alle entweder auf eine leere Seite oder Löcher in die Luft. Jordan schreibt.

Vielleicht helfen die gerade zusammengetragenen fünf Regeln: Ich brauche einen Satz, egal ob kurz oder lang, der gut strukturiert ist. Jeder Buchstabe zählt, und jedes Wort muss einen Einblick oder Hinweis geben. Der Satz muss relevant sein. Er muss ein Bild zeichnen. Nicht zuletzt braucht er ein Wort, das der Haken ist, an dem man hängen bleibt und in die Story gezerrt wird.

Mein Kopf ist wie leer gepustet. Nach einer Weile, in der ich auch Löcher in die Luft starre, fallen mir zwei Sätze ein: »Der Hamster kam immer donnerstags« und »Mit dem roten Sofa zog das Unglück ein«. Woher ich die hatte? Keine Ahnung. Sie waren einfach da, aber für keinen kann ich mich richtig erwärmen, denn ich weiß nicht, wie ich danach weitererzählen würde. Es könnten Geschichten werden wie die vom Käse im Kühlschrank, aber wenn ich schon keine Lust habe, sie zu schreiben, wer will sie dann hören?

Die Zeit tickt. Ich werde nervöser und höre mich in der Runde schon sagen, dass mir nichts eingefallen ist. Wahrscheinlich würde das niemanden überraschen. Als Jordan verkündet, dass wir noch zwei Minuten haben, will ich den Hamstersatz notieren, da rauscht ein anderer, neuer Anfang in meine Gedanken. Ich schreibe ihn auf, ohne abzuwägen, und schlage mein Journal dann zu, damit ich es mir nicht mehr anders überlegen kann. Mein Herz rast in der Brust, und mein Puls dröhnt in meinen Ohren. Mir ist schlecht, und leise Panik schickt einen Schauder über meine Haut.

Jordan fordert Bob auf, zu beginnen.

»Ein weiterer Planet war für alle Ewigkeit verloren«, liest er.

Jordan kommentiert nicht und bittet Benedict, zu lesen.

»Barry hatte nie vorgehabt, fünfzig Hamburger in einer Stunde zu essen«, lautet sein Beitrag.

Cat ist an der Reihe. »Niemand hat mir zugehört, also habe ich mich ausgezogen.«

Simon liest: »Letzte Nacht habe ich meinen Wecker gefickt.«

AJ wirft mir einen Blick zu, dann teilt er seinen Satz mit uns: »Ich wollte die Eiskönigin küssen, aber ihr Herz ist gefroren.«

Spinnt der völlig?! Erschrocken starre ich AJ an. Er schaut von seinem Journal auf und erwidert meinen Blick. Ein gemeiner Zug liegt um seinen Mund. Arroganz glänzt in seinen Augen, deren Braun jetzt gar nicht mehr sanft wirkt, sondern dunkel, beinahe bedrohlich.

Als ich höre, wie Jordan mich auffordert, meinen Satz vorzutragen, reiße ich meinen Blick wie ferngesteuert von AJ los und schlage die richtige Seite in meinem Journal auf. Nach AJs Satz möchte ich meinen eigentlich nicht lesen.

Was jetzt?, faucht die Ungeduld. *Lässt du dich von dem Arsch unterkriegen? Da freut er sich aber.*

Ich atme durch, um eine ruhige, gefasste Stimme zu haben, und lese dann: »Sie war zum Tode verurteilt worden, und das Urteil sollte an einem Montag im März vollstreckt werden.«

Danach ist es still, wie nach jedem der kurzen Vorträge.

»Okay, bevor wir in die Pause gehen, werden wir abstimmen«, verkündet Jordan. »Jeder von euch notiert auf einem Zettel die zwei Sätze, zu denen er die Geschichte hören möchte.«

Ich stimme für Simon und Cat und hoffe, dass die beiden

viele Stimmen bekommen. Jordan sammelt unsere Zettel ein, wertet sie aus und verkündet AJ und mich als Gewinner.

Wie eine Gewinnerin fühle ich mich ganz sicher nicht.

Auf dem Weg aus dem Raum frage ich mich, was ich mir nur dabei gedacht habe, diesen Satz zu schreiben. Ich bräuchte jetzt eine stille Ecke, in der ich entweder zur Ruhe kommen oder meiner Panik freien Lauf lassen könnte, doch Stella ist sofort an meiner Seite und regt sich über Elijah auf.

Heute benimmt er sich gar nicht, als hätte er Interesse an ihr. Sie versteht ihn nicht, sie versteht die Welt nicht, sie versteht überhaupt nichts mehr. Sein erster Satz enthielt keinen Hinweis, und er wurde genauso wenig ausgelost wie ihrer. Mit ihrem ersten Satz hat sie ihm einen Hinweis gegeben. So geht das in einem fort. Meine Gedanken taumeln von ihrem Problem zu meinem, bis ich die Geduld verliere.

»Rede Klartext mit Elijah«, bitte ich sie.

Stella schüttelt den Kopf, als hätte ich ihr vorgeschlagen, mit einer Horde Wasserbüffel zum Mars zu fliegen. »Ich soll ihm sagen, dass ich in ihn verliebt bin, obwohl ich mir nicht sicher bin, dass es ihm genauso geht?«

»Ja.«

»Auf keinen Fall! Ich blamiere mich, wenn er nicht in mich verliebt ist.«

»Kommt drauf an, wie du es ansprichst.« Auf Rosenblüten oder ein Streichquartett würde ich verzichten. »In jedem Fall weißt du dann Bescheid und hörst auf zu leiden.«

»Ich leide nicht«, kontert sie. »Ich bin bloß …«

»Dir geht's doch nicht gut, wenn du im Ungewissen bist. Du hangelst dich von einem Hoffnungsschimmer zum nächsten. Das muss aufhören, wenn er für dich nicht so empfindet wie du für ihn. Das ist doch Zeitverschwendung.«

»Wieso bist du so biestig?«

»Ich bin nicht biestig, ich will nur nicht, dass du dir etwas vormachst. Damit blamierst du dich am Ende vielleicht mehr als jetzt mit der Wahrheit.«

Stella quittiert das mit Schweigen. Dann steht sie von der Bank auf, die wir uns gesucht haben, und spaziert mit verschränkten Armen vor meiner Nase auf und ab.

»Denk doch mal nach«, füge ich bemüht ruhiger an. »Hat Elijah dir je das Gefühl gegeben, dass er dich so richtig gern mag? Beim Spaziergang am Fluss, wie war er da?«

Stella wirft mir einen genervten Blick zu, überlegt aber. »Er hat viel erzählt, mir auch zugehört«, erinnert sie sich. »Er war lieb, lustig und aufmerksam, wie meistens.«

»Hat er dich gefragt, ob ihr spazieren geht, oder du ihn?«

»Ich ihn, aber er war gleich einverstanden.«

»Stella …« Ich puste den Atem zwischen meinen Lippen durch und stütze den Kopf in beide Hände. »Ich glaube, wenn er in dich verliebt wäre, würdest du es wissen. Auch wenn ihn noch irgendetwas davon abhält, mit dir zusammen zu sein.«

Nach wie vor bin ich nur eine theoretische Expertin, mir aber trotzdem sicher. Ich glaube, wenn ein Mann ehrliches Interesse an einer Frau hat, dann legt er sich für sie ins Zeug. Dann überrascht er sie, macht sich zum Honk, will Zeit mit ihr verbringen und erscheint dafür auch rein zufällig immer wieder auf ihrer Bildfläche. Jeder einzelne Typ in den Liebesromanen, die ich gelesen habe, hat sich so verhalten. Keiner kam am Ende völlig überraschend mit einer Liebeserklärung daher. Das wäre ein ziemlich schlechter Roman gewesen.

»Du meinst also, Elijah ist nicht in mich verliebt«, schlussfolgert Stella mit Trotz in der Stimme. Ein wenig verletzt und ängstlich klingt sie auch.

Wie schon oft seit dem vergangenen Sonntag überlege ich, ihr vom belauschten Telefonat zu erzählen, entscheide mich aber wieder dagegen. Ich kann mich verhört haben, oder es kann schlichtweg ganz anders sein.

»Ich weiß es nicht. Du weißt es nicht. Und deshalb: sprich mit Elijah«, antworte ich ihr stattdessen und schaue auf die Uhr.

Ich muss zurück. Ich will nicht. Ich gehe trotzdem.

Wie erwartet, müssen wir unseren ersten Sätzen nun noch ein paar mehr hinzufügen und eine Story daraus machen. Nicht nur AJ und ich, sondern wir alle sechs. Aber nur AJ und ich werden in einer Stunde vorlesen.

Wie zum Teufel soll ich diese Geschichte schreiben? Wie soll ich das wie eine Erzählung klingen lassen, nicht wie einen Bericht? Ich kann eigentlich nur berichten. Aber das, was mir sonst am leichtesten fällt, darf und möchte ich jetzt nicht. Gedanklich reise ich nach Hause, ins Haus meiner Eltern, auf die zweitoberste Treppenstufe. Ich mache mich kleiner, jünger, ahnungsloser. Und ich höre noch einmal zu. Als ich zu schreiben beginne, gebe ich mir einen anderen Namen. Jeden Beteiligten nenne ich anders, ändere den Anlass, die Kleidung, alles Äußere, auch in der Hoffnung, Distanz zu gewinnen. Es gelingt mir ein bisschen, ohne sich aber an irgendeiner Stelle wie eine ausgedachte Geschichte anzufühlen.

Jordan entscheidet, dass ich zuerst dran bin.

Ich streiche über die neu beschriebenen Seiten im Journal und lese.

»Sie war zum Tode verurteilt worden, und das Urteil sollte an einem Montag im April vollstreckt werden. Sarah Spencer hatte sterben sollen. Davon erfuhr sie auf der zweitobersten Treppenstufe.

Unten im Wohnzimmer stritten ihre Eltern, Carol und Walter Spencer. Sie stritten häufig, und immer nur über ein Thema. Sarah. Eine Träne rollte über ihre Wange, sammelte sich an ihrem Kinn und patschte auf die Strümpfe, die vor ein paar Stunden noch weiß gewesen waren. Ihre ganze Kleidung hatte vor ein paar Stunden noch anders ausgesehen, glatt und sauber. Jetzt trocknete Schlamm auf dem seidigen Stoff und bildete eine Kruste, auch auf ihrer Haut, ihren Händen und in ihren Haaren, die sich aus dem ordentlichen Zopf gelöst hatten, sich wild und widerspenstig um ihr Gesicht lockten.

Lautlos weinte Sarah vor sich hin, schlang die Arme um die Knie und wünschte sich, nicht von der Hochzeit weggelaufen zu sein. Aber ihr war langweilig, und ein gleichaltriger Spielgefährte war nicht zu finden gewesen. So hatte sie sich treiben lassen, über eine kleine Wiese bis zum Bach. Wäre sie nicht gestolpert, wäre das alles nicht passiert. Ihre Kleidung wäre noch sauber, und ihre Eltern hätten die Feier nicht verlassen müssen. Walter Spencer wollte, dass Sarah umgezogen wurde, damit sie zurückkehren konnten, aber Carol schmetterte seinen Vorschlag ab. Sie war wütend und verzweifelt, schimpfte und schluchzte, fühlte sich kraftlos und zu alt. Dieses Kind war zu viel für sie, und das hatte sie von Anfang an gewusst. ›Es war ein Fehler, sie zu bekommen‹, spie sie jetzt aus. Walter setzte dem entgegen, dass sie sich nun einmal umentschieden hatten, weil sie den Jungs das nicht hätten antun können, und dass sie die Zeit nicht zurückdrehen konnten, sondern mit ihrer Entscheidung zu leben hatten. Carol schluchzte ein weiteres Mal.

Viele Worte, die Sarah hörte, brannten sich in ihr Bewusstsein. An diesen einen Satz erinnerte sie sich aber besonders, obwohl sie ihn nicht verstand. Sie fragte sich, wer sie denn hätte bekommen sollen, wenn nicht ihre Eltern.

In den folgenden Monaten malte sie sich wilde Geschichten

aus und wurde ängstlich, weil sie glaubte, ihre Eltern würden sie weggeben, an irgendjemanden, der sie an deren Stelle hätte bekommen können. Wenn Besuch da war, versteckte sie sich, um nicht von anderen Erwachsenen mitgenommen zu werden. Sie versuchte, sich besser zu benehmen und nicht mehr zu stolpern. Man wusste nie, wo man landen würde. Vielleicht in einer Pfütze oder einem Bach, vielleicht auch bei anderen Eltern.

Einige Wochen später erfuhr sie, was dieser eine Satz wirklich bedeutete. Sarah Spencer war ein Fehler, der hätte korrigiert werden sollen. Sie war zum Tode verurteilt worden, bevor sie überhaupt gelebt hatte.«

Mir ist kalt, als ich das Journal zuklappe. Ich weiß nicht, wo ich hinschauen soll. Mein Blick huscht umher wie eine hyperaktive Fledermaus. Die Stille ist nicht ungewöhnlich nach einem Vortrag, aber jetzt wirkt sie erdrückend. Isolierend. Ich fühle mich seltsam verloren und als stünde ich neben mir.

Wie geht es jetzt weiter? Sagt Jordan gleich etwas oder liest AJ erst?

»Das war ziemlich traurig«, höre ich Cat sagen, »aber richtig gut. Ich heul gleich.«

»Krasse Story«, meint Bob.

»Das war wirklich richtig gut«, murmelt Jordan.

Als ich seinem Blick begegne, stockt mir der Atem, weil der so traurig ist. Tränen schießen mir in die Augen, also schaue ich schnell zu Boden.

»Ich habe keinen wirklichen Kritikpunkt«, höre ich ihn sagen. »Es gibt ein paar Sätze, die noch etwas Schliff brauchen, damit die auch sitzen, aber für die kurze Zeit war das von vorn bis hinten einfach eine sehr gute Arbeit. Merci.«

Ich versuche das Gefühl einzuordnen, das mich bei seinen Worten beschleicht. Einerseits bin ich stolz, anderseits echt geschlaucht von diesem Bericht, den ich in eine Erzählung verwandelt habe.

»Okay, AJ«, sagt Jordan.

Was auch immer jetzt von ihm kommt, ich bin auf alles eingestellt. Es ist, als hätte ich einen Panzer um mich gelegt. Beinahe gleichgültig beobachte ich, wie AJ sein Journal aufschlägt. Er schaut auf seinen Text, schüttelt dann den Kopf und schlägt das Journal wieder zu.

»Sorry, Jordan, ich will nicht lesen.«

Jordans Miene spiegelt seine Überraschung. »Wieso nicht?«

»Der Text ist nicht gut. Er ist …« AJ zuckt mit den Schultern. »Ich will das nicht lesen.«

Um seinen Unwillen zu verdeutlichen, reißt er die Seite heraus und zerknüllt sie. Noch ein paar Sekunden hängt Jordan seiner Irritation nach, dann nimmt er seine vor der Pause gemachte Auswertung unserer Abstimmung.

»Simon«, verkündet er. »Wir hören deine Story mit dem Wecker, der es dir so angetan hat.«

Und so liest Simon.

Kapitel 16

14. Oktober

Nachdem Jordan uns gestern in den Feierabend entlassen hatte, schien AJ mit mir reden zu wollen. Er hat sich beim Zusammenpacken auffällig viel Zeit gelassen, aber Cat hat mich beschlagnahmt. Sie war gerührt von meinem Text und sogar den Tränen nahe. Ich hatte das Gefühl, sie trösten zu müssen, was mir aber paradox erschien. Cats schwarze Kleidung war mir schon eher in der Woche aufgefallen. Ich überlegte, ob jemand Nahestehendes verstorben und sie deshalb so emotional war. Eine solche Frage zu stellen erschien mir aber unpassend.

Ich wollte mich verdrücken, aber Cat schlug vor, in ein Café zu gehen. Bei zwei Kaffees hat sie mir nicht nur die Fortsetzung ihres ersten Satzes vorgelesen, sondern auch übers Schreiben geredet, über ihre Ideen und Figuren. Die besuchen ihr Oberstübchen routinemäßig und erzählen ihr von sich. Das habe ich viele Male gehört oder gelesen, in Interviews mit populären Autorinnen und Autoren und von Workshop-Kollegen. Allen geht es wie Cat. Das gehört so, nehme ich an. Mir ist es nie so gegangen.

Diese Erkenntnis ist ein hartnäckiger Störenfried. Das Twain-Seminar ist heute kurzfristig ausgefallen, weil Professor Seybold irgendwohin abberufen wurde. Ich hätte die freien Stunden meiner Prep- und Lernzeit hinzufügen können, bin auf dem Weg zum South Quad aber, von der Herbstsonne verzückt, im Park hinter der Angell Hall umgefallen. Da so im Gras liegend wollte ich dösen. Nicht grübeln. Das Gespräch mit Cat lässt mich aber nicht los.

Innerlich gebe ich mir zum x-ten Mal den Befehl zu entspannen, hebe die Arme über den Kopf, strecke die Beine aus und richte meine Nase in Richtung Sonne aus. Es ist ein goldener Oktobertag wie aus dem Bilderbuch. Mein Mantel ist heute eigentlich überflüssig, aber jetzt hält er mich von unten warm.

Chill doch endlich mal!, nörgelt die Trägheit.

Du wolltest nie Autorin sein, quengelt der Trotz. Passend dazu fällt ein Schatten über mich.

Ich blinzele durch die Wimpern und blicke an Jordan hinauf wie eine Ameise an einem Löwenzahnstängel.

»Was dagegen, wenn ich dir Gesellschaft leiste?«, fragt er.

Zuerst verschränke ich die Arme vor der Brust, dann stelle ich die Füße auf. Jordan wartet meine Antwort nicht ab. Er setzt sich neben mich, wirft mir einen kurzen Blick zu und dreht seinen Kopf dann auch in die Sonne. Ich frage mich, was für ein T-Shirt er heute trägt, kann das Motiv aber nicht erkennen. Sein schwarzer Schal, den er zu einer schwarzen Strickjacke trägt, verdeckt es.

»Im Kurs wollte ich es nicht ansprechen, nicht vor allen anderen«, sagt er nach einer Weile, »aber ich möchte, dass du weißt, dass mir leidtut, was du erlebt hast.«

Den falschen Namen hätte ich mir sparen können. Niemand glaubt nur ansatzweise, dass ich mir die Geschichte ausgedacht habe.

Im Kurs hat Jordan professionell reagiert, sich auf die Qualität des Textes bezogen. Seine Augen haben ihn aber schon da verraten. Es ist ein unangenehmes Gefühl zu wissen, dass er weiß, dass diese Geschichte nicht meiner Fantasie entsprungen ist wie die spaßige Käsegeschichte. Ich wünschte, ich hätte mir zum Donnerstagshamster etwas einfallen lassen.

»Ist schon ewig her«, gebe ich zurück.

»Trotzdem«, beharrt er und schaut mich an. »Es muss schlimm gewesen sein, das zu erfahren. Wie alt warst du damals?«

»Sieben.«

Sein Kehlkopf hüpft, als er schluckt. »Haben deine Eltern danach mit dir gesprochen?«

»Meine Brüder.«

Er nickt. Sein Blick wirkt nachdenklich, musternd beinahe, als würde er gerade feststellen, dass ich eine Nase habe und dunkelblonde Locken. Und Augen. Und einen Mund. Dann blinzelt er und zupft einen Grashalm ab, um ihn zu betrachten.

»Sie waren es, die deine Eltern umgestimmt haben, richtig?«, murmelt er. »Wie alt waren sie damals?«

»Während der Schwangerschaft? Vierzehn. Beide.«

Er zwirbelt den Grashalm zwischen den Fingern, lächelt und sieht mich wieder an.

»Cool, du hast Zwillingsbrüder!«

»Leo und Law, ja.«

Was wird das hier? Ich kämpfe mit ein paar Worten, will eigentlich nicht weiterreden und spüre dennoch das Bedürfnis, genau das zu tun. Als ich die Augen schließe und mich zurückdenke, kann ich es.

»Sie haben sich wegen meines merkwürdigen Verhaltens Sorgen gemacht und mir mein Problem schließlich aus der

Nase gezogen. Sie waren ziemlich erschrocken, als sie erfuhren, was ich gehört hatte.«

»Das kann ich mir vorstellen.«

»Sie haben versucht, mir die Ängste unserer Eltern zu erklären, und dann erzählt, wie sie alle beim Sonntagsfrühstück in der Familienrunde beschlossen haben, den Termin, der für den nächsten Montag angesetzt war, sausen zu lassen.« Bei der Erinnerung an Leos und Laws lang zurückliegende Worte schleicht sich ein Lächeln auf meine Lippen. »Alle waren plötzlich froh und ganz aufgeregt. Leo versprach meinen Eltern, mir das Fläschchen zu geben. Law als Nachteule wollte mich nachts beruhigen, wenn ich brüllte. Abwechselnd oder gemeinsam wollten sie mich im Kinderwagen spazieren fahren, mit mir spielen, mir das Laufen, das Radfahren beibringen und so weiter. Nur fürs Windelnwechseln stellten sie sich nicht zur Verfügung.«

Jordan lacht leise. »Und, haben sie ihre Versprechen gehalten?«

»Ja.«

»Und mit deinen Eltern war das nie ein Thema?«

»Nein.«

Ich glaube, dieses Nein war scharf genug. Jordan lässt das Thema fallen, greift aber das nächste, nicht viel angenehmere auf.

»Und was läuft zwischen dir und AJ?«

»Nichts, wieso?«

Ich setze mich auf, sehe ihn an. Das kräftige Sonnenlicht lässt seine zweifarbigen Augen schimmern.

»Ach, komm! Zuerst gibt er sich wie dein Beschützer vor dem bösen schwarzen Wolf, und plötzlich wirkt er …« Jordan sucht nach dem richtigen Wort. »Beinahe feindselig. Mir ist nicht entgangen, wie er dich angesehen hat, als er seinen ersten Satz vorgelesen hat. Das war wie eine Warnung, dich warm anzuziehen. Dann liest du, und er verzichtet auf seinen eigenen Vortrag.«

Zugegeben, Jordan hat das scharf beobachtet.

»Mit der Eiskönigin, da hat er dich gemeint«, schlussfolgert er.

Ich mag es nicht, dass er dieses Wort, Eiskönigin, in den Mund nimmt und auf mich bezieht.

»Wir hatten eine Meinungsverschiedenheit«, sage ich nach einem kurzen inneren Ringen. »Und das ist das Einzige, was zwischen uns läuft. Er ist einer Meinung, und ich bin einer anderen.«

»Okay.« Jordan stützt die Hände hinter seinem Rücken auf. »Um das klarzustellen: Ich will keine Feindschaften oder Rivalitäten in meiner Gruppe. Ihr lernt miteinander. Ihr seid nicht bei mir, um euch gegenseitig irgendetwas zu beweisen.«

»Ich hoffe, das sagst du AJ auch«, schnaube ich und ärgere mich, weil der hartnäckige Störenfried von vorhin wiederkommt.

»Klar rede ich auch mit ihm«, erwidert Jordan.

»Gut.«

»Gut.«

Ich will es dabei belassen. Ich will so lange schweigen, bis Jordan beschließt, dass alles gesagt ist, und verschwindet, aber in meiner Brust scheint ein aus Ärger geknotetes Knäuel dicker und dicker zu werden. Irgendwann halte ich es nicht mehr aus.

»Das ist doch lächerlich!«, platzt es aus mir heraus. »Du glaubst, ich will mit AJ oder irgendjemand anderem konkurrieren? AJ schreibt grandios. Und auch die anderen, Simon, Bob … alle haben schon einiges erreicht. Sie wissen, was sie tun. Sie wissen, warum sie schreiben. Cat hat einen Bestseller auf dem Markt. Sie wird von ihren Protagonisten geradezu heimgesucht, hat sie mir erzählt. Das erleben viele Autoren. Bei mir hat noch kein einziger Gast im Oberstübchen angeklopft.«

Sichtlich belustigt wartet Jordan ab, ob ich fertig bin. Das bin ich.

»Ist das für dich das Kriterium?«, schmunzelt er.

»Wenn keine Besucher kommen und einem ihre Geschichten aufs Auge drücken, was hat man dann schon zu erzählen?«, antworte ich.

Jordans Schmunzeln wird breiter. Er zieht eine Braue hoch, schweigt und verunsichert mich mehr und mehr. Durch die Braue. Durch seine ganze Art. Durch seine schiere Anwesenheit.

»Wenn ich mich nicht darum bemühe, habe ich keine Bilder im Kopf«, schimpfe ich, obwohl ich längst die Klappe halten sollte. »Es spielen sich keine Szenen vor meinem geistigen Auge ab. Da kommt niemand, packt und schüttelt mich und schreit mich an, dass ich gefälligst schreiben soll, was er oder sie mir anvertraut hat.«

Nachdem er mich wieder sekundenlang stumm und anhaltend amüsiert angeschaut hat, entschließt er sich zum Sprechen: »Viele Autoren werden von ihren Romanfiguren gefunden, nicht andersherum. Doch es ist eine Sache, eine gute Idee zu haben, und eine ganz andere, sie auf fünfhundert Seiten unterhaltsam zu formulieren und zu etwas Großem zu machen.«

Auch da hapert es bei mir, und keiner weiß es besser als er.

»Ich denke, es liegt an deinen Türen«, sagt er.

Bitte was? »An meinen Türen?«

»Ich denke, deine Türen sind verriegelt und verrammelt. Ein Schild hängt daran, auf dem ›Heute geschlossen‹ steht.«

Er kneift ein Auge zu und betrachtet mich kritisch aus dem anderen. »Oder, ganz heikle Vermutung, du versteckst dich und willst von den Besuchern mit den spannenden Geschichten nicht gefunden werden, weil du ahnst, dass du dich beim Erzählen auch mit dir selbst und deinen eigenen Gefühlen auseinandersetzen müsstest.«

Während ich noch versuche, mit Jordans Worten klarzukommen, steht er auf.

»Sehen wir uns morgen im Workshop?«

»Logisch.« Ich schlucke meinen Protest hinunter.

Er kann doch jetzt nicht einfach so verschwinden. Mir diese Türengeschichte erzählen und mich damit sitzen lassen. Dass er das sehr wohl kann, beweist er, indem er »Dann bis morgen« sagt und geht. Ich schaue ihm nach, bis er in der Mason Hall verschwunden ist.

Mit dem hartnäckigen Störenfried bleibe ich zurück. Zu allem Übel hält er mir nun nicht mehr nur vor, dass ich im Kopf keinen Besuch bekomme, sondern zeigt auch noch vorwurfsvoll auf die verriegelte und verrammelte Tür.

Ich stehe auf, klopfe mir trockene Grashalme von der Jeans und dem Mantel und will mich zum South Quad aufmachen. Im Vorbeigehen sehe ich Stella auf den Stufen vor der Mason Hall hocken. Sie grinst verschmitzt und klopft neben sich. Ich setze mich.

»Naaa?«, fragt sie bedeutungsschwanger.

»Na was?«

Sie fummelt ihr Handy aus der Jackentasche, sucht ein Foto im Speicher und hält mir das Gerät unter die Nase.

»Ich dachte, ich halte das mal für die Ewigkeit fest«, zwitschert sie. »Außerdem war es ein echt schönes Motiv.«

Stella hat Jordan und mich fotografiert. Offenbar ist sie auf dem Parkweg an uns vorbeigegangen, ohne dass ich Notiz von ihr genommen habe. Auf dem Bild sitzen Jordan und ich uns gegenüber, wir schauen uns an. Er blinzelt gegen die Sonne, ich rede und gestikuliere mit den Händen. Das Licht ist gut eingefangen. Warm und golden scheint es auf den Rasen, auf die gelben und roten Blätter der zwei Bäume im Hintergrund und auf Jordan und mich.

»Hm«, mache ich. »Warum bist du nicht zu uns gekommen?«

»Warum wohl? Ich wollte nicht stören.«

»Hättest du nicht.«

»Natürlich hätte ich das.« Sie kneift die Augen zusammen, mustert mich. »Ich dachte, du kannst Jordan nicht ausstehen?«

»Er ist auch nicht gerade die Sympathie in Person.«

»Wieso sitzt ihr dann zusammen im Park?«

Zum Teil noch immer verwirrt von Jordans Ansprache, zum Teil genervt von Stellas Bohrerei atme ich durch und gebe ihr eine Erklärung. »Er wollte mit mir über AJ reden, mehr nicht. Er hat irgendwie mitbekommen, dass wir ein Problem miteinander haben, und will nicht, dass wir das mit in seine Gruppe tragen.«

»Ach so, okay …« Stella ist von meiner Antwort sichtlich enttäuscht.

Weil es wirklich Zeit für die Vorbereitungen wird, stehe ich auf. »Ich muss jetzt los, ich hab noch einiges zu lesen.«

Stella checkt die Uhrzeit auf dem Handydisplay. »Ui, ich sollte mich auch bewegen. Professor Miller bestraft Zuspätkommer mit Ignoranz. Das ist unerträglich.«

Ich will gehen, aber Stella hält mich Ärmel fest. »Wenn ihr ein Problem geklärt habt, warum hat Jordan dich dann angelächelt?«

Verwirrt schüttele ich den Kopf.

»Du kannst es nicht abstreiten,« setzt sie obendrauf. »Ich hab den Beweis auf dem Foto.«

»Ich hab ihm gesagt, dass ich nicht das Zeug zum Schreiben habe. Das hat ihn offenbar amüsiert.«

»Weil er es für Quatsch hält?«

»Ich weiß es nicht, okay?«, antworte ich harscher als beabsichtigt.

Der Gedanke, dass ich mit AJ konkurrieren könnte, war lächerlich genug. Aber der Gedanke, dass Jordan Interesse an mir hat, was mir Stella offenbar einreden will, ist geradezu absurd. Als AJ seine Lagerfeuer-Song-Show gestartet hat, hat sie echtes Interesse gesehen, wo keines war. Bei Elijah ist sie vermutlich auch auf dem Holzweg. Mag ja sein, dass ich für so etwas blind bin, aber Stella sieht vor lauter Romantik die Realität nicht.

Kapitel 17

15. Oktober

Stella ist schuld, dass ich Jordan heute nicht in die Augen schauen kann. Bei der Rückgabe unserer Journale, die er am Mittwoch für Professor Carter eingesammelt hat, steht er kurz vor mir und sucht meinen Blick. Wie ein verhuschtes Eichhörnchen weiche ich ihm aus. Wieder blitzen die Bilder meines Traumes aus letzter Nacht vor meinem inneren Auge auf. Und machen mich einfach nur fertig.

Meine Träume sind immer merkwürdig. Mal sind sie skurril, mal sind sie beängstigend, mal schlichtweg wirr und mal auf verstörende Weise realistisch. Etwas von allem war dieser letzte Traum. Und doch war er ganz anders als die Träume, die ich sonst so habe. Begonnen hat er ja recht normal, für meine Verhältnisse zumindest. Mit einem kleinen Tiger als Haustier habe ich in einem Haus mit Meerblick gewohnt. Der Tiger wuchs, stromerte durch die Dünen und ging gern schwimmen. Verspielt zerbiss er die Schwimmreifen von Terriern, die wie Kinder im Wasser paddelten, zerfledderte Sonnenschirme auf Booten und lockte einen Hai ans Ufer. Kurzum, er machte mir bald allerhand Probleme und Sorgen, geriet außer Kontrolle. Und dann wurde es plötzlich anders. Jemand kam, um den Tiger zu bändigen, ohne dass vom Tiger weit und breit noch eine Spur war. Ab diesem Moment habe ich von Haut geträumt, von schweißnasser Haut auf anderer Haut. Von seiner Haut auf meiner, seinem Mund auf meinem, meinen Händen in seinen Haaren und meinen Beinen um seine Hüften. Ich war nicht ich selbst in diesem Traum, ich war selbstvergessen vor lauter Begierde, völlig weg. Ich wollte ihn noch näher bei mir. Ich wollte, dass er in mich eindringt, um ihn tief in mir zu spüren. Aber das ist nicht geschehen. Mein Verlangen schlug in Verzweiflung um, in ein ebenso zerrendes wie zehrendes Sehnen. Es bohrte sich in meine Brust, in meinen Bauch und sorgte dafür, dass ich mein Bett zerwühlte. Das stellte ich fest, als ich aufwachte. Klopfenden Herzens saß ich da, spähte durch das Halbdunkel meines Zimmers und versuchte, einen klaren Kopf zu bekommen. Ich wollte die Bilder abschütteln, doch sie blieben.

Was im Traum passiert ist, empfinde ich dabei gar nicht als verstörend, sondern mit wem es passiert ist. Ich habe von Jordan geträumt.

In den Morgenseiten wollte ich alles loswerden. Aber der Mist funktioniert nicht, denn die Gedanken sind immer noch da. Ich hoffe, ich falle nicht von heute auf morgen tot um und irgendjemand bekommt meine Morgenseiten in die Finger. Damit, dass dieses Gefasel jemand liest, könnte ich nicht einmal im Tod leben.

»Layla?«, höre ich Jordan jetzt fragen.

»Hausaufgabe?«, stammele ich erschrocken. »Es war doch gar nichts auf. Wir hatten unsere Journale doch nicht.«

Alle lachen.

»Willkommen zurück«, witzelt er. »Hattest du eine gute Reise?«

Mehr Gelächter.

Mein Blick will nicht bei ihm bleiben und huscht zu Boden. Im Geiste schicke ich ein neues Dankeschön an Stella! Dafür, dass sie mir noch vor dem Fernseher wegen Jordan ein Ohr abgekaut hat.

»Ich habe nur … Ich dachte gerade an …«, stottere ich und reiße mich endlich zusammen. »Sorry, ich war in Gedanken gerade woanders.«

»Danke, dass du mich das wissen lässt. Von allein wäre ich nie darauf gekommen.«

Arsch!

Abermals sehe ich auf und ihn an.

Denk an Elefanten, Giraffen, Pinguine!, rät mir die Vernunft. *Denk nur nicht an … Tiger.*

»Kannst du deine Frage bitte wiederholen?«, presse ich zwischen den Zähnen hervor.

»Ich hatte gar keine«, entgegnet er immer noch belustigt. »Ich habe mich nur gewundert, ob du zuhörst.«

»Bin ganz Ohr.«

»Dann ist ja alles gut.«

Jordan setzt seinen Unterricht fort und kommt auf die kleinen Boxen zu sprechen, die in der Mitte unseres Stuhlkreises auf dem Boden stehen. In einer befinden sich Zettel mit Farben, in einer anderen welche mit Berufen, Emotionen in der dritten, besondere Orte in der vierten. Er unterbricht sich, weil Professor Carter den Raum betritt und einen weiteren Stuhl in unseren Kreis zieht. Sobald sie sitzt, erklärt uns Jordan, was wir alle bereits ahnen. Jeder wird aus je einer Box einen Zettel ziehen und mit den gezogenen Worten eine Geschichte entwickeln.

Überraschenderweise macht Professor Carter den Anfang.

»Gelb, Kellnerin, Hoffnung, Leuchtturm«, liest sie vor und zeigt uns ihre gezogenen Zettel. »Ich beginne mit der Farbe. Woran denke ich bei Gelb? An Sonne, Wärme, einen Sommertag. Da passt der Leuchtturm, hoch oben auf den Klippen sehr gut.«

Ich kann mich nicht konzentrieren. Weder auf das Gelb noch auf den Leuchtturm. Statt der Bilder, die Professor Carter in meinen Kopf wecken möchte, sehe ich Haut, Münder, Schweiß, Verzweiflung. Jordan und mich.

Verflixt noch mal!

»Wie könnte ich die Kellnerin einflechten?«, fragt Professor Carter, ohne eine Antwort aus der Runde zu erwarten. »Ich finde, sie sollte einen Grund haben, zum Leuchtturm zu gehen. Regelmäßig. Immer hoffend. Auf eine Wende, auf eine Rückkehr. Vielleicht trägt sie heute das gelbe Kleid mit den Sonnenblumen, das er so mag.«

Jordans Hände. Sie packen meine Seiten. Ich spüre seine Berührung, ohne dass er mir je so nahe gekommen ist. Ich schmecke seinen Mund, ohne eine Ahnung zu haben, wie sein Mund schmeckt. Ich sehe, wie er mich ansieht, und ich liebe seinen zweifarbigen Blick, der versucht, hinter meine Stirn zu dringen.

»Layla?«

Verdammt! »Ähm … ich war …«, stottere ich wieder.

»Schon klar, im Lala-Land.« Jordan nickt zu den Boxen auf dem Boden. »Du bist dran.«

Ich habe Professor Carters Überlegungen verpasst. Und ich habe verpasst, welche Worte AJ, Cat und Benedict gezogen haben.

Wenn du bei einem Traum schon so durchdrehst, wirst du echten Sex nicht überstehen, tönt der Spott. *Falls du den je hast.*

In solchen Momenten wünsche ich mir, der Mut oder die Zuversicht oder das Selbstvertrauen würden öfter mal die Klappe aufmachen, aber die schweigen alle.

Meine Knie fühlen sich weich an, als ich aufstehe und aus jeder Box einen Zettel ziehe.

»Weiß, Prostituierte, Eifersucht, Friedhof«, lese ich tonlos. »Ich würde gern meinen Telefonjoker anrufen«, murmele ich hinterher, weil ich es im ersten Moment für schier unmöglich halte, einen Zusammenhang zwischen diesen Worten herzustellen. Und wenn doch, dann ist es: Sex mit Jordan.

Plötzlich schäme ich mich. Wie eine Chauvinistin fühle ich mich. Jordan hält seinen Kurs ab, und ich male mir aus, wie es wäre, mit ihm zu schlafen.

Warum überhaupt? Ich sollte über meine blöden vier Worte nachdenken! In der Zeit bis zur Pause versuche ich, mich an irgendetwas zu erinnern, das Professor Carter gesagt hat. Vergeblich. Ich habe ja nicht zugehört.

Eine Prostituierte läuft im Brautkleid über den Friedhof und ist eifersüchtig auf … Eine eifersüchtige Prostituierte hat eine Konkurrentin ermordet und … Was machen wir mit Weiß? Schnee? Gänseblümchen? Schafe? Kokoseiscreme? Tafelkreide? Doch das Brautkleid?

Denk an den Käse!, haucht die Zuversicht nun doch aus einer Ecke meiner Gedanken.

Der Käse! Sehr gute Idee! Der Despot! Für den habe ich mich völlig von mir selbst gelöst. Ich schließe die Augen, gehe in mich und doch weg von mir und erkenne schließlich meinen dominantesten Aufhänger: die Eifersucht. Diese Emotion verknüpfe ich mit der Person, der Prostituierten, und sie beginnt, mir etwas zu erzählen. Mit ihren Worten finde ich zuerst zum Ort und dann zur Farbe.

Völlig erledigt klemme ich zum Pausenbeginn den Stift an mein Journal und bin bereit zu verschwinden, da steht Cat vor mir.

»Ich brauch 'nen Kaffee.« Sie grinst mich an. »Und du wirkst, als könntest du auch einen vertragen.«

An einem Automaten versorgen wir uns und setzen uns auf eine Bank im Park. Mir fällt auf, dass Cat schon wieder nur Schwarz trägt. Ein Rollikleid mit Gürtel, eine schwarze Strumpfhose und Stiefel darunter, eine Strickjacke darüber.

»Ist irgendwas passiert bei dir?«, frage ich vorsichtig.

Sie wirkt verwundert, nippt an ihrem Kaffee, setzt ihn ab und antwortet: »Was soll passiert sein?«

Mein Blick fliegt ein weiteres Mal über ihre Kleidung. »Wegen dem Schwarz.«

»Ach so.« Cat lacht und winkt ab. »Nein, das ist praktisch eine Anpassung. Eine Methode. Er steht auf Schwarz.«

»Mason?«

Die Bilder vom Flussufer überfallen meinen Kopf wie eine Horde Piraten ein Schiff voller Gold. Ich will mich gar nicht erinnern, sehe aber unweigerlich Cats und Masons ineinander verschlungene Körper, höre ihr Stöhnen.

Ganz eindeutig denke ich heute viel zu viel an Sex!

»Mason?«, echot Cat. »Wie kommst du auf den?«

Nicht Mason? Na gut! »Ich dachte, ihr seid … ihr wärt … ihr hättet …«

»Wir hatten kurz was, aber das ist Geschichte.«

Hm! Na dann. »Ach so.«

»Mason ist einer dieser Jungs, die man nicht ernst nehmen kann«, klärt mich Cat auf. »Sie sind ganz nett für ein paar Stunden. Aber sie bringen einen nicht weiter.«

Nichts, was ich hierauf sagen könnte, wäre freundlich,

also halte ich den Mund und trinke meinen Kaffee, der bitter schmeckt. Wahrscheinlich wird mich das Zeug noch mehr durcheinanderbringen, als ich sowieso schon bin.

»Bei diesem Typen muss man subtil vorgehen.«

Sie redet nicht mehr von Mason, so viel ist klar. Mehr aber auch nicht.

»Sorry, ich kann dir nicht folgen«, murmele ich und will schon über die Tagesaufgabe des Workshops und meine Idee nachgrübeln, als Cat einen Namen sagt.

»Jordan.«

Bähm! Und ich bin ganz bei ihr. »Jordan?«

»Ja, der Typ ist echt unnahbar. Ich war so froh, dass ich in seiner Gruppe gelandet bin. Ich dachte, von da an wäre es ein Klacks, aber an den ist kein Rankommen, wie ich es auch anstelle.«

»Er ist unser Coach. Red einfach mit ihm.«

Noch während ich das sage, ist mir klar, dass Cat nicht unbedingt mit Jordan reden möchte.

Sie schnaubt. »Das hab ich oft versucht, in der Pause, nach dem Workshop. Er hat nicht mal Social-Media-Profile. Er ist einfach nicht greifbar.«

»Er hat eine Freundin.«

»Weiß ich. Ich hab sie gesehen. Ist ein Grund, aber kein Hindernis.«

Wie bitte?! »Was versprichst du dir davon?«

Erneut schnaubt sie. Diesmal, als wäre mir nicht zu helfen. »Weißt du nicht, wer sein Vater ist?«

»Doch, klar. John Bates. Ich kenne seine Bücher.«

»Na also.« Cat wirft ihren leeren Kaffeebecher in den Mülleimer neben der Bank.

Ich warte auf mehr. Aber mehr kommt erst einmal nicht.

Dass John Bates Jordans Vater ist, scheint ihre globale Erklärung zu sein. Meine Gedanken rotieren. Die von Cat scheinen das Gleiche zu tun. Sie sortiert sich schneller und redet weiter.

»Weißt du, ich arbeite gerade an einem zweiten Roman. Den will ich aber nicht im Selfpublishing herausgeben, sondern bei einem Verlag. Und um bei denen zu landen, braucht man Connections.«

»In erster Linie brauchst du eine gute Story.«

»Die hab ich ja, aber die Lektoren lesen eingehende Manuskripte gar nicht, sondern lassen ahnungslose Praktikanten einen Blick drauf werfen.«

Nachdenklich betrachte ich Cat. Nimmt sie an diesem Workshop etwa nur Teil, um sich an Jordan Bates ranzumachen?

»Da fällt mir was ein«, plaudert sie weiter. »Für meine Story hat mir bislang noch ein spannendes Element gefehlt. Die Protagonistin war bisher zu glatt, zu unproblematisch, also haben ihre Handlungen etwas willkürlich gewirkt.« Sie hebt den Finger, wie um einen Geniestreich anzuzeigen. »Bis du deine Geschichte vorgelesen hast. Das mit der Abtreibung ist einfach eine wahnsinnig gute Idee. Ich könnte beginnen mit einem Satz wie *Ich war eine Totgeburt*. Das klingt doch genial, oder?«

Ich muss noch mal nachfragen. Ich muss sichergehen, dass ich mich nicht verhört habe.

»Du willst meine Geschichte in deinen Roman einbinden?«

»Natürlich nur, wenn du nichts dagegen hast. Der Pavillon passt auch gut. Sie ist einsam, unglücklich, trifft sich dort immer mit Typen, die sie nicht aus ihrer Einsamkeit herausholen können, bis eines Tages ...«

»Das wird wieder ein erotischer Roman?«

»Klar. Das ist doch mein Genre.«

Irgendwo zwischen fassungslos und empört schaukeln meine

Gefühle hin und her. Ich muss meine Kehle mit einem Räuspern freimachen, bevor ich mein Veto rausbringe.

»Das möchte ich nicht.«

Cat runzelt die Stirn, schüttelt den Kopf. »Weißt du, wie viele Pavillons am Meer es gibt? Überall am Atlantik, Pazifik oder den Großen Seen.«

»Ich möchte das nicht«, beharre ich. »Insbesondere nicht in dieser Kombination. Vielleicht werde ich beide Elemente ja irgendwann selbst zu einer eigenen Geschichte verknüpfen.«

Sie schnaubt ein drittes Mal, diesmal amüsiert. »Du willst doch Lektorin werden. Du willst doch gar nicht professionell schreiben.«

»Hast du das für deinen ersten Roman auch so gemacht? Hast du da auch Geschichten von anderen geklaut, weil dir keine eigenen eingefallen sind?«

»Das ist kein Klauen«, korrigiert sie mich scharf mit jetzt kühler Stimme. Sie steht auf. »Das nennt man Inspiration.«

Damit will sie mich sitzen lassen.

»Ist ein schmaler Grat, auf dem du dich da bewegst«, rufe ich ihr nach.

Ohne darauf zu reagieren, setzt sie ihren Weg fort. Tatsächlich wird es Zeit, zum Workshop zurückzukehren. Ich warte noch, bis Cat im Gebäude verschwunden ist, dann mache ich mich auch auf und versuche, mich unterwegs zu beruhigen. Als ich den Raum betrete, mich setze und meinen Stift vom Journal abziehe, dröhnt die Entrüstung aber noch immer in meinem Kopf und lässt meine Hand beim Schreiben zittern.

Am Ende bringe ich eine Geschichte zustande, die von einer Prostituierten in New Orleans handelt. Nach ihrem Tod wird sie zu einem auf dem Friedhof spukenden Geist, der eifersüchtig auf die Frau ihres Geliebten ist, die statt ihr neben ihm beigesetzt ist. Sie treibt ihr Unwesen so lange, bis ihr Grab zu seinem umgesetzt wird.

Jordan lobt die Idee und kritisiert das fehlende Gefühl. Ich hätte die Verzweiflung des Geistes intensiver darstellen können. Professor Carter geht noch weiter und ändert einige meiner Textpassagen entsprechend ab.

Ich nehme es hin. Es ist mir nicht egal, und ich sehe es ein, aber ich habe heute schlicht keinen Nerv mehr, mich damit auseinanderzusetzen.

»Zum Schluss noch eine Info«, sagt Professor Carter, als jeder vorgelesen und sein Feedback bekommen hat. »Wie ihr wisst, findet der Workshop am nächsten Wochenende nicht hier statt, sondern an einem Ort, an dem er seinem Namen, ›The Mood of Indian Summer‹, alle Ehre macht.«

AJ will ihr zuvorkommen. »Traverse City!«

Die Prof schüttelt den Kopf. »Nein, ich musste umdisponieren, habe aber einen Ort gefunden, der vielleicht sogar noch schöner ist. Wir fahren nach Charlevoix.«

Fragen prasseln auf sie ein. Cat will wissen, wie wir hinkommen. Benedict wundert sich, warum es mit Traverse City nicht geklappt hat. AJ fragt, ob er dann einen Abstecher nach Hause machen kann. Simon schlägt für einen der beiden Abende die Organisation einer Beachparty vor. Bob erkundigt sich, welche besonderen Aktivitäten geplant sind.

Ich lasse sie reden, packe meinen Kram zusammen und verdrücke mich.

Kapitel 18

15. Oktober – abends

Stella ist mit Elijah zur Party am Fluss verabredet. Als lose Verabredung hat sie das bezeichnet. Ich habe kein gutes Gefühl dabei und ihr angeboten mitzugehen. Sie meinte, dass es nicht nötig wäre, wo ich ohnehin keine große Lust auf die Party habe und sie sich vielleicht mit Elijah zurückziehen wird. Ich habe Stella geraten, Klartext mit ihm zu reden, wenn er sich merkwürdig verhält. Ich hoffe, sie macht das.

Allein spaziere ich durch das Univiertel. Es macht mir nichts aus. Ich gehe oft allein spazieren. Es tut mir gut. Ich brauche Zeit für mich, zum Runterkommen und Nachdenken. Ich muss mit AJ sprechen, bevor wir nach Charlevoix fahren. Ich werde Cat noch einmal klarmachen müssen, dass ich nicht möchte, dass sie meine Geschichten für ihren Roman verwendet. Und ich muss meine Gedanken zu Jordan aus dem Kopf bekommen.

Die Straßen rund um die Uni erwachen jetzt, in der Dunkelheit, zum Leben. Die Laternen und Lichter der Restaurants lassen sie strahlen, und die Studenten machen sie laut. Sie lachen, johlen, singen und ergattern die letzten Outdoor-Plätze der Restaurants, um Burger, asiatische Nudeln, Tapas und Pizza zu futtern. Dazu gibt es Happy-Hour-Cocktails.

Ich habe eine Kleinigkeit gegessen, bevor ich losgegangen bin, und so bin ich praktisch immun gegen den Duft, der von so manchem Grill auf die Straße wabert.

In der Mitte der Liberty Street, wo sie von East zu West wird, biege ich in eine ruhigere Seitenstraße ab, passiere einen Jazzclub und ein Steakhouse und will gerade an einem griechischen Restaurant vorbei, als Jordan und seine Freundin aus dessen Tür kommen.

Mein Herz macht einen Satz.

Mit einem »Hey« und einem Lächeln will ich an den beiden vorbei, doch Jordans Frage zwingt mich, stehen zu bleiben. Wohin ich unterwegs bin, will er wissen. Ich sage es ihm und erkundige mich, um höflich zu sein, wie das Essen bei dem Griechen ist.

»Wie immer lecker«, antwortet er und stellt mich seiner Begleiterin vor: »Das ist Layla Sullivan«, sagt er und lässt mich ihren Namen wissen: »Carry Bates, meine Schwester.«

Sie reicht mir ihre Hand. Ich schüttele sie und versuche gleichzeitig, die Neuigkeit einzuordnen.

Seine Schwester?!

»Ich hab schon von dir gehört.« Sie schmunzelt.

Ich will lieber nicht erfahren, was Jordan ihr von mir erzählt hat. Vermutlich, dass ich ihm den letzten Nerv raube, die schwächste Teilnehmerin seiner Gruppe und eine der berüchtigten Zeitverschwendungen bin.

»Schön, dich kennenzulernen«, gebe ich unverbindlich höflich zurück.

Carry drückt Jordan einen Kuss auf die Wange. »Also dann, ich mach mich auf den Weg«, sagt sie. »Danke für die Einladung.«

»Keine Ursache«, gibt er zurück. »Viel Spaß beim Film.«

Mit einem »Tschüss«, das uns beiden gilt, lässt sie uns stehen. Verwirrt sehe ich ihr nach.

»Sie ist mit Freundinnen im Kino verabredet«, höre ich Jordan sagen und drehe mich wieder zu ihm.

»Welchen schauen sie denn an?«

Er zuckt mit den Schultern. »Keine Ahnung.« Dann schiebt er die Hände in die Hosentaschen und nickt in Richtung meines Weges. »Ich spaziere ein Stück mit dir mit, okay?«

Was passiert hier?, wispert es in mir, als wir losgehen. Ich weiß nicht, welche Stimme es ist. Vielleicht sind es mehrere zusammen.

Was passiert zwischen dir und Jordan Bates?

Auf meine Frage erzählt Jordan von Carry. Sie ist zwei Jahre jünger als er und studiert im fünften Semester Biologie. Woher ihre Neigung zu Naturwissenschaften kommt, kann sich in seiner Familie niemand erklären. Während er redet, kommt die Tatsache, dass sie seine Schwester ist, nicht seine Freundin, nach und nach in meinem Bewusstsein an und sorgt für einigen Trubel im Oberstübchen. Meine inneren Stimmen scheinen sich zu streiten.

»Wieso bist du nicht auf der Party?«, fragt Jordan.

Noch halb in Gedanken sage ich ihm, wie es ist, so langweilig es auch klingen mag. »Partys sind nicht mein Ding.«

»Kann ich nachvollziehen.«

Kann er das wirklich, oder ist es nur ein Spruch? Ich erteile allen Stimmen eine Sendepause und hake nach. »Tatsächlich?«

»Ja, ich hab Partys schon in der Highschool gehasst.«

Interessant! War er vielleicht auch ein Büchernerd, der seine Wochenenden lieber auf der Fensterbank mit der Nase in einem Schmöker und den Gedanken in einer schöneren Welt verbracht hat?

»Im ersten Semester hier in Ann Arbor wurden diese Events dann so was wie verpflichtend«, erzählt er weiter. »Ich war immer froh, wenn ich einen plausiblen Grund fand fernzubleiben, ohne als Eigenbrötler abgestempelt zu werden.« Er wirft mir einen Blick zu, zwinkert. »Verschwendete Energie! Kann mir doch egal sein, was andere von mir denken.«

Ich muss lächeln, denn was er da sagt, macht ihn sympathisch.

»Ich habe über unser Gespräch im Park nachgedacht«, höre ich als Nächstes von ihm. »Darüber, dass du keinen Besuch von Protagonisten bekommst und deshalb glaubst, nicht zum Schreiben geboren zu sein.«

»Und, bist du zu einem neuen Schluss gekommen?«

»In deiner Vorstellungsrunde hast du erzählt, das Kreativste, das du je geschrieben hast, waren Schulaufsätze.«

Im Augenwinkel bemerke ich, dass Jordan mich wieder anschaut, doch ich hefte meinen Blick auf die vor uns liegende dunkle Straße. Er gibt auf und schaut auch wieder nach vorn.

»Viele, die schreiben können, machen in der Kindheit erste Erfahrungen.«

Er bleibt dran an der Sache. Also gut, dann raus mit der Sprache: »Ich hab mal ein Tagebuch geführt.«

»Hm, okay. Wie alt warst du?«

»Zehn. Und es war kein Tagebuch im üblichen Sinn. Zwar habe ich aufgeschrieben, wie ich die Tage verbracht habe, aber ich habe die Ereignisse so umformuliert, wie sie mir besser gefallen hätten.«

»Dann warst du also doch kreativ.«

»Nicht sehr lang, nur dreizehn Tage.«

»Wieso nur dreizehn Tage?«, wundert er sich.

Mein Herz schlägt schneller. Ein nervöser Klumpen formt

sich in meinem Bauch. Meine Gedanken trudeln zurück zu dieser Zeit und von dort aus unweigerlich zwei Jahre weiter in die Vergangenheit, zu diesem Sonntagmorgen im September. Ich höre das Klingeln an der Tür, erinnere mich, wie ich aus meinem Zimmer und die Treppe hinuntergerannt bin. Meine Eltern waren schon an der Tür. Dad hat geöffnet.

Die Nervosität in meinem Bauch breitet sich weiter aus. Sie steigt in meine Brust und lässt meinen Atem flattern. Ich weiß, dass ich Jordan gleich etwas anvertrauen werde. Ich will es ihm erzählen, muss es ihm erzählen, aber die Bilder der Erinnerung wirken so heftig auf mich ein, dass ich keine Worte finde.

Hinter meinen Eltern, vor der Tür, sehe ich die beiden Cops, den Untersetzten mit dem Schnauzer und den Großen mit der langen Nase. Ich sehe, wie sie ihre Mützen abnehmen.

Weil mir kalt geworden ist, schiebe ich die Hände in die Manteltaschen. Als ich durchatme, setzt das Zittern ein und der alte, nie ganz abgeklungene Schmerz beginnt unter meinen Rippen zu hämmern.

Jordan spürt, dass ich mit mir kämpfe, und will seine Frage zurücknehmen. »Wenn du nicht darüber reden möchtest …«

»Doch!«, unterbreche ich ihn. »Ich will darüber reden. Es ist nur …«

Er schweigt, wartet. Ich sortiere mich und kehre erst einmal wieder zum Dreizehn-Tagebuch zurück.

»Meine Mutter hat das Buch gefunden und gelesen«, erzähle ich ihm. »Danach meinte sie, ich sei ein Fall für einen Psychologen. Der trichterte mir ein, dass es am gesündesten ist, in der Realität zu leben.«

»Ernsthaft? Was …« Jordans Stimme stockt. »Waren das so furchtbare Sachen, die du geschrieben hast?«

»Für meine Eltern sicherlich. In erster Linie haben sie sich

Sorgen gemacht, denke ich.« Tränen prickeln in meinen Augen, als ich mich an die Worte des Cops mit der langen Nase erinnere. »In meinen Einträgen habe ich meine Brüder bei allem, was ich erlebt habe, dabei sein lassen, obwohl sie schon zwei Jahre nicht mehr da waren.«

Mehr bringe ich erst einmal nicht über die Lippen. Die Tränen habe ich unter Kontrolle, aber das Zittern und den Schmerz nicht. Ich sehe, wie Mom im Foyer zusammenbricht, wie Dad versucht, sie zu halten. Ich sehe die betretenen Mienen der Cops und höre, wie sich Moms Schluchzen zu einem Schrei entwickelt.

Jordan zwingt mich, stehen zu bleiben, indem er sich vor mich stellt. Er sucht meinen Blick, aber ich kann ihn nicht erwidern. Über seine Schulter starre ich wie blind ins Nichts. Ich hätte es nicht so weit kommen lassen sollen! Ich hätte ausweichen sollen, als unsere Unterhaltung zu diesem Thema gedriftet ist.

»Hey …«, murmelt er mit sanfter Stimme.

Ich ringe mich durch und sehe ihm in die Augen.

»Wo waren sie denn?«

Ruhig, Layla!, raunt mein Mut. *Sag es ihm. Lass es raus!*

Ich ringe mich zum Sprechen durch.

»An einem Samstagmorgen vor elf Jahren sind sie mit dem Segelboot auf den See raus.« Die Worte sind schwer wie Blei und klingen fremd, als würde jemand anders sprechen. Ich habe sie ewig nicht gesagt. »Das Wetter ist umgeschlagen. Man hat das Boot am nächsten Tag gefunden, Leo und Law aber nicht. Man hat sie nie gefunden. Meine Eltern haben sie fünf Jahre später für tot erklären lassen.«

Wie eine dicke Masse senkt sich die Traurigkeit, die diese Worte begleitet, über uns. Bedauern flackert in Jordans Blick.

»Meine Güte … Das tut mir so leid«, sagt er leise.

Ich gehe weiter. Ein paar Schritte lang schließe ich die Augen und konzentriere mich auf den Wind, der meine Wangen kühlt. Das Zittern ebbt ab, nachdem ich einige Male durchgeatmet habe, und der Schmerz zieht sich in seine Kammer zurück.

Jordan geht schweigend an meiner Seite. Wir laufen längst durch eine Wohngegend, da findet er seine Sprache wieder. »Und du warst zehn, als das passiert ist?«

»Nein, acht. In dem Alter kannte ich die Möglichkeiten des Schreibens noch nicht und hab alles in meinen Gedanken gelassen.«

»Es ist … Ich kann nur …« Es ist merkwürdig, Jordan so um Worte kämpfen zu hören. »Wie ist das gewesen für dich?«

Noch einmal lasse ich die Erinnerung zu, vorsichtiger diesmal.

»Es wurde alles anders.« Die Melancholie meldet sich, aber ich dränge sie zurück. »Von einem Tag auf den anderen. Meine Brüder, Leo und Law, wohnten zwar nicht mehr zu Hause, aber sie waren meine wichtigsten Bezugspersonen. Sie waren regelmäßig zu Besuch, fast jedes Wochenende. Und dann plötzlich … nie wieder. Es hat meine Vorstellungskraft überstiegen. Es war nicht real. Und ich habe gewartet. Ich habe das Haus nur noch verlassen, wenn ich zur Schule musste, weil ich da sein wollte, wenn sie zurückkämen.«

Inzwischen sind wir wieder bei der Uni und lassen das Law Quadrangle hinter uns. Es ist nicht mehr weit bis zum South Quad, und ich spüre einen absoluten Widerwillen, den Spaziergang enden zu lassen.

»Was hast du gemacht, die ganze Zeit zu Hause?«, fragt Jordan.

»Ich habe mich irgendwie beschäftigt, mit den seltsamsten

Sachen: Mandarinenschälkunst, Origami, Zauberwürfelwettbewerbe.« Die verrückten, selbstvergessenen Tanzeinlagen zu einem Song von The Mayan Factor fallen mir auch ein, aber die verschweige ich lieber. »Vor allem habe ich gelesen. Du solltest meine Bibliothek sehen. Meine Bücher haben ein eigenes Zimmer.« Ich bleibe stehen und drehe mich zu Jordan. »Während des Wartens habe ich gelernt, mit mir selbst auszukommen. Am Ende habe ich mich so am wohlsten gefühlt.«

Er wippt auf den Fußballen vor und zurück. »Wie ist das jetzt?«

»Das finde ich gerade noch heraus.«

Jordan scheint eins und eins zusammenzuzählen. »AJ hat heute gefragt, ob er nach Hause kann, wenn wir in Charlevoix sind. Er ist aus deiner Gegend. Ihr kennt euch schon länger.«

»Ich hab ihn erst hier kennengelernt. Aber er kennt meine Geschichte oder zumindest irgendeinen Teil davon, den man ihm erzählt hat.«

»Diese Eiskönigingeschichte, die er nach seinem ersten Satz nicht vorlesen wollte, die galt dir, oder?«

»Ich hasse es, Eiskönigin genannt zu werden.«

Jordan sagt nichts dazu. Sein Blick taucht tiefer und tiefer in meinen, nachdenklich scheinbar. Mein Herz schlägt schneller und, verunsichert, wie ich plötzlich bin, will ich mich abwenden, da nimmt er mich in den Arm. Total überrumpelt, versteife ich mich. Er spürt es und streicht über meinen Rücken, bis ich mich entspanne. Zögernd schließe ich meine Arme auch um ihn, lege die Stirn gegen seine Schulter und schmiege mich noch ein bisschen dichter an ihn. Es fühlt sich so gut an, auf seltsame Weise vertraut, als würde ich in seine Arme gehören.

»Weißt du, Layla«, murmelt er nach einer Weile. »Ich könnte jetzt noch eine geschlagene halbe Stunde mit dir so hier stehen und danach eine weitere Runde um den Block laufen, aber wenn ich mich jetzt nicht an die Vorbereitungen setze, tanzt ihr morgen vielleicht alle euren Namen, statt etwas übers Schreiben zu lernen.«

Leise amüsiert löse mich von ihm und sehe ihn wieder an. Sein Blick ist immer noch nachdenklich.

»Ich verstehe jetzt einiges«, sagt er.

»Was denn?«

Er schüttelt den Kopf. »Das muss gerade kein Thema sein. Vielleicht reden wir darüber, wenn ich deine nächste Geschichte gehört habe.«

Wir gehen weiter, die letzten Meter.

Auf jedem Schritt fühle ich mich merkwürdiger. Dass ich ihn umarmt und mich ihm anvertraut habe, ist mir plötzlich peinlich. Das Letzte, was ich wollte, war sein Mitleid, doch genau das scheine ich gerade zu haben. Schrecklich!

Wir erreichen das South Quad.

»Und glaub nicht, dass es im Kurs Umarmungen gibt«, witzelt er zum Abschied. »Die bekommst du nur auf Spaziergängen.«

Er geht ein paar Schritte rückwärts, wie um mich nicht aus den Augen zu lassen, dann dreht er sich um.

Ich sprinte die Stufen hinauf zum Eingang, durch das Treppenhaus und in die dritte Etage. Im Appartement ist es still und dunkel. Stella ist sicher noch auf der Party. Ich lehne mich gegen die Tür und schließe die Augen. Ich sehe Jordan. Auf dem Spaziergang, im Kurs, im Park, in der Bibliothek. Alle Orte auf einmal. Mein Herz scheint sich zusammenzuziehen, ein Kribbeln steigt aus meinem Bauch in meine Brust.

Das war der merkwürdigste Abend meines Lebens.

Kapitel 19

16. Oktober

Kurz vor acht ruft Mom an, um nachzufragen, ob ich an diesem Wochenende auch wieder nicht zu Hause auftauche. Ich sage ihr, dass ich nächstes Wochenende mit dem Workshop in Charlevoix bin, aber das interessiert sie heute nicht. Die Morgenseiten müssen ihre Nörgelei und meine daraus resultierende schlechte Laune fressen.

Gegen neun versuche ich, Stella zu wecken, aber sie ist nicht aus dem Bett zu bekommen. In einer Stunde müssen wir in unseren Gruppenräumen sitzen. Vorher sollten wir noch ein Frühstück organisieren.

Ich setze mich auf Stellas Bettkante und streichele ihren Arm. »Hey Schlafmütze, es wird Zeit«, sage ich leise.

»Ich will nicht«, nuschelt sie.

Ich bleibe und warte, versuche es noch einmal. Stella blitzt mich aus einem Auge an und wirft sich dann auf die andere Seite. Mehr passiert nicht.

»Ist es mit Elijah nicht gut gelaufen?«, frage ich.

Sie schweigt.

»Hast du mit ihm sprechen können?«

Schweigen.

»Stella, red doch wenigstens mit mir.«

Sie fährt herum, blitzt mich nun aus beiden Augen an. »Ich hab nicht mit ihm geredet«, nörgelt sie. »Und es ist weder gut noch schlecht gelaufen. Es ist gar nicht gelaufen, weil er nämlich nicht aufgetaucht ist. Als es kalt wurde, bin ich mit Lisha und Jen in deren Appartement gegangen, und dort haben wir angestoßen.«

»Worauf denn?«

»Auf die Männer, die wir lieben, und die Penner, die wir kriegen.«

Ich verkneife mir ein Lachen. »Tut mir leid.«

»Ja … mir auch.«

Sag ihr endlich, was du gehört hast!, befiehlt die Vernunft.

Also gut, raus damit! »Weißt du, ich glaube, du hast dich da in etwas verrannt.«

»Das glaube ich inzwischen auch. Aber er hat es forciert.«

Möglich, doch das kann ich mir bei Elijah einfach nicht vorstellen. Wäre es so, hätte er Stellas Verliebtheit auch ausgenutzt. Und das ist nicht geschehen.

»Vielleicht hast du sein Verhalten falsch gedeutet. Hoffnung macht manchmal blind. Vielleicht wollte er bloß freundlich sein, weil er ein netter Kerl ist und dich mag. Nur eben nicht so sehr wie du ihn.«

»Ich mag ihn nicht mehr«, mault sie.

Ich komme zum Punkt: »Als ich letzten Sonntag mit AJ reden wollte, musste ich auf ihn warten. Er war noch unterwegs. Ich saß im Wohnzimmer und habe Elijah in seinem Zimmer telefonieren hören. Er hat sich mit jemandem verabredet.«

Stellas Miene versteinert. »Mit wem denn?«

»Keine Ahnung. Zuerst dachte ich, er spricht mit dir.«

»Ich war's nicht.«

»Das weiß ich inzwischen.«

»Und wieso sagst du mir das erst jetzt? Schaust tagelang zu, wie ich ihm hinterherhechele.«

War mir fast klar, dass dieser Vorwurf kommt.

»Ich hab nicht jedes Wort verstanden. Ich war mir nicht sicher und wollte nix kaputt machen.«

Stella setzt sich im Bett auf, wirft die Decke zurück und funkelt mich aus ihren dunklen, mandelförmigen Augen an. »Und jetzt bist du dir sicher?«

»Nein, aber ich bin mir sicher, Elijah wäre gestern aufgetaucht, wäre er in dich verliebt.«

»Vielleicht ist etwas dazwischengekommen.«

Echt jetzt? »Hat er deine Telefonnummer?«

Stella erspart sich die Antwort. Wahrscheinlich weiß sie sogar das Datum und die Uhrzeit, zu der sie und Elijah Telefonnummern getauscht haben.

Sie steht auf und stapft ins Bad, schlägt die Tür zu. Ich höre, wie sie die Dusche aufdreht. Zehn Minuten später kommt sie mit dem Handtuch um ihren Körper wieder ins Wohnzimmer.

»Welchen Grund habe ich jetzt noch, an diesem dämlichen Workshop teilzunehmen?«, schimpft sie.

»Es war deine Idee«, entgegne ich. »Ich hatte von Anfang an keinen Grund und habe die Flinte trotz aller Probleme nicht ins Korn geworfen.«

Das ist nur eine freundliche Erinnerung. Ich will Stella nicht noch mehr aufregen, und ich finde, sie nimmt die unschönen Neuigkeiten recht gut auf. Zornig zwar, aber Zorn ist besser als Traurigkeit.

»Ich musste mitmachen, um dir einen Gefallen zu tun. Jetzt tust du mir den Gefallen und machst weiter.«

»Warum? Warum willst du noch weitermachen?«

»Weil ich begonnene Dinge gern zu Ende bringe.«

Das Argument scheint zu ziehen. So sind wir wenig später unterwegs und holen uns Frühstück, auch wenn Stella darauf besteht, keinen Hunger zu haben. Vor ihrem Gruppenraum trennen sich unsere Wege. Sie verschwindet darin, und ich sprinte weiter zu Raum MH1460, wo Jordan gerade beginnt.

»Heute beschäftigen wir uns mit Lyrik«, sagt er, als ich zu meinem Platz schleiche. »Bevor einige von euch die Flucht ergreifen wollen, keine Sorge, wir beginnen mit etwas Leichtem, nämlich dem Haiku.«

AJ legt den Kopf in den Nacken und ächzt. »Bitte nicht.«

Jordan ignoriert ihn und fährt fort: »Dabei handelt es sich um eine traditionelle japanische Gedichtform, die ein Gefühl oder Bild wiedergibt und dabei die Sinne anspricht.«

»Echt jetzt?«, stöhnt AJ. »Das ist doch Highschool-Kram. Drei Zeilen, fünf Silben die erste Zeile, sieben die zweite, fünf die dritte. Naturgedöns.«

Jordan wendet sich an AJ. »Willst du übernehmen? Das kannst du machen. Dann halte ich die Klappe. Bitte, leg los!«

»Will ich nicht«, entgegnet AJ. »Ich find Haikus einfach nur überflüssig. So simpel, dass sie keinen Platz in der Lyrik haben sollten. Banal. Dichtkunst für Amateure.«

Jordan wartet ab, ob AJ noch mehr zu sagen hat, vielleicht auch, weil er sich innerlich beruhigen muss. Ich kann mir gut vorstellen, dass er gerade gern explodieren würde.

»Haikus sind ein von Professor Carter festgelegtes Thema dieses Workshops. Wenn dir das nicht passt«, Jordan weist zur Tür, »da ist der Ausgang.«

»Ich mein ja nur«, knurrt AJ. »Ich verlange ja kein freies Format wie beim Slammen, aber wären nicht das Sonett oder die Villanelle angemessener? Keiner von uns ist ein Beginner.«

Ich sehe, wie sich Jordans Muskeln am Hals anspannen. Er ist tatsächlich kurz davor, AJ anzuspringen.

»Tut mir leid. Ich befürchte, Professor Carter hat bei der Planung nicht berücksichtigt, dass wir Poetry-Slammer an Bord haben, die uns in puncto Lyrik natürlich Welten voraus sind.« Er wendet sich an Benedict. »Wie siehst du das als Songwriter? Sollten wir vielleicht lieber mit der Ballade beginnen oder mit dem Rondell?«

Benedict hebt die Hände. »Alles gut. Ich bin fein mit Haikus.«

Jordan scheint nichts anderes erwartet zu haben und knöpft sich AJ wieder vor: »Weißt du, Kumpel, deine Attitüde geht mir langsam echt auf den Keks. Wann immer es dir in den Kopf kommt, lässt du durchblitzen, dass du was Besseres bist. Mit dieser Annahme schreibst du viele deiner Texte. Sie sind gut, die meisten. Aber mir gefällt deine Einstellung einfach nicht. Du willst alle hier an die Wand schreiben, amüsierst dich auf die Kosten anderer und hältst dich für lustig. Weißt du, wie man so was nennt?«

AJ zuckt mit den Schultern. »Ironie, Sarkasmus, Zynismus?«

»Streich die Ironie«, sagt Jordan. »Ironie ist was halbwegs Sympathisches. Die anderen beiden sind Arschlöcher, an die sich nur Leute wenden, die sich nicht anders zu helfen wissen.«

»Schon gut, Alter …«, murrt AJ.

»Es ist gut, wenn ich es sage. Und nenn mich gefälligst nicht Alter! Das kannst du in deinen Slams machen, nicht mit mir. Hier wird auch niemand gedisst, niemand an die Wand geschrieben. Es gibt keinen Schwanzvergleich. Wir schreiben hier, weil wir es lieben zu schreiben. Wenn du aus irgendeinem anderen Grund hier bist …« Jordan schaut in die Runde, von einem zum anderen. Mich überspringt er. »Wenn irgendeiner von euch aus einem anderen Grund hier ist, wird er oder sie von mir nichts lernen.«

Simon und Bob schütteln die Köpfe. Cat schließt sich Jordans Meinung an, obwohl sie sich tatsächlich ein wenig angesprochen fühlen sollte. Benedict hebt ein weiteres Mal abwehrend die Hände. Ich kann nichts sagen, weil ich zu erschrocken von Jordans Ansage bin.

AJ starrt zu Boden, hebt dann den Blick zu Jordan. Kurz wirkt er, als wolle er kontern. Im letzten Moment scheint er sich zu bremsen.

»Easy«, murmelt er. »Das Haiku soll es sein.«

»Klasse, dass wir das so schnell klären konnten.« Jordan streckt den Arm in einer großen Geste zu AJ aus. »Als Experte wirst du uns sicher erläutern könnten, worauf wir beim Haiku achten müssen. Die Zeilen- und Silbenzahl ausgenommen. Diesbezüglich hast du uns ja schon erleuchtet.«

»Mit einem Haiku beschreibt man einen Moment.« AJ knipst die Mine seines Stiftes rein und raus, während er erklärt. »Man sagt, was in einem bestimmten Moment passiert, was man sieht, hört, riecht, spürt, schmeckt.«

Er schaut zu Jordan. Der bedeutet ihm, dass er fortfahren soll. AJ fügt sich.

»Haikus werden meist von Dingen aus der Natur inspiriert, von Jahreszeiten, Naturereignissen, aber es kann auch um Personen gehen.«

»Gut, danke. Und was soll man beim Haiku vermeiden?«

»Metaphern«, grummelt AJ. »Man soll nicht abstrakt beschreiben, sondern eben bildlich, detailreich.«

»Wie sieht es mit der Zeitform aus?«

»Gegenwart. Auf keinen Fall Vergangenheit.«

»Was ist mit der letzten Zeile?«

AJ kneift die Augen zusammen. »Sagte ich schon, fünf Silben soll die haben.«

Jordan hebt die Hände und wartet.

AJ schnauft genervt. »Und dann ist das schöne Haiku zu Ende.«

Jordan entlässt AJ aus seinem Blick und bezieht uns andere wieder ein. »Die letzte Zeile sollte überraschend sein, ein Cliffhanger sozusagen, der nie aufgelöst wird. Der Leser soll sich seine eigenen Gedanken dazu machen.«

Nachdem er bekannte Haikus vorgelesen hat, stellt er uns die einflussreichsten Haijins, Haiku-Dichter, vor. Bis zur Pause entwerfen wir gemeinsam Haikus zu verschiedenen Themen, wobei Jordan betont, dass es dabei um das Gefühl für die Form und den Rhythmus geht. Beides nennt er essenziell für jede Form von Lyrik.

In der Pause gehen wir sechs unserer Wege. Jeder scheint Zeit für sich zu brauchen. Jordans Ansage an AJ hat ziemlichen Eindruck hinterlassen, und wahrscheinlich will jeder nach der Pause einfach nur ein Haiku abliefern, über das der Coach nicht, geladen wie er gerade ist, die Todesstrafe verhängt.

Weil es regnet, suche ich mir drinnen eine ruhige Treppe und setze mich auf die Stufen. Mein Journal habe ich dabei. Meine Idee für das Haiku steht, aber meine Zeilen brauchen Schliff. Was ich sagen will, braucht eigentlich mehr als jeweils nur fünf oder sieben Silben. Es ist nicht leicht, an Worten abzuspecken, ohne dass die übrigen spartanisch klingen. Schließlich lege ich mich fest und umrahme die finale Version.

Wasser weit und blau.
Weißes Segel, straff im Wind.
Dort lebt man ewig.

»Hast du eine Minute?«, höre ich und schaue auf.

AJ steht unten an der Treppe.

Ich nicke.

Er kommt ein paar Stufen hoch, bleibt aber stehen.

»Ich will was klarstellen«, sagt er, »und zwar unabhängig von Jordans Ansage eben. Ich wollte schon eher mit dir sprechen, aber du warst nicht greifbar, warst gestern leider auch nicht auf der Party.«

Er pausiert, wartet scheinbar. Ich hoffe, er wartet nicht auf eine Erklärung, warum ich gestern nicht am Fluss war. Schließlich redet er weiter. »Wir sind nächstes Wochenende in Charlevoix. Na ja, und mir ist wichtig, dass …« Er senkt den Blick, sucht die weiteren Worte auf den Stufen vor seinen Füßen, schaut mich dann wieder an. »Du musst dir keine Sorgen machen.«

Ich würde AJ gern glauben und beruhigt sein, kann es aber nicht. Eine Frage brennt mir auf der Zunge. »Warum hast du diese Aktion überhaupt gestartet?«

»Blöde Geschichte.« Er zieht die Schultern hoch, fühlt sich sichtbar unwohl. »Ich hab ein paar Leuten aus Charlevoix erzählt, dass du hier bist, und sie haben sofort Pläne geschmiedet. Ich hab mich davon hochschaukeln lassen. Ich wollte dieser megaarroganten Tussi, von der ich so viel gehört hatte, eins auswischen.«

Fassungslos schüttele ich den Kopf.

»Es war wie ein Trieb, ein innerer Drang, das zu schaffen, was sonst keiner geschafft hat. Nach deiner Abfuhr wusste ich, dass ich verloren habe, also hab ich dir verbal eins reingedrückt. Dich Eiskönigin zu nennen war eine Genugtuung. Du wusstest, dass ich Bescheid weiß. Als du bei mir warst, war mir längst klar, dass ich Mist gebaut habe.«

»Tatsächlich? Und da schreibst du noch diesen Satz?«

»Ich war richtig sauer, aber nicht wirklich auf dich. Eher auf mich. Im Stillen hab ich mein Verhalten gerechtfertigt, weil sich das einfach besser angefühlt hat.«

»Herzlichen Glückwunsch zu dieser Erkenntnis.«

»Tut mir leid.«

Ich zögere und ringe mich dann zu ein paar halbwegs versöhnlichen Worten durch, die ich aber noch nicht wirklich fühle. AJ trottet die Stufen wieder runter. Unten angekommen dreht er sich noch einmal zu mir um. »Wie stehen die Chancen, dass du heute Abend am Fluss bist?«

»Schlecht«, gebe ich zurück. »Stella und ich unternehmen was anderes.«

Das haben wir zwar noch nicht besprochen, aber ich bin mir sicher, dass sie heute Abend Ablenkung braucht.

AJ nimmt es hin und geht.

Kapitel 20

18. Oktober

In der zweiten Hälfte des Samstagkurses haben wir unsere Haikus vorgelesen und zusammen mit Jordan ausgewertet. Er hat sich allerdings zurückgehalten und uns die Analyse weitestgehend selbst überlassen. Es war vergleichsweise unspektakulär, und nach der Diskussion, die er mit AJ geführt hat, waren wir alle ziemlich froh, keine harte Kritik zu bekommen. Jordan hat das Thema abgehakt und ist auf ein neues zu sprechen gekommen. Am Mittwoch will er dazu Texte von uns.

Wir sollen einen intensiven Traum, den wir tatsächlich hatten, aufschreiben.

Gestern, am Sonntag, habe ich mich auf die Vorlesungen und Seminare vorbereitet. Insbesondere der Dickens-Kurs hat einiges an Zeit verlangt. Nachdem wir die kritischen Stellen in »Moby-Dick« noch einmal gelesen hatten, haben Stella und ich gemeinsam an der Diskussion über die Rolle des Wals im Roman gearbeitet. Das war der dickste Batzen, und für das Schreiben unserer Träume brauchten wir beide einen freien Kopf.

Als Jordan uns die Hausaufgabe aufgegeben hat, wusste ich eigentlich sofort, welchen Traum ich thematisieren werde.

Doch dafür musste ich erst einmal Mut sammeln und in mich lauschen, um gute Worte für die Bilder zu finden.

Jetzt bin ich so weit und werde es versuchen.

Weil ich sicher Korrekturen machen werde, vielleicht auch dreimal anfangen muss, nehme ich meinen Laptop zum Vorschreiben. Ich schließe die Augen, lausche der Stille und rufe mir meinen Traum in Erinnerung. Sobald die Bilder lebendig werden, lege ich los.

Ich habe einen Tiger. Er ist jung und tapsig, als er in mein Haus am Meer einzieht, das aus nicht mehr als einem Zimmer besteht. Er sitzt gern auf meinem Schreibtisch, der vorm Fenster steht, und späht über das Wasser. Wenn er nicht dort sitzt oder in meinem Sessel döst, kuschelt er mit mir, wir toben herum und kämpfen spielerisch. Von Tag zu Tag wird er kräftiger, seine Zähne werden spitzer, seine Krallen schärfer. Ich beginne mich zu sorgen, ob er mich töten wird, wenn er ausgewachsen ist, im Spiel oder weil er so veranlagt ist. Wird er mir die Kehle durchbeißen oder meine Brust mit einem Prankenhieb zerfetzen?

Über Nacht wird mein Tiger erwachsen. Er ist plötzlich zu groß für Schreibtisch und Sessel, für das ganze Zimmer. Er läuft davon. Von meinem Fenster aus beobachte ich, wie er in die von Gischt bedeckten Meereswellen taucht und die Schwimmreifen der Terrier zerbeißt, die wie Kinder umherpaddeln. Ich werde Ärger mit deren Besitzern bekommen, Ärger mit jedem, dem mein Tiger über den Weg läuft. Und Ärger mit dem Tiger selbst. Doch was auch passiert, ich bringe es nicht übers Herz, ihn fortzujagen.

Vor Sorge bin ich den Tränen nah, werfe mich auf mein Bett und zermartere mir das Hirn, als mir klar wird, dass jemand anderes in meinem Haus ist. Ich weiß, dass er wegen des Tigers gekommen ist. Aber er bleibt wegen mir.

Er hat kein Gesicht, keine Haarfarbe, keine Körpergröße und keine Figur. Dennoch ist er mehr als präsent und eine Erscheinung, die mich beeindruckt und einschüchtert. Er trägt keine Kleidung, aber nackt ist er auch nicht. Er sagt kein Wort, doch er ist auch nicht still. Seine Gedanken hallen in meinen wider. Ich weiß gar nichts. Und es gibt auch nichts zu wissen.

Zuerst spüre ich seine Hände. Sie streichen über meine Beine, streicheln jeden Zentimeter. Dann nehme ich seinen Mund wahr, seine sanften Lippen, die sich meine Haut entlangküssen. Wo er sie berührt, prickelt es. Das Prickeln zieht sich nach innen, kribbelt tiefer und tiefer und sammelt sich in meinem Unterleib. Er küsst mich weiter. Seine Lippen und seine Zunge hinterlassen eine Spur, die von seinem Atem getrocknet und von der Nachtluft, die durch das geöffnete Fenster hereinströmt, gekühlt wird. Seine Hände zeichnen die Linie meiner Hüfte nach. Währenddessen küsst sein Mund die Innenseiten meiner Schenkel und wechselt dabei von einer Seite zur anderen. Ich kann nicht mehr stillhalten, hebe ihm mein Becken entgegen, muss ihn nahe bei mir spüren. Ich will mich an ihn schmiegen, ihn halten, doch auf einmal spüre ich ihn gar nicht mehr. Wo seine Hände und sein Mund waren, ist nur noch die Brise der Nacht. Ich will ihn rufen, kann seinen Namen aber nicht aussprechen. Er hört mich trotzdem, denn so plötzlich er verschwunden war, ist er zurück. Und endlich ganz bei mir. Ich schlinge die Beine um ihn, presse mein Becken gegen seins. Ich ziehe ihn zu mir herab, um seine Wärme in meinen Körper wandern zu lassen. Sein Rücken ist verschwitzt. In schmalen Bächen rinnt Schweiß seine Seiten hinab und tropft auf meinen Bauch. Sein Kuss schmeckt salzig. Der Druck seines Beckens wird härter. Ich weiß nicht mehr, wo mein Körper aufhört und wo seiner anfängt. Ich atme ihn, er atmet mich. Ich bin er, und er ist ich. Er brennt, und ich brenne auch. Das Prickeln in meinem Bauch ist unerträglich geworden. Ich muss ihn dort spüren, damit es aufhört, beruhigt wird. Doch das passiert nicht. Wir tun es nicht, obwohl wir an nichts anderes denken. Wir winden uns, wir quälen uns, wir reiben uns aneinander. Wir lösen uns auf. Wir waren alles, und wir waren nichts. Wir waren in meinem Haus am Meer. Jetzt bin ich hier allein.

Meine Wangen glühen, als ich den Punkt hinter das letzte Wort setze. Im selben Moment klopft es, und ich schrecke auf. Stella steckt den Kopf zur Tür herein.

»Du hast Besuch«, verkündet sie mit breitem Grinsen.

Ich habe keine Idee, wer mich besuchen könnte, außer …

»AJ?«, flüstere ich entgeistert.

Sie schüttelt den Kopf und formt mit dem Mund einen Namen.

Jordan!

»Was will er?«

Stella zieht eine Miene, mit der sie mich fragt, woher sie das wissen soll.

Mit einem leisen Fluchen springe ich auf und schaue an mir herab. Ich trage eine viel zu große rostrote Jogginghose und eine blaue Sweatjacke, unter der ein ausrangiertes grünes T-Shirt hervorguckt. Meine Haare sind, so gut es bei der Länge geht, zu einem Dutt verknotet, den man freundlich als messy bezeichnen könnte. Es ist mein von meinem minimalistischen Stil unabhängiger Heute-nix-mehr-zu-tun-Look.

Um Stella meine Misere zu verdeutlichen, weise ich auf mich von Kopf bis Fuß. Sie verzieht abschätzend den Mund.

»Passt schon«, flüstert sie dann. »Jetzt komm endlich, sonst schlägt er Wurzeln.«

Sie verschwindet aus dem Türrahmen. Ich atme durch, husche ihr dann nach. Sie geht in ihr Zimmer, schließt die Tür aber nicht ganz. Ich durchquere unser Wohnzimmer und öffne die nur angelehnte Tür zum Flur.

Jordan hält ein Journal hoch. »Vermisst du was?«

Ich nehme es ihm aus der Hand, schlage es auf, werfe einen Blick hinein und klappe es gleich wieder zu. Tatsächlich. Es ist meins.

»Woher … wie …?«

Meine Güte, stöhnt die Ungeduld. *Du weißt doch, dass er auf gut formulierte Sätze steht. Was stotterst du ihn ständig an?*

»Lag neben deinem Platz.«

Ich kann mir nicht erklären, wie ich das Journal dort vergessen konnte. Vielleicht war ich wieder einmal im Lala-Land. Aber passiert ist passiert, und es ist ja auch kein Weltuntergang. Jordan kennt meine Texte schließlich alle. Mit Ausnahme des allerersten, den ich damals nicht vorlesen musste.

»Das ist ein interessanter Ansatz, den du beim Zornigsein hattest«, bemerkt er und schmunzelt.

Nein! »Du hast mein Journal gelesen?«

»Ich bin dein Coach. Ich darf dein Journal lesen, wann immer ich will. Ich könnte die Dinger von euch allen einsammeln und mir ein schönes Wochenende damit machen. Oder ein unschönes. Wie man's nimmt.«

»Das … das …«

Hör auf zu stottern!

»Mach das nicht noch mal!«

»Das kann ich nicht versprechen. Es war sehr unterhaltsam.«

Ich weiß nicht mehr, was ich in der ersten, verworfenen Version Wort für Wort wütend hingekritzelt habe. In jedem Fall dabei waren Saddam, Ameisentätowierer und Idiotus Maximus.

»Tut mir leid«, nuschele ich.

Jordans Schmunzeln wird breiter. Seine Augen funkeln amüsiert. »Kein Ding, Zornröschen.«

Verdattert blinzele ich ihn an. Wie hat er mich gerade genannt? Ich muss lachen. Laut und herzlich, wie ich schon lange nicht mehr gelacht habe, bricht es aus mir heraus. Mein Journal vor die Brust pressend, biege ich mich und lache, bis mir Tränen über die Wangen laufen.

»Quälix«, japse ich, als mir das auch wieder einfällt. »Ritter der Schwafelrunde.«

»Den fand ich besonders originell.«

Eine Weile kichere ich noch vor mich hin. Jordan lacht auch. Sein Lachen steht ihm gut.

»Na, wie auch immer«, sagt er, als wir uns beide beruhigt haben. »Ich hätte dir dein Journal schon eher gebracht, aber meine Schwester und ich sind gleich nach dem Workshop zu unserer Mom gefahren und gestern erst spät zurückgekommen.«

»Nicht so schlimm.«

»Das heißt, du hast deine Hausaufgabe noch nicht gemacht?«

»Doch, gerade eben. Am Laptop vorgeschrieben.«

»Pah!« Er zwinkert, um seinen Tadel zur elektronischen Schrift zu entschärfen. »Ich bin gespannt, was du so träumst, Layla Sullivan.«

»Du wirst es erfahren.«

»Dann bis Mittwoch!«

Wie er da steht und mich anschaut, möchte ich ihn wieder umarmen. Es ist wie ein Impuls, gegen den ich mich nur mit Mühe wehren kann.

»Bis Mittwoch«, entgegne ich und verdrücke mich ins Appartement.

Stella fällt fast aus ihrer Tür.

»Das Mädel, mit dem wir ihn gesehen haben, ist nicht seine Freundin, sondern seine Schwester?«, fragt sie eine Spur zu laut.

Mit dem Finger vor dem Mund bitte ich sie, leiser zu reden,

weil Jordan noch im Flur sein könnte. Sie wiederholt die Frage im Flüsterton.

»War klar, dass du mit einem Ohr an der Tür klebst«, gebe ich statt einer Antwort zurück.

Sie geht nicht darauf ein, hat etwas anderes zu sagen. »Er mag dich.«

»Das kann übermorgen, wenn er meinen Text auf die Ohren bekommt, schon wieder ganz anders sein.«

»Unsinn! Auch wenn er es als dein Coach nicht zeigt, er steht total auf dich, glaub mir. Er hat eben unentwegt mit dir geflirtet.«

Mit einem »Quatsch« will ich an Stella vorbei und in mein Zimmer, doch sie stellt sich mir in den Weg.

»Er ist gespannt zu erfahren, was du träumst. Wie deutlich brauchst du es noch?«

»Rein fachliches Interesse.«

»Layls!« Stella stampft mit einem Fuß auf.

»Du warst auch überzeugt, dass AJ auf mich steht, weil er am Lagerfeuer für mich gesungen hat«, erinnere ich sie, obwohl es mir vollkommen falsch erscheint, Jordan mit AJ zu vergleichen.

»Das war etwas ganz anderes.« Stella verengt die Augen, als würde sie mich so schärfer sehen. »Jetzt bin ich sogar überzeugt, dass du auch auf Jordan stehst. Ich habe mich nicht geirrt mit dem, was ich im Park gesehen habe. Da lag pure Romantik in der Luft.«

»Wenn Jordan Bates etwas nicht ist, dann ist das romantisch. Und ich bin es auch nicht.«

»Na bitte.« Stella schlägt die Hände zusammen. »Dann passt ihr doch perfekt zusammen.«

»Kann ich jetzt in mein Zimmer? Ich hab noch was zu tun.«

Sie macht einen Schritt zur Seite. Zwar sagt sie keinen Ton

mehr, doch ihr Blick spricht Bände und brennt mir im Nacken, bis ich die Tür hinter mir geschlossen habe. Ich stelle den Laptop auf den Schreibtisch, setze mich und schlage die nächste leere Seite meines Journals auf, um meinen Traum ins Buch zu übertragen, doch plötzlich ist da eine Unruhe in mir, die mir nicht einmal das Abschreiben erlaubt.

Ich muss an ein anderes Gespräch mit Stella denken. Vor ein paar Tagen erst habe ich ihr gesagt, dass sie es merken würde, wenn Elijah Interesse an ihr hätte. Als theoretische Expertin habe ich mich an das Verhalten der Männer in den Romanen erinnert.

Jetzt erinnere ich mich an Jordan. Wie ich ihm in der Bibliothek über den Weg gelaufen bin, oder er mir. Wie wir danach nicht wie erwartet getrennte Wege, sondern ins HopCat gegangen sind. Angeblich zufällig hat er mich im Park gefunden. Unsere Begegnung am Freitag war ganz ohne Zweifel Zufall, aber normalerweise hätte er mich allein weiterspazieren lassen. Und natürlich, ich habe seinen Ton gehört, als es eben um die Hausaufgabe ging.

All das sind tatsächlich Indizien dafür, dass Jordan Bates mich mag. Ich muss an Mister Darcy denken. Jordan ist wie er. Vom Widerling hat er sich zu jemanden entwickelt, der Reaktionen in mir auslöst, der mich von ihm träumen und mein Herz schneller schlagen lässt. Von Anfang an hat er mich nervös gemacht und verunsichert, aber die Nervosität und die Verunsicherung sind jetzt anders.

In Mister Darcy war ich theoretisch verliebt, gewissermaßen solidarisch mit Elisabeth Bennet. Ich war auch in Sherlock Holmes und Pillip Pirrip verliebt. Immer war das ein wärmendes, wohliges Gefühl. Es war sorglos. Es konnte ja nichts passieren. Ich habe nicht darüber nachgedacht, ob ich mich wegen dieser Verliebtheit blamieren oder verletzt werden könnte. Es ging nicht um ein Happy End, nicht um meins zumindest. Es war ungefährlich, nicht real, und so habe ich nie darüber nachgedacht, dass diese Männer im wahren Leben ein paar Nummern zu groß für mich wären. Ich habe das Buch irgendwann zugeklappt und gut.

Jordan Bates steht in keinem Buch, das ich zuklappen kann. Er ist so real, dass ich Schiss bekomme, und die Reaktionen, die er in mir auslöst, die machen mir erst recht Angst.

Kapitel 21

20. Oktober

Vor keiner Abschlussprüfung war ich so aufgeregt wie vor dem Workshop am Mittwoch. Was hat mich geritten? Ich muss von allen guten Geistern verlassen gewesen sein, diesen Traum aufzuschreiben. Das habe ich bereits meinen Morgenseiten erzählt. Allmählich zweifele ich wirklich an diesem Konzept. Mein Kopf ist nicht frei für neue Gedanken, sondern voller Sorge, dass ich mit meinem Traum für nichts als Belustigung sorge.

Während der Shakespeare-Vorlesung habe ich geradezu panisch begonnen, einen anderen Traum zu schreiben, den ich schon häufiger hatte. In diesem Traum bin ich wie ein Gummiball. Ich hopse und hopse. Dabei will ich das gar nicht, vor allem nicht so hoch, nicht bis über die Wolken, aber im Moment der Landung bounce ich immer gleich wieder weit hinauf. Der Traum lässt viel Raum zur Deutung. Man könnte ihn dahingehend interpretieren, dass ich nirgends ankomme oder ganz und gar Angst vorm Ankommen habe. Selbst so etwas würde ich lieber vorlesen wollen als den Tigertraum, doch das wird nicht passieren. Professor Johnson hatte leider etwas dagegen, dass ich während seines Vortrags auf der Laptoptastatur klimpere.

Danach war auch keine Zeit, denn ich musste mich für morgen um Dickens und Twain kümmern.

Unruhig rutsche ich auf dem Stuhl herum. Mir wird heiß und kalt zugleich beim Gedanken, den Tigertraum gleich vorzulesen. Wie aus weiter Ferne dringen die Gespräche der anderen zu mir. Cat und Simon deuten ihre verrücktesten Träume. Benedict und Bob reden über die Fahrt nach Charlevoix. AJ setzt sich auf den freien Platz neben mir.

»Hey, alles klar?«, fragt er mich.

»Ja, und bei dir?«, antworte ich.

»Bestens.«

Er schiebt sich seine Brille auf der Nase hoch, betrachtet mich durch die Gläser.

»Was hältst du davon, wenn wir am Wochenende in Charlevoix was unternehmen?«, fragt er. »Wir könnten was trinken gehen und in Ruhe reden.«

Er sollte sich denken können, dass ich davon absolut gar nichts halte. »Sorry, aber das möchte ich nicht.«

»Rein freundschaftlich.«

»Wir sind keine Freunde.«

»Könnten wir aber immer noch werden.«

Ich weiß nicht, was ich darauf erwidern soll. Ich habe verstanden, warum er meine Nähe gesucht hat. Seine Freundschaftsanfrage ergibt deshalb überhaupt keinen Sinn. Der Zug ist abgefahren.

Er lässt nicht locker. »Ich hab überlegt, wie ich's wiedergutmachen kann, und dachte, ich poste nebenbei ein paar Fotos von dir und mir.«

»Damit deine Freunde glauben, dass du wieder an mir dran bist?«

»Nein, Blödsinn. Ich halte dich nicht für bescheuert, also tu mir den Gefallen und halte mich auch nicht dafür. Sie sollen verstehen, dass du ein netter Mensch bist.«

Ich denke darüber nach, doch bevor ich etwas dazu sagen kann, setzt sich Jordan auf den letzten freien Platz im Kreis. Mein Herz schlägt schneller, Hitze schießt in meine Wangen und mein Dilemma wird mir wieder bewusst.

»In der Pause sammele ich eure Journale ein und lese eure Träume«, verkündet er. »Nach der Pause gebe ich sie euch mit Anmerkungen zurück.«

Gott! Sei! Dank!

»Warum können wir nicht vorlesen?«, beschwert sich Cat. »Ich fände es interessant, die Träume der anderen zu hören.«

»Frag deine Kollegen, ob du ihre Träume lesen darfst, wenn's dich interessiert«, gibt Jordan zurück. »Das Thema des Tages ist ein anderes.«

Bob und AJ, links und rechts neben mir, hören vielleicht den Plumps des Felsklumpens, der von meinem Herz fällt. Dass Jordan meinen Traum liest, bleibt zwar eine heikle Sache, es ist mir aber hundertmal lieber, als den Text in der Runde vorzutragen.

»In unserer heutigen Übung schreibt ihr aus der Perspektive einer anderen Person«, erklärt Jordan. »Versetzt euch in die Lage dieser Person, betrachtet die Dinge mit ihren oder seinen Augen und reagiert so, wie diese Person reagieren würde.«

»Muss die Person tatsächlich existieren?«, fragt AJ.

»Nein, sie oder er kann auch ein fiktiver Charakter sein oder ein Promi oder eben auch jemand, den ihr persönlich kennt.«

Cat meldet sich wieder zu Wort: »Wenn ich aus der Perspektive eines fiktionalen Charakters schreiben kann, ginge dann auch jemand aus meinem eigenen Roman?«

Jordan mustert sie skeptisch. »Sind die Charaktere aus deinem Roman etwa keine fiktionalen Charaktere?«

»Ich meine ja nur, es könnte doch sein, dass ich dann einen Vorteil …«

»Mann, Cat, wir wissen doch alle, dass du schon einen Roman veröffentlicht hast«, unterbricht Bob sie genervt. »Wir würden das auch nie im Leben vergessen. Schreib aus wessen Perspektive auch immer, solange es eine Person ist.«

»Hab ich dich gefragt?«, blafft Cat ihn an.

Jordan hebt die Hände, um die drohende Diskussion zu verhindern, und übernimmt wieder: »Schreibt über eine Situation, eine Begegnung oder einen Schauplatz und formuliert, was ihr seht, hört, denkt und wie ihr euch fühlt. Begebt euch in den Kopf der Person und versucht, die Gedanken so anschaulich wie möglich wiederzugeben.«

»Wie viel sollen wir schreiben?«, fragt Benedict.

»Nicht mehr als eine Seite.« Jordan schaut auf die Uhr. »Eine halbe Stunde ab jetzt. Wir lesen noch vor der Pause. Überlegt also nicht ewig, nehmt die erstbeste Person, die euch einfällt. Viel Vergnügen!«

Die erstbeste Person, die mir einfällt, ist Jordan Bates. Es wäre ziemlich vermessen, in seine Haut und seinen Kopf zu schlüpfen. Was weiß ich schon von ihm? Auf der anderen Seite, was weiß ich von fiktiven Charakteren?

Je länger ich darüber nachdenke, desto mehr gefällt mir die Idee. Genau genommen erheitert mich der ein oder andere Gedanke jetzt schon. Grinsend schlage ich eine neue Journalseite auf und formuliere den ersten Satz, der noch keinen Aufschluss über die Person geben, aber Lust auf mehr machen soll. Die nächsten Sätze fallen mir etwas schwerer, weil sie es mit dem ersten Satz aufnehmen können sollen, ohne ihn zu toppen. Der Mittelteil fließt geradezu aus meinem Stift und geht geschmeidig in den Abschluss über. Für den letzten Satz brauche ich wieder etwas länger, aber schließlich fällt mir etwas ein. Als ich den Stift absetze, sind alle anderen schon fertig. Mir wird klar, dass sie mich beobachten und sich dabei amüsieren.

»Ich glaube, auf deinen Text sind wir so gespannt wie auf keinen anderen«, sagt Jordan grinsend.

Ich kann mir denken, wieso. Ich habe beim Schreiben leise vor mich hin gelacht, und alle anderen haben es mitbekommen.

Jordan fragt, wer den Anfang macht. Cat meldet sich und darf starten. Wie angekündigt, ist sie in den Kopf der Protagonistin ihres Romans geschlüpft und lässt uns an deren Entscheidung zwischen zwei Männern teilhaben. Jordan lobt die Gegenüberstellung der zur Wahl stehenden Männer, kritisiert aber, dass Cat die emotionale Zerrissenheit der Frau noch besser hätte darstellen können. Er gibt ihr auch Beispiele, mit denen das gelungen wäre.

Nachdem Benedict und Simon gelesen und ebenfalls Lob und Kritik geerntet haben, liest AJ. Er schreibt aus der Perspektive seiner Mutter, die nach einer Diskussion mit seinem Vater überlegt, ob es für alle am besten ist, wenn ihr jüngster Sohn, AJs kleiner Bruder, in einem Heim für geistig beeinträchtigte junge Menschen untergebracht wird. Als er fertig ist, klopfen wir anerkennend auf die Deckel unserer Journale. Bis auf einen Punkt, den er selbst als Jammern auf hohem Niveau bezeichnet, hat Jordan keine Kritik.

Ich will nicht die Letzte sein, melde mich und darf meine geistigen Ergüsse als Nächstes zum Besten geben.

»Ein Om reicht heute nicht. Es bräuchte drei oder vier Oms, um mich zu erden, zu motivieren, prophylaktisch zu beruhigen oder zu bewirken, was auch immer das verdammte Om bewirkt. Wahrscheinlich brauche ich auch mehr Tennisbälle. Einer ist nicht genug. Meine Schwester meinte, das funktioniert super als Ersatz für eine Entspannungsmassage. Sie kennt die Technik aus ihrem Yoga-Kurs. Nun rolle ich schon geschlagene fünf Minuten mit einem Tennisball unter meinem Rücken auf dem Boden herum, aber meine Muskeln machen sich so wenig locker wie mein Geist.

Weil es mir schlicht und einfach graut. Mir graut vor diesem Samstag, der doch geschaffen wurde, um der beste Tag der Woche zu sein. Das war einmal. Das war der Samstag, bevor mich Professor Carter zum ›Indian-Summer-Mood‹ verdammt hat.«

Verhaltenes Lachen ertönt um mich herum. Wahrscheinlich ahnen die anderen jetzt, wessen Kopf ich für meine Story beschlagnahmt habe. Ohne aufzuschauen, lese ich weiter: »Ich war mir sicher, dass ich mindestens die Hälfte von ihnen mit meiner Anklage-auf-Totschlag-Ansage in die Flucht schlage, aber nein, verdammt. Alle sechs sind noch da.«

Wieder lachen sie. Lauter diesmal. Ich weiß nicht, ob Jordan das auch lustig findet, und überprüfe es jetzt lieber nicht.

»Wenn die wüssten, wie schwer es ist, nicht vom Stuhl zu explodieren, wenn ich mal wieder in den Abgrund der stilistischen Hölle schaue und sie einfach gar nichts gerafft haben. Gefühl!, sag ich doch immer wieder unmissverständlich. Gefühl, Gefühl! Was ist daran so schwer zu kapieren?

Der Tennisball trifft einen Nerv. Einen, den ich mir bei einem besonders grausamen stilistischen Fauxpas eingeklemmt habe, als ich mich im Schock verspannt hab. Bis ins Mark fährt der Schmerz. Ich gebe auf, quäle mich in die Senkrechte, kicke den Tennisball unters Bett, vergesse ihn und das Om auch gleich. Scheiß auf Om!

Ich schleppe mich vor den Kleiderschrank. Noch drei der vierunddreißig T-Shirts stapeln sich darin. Ich müsste demnächst mal wieder waschen. Ich brauche mehr Abwechslung, mehr Inspiration. Aber für heute reicht es noch. Ich nehme das oberste T-Shirt vom Stapel, entfalte es und komme nicht an gegen das dämonische Lachen, das meine Kehle erklimmt. Saddam! Perfekt! Sie werden sehen. Sie werden verstehen. Sie werden sich fürchten und verdammt noch mal mit Gefühl schreiben.«

Ich bekomme Applaus. Applaus mit Gelächter. Auch Jordan lacht. Zum Glück!

Grübelnd krault er sich das Kinn. »Ich muss mir wohl ein Saddam-T-Shirt zulegen.«

»Das war urkomisch, Layla«, kichert Cat und wischt sich eine Träne von der Wange.

»Mega«, findet Bob.

»Hey, jetzt sagt aber nicht, dass ich echt so bin«, protestiert Jordan.

»Na ja, ich glaub, jedem von uns ist der Arsch erst mal auf Grundeis gegangen«, antwortet AJ. »Alter, niemand wollte in deine Gruppe.«

»Du sollst mich nicht Alter nennen«, witzelt Jordan zurück.

»Ich wollte zu dir«, zwitschert Cat. »Du warst mein Favorit.«

»Du bist schon okay«, tröstet ihn Simon. »Wenn man sich einmal dran gewöhnt hat, geht's.«

Jordan scheint diese beiden Zusprüche zu überhören. Ungläubig, aber immer noch amüsiert hebt er die Hände. »Das war doch voll übertrieben.«

»Übertreibung ist eine Kunstform des kreativen Schreibens«, sagt wiederum AJ. »Layla hat also alles richtig gemacht. Und jede Menge Gefühl hatte sie auch noch dabei.«

»Von wegen, nur Schulaufsätze«, brummelt Benedict in meine Richtung. »Gib's zu, du bist genauso verkappt wie Simon und lässt x Romane in der Schublade verstauben.«

Jordan will sein Feedback loswerden und verschafft sich Ruhe. »Okay, also gut, Layla, dein Text war unterhaltsam. Meine Perspektive, oder besser, was du für meine Perspektive hältst, hast du gut wiedergegeben. Ich hätte mir aber gewünscht, dass du auch die Umgebung, das Zimmer beschreibst, ein oder zwei Sinne mehr in den Fokus holst. Da hättest du deiner Fantasie ruhig auch freien Lauf lassen können.«

Er formuliert ein paar Beispielsätze, dann beschließt er, dass es Zeit für die Pause ist, und sammelt unsere Journale ein, um sich unsere Träume durchzulesen.

Kapitel 22

22. Oktober

In fünf Autos haben wir uns am frühen Nachmittag nach Charlevoix aufgemacht. Die Coaches und Professor Carter fahren. Sie hat sich von Freunden einen Van geliehen, in den acht Leute passen. Stella, Cat und ich teilen uns die mittlere Bank ihres Autos. Cat wollte eigentlich unbedingt auf Jordans Beifahrersitz, aber die vier Jungs aus unserer Gruppe hatten die Sache schon unter sich ausgekaspert und ihr keine Chance gelassen. Gut die Hälfte der Fahrt schmollt sie deshalb vor sich hin. Stella und ich können wegen all der Leute im Van weder über Elijah noch über Jordan reden. Ich bin froh, dass Stella das auch so sieht und keines dieser Themen auch nur im Flüsterton anschlägt.

Vorn, neben der Professorin, sitzt Tammy aus Nicks Gruppe. Sie scheint ein großer Fan von Professor Carter oder besser: von der Autorin Michelle Carter zu sein. Jedes ihrer sechs Bücher hat sie gelesen, mehrmals offenbar. Sie analysiert bestimmte Zusammenhänge bis ins Detail. Als sie sagt, dass sie seit ihrer Kindheit davon träumt, Schriftstellerin zu werden, schenkt ihr die Prof ein Lächeln, sagt aber nichts dazu.

»Kennst du einen von Professor Carters Romanen?«, flüstert mir Stella ins Ohr.

Ich nicke und zeige ihr an, dass ich zwei gelesen habe. »Kupferherz« und »Der mysteriöse Herr Seltsam«.

Beides sind unterhaltsame Storys, wirklich gut geschrieben. Trotzdem gehören sie nicht zu meinen Lieblingsbüchern. Die Handlungen haben mich einfach nicht richtig gepackt und mitgenommen.

»Du musst mir nachher kurz erzählen, worüber sie schreibt«, bittet mich Stella. »Ich fühl mich ganz schlecht, weil ich keine Ahnung hab.«

»Ist okay«, gebe ich leise zurück.

»Was tun Sie lieber?«, fragt Tammy vorn. »Schreiben oder unterrichten?«

»Ich liebe beides«, antwortet die Prof.

»Ihre letzte Veröffentlichung ist schon fünf Jahre her. Kommt denn bald ein neuer Roman von Ihnen?«

»Nicht in nächster Zeit, nein.«

Tammy wird noch neugieriger. »Warum haben Sie das hauptberufliche Schreiben denn überhaupt aufgegeben? War das irgendwie … unfreiwillig?«

Die Prof lacht kurz auf. »Meinen Sie unfreiwillig im Sinne von, ich wurde betäubt, geknebelt und an die U of M verschleppt?«

Inzwischen lauschen nicht nur Stella und ich, sondern auch Cat und die drei Jungs auf der Sitzbank hinter uns. Bei der Vorstellung von der gekidnappten Professorin müssen wir alle lachen.

»Nein.« Tammy läuft rosa an. »Sie sind doch erfolgreich. Ich verstehe nicht, warum man etwas anderes tun möchte, wenn man sich als Schriftstellerin einen Namen gemacht hat.«

»Sagen wir es mal so: Meine Verlockungen waren ein festes Gehalt und eine Krankenversicherung. Ich habe jetzt vier Monate lang Sommerferien und unterrichte junge Menschen, mit denen ich meine Leidenschaft teile.« Die Prof bemerkt, dass wir alle zuhören, und schaut in den Rückspiegel, um uns andere ins Gespräch einzubeziehen. »Ich hätte auch Buchhändlerin werden, an einer Tankstelle oder in Jeronimo's Pub anfangen können, aber ich dachte mir, dass es am sinnvollsten ist, wenn ich in der Nähe des Schreibens bleibe und anderen beibringe, was ich in all den Jahren gelernt habe.«

»Gute Entscheidung«, findet David hinter uns. Wie José und Zac ist er in Daphnes Gruppe.

»Ich bin bei Weitem nicht die Einzige, der sich die Vorteile erschlossen haben«, erzählt die Prof weiter. »Vor ein paar Jahrzehnten war ein an der Uni lehrender Schriftsteller noch eine Ausnahme, aber heute ist der Schriftsteller eine Ausnahme, der das nicht tut. Wer schreibt, der lehrt in der Regel auch.«

»Weil alle zu wenig Geld verdienen?«, fragt Stella.

»Es ist nicht allein der finanzielle Aspekt. Als ich meinen Eltern meinen Entschluss mitteilte, professionelle Schriftstellerin zu sein, meinten sie, dass ich lieber in der Realität bleiben solle.«

»Ihre Eltern hielten es für unrealistisch, dass Sie erfolgreich werden«, schlussfolgert Cat.

Die Prof schüttelt den Kopf. »Nein, sie haben etwas gesehen, das mir noch nicht klar war. Ich verspürte damals einen gewissen Fanatismus, sah den Sinn meines ganzen Lebens im Schaffen von Kunst in Wortform. Aber tatsächlich reist man als Schriftsteller tagtäglich in eine andere, nicht existente Welt. Man ist allein unterwegs. Egal, wie viel Unterstützung man hat, man ist und bleibt allein und versucht, aus Nichts etwas Großes zu machen. Ob man das durchhält, ist nicht nur eine Frage des Talents oder Erfolgs, sondern auch der Disziplin und des Wesens.«

»Was hat das Wesen damit zu tun?«, hakt wiederum Cat nach.

Die Prof schmunzelt. »Es braucht schon einen gewissen Grad an Verrücktheit, um den ganzen Tag am Schreibtisch sitzen und Selbstgespräche führen zu können. Und wusstet ihr, dass Schriftsteller fast genauso oft eine Hypochondrie entwickeln wie Medizinstudenten? Die verteidigen Platz eins.«

Cat scheint das Thema immer weniger zu behagen. »Warum das denn?«, schnaubt sie.

»Nun ja, wenn wir immerzu allein sind, wendet sich unser Verstand ziemlich schnell gegen uns.«

»Also haben Sie sich einsam gefühlt und hatten Angst, verrückt zu werden?«, fragt Tammy.

»Manchmal, ja.«

»An der Uni passiert Ihnen das bestimmt nicht«, sagt Zac von der Rückbank. »Da müssen Sie Ihre Tür schon verriegeln, um mal ein paar Minuten Ihre Ruhe zu haben.«

»In erster Linie lässt mich der Unterricht in der Realität sein und meine Berufung ein bisschen vergessen. Ich bin den ganzen Tag unter Menschen, unter Kollegen und Studenten, und ich liebe es. Das Unterrichten und das Teilen meines Wissens bereiten mir eine tiefe Freude. Es ist interaktive Arbeit, die sich grundlegend vom Schreiben unterscheidet.«

Ich klinke mich in das Gespräch ein. »Mit Ihren Romanen unterhalten Sie. Ich habe gehört, Ihre Vorlesungen sind so gut besucht, weil Sie auch unterhaltsam unterrichten.«

»Das mag sein.« Die Prof erwidert meinen Blick über den Rückspiegel. »Schriftsteller können in einer Lehrtätigkeit ähnlich originell sein wie beim Reisen in andere Welten.«

»Warum tun Sie nicht beides? Lehren und Schreiben?«, will Stella wissen.

»Das ist nicht so leicht.« Professor Carter überlegt. Als sie eine Erklärung findet, fährt sie fort: »Ein Tag hat nun einmal eine bestimmte Anzahl an Stunden, und die verbringe ich mit dem Lesen der Arbeiten meiner Studenten. Auch meine Energie ist endlich. Tatsächlich arbeite ich gerade, wenn ich Zeit finde, an einem Roman, aber es fühlt sich jetzt anders an. Diese beiden Leben, die Realität und die Fantasie, sind nicht ohne Weiteres zu vereinen. Es gelingt mir nicht, mein Selbst auf die Reise zu schicken, wo es doch schon mit etwas anderem beschäftigt ist. Dadurch fehlt es meinem Schreiben an Intensität, es kommt mir zu professionell vor, künstlich. Ich vermisse die Fröhlichkeit, sogar die Besessenheit, die Schreibwut.« Sie seufzt, schaut erst Tammy und im Rückspiegel dann den Rest von uns an. »Kurzum, darum wird in nächster Zeit kein Roman von mir erscheinen. Wenn sich beim Schreiben nicht das richtige Gefühl einstellt, werde ich mit dem Ergebnis nicht zufrieden sein. So etwas möchte ich nicht veröffentlichen.«

»Sie machen uns ja großen Mut«, witzelt José.

»Zum Glück wollte ich nie Schriftsteller werden«, sagt Zac.

»Unsinn! Entmutigen möchte ich Sie keinesfalls.« Die Prof biegt vom Highway 75 in Richtung Osten ab. »Aber ich will Ihnen auch keine Märchen erzählen. Viele von Ihnen haben jetzt diese romantische Vorstellung vom Schriftstellerberuf, die ich einmal hatte. Gegen das Träumen und die Zielsetzung ist auch überhaupt nichts einzuwenden. Im Gegenteil, beides ist gut. Aber machen Sie sich bei allem bewusst, dass nur sehr wenige Autoren in Cottages in New England residieren, mit einem Schal um den Hals auf der Veranda in der Herbstsonne sitzen und auf einer alten, lärmenden Schreibmaschine die Storys ihrer Wahl zu Papier bringen.«

Mit diesem idyllischen Bild vom Schriftstellerleben bringt

sie uns wieder zum Lachen. Sie wartet nicht, bis wir uns beruhigen und erzählt mit lauterer Stimme weiter.

»Die meisten halten sich gerade so über Wasser mit Geschichten, nach denen der Markt fragt. Nicht sehr mutiger oder origineller Mainstream in den meisten Fällen.«

Betretenes Schweigen stellt sich ein.

»Wer von Ihnen möchte denn Profi-Schriftstellerin oder -Schriftsteller werden?«, fragt sie.

Tammy, Cat, José und David melden sich. Die Frage nach ihrem Antrieb beantworten sie im Prinzip gleich: Sie können sich nicht vorstellen, etwas anderes zu tun. Es ist das, woran sie den meisten Spaß haben, und sie können nicht anders.

Professor Carter interessiert auch, wozu Zac, Stella und ich uns berufen fühlen. Zac will Auslandsjournalist werden, am liebsten in Europa leben. Stella möchte unterrichten, an einer Highschool, aber noch lieber an einer Universität. Als nur noch meine Antwort aussteht, erzähle ich, warum ich Lektorin werden möchte.

»Ich finde, du solltest auch schreiben«, sagt Cat. »Du kannst es. Wenn ich deine Ideen nicht verwenden darf, dann mach gefälligst selbst was draus«, fügt sie mit einem Zwinkern an.

Es ist schön, das von Cat zu hören. Außerdem bin ich auch froh, dass sich das Thema des Ideenklaus damit so gut wie von allein erledigt hat.

»Kennt ihr den Witz über die Schriftstellerin, die stirbt und vor die Wahl zwischen Himmel und Hölle gestellt wird?«, fragt Zac.

Niemand kennt ihn, also erzählt er ihn: »Sie sollte sich entscheiden und wollte jeden Ort zuerst abchecken. Sie bekam diesen Wunsch gewährt. Als sie in die feurigen Gruben hinabstieg, sah sie Hunderte Schriftsteller, die an in Reihen aufgestellte

Schreibtische gekettet waren. Aufseher schritten umher und schlugen ihnen mit Dornenpeitschen auf den Rücken, um sie anzutreiben. Entsetzt verlangte die Schriftstellerin, den Himmel zu sehen, und stieg dorthin auf. Wieder sah sie Hunderte Schriftsteller, die an in Reihen aufgestellte Schreibtische gekettet waren. Aufseher schritten umher und schlugen ihnen mit Dornenpeitschen auf den Rücken, um sie anzutreiben. ›Moment mal!‹, sagte die Schriftstellerin. ›Hier geht es ja genauso übel zu wie in der Hölle.‹ ›Ganz und gar nicht‹, antwortete eine Stimme von irgendwo. ›Hier wird deine Arbeit veröffentlicht.‹«

Gelächter schallt durch den Van. David, Zac und Professor Carter erzählen noch weitere Schriftsteller-Witze, bis wir Charlevoix erreichen. Das Ortseingangsschild zu passieren, fühlt sich heute noch merkwürdiger an als sonst. Zum einen, weil ich von so vielen Menschen, die nicht hierher zu gehören scheinen, begleitet werde, zum anderen, weil ich nicht nach Hause fahre.

Wir übernachten im Edgewater Inn. Es liegt Downtown direkt an der Brücke über den Kanal, der den Lake Michigan mit dem Lake Charlevoix verbindet. Das Hotel blickt auf den kleineren Round Lake im Kanal. Das Venetian Festival, das AJ erwähnt hat, findet in dessen Hafen statt.

Gestern habe ich Mom angerufen, um sie daran zu erinnern, dass ich an diesem Wochenende in der Stadt bin. Weil sie nicht ranging, habe ich ihr eine Nachricht geschrieben. Sie hat mir geantwortet, dass Dad und sie seit Mittwoch auf Mackinac Island sind und nicht vor Sonntagabend zurückkommen. Dann eben nicht!, dachte ich mir mit einem Gefühl, das zwischen Enttäuschung und Erleichterung hin- und herpendelte, ohne sich festlegen zu können.

Wir versammeln uns in der Lobby. Professor Carter spricht

mit der Rezeptionistin und bekommt neun Zimmerschlüssel ausgehändigt. Sie selbst schläft in einem Einzelzimmer in der zweiten Etage. Unsere Coaches haben zwei Doppelzimmer auf derselben Hotelebene. Die Hoffnung, dass wir uns aussuchen können, mit wem wir das Zimmer teilen, hat sich schon vor der Fahrt in Luft aufgelöst. Um Stress und Streit zu vermeiden, hat Professor Carter die Aufteilung im Vorfeld vorgenommen.

So bekommen Tammy und Lucy aus Nicks Team das einzige weitere Doppelzimmer. Alle anderen sind in der dritten Etage in Vierbettzimmern untergebracht. Mit Cat und zwei Mädchen aus Daphnes Gruppe teile ich mir Zimmer 308. Nebenan wohnt Stella mit Lisha, Jen und einer weiteren Studentin, die bei Daphne ist. Auf der gegenüberliegenden Seite des Flurs sind die Quartiere der Jungs.

Keins der Hotels in Charlevoix kenne ich von innen, habe aber gehört, dass sie alle sehr schön sein sollen. Als ich das Zimmer hinter Cat und den beiden anderen betrete, brechen sie in Jubel aus. Rundherum, aus den anderen Zimmern, jubelt es auch. Ich schaue ich mich um. Tatsächlich ist unser Zimmer ein kleines Appartement mit einem Wohnbereich, zwei separaten Schlafzimmern und Bädern. Vom Balkon aus schaut man auf den Round Lake und sieht dahinter sogar den Lake Charlevoix.

Cat nimmt mich bei der Hand und dirigiert mich zu einem der Schlafzimmer. Dort lässt sie sich aufs Bett plumpsen und will mich mit sich ziehen. Weil es mir schon unangenehm war, ins Zimmer geschleppt zu werden, mache ich mich von ihr los. Cat stützt die Ellenbogen auf dem Bett auf und betrachtet mich.

»Definiere Euphorie«, fordert sie mich mit tonloser Stimme auf.

Ich könnte ihr die Definition geben, aber die will sie natürlich nicht hören, sondern wahrscheinlich wissen, was bei mir kaputt ist, warum ich nicht jubele und herumhopse.

»Du bist so zurückhaltend, so schüchtern«, stellt Cat mit genervtem Unterton fest. »Warum? Mach dich doch mal locker!«

»Ich bin locker«, gebe ich zurück.

Sie lacht, dreht sich auf den Rücken und breitet die Arme aus. »Schnarchst du?«

»Nein.«

»Gut, ich habe trotzdem Ohrstöpsel mit. Auch welche für dich. Die brauchst du vielleicht, weil ich manchmal schnarche. Wenn ich Alkohol getrunken habe, eigentlich immer.«

»Klingt nach nem Plan.«

Wieder lacht sie. »Und ob. Du bist hoffentlich dabei.«

Das kann und möchte ich ihr nicht versprechen, so euphoriebefreit ich damit auch wirke.

Kapitel 23

22. Oktober – abends

Es hat sich herumgesprochen, dass ich aus Charlevoix bin, und so war bei der Wahl der Essenslocation mein Rat gefragt. Mit meinen Eltern habe ich meist im Terry's oder Grey Gables gegessen, doch diese beiden Restaurants kommen nicht nur wegen ihrer Preiskategorie nicht infrage. Meine einstigen Mitschüler haben sich früher meist im Villager getroffen. Auf meinen Vorschlag hin meinte AJ, dass er schon einige Mal dort war und die Burger großartig sind. Ich habe einfach nur inständig gehofft, dass mir dort heute niemand aus der Highschool begegnet.

Es ist lustig und laut im Villager, das wir mit unserer großen Gruppe geradezu bevölkern. Alle sind mitgekommen, auch die Coaches und Professor Carter. Während wir essen, reden wir noch übers Schreiben, doch die Themen ändern sich bald. Mit Stella, Cat, Jen und Lisha sitze ich an einem Tisch. Anfangs habe ich jedes Mal, wenn die Tür aufging und jemand hereinkam, die Luft angehalten, doch inzwischen bin ich entspannter.

Als Cat von einem Ava-Max-Konzert erzählt, geht Elijah an unserem Tisch vorbei und setzt sich zu einer Gruppe Jungs. Stella und ich tauschen einen Blick. Sie zieht eine Schnute, zuckt dann mit den Schultern und klinkt sich ins Gespräch zum Konzert ein. Ich höre mein Handy klingeln, fummele es aus der Manteltasche und sehe, dass Mom anruft. Schnell entschuldige ich mich, werfe den Mantel über und gehe vor die Tür, um das Gespräch entgegenzunehmen.

»Bist du schon in Charlevoix?«, begrüßt Mom mich.

»Ja, seit ein paar Stunden«, sage ich ihr. »Wir sitzen gerade alle in einem Pub in der Bridge Street.«

»Wer sind alle?«

»Die Leute aus dem Workshop. Professor Carter ist auch dabei.«

»Der Professor von der Uni?«

»Die Professorin, ja, sie leitet den Workshop. Das hab ich dir und Dad doch erzählt, Mom. Die Schriftstellerin.«

»Ach so, na gut. Warum ich anrufe: Hast du vor, ins Haus zu gehen?«

»Eigentlich nicht. Ich weiß nicht. Wieso?«

»Wir haben den Code für die Alarmanlage geändert. Ich sende ihn dir in einer Nachricht. Für alle Fälle, okay?«

Wir tauschen noch ein paar höfliche Floskeln aus. Ich frage Mom, wie es auf der Insel ist. Sie erzählt vom Wetter. Dann beenden wir das Gespräch.

Ich bin ein paar Schritte die Straße entlanggegangen, drehe mich um, um zurückzugehen, und stecke das Handy in die Manteltasche. Als ich aufsehe, entdecke ich Jordan. Er lehnt einige Häuser hinter dem Villager an einer Hauswand und schaut mir entgegen.

Mein Herz macht einen Hüpfer. Im Pub habe ich einige Male zu Jordan gelinst. Er saß bei AJ und den anderen Jungs aus meiner Gruppe und schien sich gut zu unterhalten. Kein einziges Mal, als ich zu ihm geschaut habe, hat er meinen Blick erwidert.

Er ist dir nachgegangen, wispert die Freude.

Bei diesem Gedanken holpert mein Herz gleich noch ein paar Male aufgeregt.

»Hey, hast du's drinnen nicht mehr ausgehalten?«, frage ich, als ich in Hörweite bin. »Zu viele Amateure, die sich gegenseitig mit kreativen Schreibideen zu übertrumpfen versuchen?«

Jordan schüttelt den Kopf. »Quatsch.«

»Dann schnupperst du nur mal frische Luft?«

»Nein, ich warte auf dich.«

»Ich ... ähm ...« Stotteralarm! »Ich hab telefoniert.«

»Hab ich gesehen.«

»War meine Mom.«

»Wollte sie wissen, wann du vorbeikommst?«

»Nein ... ähm ... sie ...« Stotteralarm! »Warum wartest du auf mich?«

Jordan schiebt die Hände in die Hosentaschen und zieht die Schultern hoch, als wäre ihm das, was er sagen will, unangenehm.

»Ich weiß, dass du diesen Ort für dich behalten möchtest, aber würdest du mir trotzdem den Pavillon zeigen? Ich verrate auch niemandem, wo er ist.«

Ach du Schreck!

»Ich ... ähm ...« Verdammt! Das kann doch nicht so schwer sein! »Jetzt?«

»Jetzt.«

»Es ist dunkel. Ich war nachts nie dort.«

»Dann wird es Zeit.«

»Zum Laufen ist es zu weit.«

»Gut, dass ich mit dem Auto da bin.« Er grinst schief. »Bevor das deine nächste Sorge wird: Ich gehe schnell rein und bezahle unser Essen. Was hattest du?«

Ich sage es ihm. Als er im Villager ist, texte ich Stella, dass ich noch etwas erledigen muss und wir uns morgen im Workshop sehen. Nach kurzem Zögern schreibe ich auch Cat. Eine der Zimmerkarten habe ich zum Glück. Sie kommt mit den anderen beiden Mädels hinein.

Stellas Antwort erscheint auf meinem Display, als ich wenig später in Jordans Auto steige, das vorm Hotel parkt.

»Bist du bei deinen Eltern oder hat Jordan zufällig dasselbe zu erledigen?«, lese ich und lasse das Handy wieder in der Manteltasche verschwinden.

Jordan fährt vom Parkplatz. Ich lotse ihn die vertrauten Straßen entlang, zuerst zum Highway, in den die Bridge Street am Stadtrand übergeht. Hinter dem Denkmal für den weltgrößten Kirschkuchen bitte ich ihn, rechts abzubiegen. Wir fahren an der Zementfabrik entlang, bis eine noch kleinere Straße nach links in den Wald führt.

»Ich hab das Gefühl, wir sind am Ende der Welt.« Jordan wirft mir einen kurzen Blick zu, bevor er sich wieder auf die nur von den Scheinwerfern erhellte Straße konzentriert. Es dauert nicht lange, bis sich die Bäume lichten und vor uns das Wasser des Lake Michigan im Mondschein glitzert. Dort befindet sich ein kleiner Parkplatz für wenige Autos, dahinter ein schmaler Strand.

»Parken wir hier?«, fragt Jordan.

»Nein, nach links. Es sind noch ein paar Meilen.«

»Klar. Das hier ist noch nicht einsam genug. Bei deinem Pavillon gibt es sicher keinen Parkplatz.«

»Natürlich nicht.«

Der Lakeshore Drive führt an nur wenigen Stellen direkt am Ufer entlang. Die meiste Zeit schlängelt sich der Weg durch den Wald, vorbei an staubigen Einfahrten und Briefkästen, die zu den vereinzelt stehenden Häusern auf der Seeseite gehören. Irgendwann haben wir den letzten Briefkasten passiert, und nichts als pure, raue Michigan-Landschaft umgibt uns.

Fisherman Island kommt in Sicht. Ich bitte Jordan, am Straßenrand zu parken. Er hält an, und wir steigen aus. Es ist sehr dunkel, denn der Mond steht noch nicht hoch genug. Der Wind rauscht leise durch die Bäume; lauter ist der See, den wir noch nicht sehen. Der Ruf eines Käuzchens ertönt, eine Spottdrossel antwortet ihm mit melodischem Zwitschern. Ich schalte die Taschenlampe an meinem Handy an und gehe voran. Jordan folgt mir. Es gibt keinen Weg, nicht einmal einen Trampelpfad. Trockenes Laub raschelt unter unseren Füßen, Äste knacken.

»Bären und Elche leben weiter im Norden, oder?«, fragt Jordan mit unsicher klingender Belustigung in der Stimme.

»Gruselst du dich etwa?«

»Ich frag nur zur Sicherheit. Ich bin lieber vorbereitet.«

»Elche trifft man hier selten an, aber Bären gibt's einige. Sie tummeln sich allerdings lieber im Landesinneren, nicht am Wasser.«

Noch ein paar Meter liegen vor uns, aber ich kann den See nun schon sehen.

Jordan schnaubt. »Du bist also irgendwann einfach mal quer durch den Wald gestiefelt und hast dabei zufällig den Pavillon gefunden?«

»Nein, ich bin am Strand entlanggegangen. Das hier ist bloß der direkte Weg.«

Er nimmt es hin. Schweigend stiefeln wir weiter. Ein Gedanke, den ich schon auf der Fahrt immer wieder hatte, schleicht sich erneut in meinen Kopf: Das hier sollte sich falsch anfühlen. Unzählige Male bin ich hergekommen, zwischen den alten

Baumstämmen hindurch zum Strand gegangen. Zuletzt am Tag, bevor ich zum Studienbeginn nach Ann Arbor gefahren bin, wie um mich zu verabschieden. Das hier ist mein Ort, mein Schatz, den ich über die Jahre als Geheimnis gehütet habe und niemals mit jemandem teilen wollte. Eigenartigerweise fühlt es sich nicht falsch an. Im Gegenteil. Ich kann es kaum abwarten, dass Jordan meinen Pavillon sieht, an meinem Ort ist, Teil von meinem Geheimnis wird.

Unweigerlich muss ich auch daran denken, dass ich Angst vor ihm hatte und innerlich geschlottert habe, wenn ich einen Text vorlesen sollte. Ich konnte ihn nicht ausstehen, fand ihn so schrecklich und unerträglich, dass ich in eine andere Gruppe wollte. Ich weiß nicht genau, wann Jordan Bates aufgehört hat, der big bad Coach zu sein, oder wann ich aufgehört habe, zu glauben, dass er auf mich herabschaut. Er wirkt nicht mehr so viel größer als ich, nicht mehr so distanziert. Wir sind auf einer Augenhöhe, und im Moment ist er mir näher als jeder andere Mensch in meinem Leben.

Wir treten aus dem Schatten der Bäume an den Strand. Der Mond hängt über dem See am schwarzen Himmel, der an eine straff gespannte, alte Decke erinnert. Sie schirmt die Erde vor einer gigantischen Lichtquelle ab, doch durch ihre tausend kleinen Löcher blinzelt das Licht hindurch. Auf alles unterhalb der Decke legt der Mond einen Silberschimmer. Das Wasser und Fisherman Island, die Felsbrocken am Ufer, der Sand, der Wald hinter uns – alles schimmert silbern. Auch der Pavillon. Nie habe ich ihn in diesem Licht gesehen. Er ist jetzt noch schöner, noch einsamer, trauriger und zugleich stärker als tagsüber.

»Wow, grandios«, sagt Jordan neben mir. »Magisch. Das ist ein Ort wie im Märchen. Oder ein Ort, an dem Märchen geschrieben werden.«

Tausend Gedanken flirren bei seinen Worten durch mein Hirn. Ich bekomme keinen zu fassen und lasse das, was er gesagt hat, schließlich so stehen. Es braucht keine Ergänzung und keinen Kommentar.

Beim Pavillon angekommen, steige ich die drei Holzstufen hinauf. Sie knarzen unter meinen Schuhsohlen. Im kleinen, offenen Raum klettere ich auf einen Querbalken, hocke mich darauf, lasse die Beine baumeln und schaue auf die Kulisse von Himmel und See. Jordan setzt sich direkt neben mich statt in eine der anderen beiden Öffnungen, die auch zum Wasser führen. Ich höre, wie er durchatmet, sehe im Augenwinkel, wie er seinen Blick ebenfalls auf das Wasser richtet.

»Was war das Erste, das du jemals geschrieben hast?«, frage ich ihn.

Er muss nicht lange überlegen. »Eine Geschichte über unseren damaligen Hund, Cooper, ein Schäferhund-Labrador-Mischling. Ich habe ihn alle möglichen Abenteuer erleben und Begegnungen haben lassen, für die er natürlich sprechen konnte.«

»Wie alt warst du?«

»Sieben oder acht. ›Cooper, der Wuff‹ habe ich diese Geschichte genannt. Sie war der Anfang einer Reihe. ›Cooper jagt den Fahrraddieb‹ und ›Cop Cooper‹ hießen zwei andere.«

Ich sehe ihn an, als er sich am Kinn kratzt. Er kneift ein Auge zu, betrachtet mich aus dem noch offenen und murmelt: »Irgendwo hab ich die noch. Ich sollte sie rauskramen und lesen. Das dürfte spaßig werden.«

»Darf ich sie dann auch lesen?«

Jordan grinst und schüttelt den Kopf.

Gut, dann nicht. Ich werde nicht betteln. Aber mir gefällt die Vorstellung vom kleinen Jordan, der seinen Hund zu einem

Helden macht, während der gute alte Cooper nichtsahnend auf dem Boden neben seinem Schreibtisch döst.

»Hast du deinen Eltern die Geschichten gezeigt?«

»Klar, ich habe sie ihnen und meiner Schwester meist nach dem Frühstück vorgelesen.«

»Was meinten sie dazu?«

Jordan zuckt mit den Schultern. »Mein Vater schreibt. Meine Mutter schreibt. Das Schreiben war bei uns immer ein Thema, es war alltäglich. Dass ich begonnen habe zu schreiben, war für meine Eltern nicht so überraschend wie die Tatsache, dass sich meine Schwester nicht mal fürs Lesen interessierte, sondern mit ihrer Experimentierbox um den Block zog, Proben aus Pfützen nahm und Raupen durch Lupen anguckte.«

Ich muss schmunzeln. Jordan tauscht einen kurzen Blick mit mir und schmunzelt auch.

»Wie ist es heute?«

Fragend zieht er eine Braue hoch.

»Zeigst du deinen Eltern, was du schreibst?«

Er wiegt den Kopf hin und her. »Mit meinem Vater spreche ich mehr übers Schreiben als mit meiner Mom, weil sich unsere Art zu schreiben ähnlicher ist. Den Roman, an dem ich arbeite, kennt er aber nicht.«

»Warum nicht?«

»Er soll ihn erst lesen, wenn er veröffentlicht ist. Nicht eher. Ich will nicht von ihm beeinflusst werden.«

Mir fällt ein, was Cat gesagt hat. Dass sie eine Bekanntschaft mit John Bates nutzen könnte, um bei renommierten Verlagen einen Fuß in die Tür zu bekommen.

»Würdest du dir von ihm Hilfe bei den Verlagen holen?«

»Du meinst, ich soll ihn bitten, bei den Lektoren anzuklingeln und mein Manuskript anzukündigen? Das wäre ja erbärmlich.«

»Das war nicht als Ratschlag gemeint, sondern nur eine Frage.«

Er denkt eine Weile nach und wirkt dabei ein bisschen verärgert. »Wenn ich das Manuskript je irgendwann an einen Verlag sende«, sagt er schließlich, »werde ich davon bis ins Kleinste überzeugt sein. Dann sitzt jeder Gedanke, jeder Satz. Die Lektoren werden wissen, wer ich bin, das kann ich nicht ändern. Aber wenn sie lesen, was ich geschrieben habe, sollen sie nicht darüber nachdenken, mir eine Chance zu geben, weil ich John Bates' Sohn bin. Sie sollen meine Geschichte veröffentlichen wollen, weil sie gut ist.«

»Das finde ich richtig«, entgegne ich leise. Ich würde kein Ziel mit der Hilfe eines anderen, seien das meine Eltern oder sonst jemand, erreichen wollen.

Meine Gedanken verlieren sich, als ich Jordan betrachte. Wie alles um uns herum schimmert auch seine Haut silbern. Der Wind spielt in seinen dunkelblonden Haaren, wirbelt sie sachte um sein Gesicht. Er hat ein attraktives Profil. Seine Stirn verläuft beinahe gerade in die Nase über, die wiederum einen kleinen, charmanten Höcker hat. Sein Mund ist schön geschwungen, sein Kinn markant.

Als er mir den Kopf zudreht, will ich aus einem Impuls heraus wegsehen, kann aber nicht. Schon im Tageslicht ist sein Blick faszinierend, aber jetzt wirkt er geradezu fesselnd. Sein linkes, bernsteinfarbenes Auge schimmert dunkelsilbern wie Titan, das rechte, grüne Auge hell wie Platin.

Mit seiner Frage überrumpelt er mich. »Wie kam der Tiger eigentlich in deinen Traum?«

Ich spüre, wie ich rot werde, und bin froh, dass es dunkel genug ist und Jordan es nicht sehen kann. Ich dachte, es bleibt bei seinen knappen Kommentaren, die er zu meinem Text geschrieben hat. Unter ein paar Formulierungen hat er eine Wellenlinie gemacht und dazu geschrieben, mit welchen Mitteln ich sie bildlich verstärken könnte. Unter dem Text stand ein *Gut*. Mehr nicht. Hatte ich mehr erwartet?

»Ich frage mich eher, woher der Typ kam«, gebe ich zurück.

»Und?«

»Tja, keine Ahnung. So wie ich es geschrieben habe, war er einfach da. Gesichts- und figurlos.«

»Das ist nicht ungewöhnlich für Träume. Aber meist sind das doch keine Unbekannten. Man weiß, wer es ist.«

»Ich weiß es nicht«, schwindele ich, ohne mich schlecht dabei zu fühlen. Es wäre ganz schön dämlich, Jordan zu gestehen, dass ich von ihm geträumt habe. Lieber würde ich mir die Zunge abbeißen.

»Wie auch immer. Ich fand jedenfalls klasse, wie du das geschrieben hast. Ansprechend und bildhaft, ohne mit nur einer Silbe ins Geschmacklose abzudriften. Es hat was in mir bewegt.«

»Echt, was denn?«, frage ich arg- und gedankenlos. Die Worte sprudeln einfach so aus meinem Mund, und das bereue ich kaum eine Sekunde später.

Jordan lacht.

»Ernsthaft?«, keucht er zwischendrin und lacht noch mehr.

Verlegen lache ich kurz mit.

Dämlich!, faucht der Spott in mir. *Du hast über Sex geschrieben. Wie kannst du nachfragen, was sich da bei ihm bewegt hat?!*

Zu gleichen Teilen beschämt und belustigt sehe ich auf den See, auf die Spiegelung des Mondes.

»Du willst nicht wirklich eine Antwort, oder?«, fragt er, sobald er sich beruhigt hat. Seine Stimme klingt anders, dunkler und wärmer.

»Nein, nicht nötig«, gebe ich zurück und klammere meinen Blick an die Mondspiegelung wie an einen Rettungsanker.

Noch mehr hat sich verändert. Es wird still um Jordan und mich herum. Der Wind, die Wellen, die Nachtvögel, alles scheint zu verstummen.

»Hey«, höre ich ihn sagen, überwinde mich und sehe ihn an. Sein Blick ähnelt dem von vor ein paar Tagen, nach unserem Spaziergang. Ein Schauer rieselt über meinen Rücken und meine Arme, als mir die tatsächlich darin stehende Emotion bewusst wird. Jordans Blick ist nicht nachdenklich, sondern liebevoll. Er streichelt und berührt mich, ohne mich zu anzufassen. Mein Herz schlägt schneller. Das Summen in mir wird lauter. Ein Lächeln umspielt seine Lippen, und sein Blick wandert zu meinem Mund. Dort lässt er ihn kurz, dann schaut er mir wieder in die Augen und hebt die Hand, um sie an meine Wange zu legen. Mein Herz setzt einen Schlag aus. Die Zeit scheint anzuhalten, als Jordan mich küsst.

Kapitel 24

23. Oktober

Stella glaubt, ich durchschaue sie nicht. Dabei ist mir völlig klar, warum sie ständig stehen bleibt, um diese oder jene besonders kräftig roten oder herrlich strahlend gelben Blätter zu begutachten. Die Bäume sind ihr nämlich herzlich egal. Sie will Abstand zur Gruppe, um mir endlich Löcher in den Bauch zu fragen. Schon beim Frühstück hat sie neben mir gezappelt und es kaum abwarten können, dass wir uns auf den Weg machen.

Auf der Colortour sollen wir unsere Sinne schulen und die Farben der Natur auf uns wirken lassen. Wir sollen sie wahrnehmen, die auf unserem Merkblatt notierten Kräuter und Beeren probieren, uns den Duft des Waldes bewusst machen und unsere Lauscher aufsperren.

Meine Lauscher hören seit einer Weile nichts als Stellas Geplapper. Lediglich das Thema ändert sie jetzt und kommt vom Laub auf das zu sprechen, was sie tatsächlich interessiert.

»Jetzt sag schon«, drängelt sie, als wir außer Hörweite der anderen sind. »Du warst mit Jordan unterwegs, oder?«

»Wir sind zum See gefahren, zu meinem Pavillon«, antworte ich ihr, weil ich ihr nichts vormachen will. »Aber erzähl das bitte nicht herum.«

»Natürlich nicht«, verspricht sie. »Und wie war's?«

»Schön.«

»Schön? Was heißt denn schön? Was habt ihr gemacht?«

»Im Pavillon gesessen.«

»Und?«

»Geredet.«

Sie hält mich am Ärmel des Mantels fest, damit ich stehen bleibe, und stellt sich vor mich, um mir in die Augen zu schauen.

»Ihr habt nicht nur geredet«, meint sie nach ein paar Sekunden.

Ich muss lächeln. Schon wieder. Wenn ich nicht aufpasse, passiert mir das plötzlich ständig. Wann immer ich an Jordan denke, und gefühlt denke ich ununterbrochen an ihn, dann kann ich gar nicht anders. Es ist total verrückt.

»Oh mein Gott!« Stella geht rückwärts vor mir her. »Ihr habt euch geküsst.«

»Ja«, gebe ich zu.

»Ha! Ich wusste es! Hab ich dir nicht gleich gesagt, dass er auf dich steht? Das ist ja so romantisch! Wie war es? Wie küsst er?«

Ich kann Stella nicht sagen, dass es schön war und dass sich Jordans Mund verdammt gut angefühlt hat. Das würde diesem Kuss nicht gerecht werden. Es würde ihn nicht richtig beschreiben, denn nicht nur die Berührung unserer Münder hat diesen Kuss so gut gemacht, sondern auch das Durcheinander in mir drin. Ich habe mich gefühlt, als würde ich gleichzeitig stürzen und fliegen. Zwischen Hitze und Frösteln bin ich getaumelt, habe mich in mir selbst sowohl fremd als auch angekommen gefühlt. In einer Sekunde habe ich mich gewundert, was ich da mache, was bloß mit mir los ist, und in der nächsten Sekunde habe ich gehofft, dass dieser Moment nie vorübergeht. Es war das blanke, herrliche, perfekte Chaos. Und ich finde keine Worte, um Stella dieses Chaos zu beschreiben. Würde ich es versuchen, könnte ich wahrscheinlich nur zusammenhanglose Laute produzieren.

Scheinbar versteht sie mich aber auch so.

»So bin ich schon ganz schön lange nicht mehr geküsst worden«, murmelt sie. »Wenn überhaupt. Und dann?«

»Wir sind zurück zum Hotel gefahren. Ich bin in mein Zimmer gegangen, Jordan in seins.«

Auf der Rückfahrt haben wir kein Wort gesprochen. Es war kein unangenehmes Schweigen. Ich war damit beschäftigt, mich zu sortieren, und Jordan ging es vermutlich genauso. Ich war froh, dass Cat und die beiden anderen noch nicht auf dem Zimmer waren, bin gleich ins Bett gegangen und habe versucht zu schlafen, konnte meine Gedanken aber nicht beruhigen.

»So romantisch«, sagt Stella noch einmal. »Und heute?«

Das ist eine spannende Frage. Der Tag nach einem solchen Moment scheint auch in der Realität eine bedeutsame Sache zu sein, nicht nur in Romanen. Wie reagiert man dann aufeinander? Zugegeben habe ich mich weggeduckt, als Jordan in der letzten Minute im Frühstücksraum aufgetaucht ist. Ich bin schnell verschwunden, weil ich eben nicht wusste, wie ich nun am besten auf ihn reagiere, und schon einmal in die Lobby gegangen, wo wir uns alle für die Colortour getroffen haben.

»Schau'n wir mal«, antworte ich Stella.

Sie seufzt, grinst und verkündet: »Es gibt auch Neuigkeiten bezüglich Elijah.«

Sie klingt so positiv, dass ich mit ihr grinsen muss, dabei bin ich mir gar nicht sicher, ob ich mich freuen soll oder besser nicht.

»Welche?«, frage ich und ziehe innerlich den Kopf ein.

»Ich glaube, er ist eifersüchtig.«

»Echt? Ist was passiert?«

»Gestern, nachdem du weg warst, habe ich mich mit Kyle unterhalten.«

Irritiert durchforste ich mein Hirn, kann den Namen aber keinem Gesicht zuordnen. »Wer ist noch mal Kyle?«

»Er ist auch in Glorias Gruppe. Der große Dunkelhaarige, der immer die Rangers-Baseballjacke anhat.«

»Ah der, alles klar. Kyle aus Texas. Du hast mit ihm gesprochen. Über Elijah?«

»Nein, Elijah kam plötzlich zu uns, hat sich in unser Gespräch eingeklinkt. Aber er hat die ganze Zeit nur mit mir geredet. Kyle hat er praktisch ausgeblendet, als würde der gar nicht existieren.« Stella fächert sich Luft zu. »Oh Gott, ich bin jetzt noch ganz aufgeregt. Kyle ist dann irgendwann verschwunden. Elijah und ich haben weitergeredet. Wir sind sogar zusammen zurück zum Hotel gelaufen.«

»Und dort?«

»Na ja, da mussten sich unsere Wege halt auch trennen.«

Hm!

Das passt nicht zu den Wortfetzen, die ich von Elijahs Telefonat gehört habe. Mit wem auch immer er da gesprochen hat, auf wen auch immer er sich gefreut hat, wenn die Sache so schnell vorbei und vergessen ist, habe ich ihn falsch eingeschätzt und Stella sollte besser vorsichtig sein.

»Ich weiß nicht, Stella …«

»Was denn? Vergiss dieses Telefonat. Ich glaube echt, da ging es um was ganz anderes.«

»War es denn gestern anders als sonst, wenn du mit Elijah allein warst?«

»Es war schön. Wir verstehen uns einfach.«

»Dann war alles wie immer.« Jetzt bin ich es, die stehen bleibt und den Weg blockiert. »Ganz ehrlich, ich habe kein gutes Gefühl dabei.«

»Du kennst ihn nicht«, trotzt Stella.

»Das stimmt. Aber: Du kennst ihn nicht viel besser. Nachher lässt er dich wieder links liegen und dann trudelst du in eine neue Traurigkeit.«

»Da ist keine andere Frau«, beharrt sie. »Ich bin mir sicher. Zu tausend Prozent. So gut kenne ich Elijah dann doch.«

Schweigend schließen wir zur Gruppe auf. Das geht schnell, weil sich die anderen auf einer kleinen Lichtung um Professor Carter scharen. Mit dem Talent der Unterhalterin erzählt sie, wie sie als Studentin an einem Schreib-Workshop teilgenommen hat und auf Colortour gegangen ist. Die fand in den Wäldern rund um die Stadt Marquette statt, die noch weiter im Norden von Michigan liegt, auf der Upper Peninsula, der sogenannten UP, im Hillbilly-Land. Die Prof erinnert sich, wie sie sich damals jeder einen abgeschiedenen Platz suchen sollten. Sie sollten allein sein mit der Natur und alle Sinne für sie öffnen, ihre Schönheit und Reinheit wahrnehmen, das Gefühl der Einsamkeit aber auch. Und dann sollten sie schreiben. Diese Aufgabe gibt sie uns jetzt. In anderthalb Stunden sollen wir uns wieder auf der Lichtung treffen und unsere Texte vortragen.

Wenig später streben wir in alle Himmelsrichtungen querwaldein. AJ, Stella, Tammy und Elijah sehe ich noch eine Weile, dann höre ich sie nur noch. Bald verstummen ihre Schritte. Im Unterschied zu den anderen, die sich notfalls auf ihr GPS am Handy verlassen müssen, weiß ich ziemlich genau, wo ich bin. Es ist nicht weit bis zum Ufer des Lake Charlevoix.

Dort angekommen, hocke ich mich auf einen Felsbrocken

nah am Wasser und schaue zum gegenüberliegenden Ufer, an dem sich die Stadt erstreckt. Die direkt am See stehenden Häuser sind klein aus der Entfernung, doch ich finde das Haus meiner Eltern, ohne lange zu suchen. Wie ich soll, sitze ich und tue nichts, als mit allen Sinnen wahrzunehmen. Der Geruch, die Geräusche, die Vögel und Pflanzen – alles ist vertraut, alles ist irgendwie meins oder gehört zu mir. Ein weiteres Mal fliegt mein Blick über das Wasser. Da drüben ist mein Haus, und doch ist es am wenigsten von allen Dingen, die ich wahrnehme, mein. Es fühlt sich am wenigsten von allem hier nach Zuhause an. Es ist die einzige Sache, deren Anblick mir tatsächlich ein Gefühl von Einsamkeit beschert.

Mit diesen Gedanken huschen die ersten Sätze für den Text durch meinen Kopf. Ich schlage mein Journal auf und notiere sie, unsortiert, wie sie mir einfallen. Mehr als hundertfünfzig Worte sollen wir nicht schreiben, also schließe ich die Augen, halte das Gesicht in die wärmende Herbstsonne und lasse meinen Geist auf der Suche nach einem Anfang trudeln. Als ich ihn habe, hole ich ihn näher, als würde ich ihn an einer Schnur heranziehen wie einen Fisch, der an einer Angel angebissen hat. Ein Gefühl von Zufriedenheit erfüllt mich dabei. Ich öffne die Augen wieder, notiere den Satz und bringe alle schon festgehaltenen Gedanken dahinter in die richtige Reihenfolge. Ich bin noch nicht ganz fertig, da höre ich Schritte und schaue auf.

Jordan setzt sich auf den Felsbrocken, der meinem am nächsten ist.

»Wie geht's dir?«, fragt er.

Jetzt sogar noch ein bisschen besser als eben, denke ich. »Gut, und dir?«, gebe ich stattdessen zurück.

Sein Mund lächelt, aber seine Augen tun es nicht. »Ganz okay. Kommst du klar mit der Aufgabe?«

»Ja, sie macht Spaß.«

»Gut.«

Je länger wir uns ansehen, desto mehr glaube ich, dass er etwas auf dem Herzen und mich gesucht hat. Bereut er den Kuss? Will er mir das jetzt schonend beibringen? Der Gedanke verursacht einen schmerzenden Stich in meiner Brust und drosselt meinen gerade noch freudig-schnellen Herzschlag.

»Du hattest es eilig heute früh«, sagt er.

»Wie meinst du das?«

Diese Frage ist eigentlich noch peinlicher als mein Verhalten! Vorhin habe ich mich aus dem Frühstücksraum verdrückt, sobald er aufgetaucht ist. Und ihm ist es aufgefallen.

Jordan hebt die Hände und lässt sie wieder fallen. Eine andere Antwort gibt er mir nicht.

»Beim Frühstück, meinst du«, murmele ich, als sich sein Schweigen hinzieht.

»Denkst du, es war ein Fehler?«

Erschrocken schüttele ich den Kopf. »Nein! Ich bin nur … Ich weiß nicht … Ich habe so etwas noch nicht …«

Jetzt geht das wieder los! Vollständige Sätze sind und bleiben etwas Wunderbares.

Mein Blick fällt auf Jordans T-Shirt, das er unter der offenen Sweatjacke trägt. Darauf ist die Silhouette eines auf einem Hügel wachsenden Nadelbaums vor einem See, auf dessen spitzen Wellen ein Kanu treibt.

»Ich halte es nicht für einen Fehler«, bringe ich endlich hervor. »Ich bin nur durcheinander.«

»Das bin ich auch. Aber deshalb würde ich nicht die Flucht ergreifen, wenn du einen Raum betrittst. Das ist kindisch. Und verletzend.«

Ich straffe die Schultern. Ich will mir nicht wieder kleiner vorkommen als er. Bevor ich etwas sagen kann, redet er schon weiter.

»Ich weiß nicht, was du von mir denkst, aber ich laufe nicht durch die Gegend und knutsche alle, die mir unter den Mund kommen.«

Wieder komme ich nicht zu einer Antwort.

»Was für ein herrliches Fleckchen Erde!«, tönt eine weibliche Stimme über das Surren des Windes hinweg.

Jordan und ich sehen uns um. Professor Carter kommt am Wasser entlang zu uns. Jordan schickt ihr einen Gruß entgegen. Lächelnd breitet sie die Arme aus, damit der Wind sie ganz berühren kann.

»Ich liebe den Norden«, schwärmt sie, sobald sie bei uns ist, und setzt sich auf einen dritten Felsbrocken. »So rau und ungekünstelt.«

»Sie haben eine echt schöne Ecke ausgesucht«, entgegnet Jordan.

Professor Carter schaut zu mir. »Wie geht's Ihrer Kreativität, Miss Sullivan?«

»Sie entwickelt sich«, antworte ich. So gern ich die Prof auch habe, ich hoffe doch, sie bleibt nicht lange, damit Jordan und ich weiterreden können.

»Und die Differenzen?« Nun schaut sie zwischen mir und ihm hin und her. »Haben Sie beide Ihr Kriegsbeil begraben?«

»Alles gut«, sage ich. »Einen Krieg haben wir auch gar nicht geführt, sondern nur ein paar Missverständnisse aus dem Weg geräumt. Jordan ist ein echt guter Coach. Gerade haben wir über eine Frage zur heutigen Aufgabe nachgedacht.«

So! Wenn das kein Wink mit dem Zaunpfahl ist.

Zu meiner Überraschung steht statt der Prof Jordan auf. »Ich schaue mal, wie die anderen vorankommen«, beschließt er.

Professor Carter folgt seinem Beispiel. »Ich begleite Sie ein Stück«, sagt sie. »Ich muss ohnehin zurück und für die Vorträge gleich noch etwas vorbereiten.«

Verwirrt sehe ich den beiden nach. Jordan bleibt plötzlich stehen und gibt der Prof mit einem Handzeichen zu verstehen, dass er gleich wieder bei ihr ist. Dann kommt er zurück, nimmt mir mein Journal und meinen Stift ab, schreibt etwas auf, gibt mir beide Dinge zurück und macht sich wieder davon.

Ich möchte dich heute Abend sehen, lese ich.

Als er über die Schulter einen Blick zu mir wirft, nicke ich. Er dreht sich zurück und antwortet der Prof auf etwas, das sie gerade gesagt hat. Wenig später sind sie zwischen den Bäumen verschwunden.

Ich konzentriere ich mich wieder auf meinen Text und bringe ihn zu Ende.

Man sagt, dass die Heimat da ist, wo das Herz ist. Ich habe mein Herz noch nicht gefunden, aber wenn ich es hier suche, dann riecht es nach Zuhause. Der erdige, holzige Duft des Waldes vermischt sich mit dem frischen Geruch des Wassers.

Ich höre den Wind leise pfeifen, die Wellen rauschen, die Möwen krakeelen, die Gänse schnattern. Die Geräusche und der Geruch sind so vertraut wie das Bild. Der See produziert immer neue Wellen, und ich kenne jede einzelne, jeden Tropfen. Halme sprießen aus dem Sand, der die Felsen umgibt. Ich kenne jeden Halm, jeden Stein, jedes Sandkorn, jede zerbrochene Muschel. Ich kenne jede Pinie, jede Eiche und Fichte, auch wenn ich heute zum ersten Mal zwischen ihnen hindurchgegangen bin. Es sind meine Möwen, die über dem Wasser kreisen, meine Gänse, die darauf paddeln, und weit oben unterhalb der Wolken, da breitet mein Seeadler seine Schwingen aus und driftet.

Das alles ist mein Zuhause, jetzt. Morgen nicht mehr. Das Zu-

hause ist kein Haus, auch keine Stadt, sondern ein Gefühl und der Ort, an dem ich mich nachts schlafen lege. Alles andere ist irgendwo anders. Für mich ist Heimat nicht da, wo das Herz ist, sondern ein Ort, den ich nie verlassen habe und an den ich nie zurückkehren werde. Es ist ein Ort, den ich verlassen und mich weiterentwickeln muss, um irgendwann wirklich zurückkehren zu können.

Kapitel 25

23. Oktober – abends

Keine Spur von Jordan. Beim Abendessen im Villager ist er nicht dabei. Die anderen drei Coaches und Professor Carter haben sich nach der Zusammenkunft auf der Lichtung am Nachmittag aber genauso rargemacht. Nach dem Essen wollen alle an den Strand des Lake Michigan zu einer Party, die AJ und Simon organisiert haben. Ich würde lieber erst noch zum Hotel und schauen, ob Jordan dort auf mich wartet, aber Cat, AJ und die anderen überzeugen mich dann doch, schon mitzukommen. Stella, die neben Elijah und Kyle geht, wirft mir auf dem kurzen Weg einen bedauernden Blick zu, der wohl so viel wie »mitgehangen, mitgefangen« bedeutet.

Wenn du jemanden küsst, schau zu, dass du seine Telefonnummer bekommst, nörgeln mehrere innere Stimmen gleichzeitig. *Das erleichtert Verabredungen ungemein.*

Am Strand gibt es ein Feuer, Musik, Getränke und einen Football für alle, denen danach ist, das Ei zu werfen. Wir setzen uns ums Feuer, AJ packt seine Gitarre aus und spielt einen bekannten Song. Cat und ein paar andere Mädchen beginnen zu singen. Obwohl es echt gemütlich ist, werde ich immer nervöser. Es ist gleich acht. Ich sollte Jordan suchen. Ich kann nicht einfach hier hocken und darauf hoffen, dass er mich findet.

Gerade will ich aufstehen, da setzt sich rechts und links von mir jemand, obwohl zwischen mir, Cat und Tammy nicht gerade viel Platz ist. Zuerst denke ich, dass es Mason und Dennis sind, die genug vom Ei-Werfen haben, aber dann wird mir klar, dass diese beiden Typen nicht zu unserer Gruppe gehören. Mit Football haben sie allerdings schon zu tun. Es sind Mike Sobeck und Adrian Kushinski, die Footballhelden meiner Abschlussklasse.

Mike legt seinen Arm um mich und zieht mich zu sich. »Layla Sullivan, unsere Eiskönigin!«, tönt er. »Du traust dich hierher?«

»Wer sind die Typen?«, fragt Cat irritiert.

AJ hört auf, Gitarre zu spielen.

»Hast du deinen Freunden etwa nichts von uns erzählt?« Adrian schnalzt mit der Zunge. »Das wären doch so witzige Storys gewesen. Weißt du nicht mehr, Layla, du und ich auf dem Klo? Du wolltest unbedingt zu Mathe, aber meine Schultern waren einfach breiter als die Tür.«

»Oder deine Nominierung zur Prom-Königin«, posaunt Mike in die Runde und lacht. »Ihr hättet ihr Gesicht sehen sollen. Dabei hätte keine Sau für sie gestimmt. Es hat sie ja nicht mal wer zum Abschlussball gebeten.«

»War sie überhaupt auf dem Ball?«, überlegt Adrian.

»Never!« Mike übernimmt wieder. »Sie war nicht mal bei einem Dance, auf keiner Beachparty oder sonst einer Sache, wo gefeiert wird. Die Eiskönigin kennt keinen Spaß. Sie hat sich in ihrem Seeschlösschen verschanzt, zusammen mit den Geistern und den Irren.«

»Nicht mal in die Cafeteria hat sie sich getraut.« Vermeintlich kumpelhaft knufft mich Adrian in die Seite. »Vor lauter Angst, jemand von ihren bösen, bösen Mitschülern könnte eine Pommes nach ihr werfen.«

»Und deshalb wundern wir uns echt.« Mike holt mich noch näher an sich. »Was verschlägt die Eiskönigin jetzt wohl an unseren Strand?«

»Warum verpisst ihr euch nicht einfach?«, fährt die beiden jemand an. AJ.

Ich will weg, aber Mikes Griff ist zu fest. Ich boxe ihn in die Seite, doch das lässt ihn nur mehr lachen.

»Wer sind diese Typen?«, fragt Cat noch einmal, empört diesmal. »Ist ja ätzend.«

»Ihr haut jetzt besser ab!«, grollt AJ.

»AJ, Alter. Was spuckst du denn plötzlich für Töne? Was hat sie mit dir gemacht?«, höhnt Mike. »Du weißt doch, wie sie ist.«

»Ich weiß das, ja. Ihr wisst es nicht.«

Elijah klinkt sich ein: »Macht euch endlich vom Acker! Für heute ist das unser Strand. Morgen könnt ihr wieder hier rumpöbeln, wenn ihr echt nichts Besseres zu tun habt.«

»Lass Layla los«, höre ich von Tammy. »Du tust ihr doch weh.«

Mike lacht mir ins Ohr. »Echt? Tu ich dir weh, Eiskönigin? Das geht doch gar nicht.«

Ich boxe ihn wieder und kämpfe mich dann aus seinen Armen, stehe auf und taumele ein paar Schritte zurück. Aus der Soundbox tönt ein älterer Song. »Teenage Dirtbag« von Wheatus. Irgendwann nach dem Sportunterricht bin ich dazu in Unterwäsche Spießruten gelaufen, weil mir meine Klamotten geklaut worden waren. Ich mochte den Song nie, aber seither hasse ich ihn. Ich weiß, dass er zufällig läuft, aber ein schlechteres Timing hätte es nicht geben können. Panik steigt in mir auf. Ich will nicht wieder zurück. Ich will nicht, dass Adrian und Mike die anderen mit ihren dämlichen Gedanken anstecken. Ich will nie wieder Eiskönigin genannt werden.

Wie durch einen Schleier sehe ich, dass Stella aufsteht, doch bevor sie bei mir ist, nimmt jemand meine Hand. Erschrocken fahre ich herum.

Jordan!

»Gehen wir«, murmelt er und nimmt mich mit.

Wie in Trance tappe ich neben ihm und höre Adrian rufen: »Wer ist das, Layla? Dein Lover? Hast du einen gefunden, der sich nicht vor dir gruselt?«

»Verpiss dich, Alter!«, kontert AJ. »Verpisst euch beide. Gestörte Vollpfosten!«

Die Worte echoen in mir. Noch als wir den Strand verlassen und die Park Avenue entlanggehen, höre ich sie. Ich hätte darauf vorbereitet sein sollen. Eigentlich war ich es ja. Aber in dem Moment, als die beiden auftauchten, habe ich nicht daran gedacht. Unter den Echos liegt jedoch ein anderer Gedanke, der nach oben drängt, und je deutlicher er wird, desto mehr breitet sich Ruhe in mir aus. Mir wird bewusst, wie AJ, Cat, Stella und alle anderen auf die Worte der Footballhelden reagiert haben.

Es ist Vergangenheit, flüstert der Mut in mir. *Es wird sich nicht wiederholen, wenn du es selbst hinter dir lässt.*

Die nächste Sache, derer ich mir bewusst werde, ist Jordans Hand, die meine festhält. Er ist still, seit er mich vom Strand geholt hat.

»Ich wollte gerade im Hotel nach dir schauen«, sage ich, weil ich keinen anderen Anfang finde.

»Gut, dass du's nicht gemacht hast«, brummt er. »Wenn all deine Ex-Mitschüler so nett sind und hier noch rumlaufen, solltest du keinen Meter allein unterwegs sein.«

Seine Sorge ist mir unangenehm. Ich will nicht, dass er mich als Opfer sieht. »Ich komme schon klar. Ich bin immer klargekommen.«

»Das war Mobbing, Layla.«

»Ich weiß.«

»Warum? Welchen Grund hatten sie denn?«

»Ich habe dir erzählt, dass ich nach dem Verschwinden meiner Brüder nur noch zu Hause sein wollte. Ich habe mich abgekapselt, unbewusst.«

»Deshalb springen sie so mit dir um?« Er schnaubt verächtlich. »Es gibt keinen einzigen Grund, jemanden zu mobben. Aber wie bescheuert und rückgratlos ist das denn? Eigentlich sollte man sich um jemanden, dem so was Furchtbares passiert ist, doch besonders gut kümmern.«

Ich habe viel darüber nachgedacht und eine Theorie dazu entwickelt. »Dazu hätte ich offen leiden müssen, aber ich habe mich ja zurückgezogen. Ich habe keine Freunde besucht, und es durfte auch niemand zu mir, weil meine Mutter keine Fremden im Haus ertragen hat, nicht einmal Handwerker.«

»Sie haben geglaubt, du wolltest nichts mit ihnen zu tun haben«, schlussfolgert Jordan.

»Anfangs sicher. Zuerst wollten sie mich trösten und ablenken, denke ich. Eine Portion Sensationsgier war auch dabei. Aber während des letzten Jahres auf der Middle School fingen die Hänseleien und Streiche an. Es hat sich festgefahren. In Charlevoix bin ich nie mehr da rausgekommen.«

Wir erreichen das Ende der Park Avenue, biegen nach links auf die Bridge Street ab und überqueren die Brücke, die den nördlichen mit dem südlichen Teil der Stadt verbindet. Das Hotel kommt in Sicht, doch wir gehen daran vorbei.

»Einer der Typen hat was von Geistern und Irren gefaselt«,

überlegt Jordan nach einer Weile. »Das klingt, als hätte man sich Schauergeschichten über deine Familie erzählt.«

»Mit den Geistern meinen sie meine Brüder«, erkläre ich ihm. »Mit den Irren meine Eltern.«

»Wieso? Wer verzweifelt ist, ist nicht irre.«

Ich zögere. Ich weiß nicht, ob er das unbedingt wissen muss, aber eine Antwort sollte ich ihm wohl geben. Verzweiflung und Irresein liegen im Fall meiner Familie leider nahe beieinander.

»Zwei Jahre nach Leos und Laws Verschwinden«, beginne ich zu erzählen, »kurz nachdem sie mein Tagebuch fand, hat meine Mutter versucht, sich das Leben zu nehmen. Sie war ein halbes Jahr in stationärer psychiatrischer Behandlung. Meinen Vater habe ich in dieser Zeit nur zum Essen gesehen, und auch dann schien er gedanklich abwesend zu sein. In seiner Apathie hat er einen Verkehrsunfall verursacht, bei dem eine Frau aus Charlevoix schwer verletzt wurde.«

»Oh Mann!«, knurrt Jordan.

»Wer da Futter für Spott finden wollte, hat nicht lange suchen müssen.«

»Deine Eltern müssen doch wieder zu sich gefunden und gecheckt haben, was bei dir in der Schule abgeht.« Er denkt kurz nach und fügt seinen gefundenen Gedanken an: »Vorausgesetzt, sie haben sich daran erinnert, dass sie noch ein lebendiges Kind haben.«

»Und wie sie sich daran erinnert haben.« Ein trockenes Lachen kratzt in meiner Kehle. »Sie wurden zu Gesprächen in die Schule einbestellt. Aber sie haben die Situation auf ihre Weise interpretiert und für sich einmal mehr festgestellt, dass ich anders bin.«

»Anders? Als wer denn?«

»Als meine Brüder. Die waren in der Highschool beliebt.

Ich war es eben nicht. Ich bin vieles nicht, was meine Brüder waren.« Die Erinnerung an damals quillt hoch, doch diesmal ist sie sanfter, nicht so schmerzvoll. »Mit Beginn der zehnten Klasse habe ich völlig resigniert. Ich hab die Schule gehasst, ich hab zu Hause gehasst. Ich war ein lost Teenager mit einer Extradosis Probleme. Während andere Mädels von ihrem Prinzen geträumt haben, habe ich mir vorgestellt, dass Leo und Law sich irgendwo anders ein neues Leben aufgebaut haben und mich aus meinem retten.«

»Aber du hast keine Geschichte daraus gemacht?«

»Keine geschriebene. Aber doch eine, mit der ich meine Eltern in einem Anflug von Wut konfrontiert habe.«

»Wie haben sie reagiert?«

»Wie zuvor. Ich habe den Psychologen wiedergesehen.« Zähneknirschend denke ich an diesen alten Vogel, der sich am liebsten selbst reden gehört hat. »Dieses Mal hat er mir ein Medikament verschrieben, das mich auf sozialer Ebene endgültig ausgehebelt hat.«

Jordan schnaubt. »Was für ein Medikament?«

»Etwas gegen Schizophrenie.« Ich weiß nicht mehr, wie es wirklich heißt, für mich war es Peridon. »Ich hab es aber nicht lange genommen, weil ich davon ständig umgefallen bin und sich herausgestellt hat, dass ich nicht schizophren bin, nur verzweifelt. Nichtsdestotrotz, hinter dieses Schuljahr habe ich einen Haken machen können. Meine Eltern haben mich die Zehnte wiederholen lassen, weil ich so miserable Noten hatte.«

»Verstehe.« Jordan schließt seine Hand fester um meine.

»Da war dieser Song«, sage ich. »*Warflower*.«

»Von The Mayan Factor«, raunt er und klingt beinahe ein bisschen ehrfürchtig. »Es gibt diesen Rockclub hier, in der First Street. The Blind Pig. Da war ich als Frischling an der Uni praktisch Stammgast. Die haben *Warflower* immer als letzten Song gespielt. Wenn der lief, wussten alle, dass es heim geht.« Er legt den Kopf in den Nacken. »Grandios, dieses Lied! Traurig, aber Hammer. Es war kein Rausschmeißer für mich. Ich hätte es stundenlang hören und dazu tanzen können.«

Das ist crazy! Jordan und ich haben zur gleichen Zeit zu *Warflower* getanzt.

»Ich hab die Tür abgeschlossen«, erzähle ich ihm, »die Lautstärke auf Maximum gestellt und es auf mich einrieseln lassen. Der Song war wie ein Verbündeter.«

»*Got two tickets to Peridon, just can't sleep*«, singt er leise.

»*I've got no reason to worry 'cause it's just a dream*«, singe ich weiter.

»Peridon ist ein Medikament«, sagt er, nachdem wir den Rest des Chorus zusammen gesungen haben. »Es wird gegen Schizophrenie verabreicht.«

Ich frage nicht, woher er das weiß. Wahrscheinlich hat er das Wort wie ich auch gegoogelt, weil er Peridon für einen Ort gehalten hat und wissen wollte, wo der liegt.

Inzwischen spazieren wir die Michigan Avenue entlang, auf der es keine Geschäfte, Hotels oder Restaurants gibt. Es ist dunkler als in Downtown und stiller. Hin und wieder schleicht ein Fahrzeug vorbei. Einfache Wohnhäuser stehen zu beiden Seiten der breiten Straße. Licht brennt hinter ihren Fenstern. Windspiele und Flaggen wirbeln und wehen auf den Veranden im Wind.

»Ich hab den Song ewig nicht gehört«, murmelt Jordan. »Heute Nacht wird das meine Einschlafmusik.«

Meine vielleicht auch. Es sind heftige Erinnerungen an eine schwere Zeit. Dennoch werden die Gedanken mit jedem Schritt leichter. Und das liegt an niemand anderem als Jordan.

An seiner Reaktion auf all das. An seiner Hand, die meine seit einer halben Stunde hält. An seiner Nähe. Ich konnte ihm all das erzählen, und er hält meine Hand immer noch.

»Wohin bringst du mich eigentlich?«, fragt er, als wir an einer Tankstelle vorbeikommen. Mit einem Schmunzeln sucht er meinen Blick.

»Das habe ich mich auch gerade gefragt«, gebe ich zurück. »Ich hatte kein Ziel, aber es ist nicht mehr weit bis zum Haus meiner Eltern. Ich könnte dir meine Bibliothek zeigen.«

Er schüttelt den Kopf. »Dazu müsste ich erst an deiner Mom und deinem Dad vorbei. Damit warten wir besser noch ein bisschen. Ich habe gerade nicht die beste Meinung von ihnen.«

»Ich hätte es dir nicht vorgeschlagen, wenn sie zu Hause wären.« Nein! So kann ich das nicht stehen lassen. »Aber das bedeutet nicht, dass wir … wir würden nur meine Bibliothek … also wir würden nicht …«

Du machst mich fertig!, keucht der Spott.

Du schaffst das!, tönt die Zuversicht.

Jordan bringt meinen Gedanken sehr viel direkter zu Ende, als ich ihn formuliert hätte. »Wir würden nicht übereinander herfallen und Sex haben?«

»Nein!«

»Schade. Das war gerade irgendwie eine schöne Vorstellung.«

»Nicht dein Ernst.«

»Nein.«

Sein Daumen streichelt meine Hand, dann hebt er sie an seinen Mund und drückt einen Kuss drauf.

»Also gut«, beschließt er. »Zeig mir deine Bibliothek. Aber sieh zu, dass ich nicht in die Nähe deines Bettes komme, okay?«

Wie schon gestern, kurz vor unserem Kuss, ändert sich seine Stimme und bekommt diesen warmen Klang. Mein Herz schlägt schneller. In meinem Bauch beginnt es zu prickeln. Vielleicht sollte ich es dabei belassen, kann es aber nicht. Es ist geradezu unmöglich, ihn nicht zu necken. Nicht, wo seine Stimme so klingt.

»Was passiert sonst?«

»Mindestens das, wovon du geträumt hast.«

»Weißt du das noch so genau?«

»Ich hab es dreimal gelesen, und es gibt das ein oder andere Wort, das hängen geblieben ist.«

»An welche Worte erinnerst du dich?«

Er denkt nach, zögert kurz und sagt dann: »Ich weiß nicht mehr, wo mein Körper aufhört und wo seiner anfängt.« So elektrisiert wie beeindruckt linse ich ihn an, doch er lässt seinen Blick auf dem Weg und zitiert mich weiter: »Ich atme ihn, er atmet mich. Ich bin er, und er ist ich. Er brennt, und ich brenne auch.«

Mein »Okay« klingt mehr wie ein Krächzen, kaum wie ein Wort.

»Ich glaube dir übrigens nicht, wenn du sagst, du weißt nicht, wer er war.«

»Das steht dir frei.«

»Du hast Angst, es dir einzugestehen, und ihm auch. Wie du vor vielem Angst hast, bei dem Gefühle im Spiel sind. Verständlicherweise.« Er sieht mich wieder an. Sein Lächeln ist wie ein weiches Tuch, mit dem er die Gedanken, die mich und ihn gerade so aufgewühlt haben, wegtupft. »Sag Bescheid, wenn du so weit bist.«

So weit wofür?, schießt es mir durch den Kopf. Für Geständnisse? Für Sex? Für Gefühle? Nachfragen werde ich nicht. Genau genommen will ich nicht einmal darüber nachdenken und stelle die Stimme, irgendeine, die in mir drin leise *So weit!* flüstert, auf lautlos.

Unser Weg führt inzwischen über Gras, weil der betonierte Gehweg aufgehört hat.

»Wie weit ist es noch?«, fragt Jordan nach einigen Minuten. »Ich brenne darauf, deine Bibliothek zu sehen.«

»Wir sind gleich da.«

An der nächsten Kreuzung biegen wir rechts ab, dann gleich noch einmal. Der Anfang der Raspberry Lane ist trist und öde, doch nach ein paar Metern funkelt der See zwischen den Blättern der Bäume hindurch. Hand in Hand spazieren wir die stille Straße entlang, bis sie endet. Ich führe Jordan den Pfad zum Haus hinab. In der Einfahrt löse ich meine Hand aus seiner, steige die Stufen zum Eingang hinauf und gebe den Code ein, der die Tür entriegelt. Im Foyer schaltet sich das Licht ein, und ich deaktiviere die Alarmanlage mit den neuen Ziffern, die Mom mir geschickt hat.

Jordan schließt die Tür hinter sich. Sein Blick wandert und landet auf der offen stehenden Flügeltür, die ins Wohnzimmer führt.

»Wow«, murmelt er und macht ein paar Schritte, wagt sich dann aber nicht weiter.

Ich gehe voran. Er folgt mir. Das Wohnzimmerlicht lasse ich ausgeschaltet. Vor den breiten Fenstern bleibe ich stehen. Jordan schließt seine Arme von hinten um mich und legt sein Kinn auf meine Schulter. Sein Atem streichelt meine Wange.

Das Bild, das sich uns bietet, ist grandios. Heute noch mehr als an sonst einem Tag der vergangenen Jahre, und ich weiß, dass das daran liegt, dass Jordan bei mir ist. Rund um die Bucht flimmern die Lichter von Wohnhäusern und Stegen. Auf dem nachtschwarzen See sind noch ein paar Boote unterwegs. Ihre Positionsleuchten glühen und spiegeln sich im Wasser. Das Mondlicht betont die Silhouetten ihrer Segel.

Eine ganze Weile stehen wir so. Wir schauen und schweigen und spüren uns. Als ein Gedanke durch meinen Kopf schwirrt, nehme ich Jordans Hand und führe ihn ein Zimmer weiter. Dort schalte ich das Licht ein. Die beiden Deckenleuchter erglimmen. Das Kaminzimmer ist mit Ledersofas und Sesseln, die um zwei flache Tische stehen, eingerichtet. In den Vitrinen sind Kristallgläser aufbewahrt. Der Blickfang ist aber das große Porträt über dem Kamin.

»Die Zwillinge«, murmelt Jordan.

»Leo und Law.«

»Du siehst ihnen verdammt ähnlich. Wann wurde das Foto gemacht?«

»Zur Feier ihres Studienbeginns an der Harvard. Sie waren …«

Meine Stimme bricht ab, als ich Schritte und Stimmen höre. Wenig später wird die Eingangstür geöffnet.

»Fuck!«, flüstere ich und lasse vor Schreck Jordans Hand los. »Sie wollten erst morgen Abend zurückkommen.«

»Der Alarm ist deaktiviert«, höre ich Dad sagen. »Und im Kaminzimmer brennt Licht.«

Moms Stimme tönt durch das Haus. »Layla? Hallo?«

»Soll ich durchs Fenster abhauen?«, murmelt Jordan. »Das wollte ich schon immer mal machen.«

Ich schüttele den Kopf. »Nein, los komm!«

Auf den wenigen Schritten durchs Wohnzimmer zum Foyer fühle ich mich schrecklich und kann mir vorstellen, dass es Jordan ganz ähnlich geht.

Dann stehen wir den beiden gegenüber. Moms und Dads Blicke fliegen von mir zu Jordan, dann wieder zu mir. Ihre Mienen werden hart. Ich möchte mich und Jordan gern wegbeamen.

»Hey Mom, hey Dad«, sage ich bemüht locker und fröhlich. »Wie war euer Trip?«

Die Antwort bleibt aus. Mom und Dad starren Jordan an wie einen gruselig aussehenden Alien, der mit feindlichen Absichten auf der Erde gelandet ist.

Ich hole ihn näher an meine Seite. »Das ist Jordan Bates, mein Coach aus dem Workshop. Jordan, das sind meine Eltern, Margaret und Douglas Sullivan.«

Jordan reicht zuerst Mom, dann Dad die Hand. Die beiden wirken immer irritierter. Natürlich. In all den Jahren habe ich keine Menschenseele mit nach Hause gebracht. Geschweige denn einen Jungen. Ohne offizielle Genehmigung noch dazu.

Die Stille wird unangenehm.

»Wir wollten nur ein paar Bücher aus meiner Bibliothek holen«, erkläre ich, um das Schweigen zu brechen. »Das machen wir auch gleich, und dann sind wir schon wieder weg.«

Jetzt wäre die Gelegenheit, uns zum Bleiben aufzufordern. Auf ein Gespräch, auf einen Tee. Irgend so etwas würden normale Eltern jetzt wahrscheinlich sagen. Aber nein. Meine sagen einfach nichts. Sie geben mir und Jordan das Gefühl, Luft zu sein, und stellen durch ihre eisigen Mienen zugleich klar, dass sie sehr wohl wissen, dass wir da sind.

Dad geht ins Wohnzimmer. Mom verschwindet auf der Gästetoilette. Ihr Gepäck bleibt und scheint uns statt meiner Eltern anzustarren.

Unangenehmer kann es nicht mehr werden.

Leise bitte ich Jordan, mir zu folgen, und führe ihn die Treppe hinauf in meine Bibliothek. Immerzu will er etwas sagen, aber vor lauter Aufregung lasse ich ihn nicht zu Wort kommen, rassele Buchtitel runter und ziehe wahllos Exemplare aus den Regalen. Zwei Bücher drücke ich ihm in die Hände. Drei nehme ich. Dann gehen wir wieder nach unten. Meine Eltern sind nirgends zu sehen.

»Mom, Dad?«, rufe ich, erhalte aber keine Antwort.

»Bis bald. Wir telefonieren«, sage ich schließlich und verlasse das Haus hinter Jordan.

Auf dem Rückweg über die Raspberry Lane fühle ich mich wie neben mir. Mein Puls rast, und mein Herz schlägt wie verrückt.

»Tut mir leid«, murmele ich irgendwann.

»Du musst dich nicht entschuldigen«, sagt Jordan.

»Das war …« Ich finde keine Worte.

»Grauenvoll.« Er scheint ein Lachen zu verschlucken.

Ich tausche einen Blick mit ihm. Tatsächlich grinst er. »Aber nun haben wir Bücher.« Er hebt die Exemplare, die ich ihm gegeben habe, vor seine Nase und liest die Titel. »Oh, ›Die Brüder Karamasow‹ und ›Requiem für eine Nonne‹. Großartig, das wollte ich schon immer mal lesen.«

Ich muss lachen. Jordan lacht auch.

Kichernd, albernd und Bücher schleppend, trödeln wir wieder in Richtung Downtown.

»Was meinst du?«, fragt Jordan, als ich mich gerade beruhige. »Habe ich einen guten Eindruck gemacht?«

Kapitel 26

24. Oktober
Cats Schnarchen holt mich aus dem Schlaf. Ich nehme mein Handy und sehe nach, wie spät es ist. Halb acht erst. Eine Stunde könnte ich noch schlafen, aber das ist bei der Geräuschkulisse wohl unmöglich. Gerade will ich Cat leise, ohne sie wirklich zu wecken, etwas sagen, da tönt die Anrufmelodie meines Handys. Mom!

Das ging schneller als erwartet.

Mit dem Telefon verschwinde ich im Bad und nehme den Anruf mit einem »Hi, Mom« an.

Sie verzichtet auf einen Gruß und kommt gleich zum Punkt. »Wir müssen reden, Layla. Dein Vater und ich sind immer noch erschrocken, über das, was gestern geschehen ist.«

»Ihr seid erschrocken?« Ich verkneife mir ein Schnauben. »Weil ich zu Hause war, um Bücher zu holen, und einen Freund dabeihatte?«

»Nicht am Telefon. Komm bitte zum Frühstück her, acht Uhr dreißig, wie gewohnt.«

»Das schaffe ich nicht. Wir haben heute noch eine Veranstaltung und fahren gleich im Anschluss zurück nach Ann Arbor.«

»Dann verzichtest du eben auf diese … Veranstaltung.« Auf das letzte Wort legt sie ihren oft gehörten, besonders herablassenden Ton.

»Das ist nicht möglich.«

Sie atmet durch. Im Geiste kann ich sehen, wie sie die Kiefer aufeinanderdrückt.

»Dann kommen dein Vater und ich diese Woche nach Ann Arbor. So geht es jedenfalls nicht weiter. Am Donnerstag können wir es einrichten. Später Nachmittag wird das werden.«

»Was genau ist denn das Problem?«, platzt es aus mir heraus. »Ihr seid nach Mac gefahren, obwohl ihr wusstet, dass ich am Wochenende in Charlevoix bin. Du hast mir gesagt, wie ich ins Haus komme. Ihr seid einen Tag eher zurückgekommen, ohne mich das wissen zu lassen.«

»Ach, wolltest du vorgewarnt werden?«

»Nein, ich wollte …« Ich ringe um Worte, die sie nicht wieder auslegen kann, wie es ihr gefällt. »Tatsächlich hätte ich es schön gefunden, wenn ihr mir gesagt hättet, dass ihr schon am Samstagabend wieder in Charlevoix seid und dass ihr euch freuen würdet, mich zu sehen.« Ich pausiere, warte. Sie schweigt, also packe ich noch einen Gedanken dazu: »Ich weiß nicht, wann ich das zuletzt gehört habe, dass euch irgendetwas, das ich tue oder erreicht habe, freut.«

»Wir sprechen am Donnerstag«, beschließt sie und legt auf.

Fassungslos starre ich auf das Display, dann in den Spiegel über dem Waschbecken. Mir graut jetzt schon vor Donnerstag.

Als ich zurück ins Schlafzimmer gehe, blinzelt Cat mir verschlafen entgegen.

»Alles in Ordnung?«, nuschelt sie.

Mit einem »Ja« krieche ich zurück unter die Bettdecke.

»Klang, als hättest du Stress.«

»Wenn ich bei jedem Anruf meiner Mutter gestresst sein würde, wäre ich schon an einem Herzinfarkt krepiert.«

»Erzähl mir was Neues.« Cat lacht leise. »Hat sie sich beschwert, dass du keine Zeit für einen Besuch zu Hause hast?«

»So in etwa.«

Cat schiebt die Hände unter ihren Kopf. »Du und Jordan also.«

»Jordan und ich.«

Das klingt merkwürdig. Und schön.

»Kein Wunder, dass kein Rankommen an ihn war. Wie lange läuft das schon mit euch beiden?«

In Cats Stimme liegt keinerlei Vorwurf, zum Glück. Den bräuchte ich jetzt so sehr wie ein Loch im Kopf. Cat ist gerade so neutral wie die Schweiz, und ich habe auch kein schlechtes Gewissen. Ich kenne ja ihre eigentlichen Beweggründe. Jetzt zieht sie sich zurück, als hätte sie Respekt vor Jordans und meinen Beweggründen.

»Eigentlich weiß ich das nicht so genau.« Ich drehe mich auf den Rücken, strecke mich aus. »Wahrscheinlich seit ich beschlossen habe, seine Gruppe zu verlassen.«

»Echt? Das wolltest du? Wusste ich gar nicht.« Sie seufzt. »Das war so romantisch gestern, wie er plötzlich da war und dich einfach mitgenommen hat.«

»Denk nicht mal drüber nach, es in deinem neuen Roman zu verwursten«, ziehe ich sie auf. »Du bist also nicht sauer?«

Cat runzelt die Stirn. »Weil du dir Jordan geschnappt hast? Nee. An der Uni laufen ja zum Glück noch genug andere Typen rum, und die meisten sind weniger anstrengend.« Sie grinst. »Zac zum Beispiel oder AJ. Der hat diesen schrägen Vögeln gestern noch eine ziemlich gute Ansage gemacht.«

Cat erzählt, dass Mike und Adrian, nachdem Jordan und ich

weg waren, mit weiteren Pranks prahlen wollten, aber niemand ihnen zugehört hat. Sie fingen an zu stänkern. AJ ist der Kragen geplatzt. Er hat sie als manipulative Loser ohne Sinn und Verstand bezeichnet und zusammen mit Mason, Simon und ein paar anderen vom Strand gekickt.

Beim Frühstück will ich mit AJ sprechen und mich bedanken, aber er sitzt mit Tammy und Lucy an einem Tisch. Sie diskutieren und lachen unentwegt. Da will ich nicht stören. Später wird sich bestimmt noch eine Gelegenheit bieten.

Nach dem Frühstück treffen wir uns am Strand im Beach Park bei den Pilzhäusern, für die Charlevoix berühmt ist. Das sind achtundzwanzig skurrile Ferienunterkünfte, die an die Behausungen von Tolkiens Hobbits erinnern. Die dicken Steine, mit denen sie errichtet wurden, stammen aus dem Lake Michigan. Die Dächer sind entweder mit Reet oder gewollt krumm und schief mit Zedern gedeckt. In der Nähe des Thatch House machen wir es uns auf den Outdoor-Sitzkissen, die unser Hotel zur Verfügung gestellt hat, bequem und sind gespannt auf das Thema des letzten Workshoptages im Norden. Wie am Vortag übernimmt Professor Carter den Unterricht. Die Coaches sitzen in ihrer Nähe. Ich tausche einen Blick mit Jordan. Er grinst und zwinkert. Zugegeben, ich bin immer noch ziemlich froh, dass er das Verhalten meiner Eltern mit Humor nimmt. Ein anderer wäre vielleicht beleidigt, mindestens aber verunsichert.

Professor Carter bekommt Applaus, als sie aufsteht.

»Slam-Poetry, Spoken-Word nennen manche es auch«, sagt sie und sorgt damit bei AJ und ein paar anderen für Begeisterung. Viele andere raunen oder schweigen leicht betroffen.

»Das ist mir zu hoch«, murmelt Stella. »Das weiß ich jetzt schon.«

»Ich dachte, die ganze Schreiberei sei mir zu hoch«, antworte ich ihr. »Abwarten und ausprobieren.«

Professor Carter erzählt von den Ursprüngen der Slam-Poetry, über die Formen, die es gibt, und schließlich über beliebte Themen.

»Das Thema sollte nicht nur allgemein bekannt, sondern auch von Interesse sein. Texte über die Zubereitung von Hühnersuppe oder Häkelkunst werden das Publikum wahrscheinlich nicht vom Hocker reißen. Besser, wenn auch schon ein wenig ausgelutscht, sind bekannte Situationen wie eine aus dem Ruder gelaufene Party oder Beziehungsprobleme. Darin finden sich die meisten Zuhörer wieder. Slam-Poetry kann auch gesellschaftliche oder politische Gegebenheiten zum Thema haben.«

Nachdem sie einige Fragen beantwortet hat, kommt sie auf mögliche Übungen zu sprechen: »Von den Morgenseiten kennen Sie schon das automatische Schreiben. Vielleicht ist das Ihre Übung: Setzen Sie sich ein festes Zeitfenster von fünfzehn Minuten, schreiben Sie einfach drauflos und immer weiter, ohne den Stift abzusetzen.«

»Und wenn mir einfach nichts mehr einfällt?«, fragt Tammy.

»Dann wiederholen Sie Ihr letztes Wort so lange, bis es weitergeht.«

»Dann würde ich eine halbe Seite lang *Wie geht's weiter?* schreiben«, grummelt Stella.

»Alternativ können Sie sich auf etwas konzentrieren, dass Sie lieben oder hassen. Vielleicht sogar in Kombination, Liebe und Hass stehen oft nahe beieinander.«

»Stimmt«, brummt Stella. »Gestern habe ich es noch geliebt, wie Elijah mich ansieht. Heute hasse ich es.«

Mir wird klar, warum sie so schlecht gelaunt ist. Allmählich bin ich aber am Ende mit meinem Latein. Wenn sie nicht bald mit Elijah redet, tue ich es.

»In der dritten Übungsform können Sie sich mit scheinbar verrückten Möglichkeiten befassen«, erklärt Professor Carter. »Was wäre, wenn Sie Präsident oder Präsidentin der Vereinigen Staaten wären? Oder eine Superheldin oder ein Bettler im Winter?«

Stella fällt mit dem Oberkörper vornüber und stützt den Kopf in ihre Hände »Wenn ich er wäre«, murmelt sie, »würde ich von Kopf bis Fuß in mich verliebt sein.«

»Siehst du, geht doch«, witzele ich, um sie aufzumuntern. »Da hast du ein super Thema.«

»Nicht dein Ernst.«

»Das ist mein voller Ernst. Zum einen machst du dir Luft, zum anderen kapiert er dann vielleicht endlich, dass er sich festlegen sollte.«

Stella scheint darüber nachzudenken. Währenddessen erklärt Professor Carter, dass wir unsere Texte aus Zeitgründen nicht vorlesen. Wenn in den Gruppen Zeit dafür bleibt und wir das möchten, können wir sie dort vortragen oder auch nur den Coaches zum Lesen geben.

»Ohne ein Slam-Battle wollen wir den Ausflug aber nicht zu Ende bringen«, verkündet sie dann. »Ich finde, es ist an der Zeit, dass Ihre Coaches zeigen, was sie draufhaben. Falls Sie die vier gestern Abend vermisst haben, hören Sie gleich, was sie getrieben haben.«

Dass sich die Coaches batteln werden, finden erwartungsgemäß alle gut. Gespannt schaue ich zu Jordan und frage mich, ob er zumindest ein bisschen aufgeregt ist. Falls ja, ist es ihm nicht anzusehen. Gut gelaunt feixt er vor sich hin und tauscht einen Handschlag mit Nick, der den Anfang macht.

»Eine Million Dollar«, sagt Nick und liest los. Er bleibt seiner Natur treu und bringt uns mehrere Male zum Lachen mit seinen Ideen, was er mit einer Million Dollar täte, begonnen bei der Ohnmacht, in die er erst einmal fallen würde, über Van-Gogh-Gemälde, Autos für aus dem Nichts auftauchende Verwandte und Partys mit Playboy-Bunnys bis hin zum Studienabbruch.

»Ich würd mir Träume kaufen, bis ich alle hätte. Und dann? Geh ich sterben. Jede Wette«, schließt er.

Glorias Text hat den Titel »Drei Wünsche«. Mit den drei Wünschen, die ihr eine Fee schenkt, will sie die Probleme der Welt lösen, stellt jedoch fest, dass sie mindestens dreihundert Wünsche bräuchte. In der Zwickmühle der Entscheidung bleibt sie am Ende ratlos stecken.

Daphne ist an der Reihe. »Tausend«, beginnt sie, macht aber nicht gleich weiter.

»Sie zittert ja«, flüstert Stella.

Ich sehe es auch. Das Blatt in Daphnes Hand bebt. Sie atmet durch und liest:

»48 für das Oh-Oh des Sternenmanns
37 für die Zeit in der Flasche
44 für Rührei um vier
36 für verkohlte Brownies
29 für dunkelgrüne Bettwäsche
41 für den Acht-Uhr-Sechzehn-Zug
46 für meine irischen Sommersprossen
39 für deinen britischen Akzent
23 für den Bus in die Mountains
33 für das goldene Virginia
26 für deine Wahrnehmung von Größe
38 für meine kleine Welt
69 für meine Ironie

31 für deinen Sarkasmus
28 für meine Hoffnung
54 für deine Eitelkeit
43 für die Nähe, die du brauchst
56 für die Distanz, die du suchst
24 für den Sommer, den wir hatten
57 für die Winter, die nie kommen
99 für deine Liebe
99 für deine Grausamkeit
Ich wische tausend weg
Schrubbe trockene Ränder vom Boden
Ich bin die Verrückte
Du bist der Verlierer«

Den Applaus, den sie bekommt, hat sie mehr als verdient. Nicht nur für diese wunderbaren Zeilen, sondern auch für den Mut, sie vorzutragen. Wahrscheinlich kann sich jeder von uns nun vorstellen, wie Daphne den Sommer verbracht hat. Wie er geendet hat, auch.

»Was meint sie mit den Zahlen?«, überlegt Stella.

Ich beobachte, wie Daphne wieder Platz nimmt und sich mit dem Handrücken verstohlen über die Wange wischt. Jordan auf dem Hocker neben ihr reicht ihr die Hand, Daphne nimmt sie. Sie tauschen einen Blick. Jordan sagt etwas. Daphne lächelt. Sie lassen die Hände wieder los.

»Tränen«, antworte ich Stella. »Tausend Tränen hat sie für diesen Typen geweint.«

Allein die Vorstellung tut mir weh.

»Blöde Kerle!«, grummelt Stella. Weil Jordan aufsteht, schickt sie schnell etwas nach: »Ihn meine ich damit natürlich nicht. Ich hoffe, ich muss ihn nie als blöden Kerl bezeichnen.«

Das hoffe ich auch. Allein die Vorstellung ist grauenvoll. Ich will nächstes Frühjahr nicht sehnsüchtig an diesen Herbst denken und feststellen, dass es kein Frühjahr gibt.

»Was meinst du, wird er Daphnes Text toppen?«, raunt Stella.

Ich kann es nicht sagen. Es ist unwahrscheinlich, dass Jordans Text von der Zeit mit einer Exfreundin handelt. Und mit welchem anderen Thema als einer zerbrochenen Liebe könnte man Zuhörern emotional so zusetzen?

»Mehr nicht«, sagt er, lässt das kurz sacken und legt dann los. In bester Slam-Manier rasselt er seine Sätze runter. Seine Stimme klingt aggressiv, genervt, provokant. Nicht einmal in unseren ersten Stunden, bei unseren wenig gelungenen ersten Texten, hat er diesen Tonfall angeschlagen.

»Es ist leichter, im Chor zu singen, als ein Solo zu geben. Die Stimmen klingen dann und tönen und beben, erheben sich und brüllen alles nieder, das andere Töne macht.

Das Schöne ist vordefiniert, und es soll sein. Es soll scheinen.

Es ist leichter, im Schein zu glänzen als in der Nacht. Und im Rudel von Ratten rennt es sich schneller ins Helle, ins Ziel. In welches? In meins? Es ist ein Deal. Für deine Richtung zahlst du mit Gedanken und Danke sagen.

Das Recht ist vordefiniert. Und es soll sein. Es soll richten.

Kein Nein wiegt mehr als tausend Aber. Besser ein kleiner Schritt, ein harter Schnitt, ein leichter Tritt. Besser ein mit Gott als ein ohne mich. Besser nicht ehrlich. Besser dumm. Besser hier als dort. Lieber ein leises Wort als ein Warum, denn diese Welt ist gefährlich. Hier schwimmt man mit dem Strom, nicht dagegen, duckt sich, statt zu stehen, bleibt und treibt, statt zu gehen.

Auf den Trümmern von Gestern wächst das Morgen. Dann werfen neue Bestien neue Sorgen und neue Monster zwingen euch, im Chor zu singen.

Ich piss auf eure Lieder, segle gegen den Wind, tanze heute im Regen wie ein Kind und morgen wieder. Ich verzichte auf den Dreck, den ihr zusammen fresst, weil er zusammen besser schmeckt. Ich glänze lieber in der Nacht und bleibe wach, während ihr brav schlaft und träumt, versäumt und vergesst, was ihr eigentlich wolltet. Ich schließe die Arme um eine Liebe, die echt und rein ist, die mein ist und mir so gegeben. Ihr nennt das Leben beschwerlich, die Welt gefährlich. Doch, ganz ehrlich, was tut sie euch schon? Sie dreht sich. Mehr nicht.«

Jordans Applaus ist so laut wie der, den Daphne eben bekommen hat. AJ und ein paar andere Jungs feiern seine Worte lautstark.

Jordan setzt sich. Professor Carter übernimmt wieder und lässt uns mit Applaus abstimmen. Es sind nur ein paar Dezibel, wenige weibliche Rufe mehr, die Daphne zur Siegerin machen.

Kapitel 27

24. Oktober – abends

Zwei Dinge mehr habe ich aus Charlevoix mit zurückgenommen: den Zorn meiner Eltern und Jordans Telefonnummer.

Mit dem Fuß gebe ich meinem Stuhl am Schreibtisch einen neuen Schubs, sodass er sich und mich ein weiteres Mal dreht. Ich könnte irgendetwas tun … lesen, arbeiten, an meinem bisher öden Slam-Poem feilen, einen Film streamen, aber ich kann mich einfach nicht aufraffen. Ich drehe und drehe mich.

Die letzten beiden Abende habe ich mit Jordan verbracht. Vorgestern um diese Zeit haben wir im Pavillon gesessen, gestern sind wir ins Haus meiner Eltern eingebrochen – wenn es nach deren Denken geht. Ich kann nicht aufhören, mich daran zu erinnern, wie gut sich seine Nähe angefühlt hat, wie schön es war, seine Hand zu halten. Das Chaos, das sein Kuss in mir ausgelöst hat, jubelt immer noch in meinem Bauch, in meiner Brust, in meinem Kopf.

Ich will ihn sehen!

Du hast seine Nummer, wispert der Mut. *Ruf ihn doch einfach an.*

Es ist schon spät, findet die Vernunft. *Und das wäre auch zu schnell.*

Missmutig stoppe ich den Stuhl und schaue auf mein Handy, das vor mir auf dem Schreibtisch liegt. Sein Display leuchtet plötzlich auf. Eine Nachricht ist eingegangen. Über dem Text erkenne ich Jordans Namen. Meine Stimmung verpasst der Lethargie einen kräftigen Arschtritt und zerrt die Freude am Schlafittchen heran, obwohl ich noch nicht einmal weiß, was er geschrieben hat. Seine Worte machen es schließlich aber doch perfekt.

Schade, dass heute nicht vorgestern ist, schreibt er.

Ich überlege kurz und antworte ihm: *Schade, dass wir heute nicht zu einem Tag machen, von dem wir in einer Woche vielleicht sagen: Schade, dass heute nicht letzten Sonntag ist.*

Seine Reaktion lässt nicht lange auf sich warten.

In zehn Minuten vor der Angell Hall?

Vor lauter Aufregung vertippe ich mich beim *Okay* zweimal, sende es dann, springe auf, ziehe Schuhe und Mantel an, wickele mir meinen Schal um den Hals und stürme aus dem Zimmer.

»Bin noch mal kurz weg«, sage ich Stella, die auf der Couch lümmelt.

»Brauchst du Gummis?«, ruft sie mir nach, da habe ich die Tür schon zugezogen.

Über einen Schleichweg laufe ich zur State Street. Ich vermute, dass Jordan aus nördlicher Richtung kommt, denn wie viele Studenten der höheren Semester wohnt er im North Quad. Ich halte nach ihm Ausschau, doch entdecke ihn nirgends. Als ich die Angell Hall erreiche, sehe ich ihn endlich und gehe ihm noch ein paar Schritte entgegen. Zu einem »Hey« komme ich nicht, denn er nimmt mich in die Arme und küsst mich.

Mein Verstand knipst sich aus. Ich schlinge die Arme um ihn

und küsse ihn zurück. Ich hatte nicht vergessen, wie gut sein Kuss schmeckt, wie fantastisch sich sein Mund anfühlt, aber erst jetzt wird es mir wieder richtig bewusst.

Wir schauen uns an. Mit seiner Nase gibt er meiner einen Stups. »Schön, dich zu sehen«, murmelt er.

»Ist eine Ewigkeit her.«

»Gefühlt irgendwie schon.«

Er nimmt meine Hand. Wir schlendern um die Angell Hall herum in den dahinterliegenden Park unserer Fakultät.

»Hast du von deinen Eltern gehört?«, fragt er.

»Jepp, sie haben sich für Donnerstag angekündigt, um mir eine Standpauke zu halten.«

»Ich könnte dabei sein. Scheinbar bin ich ja der Grund für ihren Ärger.«

»Nein, das bin ich. Wie immer. Den Mist musst du dir echt nicht antun.«

»Würde ich aber. Ich kann ziemlich überzeugend sein.«

Ich muss grinsen. »Ich weiß, aber glaub mir, es ist besser, wenn ich die beiden allein treffe.«

Wir setzen uns auf eine Bank.

»Deinen Text heute Morgen, den fand ich richtig, richtig gut«, sage ich ihm.

Er schmunzelt. »Danke, mein Kopf hat dafür auch richtig, richtig gequalmt.«

»Das war eine Mischung aus Lyrik und Prosa, oder?« Ich rufe mir ein paar seiner Zeilen in Erinnerung. »Mit mehr Tendenz zur Lyrik, durch die Reime und den Rhythmus. Hast du so etwas vorher schon geschrieben?«

»Versuchsweise. Slam-Poetry ist nicht wirklich mein Ding. Am Ende ist es doch eine Dichtkunst. Und zu dichten schränkt mich meistens ein.«

»Den Eindruck hatte ich bei diesem Text zwar nicht, aber du hättest auf die Reime auch verzichten können.«

»Wenn ich was mache, dann so, wie es sich für mich richtig anfühlt. Oder ich lasse es.« Er streckt den Arm aus, damit ich näher zu ihm rutsche. »Außerdem liebe ich Herausforderungen.«

Seine Geste hat etwas Schönes, beinahe Selbstverständliches. Ich setze mich so hin, dass ich meinen Rücken gegen seine Brust lehnen kann. Meine Füße hebe ich auf die Bank, meinen Kopf lege ich an seine Schulter. Er legt den anderen Arm um mich und verschränkt seine Finger mit meinen.

»Ärgerst du dich, dass Daphne gewonnen hat?«, frage ich ihn nach einer Weile.

»Nein, Quatsch. Ich schreibe, um zu schreiben, nicht um mich gegen andere zu behaupten. Mit ihrem Thema konnten sich einfach mehr Leute identifizieren.«

»Es war ziemlich traurig.«

Ich spüre, wie Jordan durchatmet. »Liebeskummer ist halt ein Arschloch.«

Einen Moment lang bin ich versucht, ihn zu fragen, wie oft er schon Liebeskummer hatte, lasse das aber lieber. Wenn er mir irgendwann von seinen früheren Beziehungen erzählen möchte, wird er das schon tun. Eine andere Frage fällt mir stattdessen ein. »Seit wann magst du mich eigentlich?«

Er lacht leise. »Wie kommst du auf die Idee, dass ich dich mag?«

Ich knuffe ihn mit dem Ellenbogen. Er drückt mir einen Kuss auf die Schläfe.

»Ich mochte dich nie nicht«, murmelt er in meine Haare. »Meine Gedanken zu dir waren anfangs einfach ein bisschen …« Er überlegt kurz. »Neutraler.«

Seine Stimme sorgt für einen Schauer auf meiner Haut.

»Neutral?«

»Ja, mir ist aufgefallen, dass du hübsch bist, aber ich reagiere nicht so sehr auf Äußerlichkeiten.«

»Sondern auf den Charakter.«

»Tatsächlich spielt sich bei mir viel über Sprache ab. Seit deinem Zorn-Text, spätestens, seit du als Stinkerkäse geschrieben hast, habe ich keine neutralen Gedanken mehr, was dich betrifft.«

Ein Regentropfen klatscht auf meine Stirn, ein weiterer auf meine Wange.

»Na danke, Wettergott!«, grummelt Jordan. »Gerade wurde es romantisch.«

»Vielleicht wird es nicht so schlimm. So ein kleiner Wolkenbruch im Park hat doch was.«

»Im Hochsommer, bei vierzig Grad im Schatten vielleicht.«

»Hmm! Wolltest du nicht im Regen tanzen, heute und morgen wieder?«, necke ich ihn.

Er wiederholt seine Aussage mit etwas mehr Nachdruck: »Im Hochsommer, bei vierzig Grad im Schatten.«

»Pah! Dann war das nur heiße Luft, damit es sich reimt.«

Ich setze mich auf und drehe mich um, weil ich ihn ansehen möchte, während ich ihn aufziehe. Jordan steht aber auf und hält mir seine Hand hin.

»Was denn jetzt?«, frage ich mit einer leisen Ahnung, die mir nicht behagt.

»Du wolltest es so«, gibt er trocken zurück.

»Ich kann nicht tanzen.«

»Ich auch nicht. Egal.«

Er nimmt meine Hand und zieht mich zu sich. Ich schließe meine Arme um ihn und hebe den Kopf, um ihm in die Augen zu schauen. Als wir zu tanzen beginnen, fühlen sich meine Beine ganz steif und mein Rücken verspannt an, doch je mehr Tropfen vom Himmel auf uns und ins Laub rund herum platschen, je länger Jordan mich hält, desto lockerer werde ich und desto mehr spüre ich die Magie, die sich über uns gelegt hat.

»Zu welchem Song tanzen wir?«, frage ich ihn.

»Ein Song von Bear's Den.« Er tut so, als würde er lauschen. »Ich glaube, es ist *Agape*.« Er verengt die Augen, lauscht angestrengter und nickt. »Jepp, *Agape*. Hörst du es etwa nicht?«

Ich kenne weder die Band noch den Song, und tatsächlich höre ich nur den Regen, aber dann beginnt Jordan zu summen und wir finden einen Rhythmus. Ein Lächeln huscht über sein Gesicht. Er hört auf zu summen und küsst mich, während wir zur Melodie des Regens weitertanzen, bis er stärker und kälter wird. Jordan bemerkt mein Frösteln und löst sich von mir.

»Lass uns zurückgehen.« Er nimmt meine Hand. »Ich bring dich zum South Quad.«

Wir laufen aus dem Park zur State Street. Als sich die Wolken richtig öffnen und es wie aus Eimern zu gießen beginnt, sage ich Jordan, dass er mich nicht zu begleiten braucht. Es ist ja nicht weit, und ich will nicht, dass er den doppelt langen Weg zum North Quad hat, aber er lässt sich nicht umstimmen. Aus Solidarität mit mir im kapuzenlosen Mantel zieht er die Kapuze seiner Sweatjacke auch nicht über den Kopf. Erst an der Ecke zur Madison Street, als wir das South-Quad-Gebäude schon sehen, ist er bereit, mich allein weiterlaufen zu lassen.

Mit einem Kuss und drei weiteren, für die wir trotz des prasselnden Regens immer wieder zueinander zurückkehren, verabschieden wir uns. Ich will nicht! Am liebsten möchte ich mit zu ihm und die ganze Nacht bei ihm sein. Auf den letzten

Metern bis zum South Quad zerrt ein bittersüßer Schmerz in meiner Brust. Würde ich mich umschauen und ihn noch an der Ecke stehen sehen, würde ich wieder umkehren, also zwinge ich mich, das nicht zu tun, und bin dabei glücklich und traurig zur selben Zeit.

Vor dem Gebäude hat sich eine große Pfütze gebildet. Ich springe darüber hinweg, sprinte die wenigen Stufen hinauf und schaue kurz auf. Oben vor der Eingangstür ist jemand. Da stehen zwei an der Hauswand und küssen sich. Als sie mich bemerken, was wegen des lauten Regens recht spät geschieht, schrecken sie auseinander und beeilen sich, im Gebäude zu verschwinden.

Erschrocken bleibe ich stehen und sortiere meine Gedanken. Ich habe die beiden erkannt. Das war Elijah. Und er hat Kyle geküsst.

Im Kopf höre ich Stella. Dass sich Elijah garantiert für keine andere Frau interessiert, hat sie vor ein paar Tagen erst festgestellt und mir erzählt, wie sie sich am ersten Abend in Charlevoix mit Kyle unterhalten hat, wie Elijah dazu kam und Kyle scheinbar vertrieben hat.

Der Regen holt mich ins Hier und Jetzt zurück. Ich gehe weiter, suche durch die Tür hindurch das erleuchtete Foyer des South Quads ab, sehe aber niemanden mehr. Mir wird hundeelend zumute. Vorm geistigen Auge sehe ich immer wieder, wie Elijah und Kyle gerade auseinandergefahren und geflohen sind, aus Angst entdeckt zu werden. Ähnlich beklemmend ist der Gedanke an das bevorstehende Gespräch mit Stella.

»Meine Güte«, ruft sie von der Couch, als ich unser Appartement betrete. »Du bist ja klatschnass. Wo wart ihr denn?«

»Im Park hinter der Angell Hall.« Ich ziehe den Mantel aus.

»Ist etwas passiert? Du siehst irgendwie …« Sie senkt die

Chipstüte, aus der sie sich gerade bedienen wollte. »… erschrocken aus.«

Ohne zu antworten, schlüpfe ich aus den Boots und bringe den Mantel in mein Zimmer, um ihn zum Trocknen auf einen Bügel zu hängen. Im Bad nehme ich mir ein Handtuch, um meine Haare trocken zu rubbeln, und gehe wieder ins Wohnzimmer.

Stella hat den Film, den sie schaut, schon pausiert. Ich setze mich zu ihr, ziehe die Beine zum Schneidersitz unter den Po.

Mach's kurz und schmerzlos!, verlangt die Resignation.

Denk auch an Elijah und Kyle!, fordert die Vernunft. *Du darfst sie nicht einfach so outen.*

»Ich muss dir was erzählen, Stella.«

Sie ahnt Schlimmes, wirft die Chipstüte auf den Tisch. »Du hast Elijah mit einer anderen gesehen!«

Ich schüttele den Kopf. »Nein. Was ich dir jetzt sage, muss unter uns bleiben. Versprich es mir!«

»Jetzt mach es nicht so spannend! Ich krieg ja richtig Schiss.«

»Versprich es erst!«

»Ja, klar«, faucht sie ungeduldig. »Ich verspreche es. Also, was ist los?«

Ich atme durch und sage es: »Elijah steht auf Männer.«

Stellas Augen weiten sich vor Überraschung. Sie klappt den Mund auf, klappt ihn wieder zu, schüttelt den Kopf.

»Das kann nicht sein«, murmelt sie.

»Ich habe ihn gerade mit Kyle gesehen. Sie haben sich geküsst.«

»Elijah hat … er hat …«

»Kyle geküsst.«

»Kyle?!«

»Kyle aus Texas.«

Stella springt von der Couch in die Senkrechte und beginnt, das Wohnzimmer mit langen Schritten auszumessen, läuft zur Tür und wieder zurück. Immer wieder. Sie sagt nichts, aber ihre Gedanken scheinen auf Hochtouren zu rattern.

Es tut mir leid, sie so zu sehen. Ich würde sie gern beruhigen, sie umarmen und trösten, aber ich glaube, sie muss jetzt erst mal laufen.

»Es ergibt plötzlich Sinn, sein Verhalten«, schnauft sie zwischendrin kurzatmig.

»Ich weiß. Das habe ich mir eben auch schon gedacht.«

»Dass er oft so lieb war, so herzlich, mich aber nie wirklich an sich herangelassen hat. Dass er mal gern Zeit mit mir verbringt und mich andere Male regelrecht ignoriert. Ich dachte, er ist verliebt und verunsichert. Aber in Wirklichkeit …« Sie weiß nicht weiter.

Ich schon. »In Wirklichkeit ist er verliebt und verunsichert. Du bist eine Freundin für ihn, mehr nicht. Mehr kannst du nie sein. Dass er dich manchmal links liegen gelassen hat, hat garantiert mit dem inneren Kampf zu tun, den er gerade ausfechtet. Er war mit seinen Gedanken woanders.«

»Bei Kyle.«

»Vermutlich.«

Stella lässt sich neben mich auf die Couch plumpsen. Entgeistert starrt sie vor sich hin. Als ich sehe, dass eine Träne über ihre Wange läuft, rutsche ich zu ihr. Zuerst nehme ich nur ihre Hand, doch es werden mehr und mehr Tränen, also ziehe ich Stella sanft in meine Arme. Sie schluchzt und umarmt mich fest.

»Ich kann ihm ja nicht mal böse sein«, schnieft sie.

»Nein. Er hat nichts böse gemeint. Wahrscheinlich hat er keine Ahnung, wie gern du ihn hast.«

Stella weint und weint weiter. Nach einer halben Stunde ist mein Pullover an der Schulter von ihren Tränen durchnässt. Ich halte sie, bis sie sich beruhigt und beschließt, schlafen zu gehen. Sie schleicht in ihr Zimmer, schließt die Tür. Wenig später höre ich sie sprechen. Sie telefoniert mit ihrer Mutter und sagt ihr, dass es mit Elijah endgültig vorbei ist.

Ich beneide sie darum, das tun zu können. Ich hatte nie Liebeskummer, war nie in einer solchen Situation, aber wenn es mich je erwischt, wird Mom die letzte Person auf Erden sein, mit der ich über meinen Kummer sprechen wollte. Oder könnte.

Kapitel 28

26. Oktober

Das Wetter hat sich eingespielt. Den ganzen Montag hat es Bindfäden geregnet, heute gab es ein paar trockene Stunden, doch die Wolken haben sich nicht geöffnet. Wie eine dicke graue Masse hängen sie über dem Campus. Ich habe einen Bear's-Den-Ohrwurm, denn ich bin dazu eingeschlafen.

Sosehr es vor den Fenstern Herbst ist, so sehr ist es Frühling in mir drinnen. Ich bin so happy, dass es kaum auszuhalten ist, und wann immer eine Nachricht von Jordan auf meinem Telefon eingeht, wird es noch ein bisschen mehr. Er schreibt, wie er redet, wie er ist. Ehrlich und gefühlvoll, ohne die Romantik so überzudosieren, dass es peinlich wird. Er ist witzig, ohne eine Spur albern zu sein. Ich bekomme Worte zu lesen, an die ich vor ein paar Wochen nicht im Traum gedacht hätte. Nicht von irgendjemandem hätte ich solche Worte erwartet, am allerwenigsten von Jordan. Manchmal werde ich skeptisch. Dann schleicht sich ein Zweifel ein und will mir einreden, dass er das nicht ernst meinen kann, dass er mir etwas vormacht, doch nur eine Sekunde später schäme ich mich für den Funken Misstrauen, für den es nicht einmal einen Anlass gibt. Genau genommen ist Jordan derjenige, der misstrauisch sein müsste.

Ich denke und fühle wie er, aber meine Worte sind andere. Ich schaffe es nicht, mich so auszudrücken wie er. Ich kann es nicht. Es ist, als würde ich mit angezogener Handbremse fahren. Er prescht zwar nicht vorweg, er fährt so schnell, wie er darf, doch er muss hin und wieder bremsen und auf mich warten.

Vorhin, während des Twain-Seminars habe ich ihm heimlich getextet und ihn gefragt, in welcher Vorlesung er gerade sitzt.

Seit gestern bin ich in ein und derselben Vorlesung, und das einzige Wort, das ich verstehe, ist Layla, hat er mir geantwortet.

Ich bin fast vom Stuhl geschmolzen.

Dann habe ich versucht, ihm zu antworten. Ein Emoji mit Herzchenaugen wäre es beinahe geworden, aber Jordan verwendet nie Emojis. Wahrscheinlich hasst er die Dinger. Am Ende hätte ich ihm beinahe ein »Das klingt so schön« geschickt, diesen völlig geistfreien Satz habe ich zum Glück aber wieder gelöscht und stattdessen nichts geschrieben. Gar nichts. Weil ich keinen einzigen meiner Happy-Gedanken formulieren konnte.

Ob wir uns am Abend sehen, hat Jordan wenig später wissen wollen. Der Abend gestern ohne ihn war merkwürdig genug, aber wir hatten beide einiges vorzubereiten, er eine Diskussion, ich ein Referat. *Frag nicht ob, sag mir lieber, dass wir uns gleich sehen,* habe ich geantwortet und damit zumindest ein bisschen für verbalen Ausgleich gesorgt. Er hat achtzehn Uhr vorgeschlagen und mir die Wahl zwischen einem Spaziergang im Regen oder selbst gemachter Pizza bei ihm überlassen. Ich habe mich für die Pizza entschieden. Und damit auch für ein Problem mit meinem Kleiderschrank.

Den rostroten Pullover vom Vormittag habe ich zuerst gegen den silbergrauen, dann gegen den taubenblauen ausgetauscht. Inzwischen trage ich den pistaziengrünen und wünschte, ich hätte irgendwas anderes anzuziehen.

»Ist egal, was du anhast«, meint Stella. »Wie ich Jordan einschätze, achtet er da nicht darauf. Viel wichtiger ist, dass du Gummis mitnimmst.«

Stella immer mit ihren Gummis!

»Wir werden keinen Sex haben«, brumme ich und renne zum x-ten Mal zum Kleiderschrank, um nachzuschauen, ob sich nicht doch etwas anderes finden lässt. Vielleicht sollte ich die Pullover einfach vergessen und ein Shirt anziehen, das taubenblaue, silbergraue oder rostrote.

Stella folgt mir und wedelt mit Kondomen vor meiner Nase herum. »Nimm Gummis mit.«

Weil sie sowieso nicht eher lockerlassen wird, stecke ich die Gummis in die Tasche des Mantels, den ich vielleicht anziehen werde.

»Ich habe jetzt keinen Kopf für Sex«, grummele ich dazu.

Stella lacht. »Wenn's so wäre, würdest du in einem Kartoffelsack zu Jordan gehen.«

»Nein! Ich will doch nur ... Ich will ihn doch bloß ... Er soll doch nur ...«

Stella lacht noch lauter.

Ich bin ja froh, dass sie nicht mehr weint und wieder optimistischer ist, aber ausgelacht zu werden, nur weil ich vor lauter Nervosität stottere, finde ich auch blöd. Und ich will nicht an Sex mit Jordan denken. Ich will nicht daran denken, dass er und ich wie in meinem Traum sind. Ich will mir nicht vorstellen, dass es sein könnte, dass er mich auszieht und ich ihn, dass wir irgendwie den Verstand verlieren, wenn wir uns küssen. Küssen werden wir uns garantiert. Viel zu lange haben wir uns schon nicht mehr geküsst; achtundvierzig Stunden ist es bald schon her. Aber das heißt noch lange nicht, dass wir ...

Mit einem Ächzen lasse ich mich aufs Bett fallen.

Stella plumpst neben mich. »Du schaffst das schon.«

»Bin mir nicht sicher.«

»Der Spruch mag ausgelutscht sein, aber er stimmt nun mal: Es gibt für alles ein erstes Mal. Wenn es passiert, dann passiert es halt.«

»Der Spruch ist wirklich ausgelutscht.«

Sie seufzt. »Mach dir keine Sorgen. Jordan weiß schon, was er macht.«

»Pizza.«

»Wie bitte?«, prustet Stella.

»Na, er macht Pizza. Während ich durchdrehe und an Sex mit ihm denke.«

»Unter Garantie denkt er auch an Sex mit dir. Warum hat er dir wohl nicht vorgeschlagen, dass ihr euch in einem Restaurant trefft?«

Mir ist aufgefallen, dass diese Option gefehlt hat. Sie wäre für mich aber nicht infrage gekommen. Ich will Jordan heute nicht an einem Tisch gegenübersitzen, umgeben von fünfzig anderen essenden Leuten und herumflitzenden Bedienungen, die ständig nachfragen, ob alles passt.

»Er ist ein Kerl«, sagt Stella. »Wie alt ist er, zweiundzwanzig?«

»Dreiundzwanzig.«

»Siehst du, die Highschool-Experimentierphase hat er lange hinter sich. Wäre es nach ihm gegangen, wäre es wahrscheinlich schon im Pavillon passiert. Scheinbar hat er nicht nur Grips, sondern auch Anstand und ein bisschen Einfühlungsvermögen. Er wartet auf dich.«

Ein Klopfen draußen an der Tür unterbricht unser Gespräch. Ich bin nicht böse darum und beeile mich, zu öffnen.

Stellas Mom Yasmin steht im Flur. Sie schmeißt mir ein

fröhliches »Hey, Layla, wie geht's?« entgegen und drückt sich und den Beutel, den sie dabeihat, an mir vorbei. Stella hat sie schon gehört und ist ins Wohnzimmer gekommen.

»Hey Mom, hast du noch eine Lampe auf dem Flohmarkt gefunden?«, fragt sie.

Yasmin holt Keksdosen aus dem Beutel. »Rice Krispies. Ich hab viel zu viele gemacht und dachte mir, ich bringe dir ein paar vorbei.«

Stella runzelt die Stirn. »Für wen hast du Rice Krispies gemacht? Dad hasst die, und du isst sie nicht wegen deiner Figur.«

Yasmin stapelt die Dosen auf dem Couchtisch und legt noch eine Packung M&Ms obendrauf.

»Das fiel mir dann auch ein, als ich fertig war. Ich nehme an, es war ein …« Sie rudert mit den Armen durch die Luft. »Automatismus.«

Stella schüttelt fragend den Kopf.

»Darling, wenn es dir früher schlecht ging, hab ich Rice Krispies für dich gemacht.« Sie nimmt eine Box und öffnet sie. »Probier mal, ob sie schmecken wie immer. Ich glaube, ich hab ein bisschen wenig Marshmallows reingetan.«

Stella greift zu. Beherzt beißt sie vom Krispie ab und schüttelt den Kopf. »Nicht zu wenig Marshmallows.«

Yasmin hält mir die Box hin, doch Stella stoppt sie. »Layls kann nicht«, mummelt sie mit halbvollem Mund und verschmitzter Miene. »Sie bekommt gleich selbst gemachte Pizza.«

»Uhh! Vom wem? AJ?«

»AJ ist Geschichte.« Stella nimmt sich ein weiteres Krispie, obwohl sie das erste noch in der Hand hält. »Und die Krispies sind alle meine.«

Ich gehe in mein Zimmer und ziehe meinen Mantel über, froh, nicht probieren zu müssen. Keinen Bissen würde ich runterbekommen. Das Rice Krispie wäre in meinem Mund festgeklebt.

Als ich mich von Stella und Yasmin verabschiede, fühlt sich das merkwürdig endgültig an, so als würde die Layla, die geht, nicht zurückkommen.

Geht's nicht noch theatralischer?, tönt der Zynismus, während ich die Tür hinter mir zuziehe.

Es-ist-nur-Sex-ist-nur-Sex-ist-nur-Sex, höre ich im Treppenhaus auf jeder Stufe wie ein Mantra im Kopf.

Und Sex findet heute nicht statt!, bellt die Vernunft im Befehlston, als ich auf die Straße trete.

Sex wäre auch respektlos gegenüber der Pizza, findet die Moral, sobald ich die State Street erreiche.

Jordan hätte es schon im Pavillon getan, wispert das Vergnügen auf Höhe der Angell Hall.

Hör auf, an Sex zu denken!, versucht es die Vernunft noch einmal, als ich die Liberty Street überquere.

Eifelturm-Eifelturm-Eifelturm, lautet das neue Mantra beim Anblick des North Quad.

Es ist ein alter, aus zwei roten Backsteinhäusern bestehender Komplex. Das an der State Ecke Washington Street stehende, winkelförmige Gebäude hat vier Etagen. Jordan wohnt im etwas in den Innenhof versetzten Block. Sieben Etagen hat der, und ich muss bis ganz hinauf. Als ich im Fahrstuhl den Knopf für die siebte Etage drücke, zittert meine Hand. Immerhin ist das Chaos in mir drin inzwischen so laut, dass ich kein Wort mehr verstehe.

Die Fahrstuhltüren öffnen sich. Ich atme durch, trete in den Flur und orientiere mich anhand der Zimmernummern. Wenig später klopfe ich bei ihm. Drinnen höre ich Musik, dann Schritte.

»Alles gut«, murmele ich zu mir selbst.

Die Tür geht auf. Jordan steht vor mir. Und schwupp, hänge ich in seinem Blick fest. Mein Herz stolpert. Mein Puls klopft hart in meinem Hals. Mein Kopf wird leer. Eine leise Verlegenheit beschleicht mich und zwingt mich, meinen Bick aus seinem zu lösen. Ich schaue auf sein T-Shirt. Das ist schwarz. Sonst nichts. Überrascht sehe ich ihn wieder an.

»Ich konnte mich für kein Thema entscheiden«, sagt er und grinst, als hätte er meine Gedanken gelesen.

Dann hält er mir die Hand hin. Ich nehme sie. Sachte zieht er mich in sein Appartement und schließt die Tür hinter uns.

Das Szenario wiederholt sich. Sobald wir uns ansehen, hängen wir aneinander fest. Jordan legt seine freie Hand an meine Wange und küsst mich. Zärtlich und sanft zuerst, doch als ich mich an ihn schmiege und meine Hände von seinem Rücken zu seinem Hintern wandern lasse, ändert sich das. Er packt meinen Po und küsst mich härter. Immer gieriger spielen unsere Lippen und Zungen miteinander. Ich schiebe meine Hände unter sein T-Shirt, lege sie auf seine warme Haut. Ohne von meinem Mund abzulassen, dirigiert er mich durch den Flur bis vor eine Tür. Seine Berührungen werden fahriger, sein Kuss drängender, forscher. Ich spüre, was in seiner Hose passiert.

Mit einem Keuchen macht er sich von mir los. Seine Brust hebt und senkt sich hart unter seinem Atem. Sein Blick huscht von meinen Augen zu meinem Mund und wieder zurück. *Bist du dir sicher?*, lese ich darin.

Ich umfasse seinen Nacken, um seinen Mund zurückzuholen und damit meine Zustimmung zu geben. Jordan hebt mich an. Ich schlinge die Beine um ihn. Er trägt mich ins Schlafzimmer, zu seinem Bett und setzt mich darauf ab. Dann zieht er sich das T-Shirt aus und lässt es zu Boden fallen. Mir wird bewusst, dass ich noch in voller Montur bin und will meinen Mantel und Schal loswerden, doch Jordan übernimmt das und zieht mir bei der Gelegenheit gleich den Pullover aus. Plötzlich hält er inne und scheint über etwas nachzudenken.

»Was?«, flüstere ich.

Er schüttelt den Kopf. »Wir müssen damit warten. Ich habe keine Kondome da.«

Stella sei Dank!

Mein Mantel liegt neben mir auf Jordans Bett. Ich durchsuche seine Taschen, ertaste die Packung und ziehe sie heraus.

Jordan schmunzelt. Sein Blick wandert von den Gummis wieder zu mir. »Du hattest vor, mich heute flachzulegen?«, fragt er amüsiert?

Ich schüttele den Kopf. »Nein, eigentlich nicht. Aber better safe than sorry.«

Jordan nimmt mir die Packung ab und kommt zu mir aufs Bett. Mit seinem Kuss drückt er mich zurück, mit dem Rücken auf sein Bett. Er schiebt eine Hand zwischen meine Beine, und als er mich dort berührt, stöhne ich leise gegen seine Lippen und beginne mich zu winden. Er lässt seine Hand nach oben wandern, presst sein Becken gegen meins und unterbricht den Kuss, um mich dabei anzusehen. Seine Augen glänzen dunkel und voller Lust.

»Ganz sicher, dass du das willst?«, raunt er.

»Ich bin mir ganz sicher, wenn du es bist«, flüstere ich.

Wenig später tragen wir nur noch Unterwäsche.

Jordan küsst meine Schulter, dann meinen Hals. Unterhalb meines Ohres findet er eine Stelle, an der ich so empfindlich bin, dass ich fröstle und stöhne, als sein Mund sie berührt. Ich will mich ihm entziehen und gleichzeitig doch nicht, dass er aufhört. Mit sanftem Knabbern teast er mich, bis mein Kopf zu schwirren beginnt. Dann zieht er mir den BH aus und küsst meine Brüste. Mein Atem stockt, als er einen Nippel in den Mund nimmt und mit der Zunge umkreist. Ich schiebe meine Finger in seine wirren, dunkelblonden Haare. Wie von allein hebt sich mein Becken ihm entgegen, und ich spüre, wie hart er jetzt zwischen den Beinen ist.

Als Jordan seine Hand unter den Bund meines Slips schiebt und meinen empfindlichsten Punkt berührt, schnappe ich nach Luft. Er schaut mich dabei an. Er beobachtet, was das mit mir macht. Völlig verrückt macht es mich, und es macht mich an, ihm dabei in die Augen zu sehen.

Er streift mir den Slip von den Hüften. Ich ertrage es keine Sekunde länger, dass er noch etwas anhat, und ziehe ihm seine Shorts herunter. Er zieht sie sich ganz aus. Es fasziniert mich, ihn nackt zu sehen. Seine Haut ist glatt und fest. Seine Muskeln arbeiten darunter, als er sich bewegt. Mit den Zähnen öffnet er die schmale Packung, mit Daumen und Zeigefinger holt er das Kondom heraus. Er streift es sich über.

Ich halte den Atem an, als Jordan sein Becken zwischen meine Schenkel schiebt, atme wieder aus und schlinge die Beine um ihn.

»Sieh mich an«, höre ich ihn mit rau klingender Stimme sagen.

»Ich sehe dich an«, flüstere ich zurück.

Er schüttelt den Kopf. »Sieh mich richtig an.«

Seine Augen glänzen fiebrig und haben die wohl dunkelsten Nuancen von Grün und Bernstein. Haarsträhnen fallen ihm in die Stirn. Seine Lippen sind leicht geöffnet. Ich streiche mit dem Daumen darüber, weil er gerade zu weit weg für einen Kuss ist.

»Sag meinen Namen«, verlangt er dann.

»Wieso?«

»Weil du ihn so gut wie nie sagst.«

Das stimmt. Ich habe es vermieden. Es kam mir merkwürdig vor, schien wie eine Hürde zu sein. Noch einmal streiche ich über seinen Mund und wische das schiefe Lächeln weg.

»Jordan«, sage ich dann.

Als er in mich eindringt, bleibt mir einen Moment lang die Luft weg. Er wartet kurz, bewegt sich dann weiter. Als er mich ganz ausfüllt, tief drinnen berührt, sage ich seinen Namen ein zweites Mal, und für den Bruchteil einer Sekunde huscht ein Gedanke durch meinen Kopf, der dort noch nie zu Gast war.

Du liebst ihn, raunt die Einsicht.

* * *

»Layla ist ein toller Name«, murmelt Jordan und küsst meinen Nacken.

Rücken an Bauch gekuschelt liegen wir in seinem Bett.

»Meine Brüder haben ihn ausgesucht«, antworte ich. »Sie wollten, dass mein Name wie ihre mit L anfängt. Wäre ich ein Junge geworden, hätte ich Luke geheißen.«

»Schön, dass du eine Layla geworden bist.«

Schön, wie er mir das sagt. Schön, dass ich bei ihm bin. Schön, dass es ihn gibt. Unendlich schön ist das.

»Stell dir vor, Stella hätte dich nicht überredet, am Workshop teilzunehmen«, sagt er nach einer Weile und beginnt, meinen Arm zu streicheln. »Dann gäbe es uns wahrscheinlich nicht. Wir würden uns auf dem Campus über den Weg laufen, du würdest durch mich hindurchschauen und ich durch dich.«

Das ist eine befremdliche Vorstellung, aber ich habe das Bild, wie Jordan und ich aneinander vorbeigehen, deutlich vor Augen. Für einen Moment ist mir, als sei nichts von dem, was gerade passiert, real. Es ist, als würde alles wie ein Luftballon zerplatzen, sobald jemand eine Nadel zückt und zusticht.

Der Song von Bear's Den, den wir beim Tanzen in Gedanken gehört haben, *Agape*, fällt mir ein. Ich kannte das Wort nicht und habe es nachgeschlagen. Es ist ein griechisches Wort für Liebe.

For I'm so scared of losing you, and I don't know what I can do about it. I don't wanna know who I am without you.

Ich will nicht wissen, wie ich ohne ihn wäre. Und eigentlich will ich ihm das sagen.

»Würdest du im nächsten Workshop wieder Coach sein?«, frage ich ihn stattdessen.

Jordan hört auf, mich zu streicheln. Seine Irritation ist geradezu greifbar, ich muss ihn dazu nicht erst ansehen. Das könnte ich auch nicht. Er hat mir eben gesagt, dass ich ihm etwas bedeute, indirekt zwar, aber ich habe ihn verstanden. Und wie habe ich darauf reagiert?

»Ich denke nicht«, antwortet er. »Ich wollte ja nicht mal in diesem Jahr Coach sein. Professor Carter hat nur nicht lockergelassen, und irgendwann bin ich eingeknickt.«

»Wie hat sie dich überredet?«

Jordan übergeht meine Frage und stellt eine eigene: »Seit wann magst du mich eigentlich?«

Ich kann mir denken, warum er das wissen will. Aufgrund meiner Reaktion zweifelt er gerade daran, dass ich Gefühle für ihn habe.

»Ich weiß es nicht so genau.«

Das ist die Wahrheit. Ich weiß es wirklich nicht. Herzklopfen hatte ich immer, wenn ich ihn gesehen habe, sogar ganz am Anfang. Aber damals war wohl die Nervosität daran schuld.

Lass das doch nicht so stehen, knurrt die Zuneigung. *Lass ihn wenigsten wissen, dass dir was an ihm liegt.*

»Du bist … Du machst mich … Ich …«

Sehr überzeugend! Grandios!

Jordan wartet kurz ab, ob ich einen der Sätze zu Ende bringe. Als ich es nicht tue, übernimmt er wieder. »Ich weiß, dass du mich näher an dich heranlässt als jeden anderen zuvor.«

»Aber?«

»Kein Aber. Mir ist klar, dass du Zeit brauchst. Du hast es gelernt, dich emotional zu distanzieren.«

Tränen steigen in meine Augen.

»Ich vergleiche dich nicht mit meinen Eltern oder den Highschool-Idioten.«

»Ist mir klar.«

»Warum thematisierst du das dann?«

Ich spüre, wie er durchatmet. »Warum wohl? Ich bin genauso wenig aus Stein wie du.«

Mit der Fingerspitze streicht er über meine Wirbelsäule und küsst meinen Nacken dann wieder. Ich knautsche das Kissen unter meinem Kopf zurecht. Ich weiß, was ich darauf sagen sollte, kann es aber nicht. Das tut mir leid. Und weh.

Kapitel 29

27. Oktober

Mit den anderen und Jordan im Stuhlkreis zusammenzusitzen, gibt mir ein extrem eigenartiges Gefühl. Ich wusste schon nicht, wie ich ihn begrüßen sollte, ob ich für einen Kuss zu ihm gehen oder mich mit einem »Hey« einfach auf meinen Platz hocken sollte. Letzteres habe ich gemacht, und das war vermutlich falsch.

Er verhält sich merkwürdig, erzählt knapp, wirkt genervt und gibt manchmal grantige Antworten. Ich bekomme den Mund nicht auf, lasse ihn auch lieber zu, weil meine Beiträge mehr als verzichtbar wären. Ich kann nicht richtig zuhören, und meine Gedanken führen ein Eigenleben. Immerzu muss ich an gestern Abend denken und mir bewusst machen, dass es wirklich passiert ist.

Jordan und ich hatten Sex. Zweimal. Und noch einmal heute Morgen. Er wollte, dass ich bei ihm bleibe. Wir haben uns berührt, geküsst, wir waren eins. Die meiste Zeit waren wir nackt. Nur beim Pizzaessen hatte er seine Shorts an. Ich trug meinen Slip und sein Radelfuchs-T-Shirt. Er trägt es heute.

Ich hätte ihm einen Kuss geben sollen! Was wäre schlimm daran gewesen? Benedict und Bob waren schon da, aber na und?

Jeder weiß, dass er und ich … irgendwas sind. Verdammt gut befreundet? Sind wir zusammen? Ab wann ist man zusammen? Erklärt man sich offiziell für zusammen?

Das sind die Gedanken, die mich umtreiben, und so habe ich gerade leider gar nichts übrig für den Text, der einmal meiner werden soll. Heute geht es darum, den Anfang eines tragischen Endes weiterzuschreiben und zur eigenen Minigeschichte in Alice-Munro-Manier zu machen. Diesen Anfang hat Jordan am Whiteboard notiert.

Dianes Herz verkrampfte sich, als Jack in den Zug stieg. Dreh dich um, flehte sie in Gedanken. Sieh mich an, nur noch ein einziges Mal. Oder doch für immer. Bleib! Eine Träne rollte über ihre Wange, als Jack, ohne sich umzudrehen, einstieg. Dann war er verschwunden. Aus ihrem Blick, aus ihrem Leben. Der Zug würde ihn nach Chicago bringen, und das Flugzeug nach Australien. Ans andere Ende der Welt. Der Schmerz, der sie packte, ließ sie zittern. Der Pfiff des Schaffners hallte über den Bahnsteig.

Ich weiß nicht, was ich damit anfangen soll. Völlig ratlos starre ich seit inzwischen geschlagenen dreißig Minuten auf meine leere Journalseite. Die anderen fünf schreiben, als ginge es um ihr Leben, und auch Jordan schreibt. Gleich ist Pause. Und ich habe nix. Nicht ein Wort.

Logisch, Diane ist total verzweifelt. Aber allein beim Gedanken *Total verzweifelt sah Diane dem abfahrenden Zug nach* gruselt es mich. Ihre Verzweiflung muss ich so zum Ausdruck bringen, dass man sie fühlen kann, und ich habe keine Worte dafür. Sie geistern zwar in meinem Kopf, neben all den anderen Gedanken, aber ich kann sie nicht fassen, festhalten und auch noch eine Verbindung zu meiner Hand mit dem Stift herstellen. Diane muss irgendetwas tun, das ihre Verzweiflung spürbar macht. Aber was? Schlimm weinend auf dem Bahnsteig zusammenbrechen? Stundenlang durch die Nacht spazieren und sich in Selbstmitleid wälzen? Sich nach Hause verkrümeln und sich bei einem Schwarz-Weiß-Liebesfilm mit Schokolade und Pizza vollstopfen? Ihre beste Freundin anrufen?

Das wären alles bescheuerte Geschichten. Aber besser als gar nichts.

Schon will ich Diane auf dem Bahnsteig zusammenbrechen lassen, da fällt mir etwas anderes ein. Eine der Grundregeln des kreativen Schreibens lautet: brich die Erwartungen des Lesers.

Gerade schreibe ich los, da verkündet Jordan, dass wir Pause machen. Ich bleibe sitzen, nicht nur, weil ich die Zeit zum Schreiben nutzen werde. Ich möchte mit Jordan sprechen und ihm den vorhin versäumten Kuss geben. Bob, Simon und AJ verlassen den Raum. Cat fragt mich, ob wir zusammen einen Kaffee trinken. Ich sage ihr, dass ich die Pause für meinen Text brauche. Sie versteht und geht allein. Nur noch Benedict ist da. Und er spricht mit Jordan. Während ich versuche, meine Sätze zu formulieren, höre ich ihn erzählen: Seit wir vom Ausflug nach Charlevoix zurück sind, ist er nur noch am Schreiben. Keine Songtexte, sondern den Anfang eines Romans, der die Coming-of-Age-Geschichte eines offenbar vielfältig verwirrten Teenagers erzählt. Jordan ist begeistert und ermutigt ihn, weiterzumachen, da klingelt sein Handy. Er verspricht Benedict, später weiterzureden, und geht aus dem Raum, um draußen zu telefonieren. Benedict kramt einen Snack aus seinem Rucksack und verschwindet auch in die Pause.

Ich bin allein. Ich kann schreiben. Ein Satz nach dem anderen fließt ins Journal. Nach jedem halte ich inne, weniger, um nachzudenken, sondern vielmehr, um zu lauschen. Bald ist die Seite zur Hälfte voll, bald ganz. Jordan kommt nicht zurück.

Cat ist als Erste wieder da und erkundigt sich, wie ich vorangekommen bin. Benedict klinkt sich in unser Gespräch ein. Jordan kehrt mit AJ, Bob und Simon zurück.

Nach dem Kurs ist er fällig. Dann wird er sich vor lauter Küssen nicht mehr retten können und aufhören, herumzugrummeln.

»Freiwillige vor!«, sagt er, sobald alle sitzen.

Simon darf starten. Seine Diane springt in letzter Sekunde in den abfahrenden Zug, stoppt ihn per Notbremse, zerrt Jack aus dem Zug und flieht mit ihm vor der Bahnhofspolizei. In einer Gasse, zwischen brennenden Mülltonnen und seinem Gepäck küssen sie sich ins Happy End.

Auch Benedicts Diane steigt in den Zug ein. Sie begleitet Jack nicht nur nach Chicago, sondern fliegt auch mit ihm nach Australien.

Cats Diane wird klar, dass sie Jack liebt, als der Zug abfährt. Erst da versteht sie, dass Jack sie schon lange liebt und ihr das durch die Blume immer wieder gesagt hat. Sie ruft Jack an und bittet ihn, an der nächsten Station wieder auszusteigen, weil sie etwas Wichtiges vergessen hat. Diane fährt hin, Jack steigt aus. Happy ever after.

Allmählich wird mir mulmig.

Vielleicht solltest du die Seite lieber aus dem Journal reißen und sie aufessen, tönt der Zweifel.

AJs Diane hat magische Kräfte und zaubert diverse Hindernisse in die Geschichte, die Jack klarmachen, dass er nicht fahren sollte. Gekonnt kombiniert AJ Humor mit Gefühl, bringt uns zum Lachen und Cat am Ende sogar zum Weinen. Diane und Jack sind ein weiteres Mal glücklich vereint.

Ich würde auch weinen, wäre ich nicht so nervös und unsicher. Als mich Jordan zum Lesen auffordert, rutscht mir das Herz in die Kniekehlen. Mein Text ist ganz anders. War ich so unkonzentriert, dass ich überhört habe, dass die Geschichte ein Happy End haben muss?

Ich nehme meinen Mut zusammen und lese:

»Diane beobachtete, wie sich die Türen schlossen. Die Räder setzten sich in Bewegung. Langsam bewegten sie den Zug aus dem Bahnhof. Diane fixierte ihren Blick auf den Waggon, in den Jack gestiegen war. So wenig wie er zurückgeschaut hatte, so wenig suchte er sie jetzt durch irgendeines der Fenster. Die Räder rollten schneller. Diane verlor den Waggon aus dem Blick. Der Zug ruckelte auf den Gleisen davon, um eine Kurve und verschwand. Weg war Jack. Für immer. Einfach so. Als würde sie ihm nichts bedeuten. War sie ehrlich zu sich selbst, dann hieß das nur eins: Sie bedeutet ihm nichts. Sie lebten nicht im Mittelalter, als gesellschaftliche und soziale Vorschriften Beziehungen verboten oder die Menschen verpflichteten, an bestimmten Orten zu leben. Er zog auch nicht in einen Krieg. Er zog nach fucking Australien!«

An dieser Stelle lachen einige. Ich sehe nicht auf und lese weiter.

»Ohne zurückzuschauen, verließ er sie. Diane blinzelte den Tränenschleier weg und trocknete sich die Wange mit dem Handrücken. *Hit the Road, Jack!*, dachte sie. Oder besser noch: *Hit the Rail!* Wenn er einfach so fahren konnte, war er nicht eine Träne wert, nicht einen wehmütigen Gedanken, nichts mehr. Die Momente, die sie zusammen verbracht hatten, waren schön gewesen, aber für ihn offenbar nicht schön genug. Sie hatten ihn nicht zum Bleiben gebracht oder den Wunsch in ihm geweckt, dass sie mit ihm ging. Sie war ein Zeitvertreib gewesen, hatte ihm die Stunden bis zur Abreise versüßt. Sie würde jetzt einen Teufel tun und heulend auf dem Bahnsteig zusammenbrechen. Es würde nichts ändern. Das brächte ihn nicht zurück. Sie würde sich auch nicht zu Hause verkrümeln und in bester Bridget-Jones-Manier Schokolade frühstücken. Männer wie Jack waren es nicht wert, dass man sich Pfunde auf die Hüften futterte. Genau genommen war es kein Mann wert, sondern nur die Schokolade selbst. Sollte Jack glücklich werden in Australien! Diane nahm ihr Handy, rief Jacks Kontakt auf und löschte ihn. Ohne einen Blick zurück verließ sie den Bahnsteig.«

So! No happy ever after! Kann ja auch mal sein.

Ich sehe auf und Jordan an. Seine Miene ist leer.

»Wow«, sagt er. »Für dieses Ende würden dich die Leser aber lieben.«

»Du hast nicht gesagt, dass die Geschichte ein gutes Ende nehmen muss«, schieße ich zurück.

»Stimmt, das hab ich nicht. Ich hab auch nichts gegen Unhappy Endings, manchmal sind das die besseren und einzig möglichen Enden. Deinem Text hat es aber wieder mal am Wichtigsten überhaupt gefehlt.«

Dem Gefühl, knurre ich in mich hinein und beiße die Zähne aufeinander. Mehr und mehr verärgert erwidere ich Jordans Blick.

Es blitzt in seinen Augen, als er nachlegt. »Deine Diane ist bissig und verbittert. Sie gibt sich emanzipiert …«

»Ja und?«, blaffe ich ihn an, obwohl ich genau weiß, worauf er hinauswill. »Was ist verkehrt an Emanzipation?«

Jordan schüttelt den Kopf. »Nee, nicht auf die Tour, Layla. Es ist gar nichts verkehrt an Emanzipation. Im Gegenteil. Aber deine Diane ist nicht emanzipiert, sondern versteckt sich vor ihren Gefühlen und schiebt ihren verletzten Stolz mit einem Schulterzucken weg.«

»Jeder reagiert anders. Meine Diane reagiert eben so.«

»Damit passt sie aber nicht zu diesem Text. Du hast Diane kaltherzig, gleichgültig und damit unsympathisch gemacht. Da kann man Jack nur gratulieren, dass er sie los ist.«

Empört schnappe ich nach Luft. »Er hat sie verlassen.«

»Sie hat ihn nicht davon abgehalten«, kontert Jordan nun auch sauer. »Nicht während ihrer gemeinsamen Momente, die du recht blass mit schön beschreibst, und auch nicht am Bahnhof.«

»Weil er ihr nicht das Gefühl gegeben hat, dass er aufgehalten werden möchte.«

»Dass sie sich das wünscht, kann der Leser bei deinem Text nicht einmal ahnen. Diane ist verletzt, sie ist wütend, sie kommt sich ausgenutzt und beiseitegeschoben vor.«

»Das habe ich geschrieben.«

»Ich fühle das aber nicht, Layla, weil du mir Dianes Gefühle nicht zeigst. Wie fühlt sich ihre Wut an? Sticht und stachelt sie, lodert sie? Fühlt sich ihr Herz wie umgekrempelt an? Wird ihr übel? Wird ihr schwindelig? Wie ist es, plötzlich allein zu sein? Fühlt sie sich wie ein Eskimo in der weiten Eissteppe? Was macht es mit ihr, dass Jack sie verlässt?«

Innerlich beginne ich zu zittern. Jordan hat recht, aber inzwischen ist mein Stolz ziemlich angeschlagen. Und mein Herz fühlt sich gerade tatsächlich an, als würde es sich umkrempeln.

»Willst du es nicht oder kannst du es nicht?« Ein resignierender Ton klingt in Jordans Stimme mit. »Das ist die fünfte Workshopwoche, und ich sage es dir von Anfang an: Eine Geschichte ohne Gefühl ist für die Tonne.«

Mein Atem stockt. Ich glaube, die anderen halten auch den Atem an. Das innere Zittern wird stärker. Am liebsten möchte ich aus dem Raum rennen. Wie schon einmal. Das scheint eine Ewigkeit her zu sein, länger als fünf Wochen.

»Ich kann das nicht immer auf Knopfdruck«, presse ich zwischen den Zähnen durch. »Manchmal muss ich dafür allein sein oder brauche ganz einfach etwas länger als eine Stunde.«

Ein Kloß setzt sich in meinem Hals fest, als ich sehe, dass der Ärger aus Jordans Miene verfliegt. Das Funkeln in seinen Augen verglimmt, und plötzlich wirkt er, als täten ihm seine Worte leid, als wäre er traurig.

»Laylas Idee fand ich eigentlich gut«, höre ich Cat sagen.

»War sie ja auch.« Jordan schaut von mir weg zu Cat. »Ich bin es nur leid, wieder und wieder dasselbe zu predigen.«

Er fordert Bob auf, seinen Text vorzulesen. Bobs Diane ringt mit sich und kann nicht fassen, dass Jack sie verlässt. Nicht, nachdem sie die beste Zeit ihres Lebens, deren einzelne Momente er beschreibt, gemeinsam verbracht haben. Jack sieht das genauso, denn er überlegt es sich anders und steigt wieder aus dem Zug aus. Ende gut, alles gut.

Jordan gibt ein paar Kommentare dazu ab, die weitestgehend positiv sind. Dann kommt er auf ein neues Thema zu sprechen. Negative Emotionen. Yay! Das passt ja ausgezeichnet.

Jordan erzählt, wie viel Kraft und Potenzial negative Emotionen haben und dass sie prinzipiell einfacher und bildhafter beschrieben werden können als positive, weil unser Gehirn sie sich besser einprägt. Positive Ereignisse und Gefühle vergessen wir schneller oder akzeptieren sie als selbstverständlich, weil sie uns nicht auf eine Bedrohung hinweisen, sondern einfach nur suggerieren, dass alles in Ordnung ist. Unser Umgang mit negativen Emotionen ist, Jordans Worten zufolge, in unseren Genen verankert. Die Angst beispielsweise hat unseren steinzeitlichen Vorgängern tagtäglich dabei geholfen zu überleben.

Als Hausaufgabe sollen wir einen Text von etwa fünfhundert Worten über etwas schreiben, das uns Angst macht.

Großartig!

Hastig packe ich zusammen. Ich will hier raus und weg und meine Ruhe haben und nachdenken und mich sortieren und vielleicht auch heulen. Seit Jordans traurigem Blick kribbeln die Tränen unter meinem Nasenbein. Ich ziehe meinen Mantel über und schultere meine Tasche, da steht Jordan bei mir.

»Können wir reden?«, fragt er.

Mit dir rede ich nie wieder!, krakeelt der verletzte Stolz.

Ich überwinde mich und nicke.

Gemeinsam verlassen wir den Raum, durchqueren den Flur und gehen in den Park hinter der Mason Hall. Der Himmel ist immer noch grau, und jetzt passen die Wolken zu meiner Stimmung. Immerhin regnet es nicht.

»Ich musste dir das so sagen«, murmelt Jordan. »Ich wäre sonst nicht ehrlich gewesen. Jedem anderen hätte ich das auch so gesagt.«

»Ich weiß«, murmele ich zurück.

»Und ich weiß, dass du es eigentlich kannst. Du hast es bei anderen Texten gezeigt.«

»Es war dieses Thema.«

»Verlassen zu werden?«

»Nicht direkt. Ich habe keinen Grund gesehen, aus dem man sich heutzutage für immer verabschieden muss, wenn man sich … na ja, wenn man sich eben gernhat.«

»Und dir ist nicht im Traum eingefallen, es nicht geschehen zu lassen.« Jordan schmunzelt, wobei er aber wieder ein wenig traurig wirkt. »Deine Diane akzeptiert es einfach. Sie will stark sein, sich davor schützen, dass Jack sie verletzt.«

Reden wir noch über Diane?

»Außerdem war ich abgelenkt«, sage ich, weil mir die Richtung, in die Jordan die Unterhaltung bringt, nicht behagt. »Es war verwirrend, dich heute als Coach zu erleben. Ich musste die ganze Zeit an gestern denken, was zwischen uns passiert ist. Und dann trägst du auch noch das Fuchs-T-Shirt.«

Er nimmt meine Hand, verschränkt seine Finger mit meinen. »Ich war melancholisch, nachdem du gegangen warst. Und da du es dir zum Hobby gemacht hast, meine T-Shirts zu interpretieren …«

»Dachtest du, du gibst mir einen dezenten Hinweis auf deine Melancholie?«

Wir bleiben stehen. Ich versuche, die Gedanken hinter seiner Stirn zu lesen. Er scheint die gleiche Absicht zu haben. Als er wieder schmunzelt, amüsiert diesmal, stelle ich mich auf die Zehenspitzen, damit ich seinen Mund erreichen kann. Seine Lippen sind warm und sanft. Zärtlich schlingt er die Arme um mich.

»Ich wünschte, du könntest heute wieder bei mir sein«, sagt er auf dem Rückweg. »Du könntest ein anderes T-Shirt für mich vortragen.«

»Kann ich das denn nicht?«

Bedauernd schüttelt er den Kopf. »Carry hat vorhin angerufen. Sie braucht meine Hilfe bei einem wissenschaftlichen Text.«

»Schade.«

»Morgen Abend?«

Ich seufze. »Morgen bin ich doch mit meinen Eltern zum Essen verabredet.«

»Dann erst recht. Komm danach vorbei.«

Ich bin nicht sicher, ob ich nach dem Gespräch in einer erträglichen Stimmung bin. Vielleicht will ich seine Nähe dann, vielleicht will ich auch für mich sein.

Glorias Gruppe scheint auch Feierabend zu haben. Ich beobachte, wie Elijah und Kyle aus der Haven Hall kommen. Kyle hält Elijah die Hand hin, Elijah nimmt sie. Haben es die zwei also geschafft. Das ist gut!

Mein Blick fällt auf Stella, die hinter den beiden aus dem Gebäude kommt, stehen bleibt und ihnen nachschaut.

»Ich sollte zu Stella«, sage ich Jordan.

Stella sieht uns und winkt. Ich winke zurück und gebe ihr zu verstehen, dass ich in einer Minute bei ihr bin.

Jordan zieht mich für einen zweiten Kuss heran, dann erst lässt er mich gehen.

Kapitel 30

28. Oktober

Vom Gandy Dancer hatte ich bisher nicht einmal gehört. Es ist nicht die Sorte Restaurant, in denen sich Erstsemester-Studenten tummeln. Dabei liegt es noch in der Nähe der Universität. Der Park, wo am Wochenende die Flusspartys stattfinden, ist auch nicht weit.

Meine Eltern haben für achtzehn Uhr reserviert. Ich habe Mom geschrieben, dass ich eine halbe Stunde länger brauche. In den freien Nachmittagsstunden nach dem Twain-Seminar musste ich mich auf den Grundkurs morgen früh vorbereiten und noch einiges lesen. Nach dem Gespräch werde ich mich darauf nicht mehr konzentrieren können, entweder weil Mom und Dad mir den letzten Nerv geraubt haben, oder aber, weil ich bei Jordan bin.

Um mich nicht noch mehr als angekündigt zu verspäten, habe ich mir Stellas Fahrrad ausgeliehen und rase im Affenzahn über die State Street nach Norden. Außer Puste erreiche ich das Restaurant und bin erst einmal verwirrt. Das hatte ich mir anders vorgestellt, nicht wie einen alten Bahnhof. Über die dahinterliegenden Gleise rattert ein Güterzug. Mein Blick fällt auf den Namen am grünen Vordach über dem Eingang. Okay, ich bin richtig. Das Gebäude scheint aus dem vorletzten Jahrhundert zu stammen und macht auf den zweiten Blick doch ganz schön was her. Es wurde aus dicken Steinen hochgebaut, hat ein spitzes Dach, Giebel und einen Schornstein. Seine eckigen und bogenförmigen Fenster werden von außen mit gelbem Licht beleuchtet.

Als ich Stellas Fahrrad neben dem Eingang abschließen will, bittet mich ein herausgeputzter Angestellter, der Hallo-Sager vom Dienst wahrscheinlich, mein Rad anderswo abzustellen. Also schiebe ich es auf die gegenüberliegende Straßenseite und schließe es dort an einen Baum an.

Bei der zweiten Begegnung wird mir der Hallo-Sager nicht sympathischer. Er mustert mein vom Radfahren zerzaustes Haar, und meine Klamotten scheinen ihm auch nicht zu gefallen. Ich lasse ihn wissen, dass meine Eltern bereits auf mich warten. Er nickt, nimmt mir meinen Mantel mit spitzen Fingern ab, fordert mich zum Folgen auf und stolziert voran in den Speisesaal, wo leise klassische Musik das Klimpern von Besteck und das Klingen von Gläsern untermalt. In zwei Reihen stehen die Tische inmitten von Steinmauern und Terrakotta-Kaminen. Eisenleuchter hängen von den Deckenbalken.

Meine Eltern sitzen in der Mitte des Raumes an einem runden Tisch. Ich gebe beiden einen Kuss auf die Wange und nehme dann bei ihnen Platz.

»Sechs Uhr hatten wir ausgemacht.« Mom schaut auf ihre Armbanduhr. »Jetzt ist es gleich Viertel vor sieben.«

Ich könnte erzählen, wie ein Studienalltag aussieht, und sie daran erinnern, dass nach den Vorlesungen noch lange nicht Schluss ist. Was würde es ändern?

»Ich hatte dir geschrieben, dass es etwas später wird«, entgegne ich stattdessen.

»Du weißt doch, dass deine Mutter nach sieben nichts mehr isst«, kommt es von Dad.

Mom winkt ab. »Ich werde schon einen Salat finden, auch wenn ich die Meeresfrüchte probieren wollte.«

»Darling, du könntest doch auch eine Vorspeise als Hauptgericht bestellen«, schlägt Dad vor.

Mom schüttelt den Kopf. »Ist schon in Ordnung. Sprechen wir nicht mehr davon. Wir wollen uns schließlich den Abend nicht verderben.«

Weil der eigentliche Grund für ihren Besuch den Abend und das Essen ebenfalls verderben würde, verlieren die beiden auch dazu erst einmal kein Wort. Nachdem der Kellner unsere Bestellungen entgegengenommen und den Gruß aus der Küche serviert hat, den Mom nicht anrührt, erzählen meine Eltern von ihren Freunden. Der eine hat bei der Renovierung Ärger mit den Handwerkern gehabt, ein anderer musste nach dem Gottesdienst wegen eines Schwächeanfalls ins Krankenhaus gebracht werden. Aber es gibt auch viel Erfreuliches: neue Enkelkinder, neue Joberfolge der Kinder, eine Hochzeit. Eine ganze Stunde lang bringen mich meine Eltern zu Leuten, die ich kaum kenne oder die mich nicht interessieren, auf den neuesten Stand. Beim Essen wird das Essen diskutiert. Dads Dynamite Mahi Mahi Krabben sind köstlich, aber der Reis schmeckt sehr nach Kokos und der Spargel ist ganz sicher nicht frisch. Moms Iceberg Wedge ist halt ein Salat. Schweigend verdrücke ich meine Gemüseravioli.

Der Kellner räumt unsere Teller ab und empfiehlt uns zwei besondere Desserts, die nicht auf der Karte stehen. Ich sehe Dad an, dass er gern eins bestellen würde, aber nach einem Blick zu Mom, die für sich schon dankend ablehnt, entscheidet er sich dagegen. Ich will auch keins. Ich will das Gespräch hinter mich bringen und nicht noch mehr Geschichten hören, die nur zur Überbrückung erzählt werden.

Mom fackelt glücklicherweise nicht mehr lange. Sie trinkt noch einen Schluck Wein, setzt das Glas dann ab und sieht mich an.

»Dein Vater und ich haben uns noch einige Gedanken zu dem gemacht, was letzten Samstag geschehen ist.« Ihre grauen Augen funkeln kalt. »Wir wissen nicht, wie wir uns jetzt verhalten sollen. Ob wir den Code zum Haus ändern und für uns behalten sollen. Du wirst dann immer klingeln müssen, wenn du kommst.«

Ist das nur eine Drohung oder schon eine Ankündigung?

»Was genau ist denn passiert?«, frage ich. »Ich war kurz zu Hause und hatte einen Freund dabei. Wir wollten nur zu meinen Büchern.«

»Dort wart ihr aber nicht«, klinkt sich Dad ein. »Ihr habt euch im Haus herumgetrieben. Was hattet ihr im Kaminzimmer verloren?«

»Ich hab Jordan Leo und Law gezeigt.«

Er runzelt die Stirn. »Als wir das Licht sahen, dachten wir, es seien Diebe im Haus.«

»Ach, ruft ihr jeden Einbrecher Layla? So ein Blödsinn! Ihr habt euch gedacht, dass ich zu Hause bin. Ihr wart nur überrascht, dass ich nicht allein war.«

»Hättest du ihn auch mitgebracht, wenn wir zu Hause gewesen wären?«

Eine tricky Frage, die Mom da stellt.

»Das hätte von eurer Reaktion abgehangen«, antworte ich nach kurzem Überlegen. »Aber wahrscheinlich nicht, nein. Ihr hättet ihn vielleicht ins Haus gebeten, ihn aber ähnlich behandelt.«

»Er passt nicht zu dir«, stellt Mom knapp fest.

Wenn ich das schon höre!

»Warum nicht? Weil er keinen Tennispullover, keine Leinenhosen und keinen Seitenscheitel trägt? Er ist ein lieber Mensch, und er bedeutet mir viel. Ihr habt ihn angestarrt, als käme er geradewegs aus der Gosse gekrochen. Einfach nur peinlich war das.«

Meine Worte gefallen meinen Eltern nicht. Insbesondere wohl nicht die Aussage, dass Jordan mir etwas bedeutet. Ihre Haltungen werden steifer, ihre Mienen abweisender. Die Luft im Saal scheint dicker und dicker zu werden.

»Daher weht der Wind also«, brummt Dad. »Er hat dir diesen Floh mit dem kreativen Schreiben ins Ohr gesetzt. Wegen ihm bist du in diesem Kurs.«

»Das stimmt nicht. Ich kannte ihn vorher nicht. Wie gesagt, er ist mein Coach …«

»Wir haben deinem Englischstudium zugestimmt«, unterbricht mich Dad, »auch wenn wir uns für dich etwas anderes vorgestellt haben. Nun wäre es wünschenswert, dass du dich wenigstens darauf konzentrierst. Dieser unnütze Kurs sollte dich so wenig ablenken wie deine Flausen zur Schriftstellerei und dieser … Coach.«

So viele Dinge schießen mir durch den Kopf. Ich denke an eine Klarstellung, dass mir keine Schriftstellerkarriere vorschwebt. Ich denke an mein Dreizehn-Tagebuch und daran, dass ich dennoch vielleicht immer hätte schreiben sollen. Ich denke an Jordan, der diese Fähigkeit wiedererweckt hat und mir mehr und mehr die Angst nimmt. Am Ende hänge ich an ein paar gerade gehörten Worten fest: Dass meine Eltern mein Englischstudium tolerieren. Dass sie wieder einmal andere Erwartungen an mich hatten. Dass sie sich mit neuen Erwartungen an die Situation angepasst haben. Ich frage mich, ob das jemals aufhört.

»Habt ihr euch nicht langsam daran gewöhnt?«, rutscht es mir raus.

Mom und Dad schauen mich fragend an.

»Dass ich euch enttäusche«, füge ich an. »Ich bin nichts als eine Enttäuschung, seit dem Tag meiner Geburt.« Nachdenklich schüttele ich den Kopf. »Nein, vorher war ich das schon.«

»Was soll dieses Gerede?«, schimpft Dad leise. »Du drehst den Spieß um, willst uns Vorwürfe machen. So etwas kannst du nicht einfach so sagen.«

»Ich sage es auch nicht einfach so, sondern weil ihr mir das Gefühl gebt. Es genügt schon, wie ihr mich anseht.« Bitterkeit quillt in mir auf. Ich will sie zurückdrängen, aber sie breitet sich in mir aus und drängt die Worte aus meinem Mund. »Ich war nicht der Liebling der Lehrer. Ich war keine beliebte Schülerin. Ich war keine Prom-Königin. Ich war nicht mal auf dem Abschlussball, weil es keinen Jungen gab, der mit mir hingegangen wäre. Ich war keine gute Sportlerin. Ich habe die Highschool nicht als Klassenbeste abgeschlossen. Ich habe nicht die Abschlussrede meines Jahrgangs gehalten. Ich bin kein Gesprächsmagnet auf euren Partys. Ich fahre oder fliege nicht jedes zweite Wochenende zu euch nach Hause. Ich studiere nicht Jura. Ich studiere nicht einmal in Harvard.«

»Was soll das?« Dad bekommt einen roten Kopf vor lauter Ärger. »Wir sind doch einverstanden mit der U of M.«

Unbeirrt fahre ich fort: »Wisst ihr, warum ich nicht in Harvard bin? Weil ich es nicht wollte. Ich habe meine Bewerbung absichtlich vergeigt. Es wäre immer weiter gegangen mit dem Vergleichen. Dabei kann ich mich auf den Kopf stellen und sonst was tun. Ich werde in euren Augen nie gut genug sein. Ich werde nie an sie herankommen. Sie können ja auch gar nichts mehr falsch machen, und ihr habt sie idealisiert.«

»Genug!«, kommt es jetzt von Mom, die bisher verbissen geschwiegen hat. Ich sehe, dass ihre Hände zittern. »Halte Leo und Law da heraus. Sie haben rein gar nichts mit deinem Verhalten zu tun.«

»Mit meinem Verhalten?« Tzz! Ich verschränke die Arme vor der Brust, wie um meine Gefühle im Körper einzusperren. Den Ärger, die Fassungslosigkeit und jetzt auch die Traurigkeit. »Mir fehlen sie auch. Seit dem Tag, an dem sie verschwunden sind.«

»Hör auf«, flüstert Mom mit brüchiger Stimme. »Dies ist nicht der richtige Ort.«

»Ich hab an diesem Tag aber nicht nur meine Brüder verloren, sondern meine ganze Familie und meine Freunde. Von einem Tag auf den anderen war ich allein. Ich habe darauf gewartet, dass Leo und Law wiederkommen, damit alles wieder so wird, wie es mal war, damit ich nicht mehr so angeschaut werde. Wie das übrige Kind.«

»Können wir gehen?«, fragt Mom an Dad gewandt.

Er nickt und gibt unserem Kellner ein Zeichen, die Rechnung zu bringen.

»Ich könnte euch auch vergleichen«, sage ich weiter. »Dann würde ich feststellen, dass ihr Leo und Law nie ersetzen könnt. Aber das habe ich nie von euch erwartet. Warum erwartet ihr es von mir? Um die Bestätigung zu haben, dass ich nie so gut sein werde wie sie?«

»Layla, Schluss jetzt!«, knurrt Dad und hat Mühe, leise zu bleiben. Verwirrt tastet er sein Jackett nach seinem Portemonnaie ab und zückt es, als der Kellner mit der Rechnung an den Tisch tritt.

Wie auf Knopfdruck lächeln beide, loben das Essen, das fantastische historische Ambiente. Am Ende betonen sie, was sie für wunderbare Stunden hier hatten und dass sie ganz sicher wiederkommen werden. Ich könnte schreien! Ganz sicher werden sie nie mehr hierherkommen. Ganz sicher werde ich das auch nicht tun. Ich will nie wieder an diesen grässlichen Ort zurückkehren, und mir ist völlig egal, ob es mal der schönste und vornehmste Bahnhof in ganz Michigan war, wie uns der Kellner gerade erzählt. Ich will, dass dieser Typ verschwindet, damit ich den Rest von allem ausspucken und nach all den Jahren loswerden kann. Die Worte drängen hinter meinen fest verschlossenen Lippen.

Endlich geht er, und ich fahre fort: »Meiner Mitbewohnerin, Stella, ging es neulich nicht gut. Sie hatte Liebeskummer. Sie hat ihre Mom angerufen. Zwei Tage später stand sie auf der Schwelle und hatte Rice Krispies dabei, weil Stella die als Kind getröstet haben, wenn sie traurig war.«

Verwundert schüttelt Mom den Kopf. »Was hat diese Geschichte mit allem zu tun?«.

»Ich habe versucht, mir vorzustellen, ich würde dich anrufen, wenn ich Liebeskummer habe«, sage ich ihr. »Ich glaube nicht, dass du dich ins Auto setzen und mit Süßigkeiten zu mir fahren würdest. Nicht mal, wenn du nur zwanzig Meilen entfernt wärst. Du wüsstest nicht mal, welche Süßigkeiten ich mag.«

»Unverschämtheit, Layla«, knurrt Dad. »Wie sprichst du mit deiner Mutter?«

Davon und auch von Moms betroffener Miene unbeirrt rede ich weiter: »Ich habe mich gefragt, ob die Beziehung, die Stella und ihre Mom haben, normal ist oder ob es unsere Beziehung ist. Ich bin zu keinem Schluss gekommen. Ich weiß es nicht. Ich finde es ungewöhnlich, wie Stella und ihre Mom miteinander sind. Aber das denke ich vielleicht nur, weil es mir selbst so fremd ist.«

Zorn blitzt in Moms grauen Augen. Sie verkneift den Mund zu einem harten Strich, lockert ihn dann aber wieder.

»Welche Süßigkeiten hättest du denn gern für den Fall, dass dieser Jordan dich in den Wind schießt, wenn er seinen Spaß mit dir hatte?«, fragt sie. »Menschen wie er sind so, aber das willst du offenbar selbst herausfinden.«

Ich schüttele den Kopf. »Das geht so nicht mehr«, beschließe ich. »Ich lerne gerade echt viel über mich, und ich will das hier nicht mehr, denn es tut mir nicht gut.«

»Das hier?«, fragt Dad.

Ich zögere und sage dann, was ich mir schon lange Zeit denke: »Ihr würdet mich eintauschen gegen Leo und Law, oder nicht?«

Sie reagieren nicht, schauen mich nur erschrocken an.

Auch die restlichen Gedanken lasse ich frei: »Ich wünsche mir gar keine Anerkennung mehr von euch. Aber ich will auch keine Vorwürfe mehr oder diesen Zweifel an mir und allem, was ich tue. Ändert meinetwegen den Code fürs Haus.« Ich stehe auf. »Ist mir egal. Ich werde nicht mehr nach Charlevoix kommen. Das Geld fürs Studium zahle ich euch zurück, sobald ich es kann.«

Damit drehe ich mich um und gehe zwischen den Tischen hindurch aus dem Speisesaal. Ungeduldig und zugegeben unfreundlich verlange ich meinen Mantel vom Hallo-Sager, aber ich kann nicht netter. Ich heule auf der Stelle los, wenn ich nicht gleich frische Luft atmen kann. Die Tränen drücken und beißen schon in meinen Augen.

Kopflos stolpere ich ins Freie, ziehe meinen Mantel an, überquere die Straße und suche Stellas Fahrrad. Mit zittrigen Händen öffne ich das Schloss, steige auf und radele los.

Ich habe gerade mit meinen Eltern Schluss gemacht. Und das fühlt sich so grauenvoll, so grausam und so falsch an, wie es mir absolut richtig erscheint.

Kapitel 31

29. Oktober
Im Traum bin ich segeln. Mit Leo und Law bin ich auf ihrem Boot. Wir sind unterwegs auf einem See, der immer weiter wird und das Land rund herum verdrängt. In allen Richtungen sehe ich bald nichts als blaue Weite, die mit dem Horizont verschwimmt. Ein Schwarm Möwen, der uns bis jetzt begleitet hat, stürzt sich kopfüber wie zum Fischfang in die Fluten. Keiner der Vögel taucht wieder auf. Der Wind flacht vollständig ab, doch das Segel bleibt gebläht, und das Boot treibt weiter voran. In völliger Stille. Die Wellen rauschen nicht mehr und trennen sich nicht mehr krachend vor dem Rumpf des Bootes. Das Wasser ist glatt und flach wie ein Spiegel, doch es reflektiert nichts, und der Grund ist nicht zu sehen. Es hat keinen Grund mehr. Am Himmel gibt es keine Wolke, aber auch keine Sonne. Das Licht ist ewig, nicht mehr von Tag oder Nacht abhängig. Tag und Nacht gibt es nicht mehr.

An Deck ist nichts mehr zu tun. Kursänderungen nach Luv oder Lee braucht es nicht. Leo und Law sitzen mir gegenüber und spielen Backgammon. Sie tragen keine Segelkleidung, sondern Anzüge, Leo den dunkelblauen, Law den schwarzen. Die Steine, die sie ans Ziel bringen, nehmen sie nicht einfach vom

Brett, sondern werfen sie über ihre Schultern ins Wasser. Bevor einer von beiden seinen letzten Stein los ist, baut sich das Brett von allein wieder auf und sie beginnen von vorn, werfen beide einen Würfel.

Leo dreht mir den Kopf zu. Er scheint etwas zu fragen, aber kein Ton verlässt seinen Mund. Law wiederholt es, doch bei ihm ist es nicht anders. Ich will und muss es verstehen, doch es hilft nichts. Als sich meine Brüder wieder auf ihr Spiel konzentrieren, sage ich ihnen, dass sie mich zurückbringen sollen. Ich darf den Workshop nicht verpassen. Ich habe Jordan versprochen, dass ich hinkomme. Aber so wenig ich sie hören kann, so wenig hören sie mich. Lauter und lauter spreche ich mit ihnen, stehe auf und schreie sie an. Aber sie haben nur noch Augen für ihre Würfel und Spielsteine.

Mein Geist braucht eine Weile, um zurückzukommen und die Traumwelt von der Realität zu trennen. Als ich spüre, dass mein Arm gestreichelt wird, öffne ich die Augen. Ich bin in Jordans Bett. Er liegt hinter mir. Die Jalousien sorgen dafür, dass es noch ganz dunkel ist, doch durch einen Schlitz zwischen zwei Streben blitzt das Tageslicht. Ich drehe mich zu ihm um.

»Da bist du ja wieder«, murmelt er, sucht im Dunkeln meinen Mund und gibt mir einen kurzen Kuss.

»Wie meinst du das? Hast du gar nicht geschlafen?«

»Doch, bis eben. Ich bin wach geworden, weil du im Schlaf geredet hast.«

»Was habe ich gesagt?«

»Dass du zurückwillst. Dreimal.«

»Noch etwas anderes?«

»Nein.«

Ein Glück! Es wäre mir peinlich gewesen, wenn ich seinen Namen im Schlaf gebrabbelt hätte.

»Wo warst du denn?«

»Segeln mit meinen Brüdern. Auf totem Wasser.«

Ich schmiege mich näher an Jordan, umarme ihn und lege das Gesicht an seinen Hals, um seinen vertrauten Geruch einzuatmen.

Noch eine ganze Weile bin ich gestern durch Ann Arbor geradelt, zuerst am Fluss entlang, dann durch Downtown. Nachdem ich mich halbwegs beruhigt hatte, habe ich mich zum North Quad aufgemacht. In dem Moment, als ich an Jordans Tür geklopft habe, ging eine Nachricht von ihm ein. Ob alles okay sei, wollte er wissen. Wir haben die halbe Nacht geredet. Er kann sich nicht vorstellen, dass meine Eltern die Trennung hinnehmen. Er glaubt und hofft, dass ich sie mit meinen Worten wachgerüttelt habe.

»Wie spät ist es?«, nuschele ich.

»Gleich acht.«

»Dann müssen wir aufstehen. Der Grundkurs beginnt um neun.«

»Meine erste Vorlesung auch.«

Der Gedanke an den Vormittag missfällt mir außerordentlich, weil es gerade so gemütlich ist. Am liebsten möchte ich weiterdösen, bis mir die Glieder vor lauter Trägheit wehtun. Das habe ich schon so lange nicht mehr gemacht. Aber der Tag wartet nicht. Nach dem Grundkurs ist Lern- und Vorbereitungszeit. Ein oder zwei dieser sechs Stunden werde ich für die Workshop-Hausarbeit brauchen. Gerade fällt mir nämlich ein, dass ich die noch nicht erledigt habe.

Als ich Jordans Brust streichele, schnurrt er genüsslich. Ich streichele ihn weiter, lasse meine Hand zu seinem Bauch gleiten. Das hat einen schönen Effekt. Er bekommt eine Erektion und keucht leise, als ich meine Hand aktiv werden lasse. Er wird härter. Ich lege ein Bein über seinen Körper und streichele ihn noch fester.

»Was muss ich tun, damit ich meinen Text heute nicht vorlesen muss?«, necke ich ihn.

»Keine Chance«, gibt er mit rauer Stimme zurück.

»Und wenn ich den Text gar nicht geschrieben habe? Dann gibt es auch nichts vorzulesen.«

»Wie gesagt, keine Chance.«

»Das sehe ich anders.«

»Was soll ich den anderen erzählen: Layla ist entschuldigt, sie hatte keine Zeit, weil sie mit meinem Schwanz beschäftigt war?«

Ich verkneife mir ein Lachen und lasse kurz von ihm ab, um mich über ihn zu schieben, ihn dabei auf den Rücken zu drehen und mich auf ihn zu setzen. Um etwas sehen zu können, beuge ich mich vor und schalte die Lampe auf dem Schränkchen neben seinem Bett ein. Die Kondompackung liegt dort auch. Ich nehme eins heraus, packe es aus und streife es über Jordans Glied. Das erste Mal misslingt es, weil es verkehrtherum ist, aber es scheint Jordan zu gefallen, dass ich ihn beim zweiten Versuch wieder anfasse.

Sobald das Gummi sitzt, übernimmt mein Becken und erledigt, was meine Hand bisher getan hat. Es macht mich an, ihn unter mir zu spüren. Ich werde feucht und will ihn lieber gleich als später in mir spüren, lasse mein Becken aber weiter auf seinem kreisen.

»Ganz schön mutig für eine Anfängerin«, raunt er und legt seine Hände an meine Seiten.

»Er darf nicht hinein, bis du mir versprichst, dass ich entschuldigt bin.«

»Keine Chance.«

»Dann tut es mir wirklich leid für dich.«

»Frech wirst du jetzt auch noch«, murmelt er halb amüsiert, halb erregt und will die Sache übernehmen.

Um ihn davon abzuhalten, packe ich seine Handgelenke und bringe sie über seinen Kopf. Dort drücke ich sie ins Kissen, halte sie fest und sehe Jordan an. Seine Augen glänzen vor Lust.

»Komm her«, knurrt er.

»Wohin denn?«

»Auf meinen Mund, mit deinem Mund.«

»Nein«, antworte ich und drücke mein Becken wieder fester auf seins.

Er verliert die Geduld, macht seine Hände los und zieht mich zu sich herab, um mich zu küssen.

»Sicher nicht?«, raunt er an meine Lippen.

Zum dumm, da habe ich mir wohl selbst einen Streich gespielt. Ich würde lieber zehn Texte für den Workshop schreiben, statt jetzt auf Sex mit Jordan zu verzichten, denn ich halte das Ziehen zwischen meinen Beinen nicht mehr aus.

»Ich hab's mir anders überlegt«, flüstere ich und küsse ihn.

Er dringt in mich ein.

Unser Stöhnen und Flüstern vermischen sich miteinander. Zuerst bewegt Jordan sich allein, doch ich finde schnell in seinen Rhythmus und setze mich wieder auf. Die Erkenntnis, dass ich ihn in dieser Position, wenn ich auf ihm bin, noch intensiver spüre, durchzuckt mich wie das Gefühl, dass er in mir auslöst, als er mich tief drinnen berührt. Beißendes Verlangen treibt mich jetzt an. Meine Gedanken werden leicht und lösen sich auf, bis mein Kopf ganz leer ist. Ich lehne mich zurück, stütze die Hände hinter mir auf seinen Oberschenkeln ab und liebe ihn, wie es mir gefällt, bis mein ganzer Körper unter Strom steht und etwas in mir explodieren lässt.

Zitternd beuge ich mich über Jordan, der sich weiter in mir bewegt. Er packt meine Hüften fester, legt den Kopf zurück und stöhnt unter zerrissenen Atemzügen, als er ebenfalls kommt.

Ich sinke auf ihn, küsse seine schweißnasse Haut. Er legt den Arm um mich, streicht über meinen Rücken. Sein Herz schlägt so heftig, dass ich es unter meiner Hand klopfen spüre. Wahrscheinlich spürt er meins auch. Es rast noch und beruhigt sich nur allmählich.

Wir ziehen die Bettdecke über uns und dösen. Mein Kopf füllt sich wieder mit Gedanken. Sie sind süß und herrlich träge.

»Ich glaube, jetzt kommen wir zu spät«, murmele ich nach einer ganzen Weile.

»Nein«, gibt Jordan zurück.

»Doch, ganz sicher sogar. Es ist bestimmt schon halb neun.«

»Wenn wir gar nicht kommen, können wir auch nicht zu spät kommen.«

Verdutzt sehe ich ihn an. Er grinst verschmitzt, zuckt dann mit den Schultern.

»Du willst blaumachen?«

»Ja, und ich will, dass du mitmachst. Wird Zeit, dass du lernst, wie das geht.«

»Gibt es ein Regelwerk dafür?«

»Klar, die erste Regel haben wir schon befolgt.« Er nimmt eine Haarsträhne, die auf meiner Wange liegt, und wickelt sie um seinen Zeigefinger.

»Liegen bleiben?«, rate ich.

»Genau. Ich schlage vor, das machen wir noch bis ungefähr elf. Im Anschluss finden wir heraus, ob wir zusammen unter meine Dusche passen.«

»Ist das auch eine Regel?«

»Nein, nur eine Option. Aber eine gute, finde ich. Die nächste

Regel besagt, dass man irgendwo brunchen sollte.« Er überlegt kurz und hat schon eine Idee. »In der Liberty Street gibt es das Avalon. Die haben unglaublich gutes Brot. Sie backen selbst, nach französischen und deutschen Rezepten. Es gibt dort ein Avocado-Bacon-Sandwich, das du probieren solltest.«

Tatsächlich knurrt mein Magen allein bei der Vorstellung.

Jordan hört es und lacht. »Okay, das Avalon soll es sein. Wir suchen uns einen Sofaplatz, essen uns gerade so satt, dass unsere Denkmaschinen auf Tour kommen, helfen mit Kaffee nach und dann wird geschrieben.«

»Schreiben im Café.« Ich muss grinsen. »Das klingt nach einem verklärt romantischen Schriftsteller-Lotterleben.«

»Ein Café kann ziemlich inspirierend sein. Wie jede Umgebung, die nicht dein Schreibtisch oder dein gewohnter Schreibplatz ist. Viele Schriftsteller suchen sich einen anderen Ort zum Arbeiten, wenn sie eine Schreibblockade haben oder frischen Wind für ihre Gedanken brauchen.«

»Ich befürchte, ich bringe in einem Café gar nichts zu Papier. Ich werde viel zu abgelenkt sein von anderen Gästen, vom Gemurmel und Geklimper und dem Rattern der Kaffeemühle.«

»Glaub ich nicht.« Jordan schüttelt den Kopf. Sein Blick streichelt mich liebevoll. »Ich denke, es wird dich eher anregen und dich in einen Tunnel schicken, in dem du nur noch von deiner Idee umgeben bist. Aber finden wir das doch heraus.«

»Und wenn das nicht passiert? Bin ich dann entschuldigt?«, tease ich ihn wieder.

»Für heute ja. Wenn du dir eine Erklärung einfallen lässt, die die anderen dir abkaufen. Und wenn du nicht rot beim Schwindeln wirst. Aber du musst den Text bis morgen nachliefern.«

»Du Sklaventreiber!«

Er nimmt es hin. »Noch ein schönes Motiv für ein T-Shirt.«

Ich muss an die Worte meiner Eltern denken. Dass mich der Workshop nur vom Studium ablenkt, haben sie gestern behauptet. Wenn sie wüssten, dass ich meine Vorlesung heute sausen lasse, um mit Jordan im Bett bleiben zu können und später für den Workshop zu arbeiten, könnten sie mir eine gewisse Nachlässigkeit zum ersten Mal begründet vorwerfen.

»Hast du denn schon eine Idee für deinen Text?«, fragt Jordan.

»Die hatte ich schon, als du uns die Aufgabe gegeben hast«, antworte ich. »Es gibt nicht sonderlich viel, vor dem ich Angst habe.«

Als ich mich wieder an ihn kuschele, um die erste Regel des Blaumachens konsequent zu befolgen, schimpft das schlechte Gewissen leise in mir. Ich höre aber nicht allzu genau hin, und so ist es bald still. Schließlich mache ich nicht blau, um meine Eltern zu ärgern. Ich habe nie rebelliert und fange jetzt nicht damit an, sondern tue einfach einmal etwas, ohne darüber nachzudenken, ob es gut und richtig ist. Ohnehin liegt diese Einschätzung nur bei mir selbst. Das heute Verpasste werde ich halt nachholen, und das schaffe ich schon.

Kapitel 32

29. Oktober – nachmittags

AJs größte Angst ist es, im Leben zu versagen. Er liest: »Manchmal, wenn ich einen Obdachlosen auf der Straße sehe, stelle ich mir vor, dass ich eines Tages so lebe. Ich sehe mich, wie ich im Winter in fünf Schichten Kleidung in einer halbwegs warmen Ecke schlafe, wie ich meine Habseligkeiten in einem Einkaufswagen herumschiebe. Ich kann nicht singen, und ich beherrsche kein Instrument. Ich könnte die Leute mit Slam-Poetry unterhalten und so ein paar Dollar für Essen verdienen.«

Den Verlust sämtlicher sozialer Strukturen befürchtet er mit dieser Angst auch. Es ist ein düsteres Bild, das er mit seinen Worten extrem gut zeichnet.

»Mann, ich habe genau dieselben Gedanken«, sagt Bob. »Immer wenn ich einen dieser armen Kerle sehe. Und dann überlege ich, ob ich ihnen ein paar Cents gebe oder lieber ein Sandwich kaufe, damit sie sich keinen Fusel holen.«

»Ich glaube, jeder hat bei dem Anblick Angst, gesellschaftlich zu versagen«, findet Simon.

»Dazu müsste ich nicht erst obdachlos werden«, werfe ich ein. »Ich würde mich schon als Versagerin fühlen, wenn ich von meinen Eltern abhängig wäre.«

»Stimmt, ich auch«, findet Simon.

Benedict hat Angst davor, im Sterben liegend festzustellen, dass er zu viele Dinge im Leben unterlassen hat, weil er Angst vor den Konsequenzen hatte. Seine größte Angst ist also die Angst selbst.

»Ich stelle es mir schrecklich vor, das Leben nicht auszukosten, nicht jede Minute davon zu nutzen, und mir dessen erst bewusst zu werden, wenn es für Änderungen zu spät ist.«

Er findet, dass er schon vor zu vielen Dingen Angst hatte. Einmal hat er einen Bungee-Sprung geschenkt bekommen, den Gutschein aber weitergegeben, weil ihm sein Verstand dazu geraten hat. Seine Angst war zu groß, er wollte sie nicht überwinden.

»Meine Eltern wollten mich in der Highschool ein Jahr lang als Austauschschüler nach Frankreich schicken«, sagt AJ. »Aber ich hatte Schiss, dass ich da nichts verstehe, dass die mich alle nicht leiden können, dass ich mich nicht anpassen kann und dass ich keine Freunde mehr habe, wenn ich zurückkomme. Ich wollte nicht raus aus meiner Komfortzone. Inzwischen ärgere ich mich. Wann bekomme ich so eine Gelegenheit schon wieder? Inwieweit hätte mich das geprägt und positiv beeinflusst? Ich glaube, ich habe eine wirklich geile Zeit verpasst.«

Cat hat die meiste Angst davor, von Menschen, die sie liebt und denen sie sich anvertraut, verletzt zu werden.

»Es ist ein grausamer, tiefgehender Schmerz, der lange Zeit bleibt und dich lähmt. Wochenlang liegst du flach und fühlst dich sterbenskrank. Ich will diesen Schmerz nie wieder spüren. Aber wie soll ich mich davor schützen, wenn ich doch liebe? Ich dürfte nicht mehr lieben. Aber ich will wieder neu lieben. Nur beim nächsten Mal jemanden, der mich zurückliebt.«

Ihr Text erzählt wieder von ihrem Exfreund, dessen Verhalten sie wirklich geprägt zu haben scheint. Sie hat sich an ihm abgearbeitet, konnte gegen sein verwurzeltes Misstrauen aber nur verlieren und hat alle Zeichen, die darauf hinwiesen, ignoriert. Cat findet ein positives Ende, indem sie schreibt, dass ihr diese Angst auch bei der Differenzierung hilft und sie heute eher abwägt, ob ihr ein Mensch guttut oder nicht. Seit sie diese Angst hat, hört sie mehr auf ihre innere Stimme, von der sie glaubt, dass sie immer richtigliegt.

Cat sitzt neben mir. Ich kann nicht nur sehen, sondern auch spüren, dass ihr das Lesen einiges abverlangt. Sie hat sich in ihre Angst hineinversetzt und die Zeit der Verletzung noch einmal durchlebt. Als sie fertig ist, halte ich ihr in einem Impuls meine Hand hin. Dass Cat sie nimmt, gibt mir ein seltsam gutes Gefühl.

Ich habe diese Art von Schmerz nie direkt erlebt. Da punkte ich wieder nur mit theoretischer Erfahrung. Aber ich weiß, wie es ist, von Menschen, die man liebt und denen man sich anvertraut, nicht angenommen zu werden.

»Ist es nicht irre, dass man sich nach solchen Erfahrungen nicht mehr so vorbehaltslos auf jemanden einlässt, sondern erst mal misstrauisch gegenüber jedem ist?«, überlegt Simon. »Wenn ich daran denke, wie es war, das erste Mal verliebt zu sein. Hey, alles Konfetti! Wolke sieben. Schmetterlinge. Man erwartet nichts Böses. So kann ich das heute gar nicht mehr angehen.« Simon schaut zu Cat und mir. »Glaubt mir, es gibt nicht nur Arschlochjungs, sondern auch eine Menge Arschlochmädels.«

AJ und Bob stimmen zu. Benedict lacht betreten vor sich hin.

Simon hat Angst, seine Freiheit zu verlieren. Dabei befürchtet er nicht, in einer Haftanstalt zu landen, sondern sieht sich wie alle anderen Menschen als Gefangener von sich bereits entwickelnden gesellschaftlichen und politischen Strukturen.

»George Orwell, 1984«, liest er. »Wie weit sind wir von dieser Dystopie noch entfernt? Wir lassen uns längst mit größter Selbstverständlichkeit überwachen. Google weiß, welche Jeans wir wollen. Spotify weiß, welche Songs wir lieben. Facebook weiß, welchen Politiker wir bei der nächsten Wahl wählen. Die Medien wissen das auch, und so versorgen sie uns vorsorglich mit den Informationen, für die sie bezahlt werden. Ich habe Angst, dass ich irgendwann leben muss, wie es die Menschen in ein paar kommunistischen Ländern schon heute tun. Dass ich zu Fuß keine Ampel mehr bei Rot überqueren kann, ohne einen Minuspunkt auf meinem Bürgerkonto zu bekommen und auf einer Anzeigentafel öffentlich als unartiger Bürger zur Schau gestellt zu werden. Dass ich bestraft werde, mit Reiseverbot, mit Arbeitsverbot, dass meine Kinder deshalb eine gute Ausbildung verweigert bekommen.«

»Alter, doch nicht, weil du bei Rot über eine Ampel läufst«, protestiert Bob.

»Glaubst du nicht, was?«, kontert Simon. »Dann recherchier mal! Ist übel, was in der Welt so abgeht.«

»Hier wird das nicht passieren«, klinkt AJ sich ein. »Wir leben in einer Demokratie, nicht in einer Diktatur.«

Simon schüttelt den Kopf. »Ich habe tatsächlich Angst, dass wir uns dahin bewegen. Mit Belohnungen und Bestrafungen lässt sich die Mainstream-Masse gut kontrollieren.« Er ringt sich ein Lächeln ab. »Aber ich hab noch Hoffnung, dass clevere Köpfe, die das Land im wirtschaftlich-ökologischen Sinne voranbringen, auch in Zukunft gefragt sind, und dass durch sie unsere Möglichkeiten sogar mehr werden.«

Jordan äußert sich bei Simon nicht zum Kernpunkt seiner

Angst, wie auch bei keinem anderen. Er gibt lediglich Tipps zu stilistischen Mitteln, mit denen Simon die Dystopie noch realistischer erscheinen lassen könnte. So hatte er bei AJ angemerkt, dass er noch tiefer in das Leben als Obdachloser hätte tauchen können. Von Benedict hätte er sich das Gefühl der Angst vorm Bungee-Sprung nachvollziehbarer beschrieben gewünscht. Cat hat er geraten, mit Vergleichen und Metaphern tiefer in ihren erlittenen Schmerz zu tauchen, um selbst den abgeklärtesten Leser oder Zuhörer abzuholen.

Obwohl Jordan so sachlich bleibt – ich kann mir vorstellen, dass ihm das nicht gerade leichtfällt –, ist die Stimmung heute anders. Oft, wenn wir einen Text vortragen, entblättern und entblößen wir uns ein Stück weit, aber mit diesen Themen gehen wir weiter und lassen tiefer in unsere Seelen blicken. Ich glaube, dieses Thema wurde bewusst weiter ans Ende des Workshops gesetzt. Am Anfang wäre die Hemmschwelle zu groß, als dass gute Text entstehen könnten. Die Stimmung ist wie elektrisch geladen. Jeder hat mit seinen eigenen Gedanken zu tun, aber auch mit denen der Vorleser, zu denen es viele Ansätze gibt.

»Leute, ich fühl mich wie in einer Gruppentherapie«, findet AJ und erntet dafür einige Lacher, dabei bringt er die Sache eigentlich auf den Punkt. Wir sitzen hier und teilen unsere Ängste. Wir stellen fest, dass wir alle die gleichen Ängste haben oder die Ängste der anderen zumindest nachvollziehen können. Es ist wirklich wundersam. Und entspannt. Und wohltuend. Und ein bisschen magisch.

Bob ist an der Reihe, weil ich ihm den Vortritt lasse. Erst heute Mittag, im Avalon, ist mein eigener Text bei Avocado-Sandwich und Einhorn-Macchiato aus meinen Gedanken aufs Papier geflossen. Zweifel beschleichen mich. Sie kommen zu spät, denn ich werde nun vorlesen müssen, was im Journal steht.

Es ist sinnlos, jetzt darüber nachzugrübeln, also höre ich Bob zu.

Er hat die größte Angst vor einer Diagnose mit einer tödlichen oder schlimmen Krankheit. Krebs und Alzheimer thematisiert er.

»Grandma kam ins Freedom Inn Countryside, nachdem sie das Haus bei dem Versuch, Makkaroni and Cheese zu kochen, in Brand gesteckt hatte. Grandpa hat der Prostatakrebs innerhalb von zwei Monaten dahingerafft. Er hatte keine Zeit mehr nachzudenken, sie hat keine Gedanken mehr.«

Bob fürchtet solche Diagnosen insbesondere, wenn sie ohne die Möglichkeit eines selbstgewählten Todes kommen. Wie ich finde, stellt er sich völlig zu Recht die Frage, warum man sich nicht dazu entschließen darf, sofort und in Würde zu sterben, wenn sowieso kein Weg am Tod vorbeiführt. Jedem Haustier wird diese Würde gewährt.

»Meine Grandma hat auch Alzheimer«, sagt Cat. »Sie weiß nicht mehr, wer ich bin. Es ist so furchtbar. Ich will gar nicht mehr zu ihr. Sie sieht noch aus, wie sie immer ausgesehen hat, aber sie scheint nur noch eine unbewohnte Hülle zu sein.«

»Mein Onkel hatte Leukämie.« Simon verzieht bedauernd den Mund. »Niemand will so von der Welt gehen.«

»Ein gutes und wichtiges Thema«, findet Jordan und wendet sich an Bob. »Aber nimm uns doch von deinen Großeltern mit zu dir selbst. Was würdest du nicht mehr tun können, wenn du erfahren würdest, dass du noch zwei Monate zu leben hast? Oder was würdest du tun? Nur mit diesen Gedanken können wir uns in deine persönliche Angst tatsächlich hineinversetzen.«

Jordan sieht mich an. Ich sehe, wie sich seine Brust unter einem tiefen Atemzug hebt und senkt. Er ist nervös, weil er nicht einschätzen kann, was ihn erwartet. Im Avalon hat er meinen

Text sehen wollen, aber ich habe ihn ihm nicht gezeigt. Jetzt stellt er sich darauf ein, dass er mich kritisieren muss, weil ich mit Gefühl einmal wieder völlig spare.

»Was ist das Schlimmste, das dir im Leben passieren kann?«, beginne ich und spüre, wie mir die Stimme wegrutschen will, also pausiere ich kurz, sammele mich von Neuem. Als ich mich gefasst und distanziert habe, lese ich weiter.

»Für mich ist es nicht mein Tod, eine Zurückweisung oder mein Versagen. Das Schlimmste, das mir passieren könnte, ist das Vergessen. Es ist ein enger Vertrauter des Verlustes. Der Verlust ist sein Vorreiter, könnte man sagen. Der Verlust wird jedem von uns eines Tages begegnen. Er wird geliebte Menschen holen. Es sind Menschen, die dir die besten Erinnerungen in deinem Leben gegeben haben. Der Verlust wird diese Menschen zu einer Erinnerung machen. Er wird dir eine neue Realität präsentieren, und diese Realität wird deine neue Normalität. In ihr gibt es neue Tage, aus denen neue Nächte werden. In deren Sekunden, Minuten und Stunden wirst du lernen, dich abzufinden. Du errichtest die neuen Häuser deines Lebens rund um dieses klaffende Loch, das der Verlust nach seinem Beutezug hinterlassen hat.

In der Stunde, am Tag, im Monat, wenn du jemanden verlierst, kannst du dir nicht vorstellen, mit diesem Verlust auch nur einen weiteren Atemzug zu nehmen. Dein Kopf ist leer, deine Seele schreit, dein Herz bricht, spitz splitternd. Und du verstehst in diesem Moment, der lange dauern kann, dass du diesen Verlust dein Leben lang nicht verschmerzen wirst. Aber aus genau dieser Erkenntnis kannst du auch Kraft schöpfen. Es ist die Kraft, mit der eine weitere Erkenntnis kommt: Du wirst nicht vergessen. In den schmerzenden, aber wärmenden Rissen deines gebrochenen Herzens wird der Mensch, der dir genommen wurde, weiterleben. Du wirst wachsen und dich entwickeln und irgendwann auch wieder lachen, obwohl du nicht mehr ganz bist. Du wirst sein wie ein Fuß, der einmal gebrochen war und nie so richtig geheilt ist. Aber er trägt dich weiter, dieser Fuß, er bringt dich durch dein Leben, mal zögernd, mal selbstbewusst, mal in Hast und mal mit Gelassenheit, und manchmal springt und tanzt er auch, weil du glücklich bist. In manchem Augenblick schmerzt er dann unter der Erinnerung an die Verletzung, und dann humpelst du eine Weile. Aber du erinnerst dich.

Ich will diesen Schmerz nie vergessen. Ich habe mir beide Füße an einem Tag gebrochen. Ich will sie nie vergessen, diese beiden Menschen, die ich an einem Tag verloren habe. Noch höre ich ihre Stimmen, ihr Lachen, ihre Kritik. Noch spüre ich ihre Hände, wenn sie mich durch die Luft gewirbelt und beim Balancieren geführt haben. Noch weiß ich, wie sie gerochen haben, wenn sie vom Segeln nach Hause gekommen sind. Noch sehe ich ihre blonden, vom Wind zerzausten Haare, ihre verschwitzten T-Shirts, ihre von der Sonne gebräunte Haut, ihre hellen Augen. Noch höre ich sie sagen: ›Hey Layla, sei keine Prinzessin. Prinzessinnen sind öde.‹ Ich will mich an sie erinnern. In zehn, in zwanzig und fünfzig Jahren will ich immer noch genau wissen, wie sie gewesen sind. Ich habe Angst, dass ich das vergesse.«

Meine Wangen glühen, als ich aufschaue, auftauche, Luft hole.

Nun hält mir Cat ihre Hand hin. Ich nehme sie.

»Meine Güte, ich sag ja, das ist eine Gruppentherapie.« AJ rauft sich die Haare und rückt sich die Brille auf der Nase zurecht. »Grandiose Geschichte, Layla.«

»Wer waren diese beiden Menschen?«, will Bob wissen.

»Meine Brüder«, antworte ich ihm. »Sie sind beim Segeln verunglückt.«

»Das tut mir echt leid«, sagt Benedict. »Das muss furchtbar sein. Ich würde irre werden, würde meinen Brüdern so was passieren. Daran denkt man eigentlich gar nicht. Man will daran gar nicht denken. Sollte man auch nicht.«

»So hab ich mich gefühlt, als mein Grandpa gestorben ist«, klinkt sich Bob ein. »Es ist so merkwürdig, wenn Leute, die von Anfang an da und wichtig waren, plötzlich einfach nicht mehr Teil des Lebens sind. Das muss man erst mal raffen. Kann man eigentlich nicht. Der Verstand muss sich dafür in Sphären dehnen, mit denen er nicht vertraut ist.«

Nach Bob melden sich auch Simon und Cat, die immer noch meine Hand hält, mit eigenen Geschichten zur Angst vorm Vergessen zu Wort. Jordan lässt jedem seine Zeit und gibt mir dann sein Feedback.

»Das war dein bester Text bisher. Ich glaube, jeder wird bestätigen, wenn ich sage, dass du uns alle emotional abgeholt hast.«

»Absolut«, sagt AJ.

»Ich hab immer noch Gänsehaut«, meint Cat.

Jordan übernimmt wieder: »Sehr gut, sehr emotional und berührend. Der Vergleich mit den gebrochenen Füßen ist grandios.« Er macht eine Pause, scheint seine Gedanken zu ordnen. »Den einzigen Kritikpunkt, den ich habe, betrifft den Wechsel von der ersten Person zur zweiten. Das hast du unbewusst gemacht, denke ich, für ein bisschen mehr Distanz. Halte den Leser lieber konstant nahe bei dir. Lass ihn an deinen Emotionen teilhaben, und sag ihm nicht, dass das seine Emotionen sein müssen. Du weißt nicht, ob er dieselben Erfahrungen gemacht hat.«

»Irgendwas muss er immer zu meckern haben«, witzelt Simon mit einem Augenzwinkern.

»Schon okay«, entgegne ich. »Ich kann den Kritikpunkt nachvollziehen, hab beim Schreiben tatsächlich nicht darauf geachtet.«

»Okay, dann machen wir Pause.« Jordan nimmt seine Notizen und überfliegt sie. »Danach beschäftigen wir uns weiter mit negativen Emotionen. Anhand von drei kurzen Aussagen müsst ihr euch in die Gefühlswelt imaginärer Personen hineinbegeben.«

»Bekommen wir alle dieselbe Person oder jeder eine andere?«, fragt AJ.

»Alle versetzen sich in dieselbe Person. Es wird spannend zu hören, wie unterschiedlich ihr die Person entwickelt.« Er lässt die Notizen neben seinen Stuhl fallen und steht auf. »Und jetzt raus mit euch. Ich glaube, wir brauchen jetzt alle frische Luft.«

Die anderen trödeln nach und nach aus dem Raum. Ich lasse mir Zeit und hoffe, dass Jordan nicht auch geht. Zuerst stecke ich den Stift ans Journal, dann lege ich es auf meinen Stuhl. Danach hocke ich mich hin und krame im Rucksack. Als ich mich wieder aufrichte, steht Jordan bei mir.

»Wir gehen jetzt öfter ins Avalon zum Brunchen«, beschließt er und küsst mich.

Kapitel 33

30. Oktober

Ich hätte mir denken können, dass die positiven Emotionen das nächste Thema sind. Jordan hat bereits erwähnt, dass sie schwieriger zu schreiben sind. Vielleicht haben wir uns mit den negativen Emotionen für die positiven warm geschrieben.

»Welches sind die zehn stärksten positiven Emotionen?«, fragt Jordan, als wir uns am Samstag um zehn Uhr alle bei ihm eingefunden haben. Er hebt die Hände als Zeichen dafür, dass er erst einmal noch nichts von uns hören möchte.

Das Lama-T-Shirt, das er trägt, habe ich gestern Nacht für ihn vorgetragen.

»Spielen wir ein Spiel«, schlägt er vor. »Ich lese euch eine Definition aus dem Oxford Dictionary vor und ihr sagt mir, welche Emotion es ist, okay?«

Alle sind einverstanden, also schlägt er die Seite im dicken Wälzer auf und liest: »Das Gefühl großen Glücks.«

»Freude«, kommt es von Simon, AJ und Cat unisono wie aus der Pistole geschossen.

»Okay, Nummer zwei ist noch einfacher: Das Gefühl einen Dank aussprechen zu wollen.«

»Dankbarkeit«, tönen wir alle im Chor.

Jordan grinst und macht weiter. »Das Gefühl ruhig, beherrscht und bedächtig zu sein.«

»Gelassenheit«, sagen Bob und AJ.

»Nummer vier ist das Gefühl, mehr über jemanden oder etwas erfahren zu wollen.«

Diesmal bin ich am schnellsten. »Interesse.«

»Weiter geht's mit dem Glauben, dass ein Wunsch Realität werden kann.«

»Hoffnung«, sagen Cat und ich.

»Uh, das nächste braucht eine Menge Worte.« Jordan räuspert sich, hebt den Finger und liest: »Das Gefühl der Zufriedenheit über eine Zielerreichung oder einen Besitz, der von anderen Menschen bewundert wird.«

Erst einmal schauen wir uns ratlos an.

»Zufriedenheit?«, fragt Cat zögernd.

Jordan schüttelt den Kopf.

AJ macht einen weiteren Vorschlag: »Stolz?«

»Bingo.« Jordan will zum nächsten Wort übergehen, aber Cat hat einen Einwand.

»Stolz ist doch kein positives Gefühl. Das hat doch was mit Arroganz zu tun.«

»Warst du nicht stolz, als du deinen Highschool-Abschluss gemacht oder die Zusage von der U of M bekommen hast?«, kontert Jordan. »Und bist du nicht stolz auf Freunde, die Erfolg bei etwas haben?«

Cat winkt ab. »Ja, natürlich. Alles klar.«

»Nummer sieben.« Jordan steckt die Nase wieder ins Buch. »Das Gefühl, das sich einstellt, wenn etwas unterhaltsam ist.«

Wieder grübeln wir erst einmal eine Weile.

»Spaß?«, frage ich vorsichtig.

Jordan wiegt den Kopf hin und her. »Ein anderes Wort.«

»Vergnügen«, schlägt AJ vor.

Jordan nickt und stellt uns Nummer acht vor: »Ihr alle hier braucht den Prozess, der abläuft, wenn ihr etwas wahrnehmt und davon zum Schaffen angeregt werdet.«

»Inspiration«, rufen wir erneut im Chor.

Jordan legt sich eine Hand aufs Herz und atmet gespielt erleichtert durch. »Zum Glück wisst ihr alle, was das ist.« Er blättert um. »Aber was ist mit diesem hier: Das Gefühl von jemandem oder etwas sehr beeindruckt zu sein.«

»Ehrfurcht«, wissen Benedict und Simon.

Jordan macht weiter. »Last but not least, das vielleicht schönste aller positiven Gefühle.«

Er hat die Seite noch nicht aufgeschlagen, da kann sich AJ nicht länger zurückhalten. »Die Liebe«, platzt er heraus.

Offenbar unbeeindruckt sucht Jordan weiter im Dictionary, findet den Eintrag und murmelt, ohne aufzusehen: »Okay, AJ, dann will ich von dir jetzt auch die Definition hören.«

»Das Gefühl, jemanden wahnsinnig gernzuhaben.«

»Kann ich gelten lassen.« Jordan liest: »Liebe ist das starke Gefühl der Zuneigung und Fürsorge für jemanden oder etwas.«

Er schlägt das Buch zu und sieht in die Runde. »Hättet ihr alle zehn aus dem Stehgreif gewusst?«

Wir schütteln die Köpfe, verneinen.

»Ich auch nicht«, sagt Jordan. »Bei den negativen wäre das anders, oder nicht? Da wären euch prompt zehn und mehr eingefallen. Wie schon gesagt, liegt das daran, dass wir uns an Negatives eher erinnern als an Positives oder besser gesagt, dass wir Positives schneller als normal empfinden.«

»Das ist traurig«, findet Cat.

»Was meint ihr, welche ist die stärkste positive Emotion?«, will Jordan als Nächstes wissen.

Bob traut sich. »Vermutlich die Liebe.«

»Richtig. Die Liebe ist sozusagen der Superbooster. Aber warum? Was macht sie stärker als die anderen?«

Schweigen. Grübeln.

Während ich die Liebe mit den anderen neun vergleiche, fällt mir etwas auf.

»Sie umfasst alle positiven Emotionen«, stelle ich fest. »Freude, Dankbarkeit, Gelassenheit, Interesse, Hoffnung, Stolz, Vergnügen, Inspiration und Ehrfurcht – die sind alle da, wenn man Liebe empfindet.«

Jordan lächelt mich zufrieden an. »Sehr gut.« Er nimmt seine Notizen, blättert sie auf und richtet das Wort wieder an uns alle: »Eure heutige Aufgabe ist es, einen Liebesbrief zu schreiben.«

»Och nö!«, maulen Simon und Bob.

»Wozu soll das denn gut sein?«, stöhnt AJ. »Das hat man früher gemacht, im Krieg, auf langen Geschäftsreisen und so weiter, als man sich jahrelang nicht gesehen hat.«

»Aus genau diesem Grund«, gibt Jordan zurück. »Der Liebesbrief ist in Vergessenheit geraten. Heute textet man sich kryptische Abkürzungen wie hdgdl, xoxo und verschönert sie mit Herzkuss-Emojis.«

»Find ich voll okay«, sagt Simon.

Jordan übergeht die Bemerkung und thematisiert die Beklemmung, die sich bei den Jungs offenbar einstellt, wenn sie nur daran denken, die Gefühle für einen wichtigen Menschen schriftlich zum Ausdruck zu bringen.

Ich kann es den dreien nachfühlen. Mehr noch. Ich bin ganz ihrer Meinung. Ich kann so etwas nicht schreiben.

»In der Definition heißt es: das starke Gefühl der Zuneigung und Fürsorge für jemanden oder etwas«, erinnert sich AJ.

»Dann könnte ich meinem Auto eine Liebeserklärung schreiben.«

Jordan erteilt ihm eine Absage. »Nein, es soll ein Mensch sein. Wir Coaches haben darüber länger mit Professor Carter gesprochen. Sie möchte, dass es auch kein Liebesbrief an Grandma oder einen Bruder ist. Es soll ein echter Liebesbrief sein. Ihr wart alle doch schon mal verliebt, oder?«

Ich schaue zu Boden und beobachte eine kleine Fluse, die darüber treibt.

»Schon, aber das war vorigen Monat« und »Wenn ich's aber gerade nicht bin?« lauten ein paar der Vetos.

»Wenn ihr es gerade nicht seid, dann versetzt euch entweder zurück oder kreiert einen Charakter, den ihr lieben würdet.«

AJ bleibt hartnäckig. »Ich versteh immer noch nicht, was uns das bringen soll.«

»Ganz einfach: Ihr übt euch im Gegenteil des automatischen Schreibens. Bei einem Liebesbrief kommt jedes Wort auf die Goldwaage. Ihr werdet eure Worte sehr sorgsam wählen und euch dabei über die Bedeutung jedes Satzes bewusst werden. Beim kreativen Schreiben ist das unerlässlich.«

Damit erstickt Jordan jedes weitere Argument, das gegen die Aufgabe angebracht werden könnte.

In der bis zur Pause verbleibenden Zeit gibt er uns Tipps zum Anfang, zu Themen des Mittelteils und zum Beenden des Briefes und züchtet damit echte Panik in mir heran. Ich kann das nicht.

Verwirrt und schlecht gelaunt gehe ich in die Pause. Mit Stella sitze ich auf einer Parkbank und schimpfe über die neue Aufgabe. Dass sie vom Thema begeistert ist, wundert mich. Noch mehr wundere ich mich, als sie mir sagt, für wen ihr Liebesbrief sein wird.

»Elijah?«, frage ich überrascht.

Sie nickt. Ihre Wangen glühen rosa vor lauter Vorfreude, und sie ist ganz hibbelig, zappelt neben mir herum.

»Für wen sonst?«

»Na ja, ich könnte mich irren, aber ich glaube, er wird seinen Brief Kyle widmen. Und Kyle …«

»Ist doch egal! Man kann jemanden lieben, ohne in gleicher Weise zurückgeliebt zu werden. Wahrscheinlich passiert das sogar häufiger.«

»Und es macht dir nichts aus, all die bedeutungsvollen Worte an ihn zu richten? Du legst damit einen Seelenstrip hin.«

»Vielleicht. Aber das möchte ich. Ich habe das Gefühl, das brauche ich, um damit abschließen zu können. Und mich damit abzufinden, für ihn nur eine Freundin zu sein.«

Das leuchtet mir ein. Stellas Vorhaben wird damit nicht nur nachvollziehbar, sondern erscheint mir sogar richtig. Sie kann sich damit von Elijah lösen, sozusagen freischreiben.

»Du bist ganz schön mutig«, murmele ich. »Ein Liebesbrief an jemanden, der einen nicht zurückliebt, ist noch hundertmal schwerer.«

»Ich bin nicht mutiger als du.«

Damit spielt sie auf meinen letzten Text an, den ich ihr nach dem gestrigen Workshop zu lesen gegeben habe. Da die anderen erfahren hatten, dass meine Brüder nicht mehr leben, war es mir wichtig, dass es Stella ebenfalls weiß. An ihre Reaktion mag ich jetzt lieber nicht denken, sonst weinen wir beide gleich wieder um die Wette.

»Komm schon, Layls!« Sie knufft mich in die Seite. »Dir sollte die Aufgabe doch richtig leichtfallen.«

»Weil ich so grandios darin bin, meine Gefühle auszudrücken, oder wieso?«

Die Antwort bleibt sie mir erst einmal schuldig, denn wir müssen wieder in die Gruppenräume. Als ich sitze, wird mir klar, dass es für mich nicht nur darum geht, Gefühle auszudrücken. Erst einmal muss ich sie mir bewusst machen.

Erfinde einen Charakter, den du lieben könntest!, wispert der Scharfsinn. *Diese Alternative ist erlaubt.*

Aber nichts für mich. Ich setze mich auf meinen Platz und schlage das Journal auf. Ich werde nicht an jemand anderen denken können.

Das geht einfach nicht!

Der Scharfsinn kennt eine Alternative: *Geh den Mittelweg! Erfinde nur gemeinsame Erlebnisse.*

Ha! Trickreich, genial! Das ist die Lösung!

Jordan gibt uns noch den Hinweis, dass wir unserer Natur beim Schreiben treu bleiben sollen. Sind wir romantisch veranlagt, kann der Brief ruhig kitschig sein. Sind wir eher humorvoll, sollen wir weder an Witz sparen noch damit übertreiben.

»Denkt dran«, sagt er zum Schluss. »Euer Brief soll nicht perfekt sein. Aber bedeutungsvoll.«

Eine Stunde haben wir Zeit für die Aufgabe.

Für die Anrede sollen wir nicht *Lieber Soundso* verwenden, sondern einen kreativen, individuellen Start finden, vielleicht mit einem Kosenamen loslegen. Nach kurzer Überlegung fällt mir eine Anrede ein, bei der klar ist, dass ich diesen Brief an einen imaginären Charakter schreibe. Dann gehe ich über zum Grund für den Brief. Es folgen eine gemeinsame Erinnerung und die positiven Eigenschaften des Briefempfängers. Zum Schluss thematisiere ich wie gewünscht den Unterschied, den er in meinem Leben macht, und setze die Abschlussformel unter alles.

Amen.

Mit meinem Trick war das leichter als gedacht. Nicht einmal eine halbe Stunde habe ich gebraucht. In der verbleibenden Zeit lese ich mir zuerst meine alten Texte durch, finde auch die unfertige Slam-Poetry-Übung und überlege, ob ich damit eigentlich noch etwas machen will. Dann beobachte ich, wie die anderen nach und nach fertig werden.

Jordan bittet uns, zum Ende zu kommen. Ich werde mich melden, wenn er fragt, wer beginnen möchte. Ich will dieses Thema abhaken.

Fast alle anderen wollen das leider auch.

AJ darf beginnen und liest den Brief an seine Sternschnuppe, die wohl erst noch für ihn vom Himmel fallen muss. Wie es zu erwarten war, ist er dem Humor treu geblieben, hat aber trotzdem die romantische Kurve bekommen.

Der Empfänger von Cats Liebesbrief existiert scheinbar ebenfalls nicht. Sie schreibt gefühlvoller, aber genauso liebevoll wie AJ.

Nachdem Jordan mit seinem Feedback für sie fertig ist, fordert er mich zum Lesen auf.

»Mein zukünftiger Ehemann«, lese ich. »Mir ist gerade bewusst geworden, dass dies unser letzter Winter als Verlobte ist, deshalb muss ich dir diesen Brief schreiben. Weißt du noch, im Winter vor drei Jahren? Der in dichtes Weiß gehüllte Park. Du musst meinen Fußspuren im Schnee gefolgt sein. An diesem Tag habe ich dich zum ersten Mal wirklich gesehen. Manchmal passiert das halt erst auf den zweiten oder dritten Blick. Ich mag dein Lachen, aber auch deine Ernsthaftigkeit und deine seltsamen Angewohnheiten. Du hast mein Leben besser gemacht. Ich habe solches Glück gehabt, dir zu begegnen. In Liebe, Layla.«

Ich hebe den Kopf, schaue Jordan an. Irritation taumelt in

seinem zweifarbigen Blick. Er öffnet den Mund, klappt ihn aber wieder zu. Dann schüttelt er den Kopf.

»Ist nicht dein Ernst, oder?«, murmelt er. »Komm schon, Layla, lies Variante B vor.«

Alle lachen. Jordan nicht. Ich auch nicht.

»Es gibt keine Variante B«, sage ich ihm.

Er presst die Lippen aufeinander, nickt und senkt den Blick, um nachzudenken. Als er wieder aufschaut, sind seine Augen kühl. Die Irritation, die eben noch darin war, ist dem Ärger gewichen.

»Gut, dann geh raus und fang von vorn an.«

Ich soll was?

Einerseits erschreckt mich seine Aufforderung, andererseits ärgert sie mich so sehr wie ihn offenbar meine Liebeserklärung.

»Das möchte ich nicht.«

»Und ich möchte so etwas …« Er nickt zu meinem Journal hin. »… nicht hören. Nicht nach fünf Wochen Workshop. Ich weiß, dass du anders kannst.«

»Könnte ich anders, hätte ich es anders gemacht.«

Jordan atmet durch, verschränkt die Arme vor der Brust und denkt abermals nach.

»Okay, versuchen wir es zusammen«, beschließt er dann. »An diesem Tag habe ich dich zum ersten Mal wirklich gesehen. Manchmal passiert das halt erst auf den zweiten oder dritten Blick«, zitiert er mich. »Das ist ein guter Ansatz, aber eben nicht mehr als ein Ansatz. Was fehlt?«

Pah! »Nichts.«

»Was ist mit dir passiert, als du ihn dort, im verschneiten Park gesehen hast?« Das Wort *verschneit* betont er auffällig hart. Natürlich, es war Herbstlaub, kein Schnee. »Wie fandest du es, dass er deinen Fußspuren gefolgt ist?«

»Das habe ich vorgelesen. Ich habe ihn zum ersten Mal wirklich gesehen. Mit anderen Augen meinetwegen.«

So stur wie ich setzt er von Neuem an: »An diesem Tag habe ich dich zum ersten Mal wirklich gesehen. Manchmal passiert das halt erst auf den zweiten oder dritten Blick.« Was er dann sagt, habe ich nicht geschrieben. Er variiert. »Du hattest deinen beigefarbenen Mantel an, darunter deinen rostroten Pullover, den du nie mittwochs oder samstags trägst. Das Sonnenlicht hat deine Locken in zwei Nuancen schimmern lassen. Dein Blick, der mich bisher immer kühl auf Distanz gehalten hat, war in diesen Minuten so voller Wärme, dass es mir die Sprache verschlug. Ich war hingerissen, gefesselt und kann mich seither nicht mehr lösen, will es auch nicht mehr.«

Mein Herz beginnt zu rasen. Ein Kloß bildet sich in meinem Hals. Ich schlucke und schlucke, doch er steckt fest.

»Weiter geht's«, sagt Jordan. »Dein Lachen, deine Ernsthaftigkeit … das ist zu schwammig, viel zu allgemein. Und seltsame Angewohnheiten? Was soll man sich darunter denn vorstellen? Trägt er seine T-Shirts auf links? Hüpft er einmal auf einem Bein ums Bett, bevor er sich schlafen legt?«

So lustig die Vorstellung auch sein mag, keiner gibt einen Ton von sich. Ich fühle mich elend und klein. Was Jordan davor gesagt hat, echot noch in mir. Das waren seine Gedanken, seine Gefühle. Es war seine Perspektive.

Er macht weiter: »Ich liebe das Gefühl, wenn deine Hand in meiner liegt, weil sie perfekt hineinpasst. Ich liebe deinen Duft und könnte meine Nase stundenlang in deine Haare stecken. Ich schätze dich für deine Stärke, wie du dich mehr und mehr für sie öffnest und sie erkennst. Ich liebe es, zu beobachten, wie du unbewusst dein Ohrläppchen reibst, wenn dir etwas unangenehm ist.«

Wieso kann ich das nicht? Wieso habe ich es nicht einmal versucht? Wieso habe ich solche Angst davor, mir meine Gefühle einzugestehen und ihnen Worte zu geben? Ob in einem erfundenen Rahmen oder nicht. Er hätte es schon verstanden. Was ich aus dieser Aufgabe gemacht habe, verstehe ich inzwischen nicht mal mehr selbst.

Wann hast du dein Ohrläppchen gerieben?, wispert die Naivität, während ich gegen Tränen ankämpfe. *Heute Morgen auch? Das ist doch eine total unscheinbare Geste. Wieso achtet er auf so etwas?*

Jordan kommt auf das Ende meines Briefes zu sprechen.

»Dein Schluss war eine einzige Plattitüde. Fehlt nur noch *hochachtungsvoll verbleibe ich mit freundlichen Grüßen*. Fällt dir jetzt vielleicht etwas Besseres ein?«

Könnte ich gerade nur einen klaren Gedanken fassen, würde mir vielleicht etwas Besseres einfallen. Bei dem, was das gerade im Oberstübchen los ist, sicher nicht.

Ich schüttele den Kopf.

»Wie wäre es mit: Die Zeit mit dir war die glücklichste meines Lebens. Du bist mein *Partner in Love and Crime* und ein Freund, ohne den ich mir mein Leben nicht mehr vorstellen kann.«

Ich klappe mein Journal zu. Mein Blick driftet zu Boden, zu meinen Füßen.

»Wenn du es schon nicht noch einmal schriftlich versuchen willst, dann denk wenigstens darüber nach«, höre ich von Jordan.

Dann fordert er Benedict zum Lesen auf. Gedanklich tauche ich ab. Nicht ein Wort von dem, was Benedict, und später Bob und Simon lesen, bekomme ich mit. Wie aus weiter Ferne höre ich Jordan den Workshop beenden. Schnell packe ich zusammen. Noch schneller bin ich aus dem Raum, aus dem Gebäude.

Über die State Street eile ich zur Madison und spurte zum Eingang des South Quad. Im Treppenhaus nehme ich zwei Stufen auf einmal. Meine Hände zittern, als ich das Appartement aufschließe. Die Tür rumst hinter mir Schloss. Ich lehne mich dagegen.

Ausgerechnet heute!

Es klopft.

»Layla?«, ruft Jordan draußen.

Er ist mir offenbar nachgelaufen. Keinen Mucks gebe ich von mir, stehe da wie festgefroren.

»Mach auf, bitte.«

Ich will ihn sehen und doch wieder nicht, weil ich mich zu sehr schäme und zu durcheinander bin. Die Vorstellung, dass Jordan geht, ohne dass wir geredet haben, ertrage ich aber nicht. Also öffne ich.

Beim ersten Blick auf ihn ist es, als würde mir eine unsichtbare Faust gegen das Herz boxen. Seine Augen sehen so traurig aus. Der Witz und die Selbstsicherheit, die sonst darin funkeln, sind verschwunden.

»Ich wollte dich nicht bloßstellen«, sagt er.

»Ich weiß«, presse ich hervor.

»Diese Aufgabe war mir auch nicht geheuer, aber ich dachte, du meisterst sie irgendwie besser.«

»Tut mir leid.«

»Ehrlich.« Jordans Kehlkopf hüpft, als er hart schluckt. »Ich weiß nicht, was ich …« Kopfschüttelnd setzt er von Neuem an. »Was du da geschrieben hast, hat mich einfach geärgert.«

»Das wollte ich nicht.«

Er sieht von mir weg, den Flur entlang, schaut mich dann wieder an. »Nachher um sieben bin ich zum Essen mit Professor Carter und den anderen Coaches verabredet. Wir besprechen die Abschlussveranstaltung. Ich weiß nicht, wie lange das dauert.«

»Schon okay. Ich hab auch einiges zu tun.«

Jordan gibt mir einen Kuss auf die Wange. Dann geht er. Leise schließe ich die Tür, lehne mich wieder dagegen. Eine Träne rollt über meine Wange.

Ausgerechnet heute musste das passieren. Ausgerechnet heute hat er keine Zeit!

Wütend, vor allem auf mich selbst, wische ich die Träne weg.

Kapitel 34

30. Oktober – nachmittags

Stella ist eine halbe Stunde nach mir da. Sie hat ihren Liebesbrief an Elijah nicht in Glorias Gruppe vorgelesen, weil sie ihn sich für die Abschlussveranstaltung aufhebt. Nächsten Freitag, in nur sechs Tagen, findet die statt. Ich habe keine Ahnung, mit welchem Text ich den Workshop beende. Und gerade auch keinen Kopf dafür.

Stella ärgert sich über mich, als ich ihr von meinem Totalversagen erzähle, und will meinen Liebesbrief lesen. Ich gebe ihr mein Journal. Nach dem Lesen ist sie fassungslos. Sie versteht mich nicht mehr. Sie versteht nicht, wovor ich Angst habe. Sie versteht nicht, wieso ich es nicht sagen oder wenigstens schreiben kann, wenn ich es doch denke.

Wenn ich das nur wüsste. Ich verstehe mich ja selbst nicht.

»Dein Brief war total lieblos, irgendwie dahingerotzt«, schimpft sie.

»Ich weiß«, gebe ich zu. »Ich konnte aber nicht anders. Ich habe praktisch gespürt, wie alles in mir dichtmacht.«

»Dann hättest du die Türen eben eintreten sollen.«

Das sagt sich so einfach!

Kopfschüttelnd betrachtet sie mich. »Anderen muss man

empfehlen, sich nicht so wichtig zu nehmen. Dir muss man das Gegenteil sagen. Oder geradezu einhämmern.«

Es klopft. Stella und ich tauschen einen Blick. Sie zuckt mit den Schultern, während ich im Stillen bete, dass es Jordan ist. Vielleicht wurde das Meeting mit Professor Carter verschoben oder er nimmt sich vorher doch noch ein bisschen Zeit. Es ist ja erst siebzehn Uhr.

Mein Herz klopft nervös, als ich öffne.

Meine Eltern stehen vor der Tür. Mom hält einen mit Beeren getoppten und Puderzucker bestäubten Schokoladenkuchen in den Händen. Zwei Kerzen in Form einer Zwanzig flackern in der Mitte. Dad hat ein in Geschenkpapier gepacktes quadratisches Etwas bei sich.

»Alles Gute zum Geburtstag!«, sagt er.

»Das ist Devil's Food Cake«, erklärt Mom. »Ich weiß nicht, ob du den immer noch magst. Früher habe ich ihn oft für dich gemacht.«

Verdattert starre ich sie an.

»Layls, nicht dein Ernst!«, tönt Stella hinter mir. »Du hast Geburtstag?! Wieso hast du nichts gesagt?«

Was hätte ich denn sagen sollen? *Übrigens, ich habe heute Geburtstag?* Bis der Workshop so schiefgelaufen ist, war es für mich eigentlich auch okay, meinen Geburtstag wie jeden anderen Tag vergehen zu lassen.

Dad fragt, ob ich sie hereinlasse. Mom fragt, wie's mir geht. Stella fragt, ob ich spinne. Ich frage mich, ob ich im falschen Film bin.

Mom hat mir Devil's Food Cake gebacken? Dad und sie sind den ganzen Weg hergefahren, um mir zum Geburtstag zu gratulieren?

Das ist die Stelle, an der du dich freuen solltest!, raunt die Freude.

Ich bitte meine Eltern herein, stelle die beiden und Stella einander vor. Da stehen sie dann auf der anderen Seite der Tür mitten im Raum. Moms Blick fliegt vom noch nicht weggeräumten Frühstückschaos auf dem Tisch zu den Fenstern, von denen sie wahrscheinlich gern eines öffnen würde. Der Kuchen in ihren Händen hält sie wohl davon ab.

Ich schnappe mir eine Tüte, befördere den übrig gebliebenen Toast und die Kaffeebecher hinein, stapele Teller und Besteck und bugsiere alles in die winzige Küchenecke unseres Appartements.

Dad stemmt die Hände in die Seiten. »Schön habt ihr es.«

Ich nehme Mom den Kuchen ab und stelle ihn auf den Tisch, über den Stella gerade schnell drüber gewischt hat. Es gibt nur die Couch, und auf die passen nur zwei. Ich bitte meine Eltern, Platz zu nehmen. Sie setzen sich.

Ich hole meinen Schreibtischstuhl aus meinem Zimmer und werfe Stella einen flehentlichen Blick zu, dasselbe zu tun. Wenig später rollert auch sie ihren Stuhl heran.

»Wir wollen gar nicht lange bleiben«, sagt Mom. Kerzengerade sitzt sie auf der Couch, sie lehnt sich nicht an, wie Dad es tut. »Wahrscheinlich halten wir euch vom Arbeiten ab. Sicher habt ihr einiges vorzubereiten.«

Mit einem »Nein, schon okay« rolle ich meinen Stuhl etwas näher an den Tisch und schiebe meine Hände unter meine Oberschenkel. »Ich freue mich, dass ihr da seid. Wir haben …« Unsicher, ob ich das vor meinen Eltern so ausdrücken soll, hadere ich kurz mit mir, sage es dann aber: »Gefaulenzt.«

Das ist zwar geschwindelt, aber von Stellas und meiner Diskussion müssen meine Eltern nichts wissen. Ihre Meinung zu Jordan kenne ich ja.

»Das muss auch mal sein«, findet Dad. »Am Geburtstag allemal.« Er reicht mir das Geschenk, das sie neben dem Kuchen dabeihaben. »Das hier haben wir noch für dich.«

Ich nehme es ihm ab. Durch das Papier hindurch fühlt es sich wie ein wattiertes Buch an. Ich reiße das Papier auf und ziehe ein Album hervor. Mein Vorname steht in geschwungenen Lettern auf dem Deckel, mein Geburtsdatum, der dreißigste Oktober, darunter.

Neugierig klappe ich das Buch auf und sehe auf der ersten Seite ein Foto, das kurz nach meiner Geburt von mir gemacht wurde. Darunter stehen sämtliche Daten, mein Gewicht, meine Größe und so weiter.

Beim Anblick der nächsten Fotografien verschleiern Tränen meinen Blick. Ich klimpere sie weg, um etwas erkennen zu können und um nicht zu weinen. Viele Fotos zeigen mich allein, im Kinderwagen, im Garten, mit meinem einstigen Lieblingsplüschtier, im Zoo, in der Badewanne. Aber es gibt auch Fotos, auf denen ich mit Leo und Law zu sehen bin und mit Mom und Dad. Auf einem Bild steht Mom mit mir auf dem Arm auf dem Bootssteg unseres Hauses und zeigt lachend in die Kamera. Auf einem anderen setzt mir Dad einen viel zu großen Zylinder auf. Auf allen Seiten stehen mehr Daten, die mein Wachstum anzeigen. Meine ersten Worte sind auch notiert: Mommy und Daddy, gefolgt von LiLa und Boot. LiLa ist ein wohl von mir erfundenes Kofferwort für die Namen meiner Brüder, die mir anfangs zu kompliziert waren.

Neue Tränen steigen in meine Augen.

»Habt ihr das alles festgehalten?«, frage ich meine Eltern und sehe auf.

Mom schüttelt den Kopf. »Das waren Leo und Law.« Sie lächelt. »Ich weiß noch, wie sie dich jeden Monat schnappten, um dich zu messen und zu wiegen. Sie haben aufgepasst, was du gern magst und was nicht, um es in diesem Album einzutragen. Das hatten sie auf einer Webseite angelegt.«

»Sie wollten, dass du es zu deinem zwanzigsten Geburtstag bekommst«, ergänzt Dad und ringt sich auch ein Lächeln ab.

Ich blättere weiter. Stella kommt zu mir und hockt sich neben mich, um die Seiten mitanzuschauen.

»Das ist ja witzig!«, sagt sie. »Sie haben Sprüche aufgeschrieben, die du rausgehauen hast. Sogar mit Datum und einem passenden Bild.«

Ich bekomme kein Wort heraus. Ich bin zu überwältigt von der Mühe, die sich Leo und Law mit diesem Album gegeben haben. Es berührt mich sehr, dieses Geschenk von ihnen zu bekommen. Heute.

»Mom: Du musst etwas essen«, liest Stella schmunzelnd. »Layla: Ich möchte nichts essen. Ich muss mich entspannen, weil ich einen harten Tag hatte. Mom: Setz dich sofort wieder hin! Wir sitzen alle am Tisch. Layla: Willst du eine entspannte Layla oder eine genervte Layla?« Stella kichert und knufft mich in die Seite. »Hey, du warst eine Prinzessin.«

Mom lacht. »Eine ziemlich rebellische Prinzessin.«

Im nächsten Eintrag geht es um den Valentinstag. Ich hatte mich beschwert, dass ich nie eine Karte bekam, während Leo und Law mit Karten geradezu überschwemmt wurden. Also beschlossen die beiden, mir eine Valentinskarte zu schicken. Zuerst freute ich mich darüber, aber weil der Absender anonym war, machte ich bald alle mit meiner Panik vor meinem Stalker verrückt.

Stella kugelt sich beinahe vor Lachen. Amüsiert erinnern sich Mom und Dad an den Plan, den sie und meine Brüder schmiedeten, um mir die Idee des Stalkers wieder auszutreiben.

»Oh, hier geht es um eine Hausaufgabe.« Stella steckt die

Nase zum Lesen wieder ins Album. »Layla soll in einem Quiz aufschreiben, welcher Bibelcharakter mit einem Esel gesprochen hat. Ihre Antwort, von deren Richtigkeit sie felsenfest überzeugt ist, lautet Shrek.«

Das entlockt sogar Mom ein herzliches Lachen.

Es folgt die Hundegeschichte, an die ich mich sogar noch erinnere: Weil sich meine Eltern weigerten, mir einen Hund als Haustier zu kaufen, setzte ich mich auf den Bootssteg und starrte in die Sonne. Leo und Law kamen vom Segeln zurück und fragten mich, was ich da trieb. Ich hatte beschlossen, blind zu werden, denn ich wusste, dann musste ich einen Hund bekommen.

»Daraufhin schenkten Leo und Law Layla zwei Goldfische«, erzählt Dad und wischt sich eine Lachträne aus dem Augenwinkel. »Das ist die nächste Geschichte im Album. Layla nannte sie beide Ralph. Als ihre Brüder sich wunderten, wie sie die Fische auseinanderhielte, erklärte sie schulterzuckend, dass einer der Fische Brite sei und sein Name daher anders ausgesprochen würde.«

Wieder lachen wir alle. Mom wedelt sich mit der Hand vorm Gesicht, während Dad versucht, den Namen Ralph sowohl amerikanisch als auch britisch auszusprechen. Ich blättere weiter, betrachte die Fotos, lese mehr Texte und erinnere mich. Meine Einschulung, Hauspartys, Geburtstag, Urlaube. Bis ich acht bin. Der Cut, den es damals für uns alle gab, springt mich beim Umblättern geradezu an.

»Wir haben noch ein paar Bilder von dir herausgesucht und sie auch eingefügt«, höre ich Dad sagen. »Um das Album so gut es geht zu vervollständigen.«

Auf dem nächsten Foto bin ich dreizehn. Es ist fünf Jahre nach dem Segelunglück entstanden, im ersten Urlaub, den meine Eltern danach gebucht hatten. Wir sind nach Kanada geflogen. Nur noch zu dritt und irgendwie jeder für sich. Mom hat viel geweint. Dad hat viel geschwiegen. Ich hatte nicht mitgewollt, aber gemusst. In diesem Urlaub wurde kaum fotografiert, und auf den meisten Bildern gucke ich unwillig in die Kamera. Dieses Foto kenne ich gar nicht. Mit dem Rücken zur Kamera stehe ich vor der Bergkulisse des Banff-Nationalparks und schaue über den türkisfarbenen See. Auf dem nächsten Foto schlafe ich in meinem Bett. Auf meiner Brust liegt Jack Londons *Wolfsblut*. Ich war vierzehn, als ich das gelesen habe. Im Weiterblättern sehe ich mehr mir unbekannte Fotos, die mich in den letzten fünf Jahren zeigen. Alle wurden gemacht, ohne dass ich es bemerkt habe.

Traurigkeit und Einsamkeit empfinde ich beim Betrachten jedes dieser Bilder, aber es ist auch, als würde meine Seele sanft gestreichelt. Nicht nur, weil mich meine Eltern heimlich fotografiert haben, um schöne Bilder von mir als Erinnerung zu haben, sondern auch, weil sie das von Leo und Law begonnene Album vervollständigt haben.

»Danke«, sage ich und sehe die beiden an. »Mir bedeutet das viel. Eine ganze Menge sogar.«

Stella steht auf. Sie sagt, dass sie etwas zu erledigen hat, und verschwindet in ihrem Zimmer.

Wieder drücken die Tränen. Ich stehe auf, um Teller und ein Messer zu holen. »Wir sollten den Kuchen anschneiden«, murmele ich und stürme in die Deckung des Küchenbereichs. Ohne wirklich nach einem Messer zu suchen, wühle ich in der Besteckschublade. Dabei beruhige ich mich innerlich, nehme ein Messer und kehre zum Tisch zurück.

»Du solltest so etwas nicht denken«, sagt Dad. »Dass du … du weißt schon … dass wir …« Er bringt es nicht heraus, schüttelt den Kopf. »Du bist uns genauso wichtig, wie es Leo und Law waren. Wir wollen, dass du das weißt.«

Ich sinke auf meinen Stuhl. Sosehr ich mich auch anstrenge, ich kann die Tränen nicht zurückhalten. Das Gesicht in die Hand gestützt, weine ich. Moms Hand auf meinem Arm fühlt sich merkwürdig an.

»Layla, es tut uns leid«, höre ich sie mit erstickter Stimme sagen. »Wir haben Fehler gemacht, nach dem Unglück. Wir waren …« Ihre Stimme bricht ab.

Dad übernimmt: »Wir haben versucht, die Dinge später wieder geradezubiegen, aber da hattest du dich schon zu sehr und zu lange zurückgezogen und abgeschottet.«

Sequenzen der Jahre rauschen durch meine Gedanken.

»Ich werde nie sein wie Leo und Law«, presse ich hervor. »Das kann und will ich nicht. Ich lebe noch. Deshalb mache ich auch Fehler und treffe Entscheidungen, die euch nicht gefallen.«

»Das ist okay«, sagt Dad. »Zugegeben, manche deiner Entscheidungen und Verhaltensweisen überraschen oder verwirren uns, weil wir sie nicht verstehen. Aber es ist okay. Alles. Wie du bist, was du tust. Mehr als das. Wahrscheinlich haben wir nur …« Er zögert, schnauft durch. »Wir haben Angst. Aber das ist unser Problem und nicht deins. Du machst das schon. Alles, was du vorhast, wird dir auch gelingen. Das war schon immer so. Egal, wie schwer du es hattest.«

»Wir sind froh, dass du da bist, dass wir dich noch haben.« Das kommt von Mom. Ihre Stimme klingt wieder fester und so warm, wie ich sie kaum noch kenne. »Wir geben uns Mühe, dir das in Zukunft mehr zu zeigen. Im Gegenzug könntest du uns vielleicht wieder näher an dich heranlassen. Das würde es leichter machen.«

Ich hebe den Kopf, sehe sie an. Mein Blick wandert von Mom zu Dad. Er sitzt vornübergebeugt, stützt die Arme auf den Knien ab. Moms Haltung ist immer noch kerzengerade. In ihren Blicken schimmert derselbe Ausdruck. Als hoffnungsvoll kann ich ihn am ehesten beschreiben.

Mom löst ihre ineinander verschränkten Hände und hält mir eine hin. Ich zögere nicht. Ich nehme sie.

Kapitel 35

30. Oktober – nachmittags

Gegen zwanzig Uhr hatten sich meine Eltern auf den Rückweg nach Charlevoix gemacht. Ich hatte ihnen vorgeschlagen, dass sie sich ein Hotel in der Stadt nehmen sollten, aber sie wollten lieber in ihre eigenen Betten. Stella und ich redeten noch ein bisschen. Sie ging irgendwann ins Bad. Ich begann, das Geschirr abzuspülen, da klopfte es erneut.

Mit neuer Hoffnung, noch mehr Sehnsucht und noch heftiger klopfendem Herzen flog ich zur Tür.

Diesmal war er es. Jordan hielt einen Strauß violetter Astern in der Hand. Ich fiel ihm um den Hals. Mit dem Kuss, den er mir nach dem »Happy Birthday« gab, der sanft begann und schnell eine ganz andere Natur annahm, sind wir auf ziemlich geradem Weg in meinem Bett gelandet.

Ich liebe es, wenn Jordan kommt. Wenn sich sein Körper anspannt, er einen Moment erstarrt. Ich liebe es, wie seine Stimme dann klingt, etwas weicher, verletzlich. Wie er mich ansieht, mit diesem weggetretenen Blick, wie er dann die Augen zukneift. Wie er zittert und sich scheinbar kaum selbst halten kann.

Über mir aufgestützt, presst er das Gesicht ins Kissen, um sein Stöhnen zu dämpfen, damit uns Stella nebenan nicht hört.

Ich streichele über seinen warmen Rücken, fahre mit einem Finger durch die Kerbe seiner Wirbelsäule. Seine Brust weitet und engt sich im unregelmäßigen Takt seines Atems. Langsam wird er ruhiger und findet wieder zu sich. Er küsst meine Schulter, meinen Hals. Seine Haare kitzeln auf meinen Brüsten, als er weitere Küsse auf meinem Körper verteilt. Seine Zunge und Zähne spielen mit meinen Nippeln, bis sie hart werden. Er pustet darüber. Jeden weiteren Kuss setzt er ein Stück tiefer, kriecht an mir hinab. Ich schiebe meine Finger in seine Haare und überlege noch, ob ich ihn aufhalten soll, als sein Mund die Innenseite meines Schenkels berührt, aber da ist es schon zu spät. Als ich seine Zunge spüre, kann ich gar nichts mehr tun. Mein Atem bleibt in der Kehle stecken. Ich spanne alle Muskeln an, ein Blitz zuckt von meinem Schoß durch meinen Bauch, über meinen Rücken bis hinauf in den Kopf. Ich presse die Lippen fest aufeinander, um keinen Laut von mir zu geben, presse dann einen Handrücken vor meinen Mund. Die andere Hand schiebe ich in Jordans Haare. Sachte, aber unnachgiebig umkreist seine Zunge meinen empfindlichsten Punkt. Dann ändert er seine Taktik und lässt sie darübertanzen. Schnell, wieder und wieder.

Du wirst es dir nie wieder, nie nie wieder selbst machen wollen, schießt es mir durch den Kopf, *so gut wie sich das hier anfühlt!*

Als ich mich zu winden beginne, packt Jordan meine Hüfte und hält sie fest. Mein Atem geht schneller, zittert in meiner Brust. Bald zittert und bebt mein ganzer Körper. Ich biege den Rücken durch, nehme die Hand aus Jordans Haaren und kralle sie ins Laken. Als das süße Summen in mir lauter wird, keuche ich gegen meine Hand. Im Bruchteil einer Sekunde bin ich immerhin geistesgegenwärtig genug, um mir das Kissen zu schnappen und es vor mein Gesicht zu drücken. Es dämpft mein Stöhnen und meinen Schrei, als das Summen in mir platzt und ich komme.

Jordan legt die Hände auf meinen Bauch und den Kopf auf mein Bein, um das Beben in mir zu spüren. Er bleibt so, bis sich mein Atem beruhigt, dann kommt er zu mir hoch. Nach einem Kuss lässt er sich neben mich fallen und sieht mich an.

»Woher wusstest du eigentlich, dass ich Geburtstag habe?«, frage ich und streiche ihm eine Haarsträhne aus der Stirn.

»Stella«, antwortet er. »Sie hat Gloria um meine Nummer gebeten und mir getextet.«

»Wart ihr schon fertig mit der Besprechung?«

»Die meisten Punkte hatten wir abgehakt, ja.« Jordan legt einen Arm unter seinen Kopf. »Wäre ganz schön traurig gewesen, hätte ich es nicht erfahren.«

Seit Jordan bei mir ist, ist mir bewusst, wie traurig es tatsächlich ohne ihn gewesen wäre. Ein Kribbeln, das plötzlich in meiner Brust einsetzt, macht mich nervös.

»Möchtest du ein Stück Kuchen?«, frage ich ihn im Plauderton und versuche, das Kribbeln zu unterdrücken. »Devil's Food Cake. Meine Mutter hat ihn gebacken, weil das früher mein Lieblingskuchen war.«

Jordan schüttelt den Kopf und schaut mich dabei weiter an. Sein Blick ist so intensiv und forschend, dass das Kribbeln nur noch stärker wird.

»Ich sollte die Blumen ins Wasser stellen«, murmele ich und will aufstehen, aber er legt den Arm um mich.

»Nein, du solltest hierbleiben.« Er gibt mir einen kurzen Kuss und schenkt mir ein leises Lächeln.

Es kribbelt immer mehr.

»Wie war es mit deinen Eltern?«, erkundigt er sich.

Ich denke kurz nach. Es ist alles andere als leicht, den Besuch mit ein paar Worten zusammenzufassen. »Es war überraschend, verwirrend und ziemlich emotional.« Ich lege die Stirn gegen seine Brust. »Am Ende haben wir alle geheult.«

Er atmet durch. »Das war wohl lange überfällig.«

Bis eben war mir nicht bewusst, dass wir das nie zusammen getan haben. Wir haben alle geweint, aber nie gemeinsam. Dad hat sich zum Weinen zurückgezogen, ich habe das auch getan. Mom hat ständig und überall geweint, aber bei uns war sie dabei nie. Und wir waren nicht bei ihr. Auf der Trauerfeier hat keiner von uns geweint. Danach habe ich schluchzend auf dem Bootssteg gesessen. Dad wird in seinem Büro gewesen sein oder im Kaminzimmer, Mom im Bett.

»Vielleicht wird jetzt alles gut«, sagt Jordan in meine Gedanken hinein.

»Es wird seine Zeit brauchen«, gebe ich nachdenklich zurück. »Wir hatten uns so festgefahren, dass wir nicht von heute auf morgen ganz anders sein können.«

»Das werden sie nicht erwarten.«

Ich lasse es so stehen, hoffend, dass diesbezüglich nicht schon eine neue Erwartung gesteckt wird. Jordan und ich schweigen, kuscheln, streicheln uns. Das nervöse Kribbeln ist dabei mal lauter und mal leiser, aber es bleibt. Mal ist es, als wolle es mich dazu bringen, etwas zu sagen. Mal kribbelt es, weil Jordan innerlich mit etwas beschäftigt zu sein scheint. Ich spüre es, weil er von Minute zu Minute unruhiger wird.

»Es gibt etwas, das ich mich frage«, sagt er nach einer ganzen Weile.

Aha! »Und das wäre?«

»Wo wärst du jetzt, wenn sie dir das Tagebuchschreiben nicht vermiest hätten.«

Wo ich wäre? »Wie meinst du das?«

»Na ja, vielleicht hättest du schon ein paar Romane in der Schublade oder bereits etwas veröffentlicht oder Poetry-Slams gewonnen. Vielleicht wärst du Chefredakteurin der Schulzeitung gewesen, hättest die Abschlussrede gehalten. Vielleicht hätte ich dir im Workshop rein gar nichts mehr beibringen können.«

»Was für ein langweiliger Workshop das dann geworden wäre.« Ich stupse seine Nase mit meiner. »Du hast mir eine ganze Menge beigebracht.«

»Das Gefühl hab ich nicht.«

»Natürlich, du hast …«

Er unterbricht mich. »Nein. Du konntest schon schreiben. Von einem Tag auf den anderen konntest du es. Denk an den Käsetext. Du hast ein extrem gutes Sprachgefühl, du kannst unterhalten. Ich hab dich vielleicht daran erinnert, dass du es kannst. Mehr nicht.«

»Als wäre das nichts.«

»Eine wichtige Sache habe ich dir nicht beibringen können.«

Ich ahne, worauf er hinauswill, und versuche, ihm den Wind aus den Segeln zu nehmen, indem ich es klarstelle.

»Ich hab Gefühle gezeigt.«

»Die negativen hast du nach und nach rausgelassen, ja.«

»Okay, die positiven …« Das Kribbeln wird heftiger, es beginnt zu beißen. Ich drehe mich um und kuschele mich rücklings an ihn. »Gerade das letzte Gefühl.« Ich versuche es, aber das Wort Liebe will mir nicht über die Lippen. »Ich kannte dieses Gefühl nicht. Ich kann nicht einfach so darüber schreiben.«

Jordan legt seinen Arm um mich. »Ich verstehe dich, glaube ich. Als wir Coaches dieses Thema mit Professor Carter vorbereitet haben, wollte ich, dass wir es ein bisschen neutraler halten«, erzählt er mir. Sein Atem streift warm über meinen Hals und macht mir eine Gänsehaut. »Einzig und allein, weil ich dir das ersparen wollte. Als Professor Carter sich wunderte, warum ich so vehement gegen einen Liebesbrief bin, hab ich's aufgegeben.«

»Das ehrt dich.« Bei der Vorstellung muss ich lächeln. »Aber warum warst du dann so sauer, als ich's vergeigt habe?«

»Ich war nicht sauer. Du hast das Thema behandelt, als wäre es lästig, wie der letzte Mist und keine Überlegung, kein Gefühl wert. Ich dachte, du gehst es mit Humor an. Ich hatte vorher extra gesagt, dass ihr nicht romantisch sein müsst, wenn euch das nicht liegt.«

»Und dann liefere ich dir einen Text, der weder romantisch noch lustig ist.«

»Ja, das war leider einfach nur traurig.«

Auch wenn er es nicht direkt in Worte packt, verstehe ich, was er eigentlich meint: Ich habe nicht nur das Thema verfehlt, sondern ihn auch verletzt. Ich habe mir keine Mühe gegeben. Als wäre er, Jordan, keine Mühe wert.

»Ich denke, du weißt gerade genau, was da in dir los ist und wie du damit umgehst«, sage ich nach einem kurzen inneren Ringen. »Du hast das schon ein paar Mal erlebt.«

Er schüttelt den Kopf. »So oft nicht, und es war anders.«

Das verstehe ich nicht. Wenn man verliebt ist, ist man verliebt, oder nicht? »Wie kann es anders gewesen sein?«

»In der Highschool, im letzten Jahr, hatte ich meine erste feste Freundin.« Er kuschelt sich noch dichter an mich. »Ich war also auch ein Spätzünder. Davor war ich zwar in ein oder zwei Mädchen verknallt, aber das beruhte nicht auf Gegenseitigkeit. Diese erste Freundin war immer ein Kumpel gewesen, ein Mädchen aus der Nachbarschaft. Jahr für Jahr hatten wir miteinander zu tun, erzählten uns so gut wie alles, ohne große Gefühle füreinander zu entwickeln.«

»Und plötzlich waren sie da«, schlussfolgere ich und verspüre einen kleinen Stich bei der Vorstellung von Jordan, der sich in eine andere verliebt.

»Nein, eben nicht«, widerspricht er. »Die großen Gefühle haben sich nie eingestellt. Ich hatte sie richtig gern und sie mich auch, aber wir wussten beide, dass unsere Beziehung nicht für die Ewigkeit ist.«

»Und die anderen, warum war es bei denen auch anders?«

»Es gibt nur eine andere, und da war es ähnlich. Wir lernten uns an der Uni kennen und hingen oft miteinander ab, jobbten im selben Restaurant. Ein Jahr lang ging das so, und plötzlich waren wir zusammen.«

Als ich einen Verdacht habe, frage ich einfach: »Kenne ich sie?«

Er zögert nicht mit der Antwort. »Daphne.«

Jordan und Daphne! Ich erinnere mich, wie er am letzten Morgen in Charlevoix, als sie nach dem Vorlesen so aufgewühlt war, ihre Hand genommen hat. Jordan scheint meine Gedanken zu lesen.

»Der Typ aus ihrem Text bin ich nicht«, sagt er. »Das mit Daphne und mir ist fast ein Jahr her und es ging über ein Gernhaben nicht hinaus. Es hat sich gut angefühlt, war warm, ehrlich, gut, aber es war einfach zu …« Er sucht nach einem Wort und findet zwei. »Still. Unaufgeregt. Daphne hat sich schließlich in jemand anderen verliebt.«

»Du hättest so weitermachen können? So still und unaufgeregt?«

»Ich weiß nicht.« Er denkt abermals nach. »Wahrscheinlich nicht. Möglicherweise nur bis zu dem Punkt, an dem mir jemand begegnet wäre, der mir gezeigt hätte, dass es anders sein sollte oder anders sein kann. Besser.«

In seinen Armen drehe ich mich zu ihm um. »Besser?«

Schmunzelnd betrachtet er mich. »Irritation. Sich merkwürdig fühlen und nicht so recht wissen, wieso. Interesse. Faszination. Neugier. Und dann – bäm! – Feuerwerk. Sambarasseln im Bauch. Herzrasen. Ständig die Nähe dieser Frau suchen, ständig an sie denken. Gar nicht anders können. Gar nicht anders wollen.«

Genau so!, denke ich. In meinem Bauch prickelt es, als würden Sambarasseln darin geschüttelt werden.

Sag, du auch! Sag, du auch!, bettelt der Mut in mir.

Ich schlucke, fröstele und sage stattdessen: »Das klingt wirklich viel besser.«

Jordans Blick flackert, und sein Mund zuckt, als wolle er meine sachliche Reaktion kommentieren. Dann nimmt er meine Hand und drückt einen Kuss darauf. Mein Herz schlägt schneller, doch das Kribbeln kehrt zurück und löst die Sambarasseln ab. Wie ein nervöses Ziehen fühlt sich das an, was sich plötzlich in mir ausbreitet. Ich kann nicht mehr liegen bleiben, ihm nicht mehr so nahe sein. Als mein Handy auf dem Schreibtisch einen Ton von sich gibt, stehe ich auf. Vor dem Bett ziehe ich meinen Slip an und schlüpfe in meinen Pullover.

»Was ist los?«, höre ich Jordan fragen, als ich zum Schreibtisch gehe.

»Ich schaue nur kurz nach«, antworte ich und setze mich auf den Stuhl. »Vielleicht ist es wichtig.«

Es ist keine Nachricht, die eingegangen ist, sondern eine Meldung der Charlevoix County News, die ich abonniert habe. Ein Wort sticht hervor. Ein kalter Schauder jagt über meinen Rücken. Ich öffne die Meldung und lese:

Segelboot auf dem Lake Michigan gefunden. Zwei Segler vermisst.

Den Rest überfliege ich nur. Es war ein Mietboot. Ein Vierzigjähriger und seine drei Jahre jüngere Begleitung aus Traverse City sind gestern auf den See gefahren. Das Wetter war ruhig, es gab keinen Sturm, nicht einmal Regen. Das Boot wurde am Mittag von der Küstenwache in der Grand Traverse Bay gefunden. Nach dem Mann und der Frau wird noch gesucht.

Das Hier und Jetzt verschwimmt vor meinen Augen. Wie durch einen Sog werde ich im Geist zurückgezerrt. Ins Foyer meines Elternhauses, hinter Mom und Dad. *Wir haben das Boot. Ihre Söhne haben wir noch nicht gefunden*, höre ich den Cop mit der langen Nase sagen. Über Wochen und Monate hinweg wiederholen er und sein Partner diesen Satz. Es wird schlimmer mit jedem Mal. Die Stille wird lauter, bald schreit sie. Die Einsamkeit überwuchert das Leben. Das Warten sperrt seinen schwarzen Rachen auf und verschluckt mich. Ich hole Leo und Law auf meine Tagebuchseiten und schreibe sie zurück. Dann zerfetze ich das Buch und versuche dem Psychiater zu erklären, warum ich das geschrieben habe. Ich sehe die Pille zwischen Moms Fingern und spüre, wie sie mit lauwarmem Wasser meine Kehle hinabgleitet.

Ich habe zwei Tickets nach Peridon. Ich kann nicht schlafen. Es ist alles nur ein Traum. Ich wache auf.

Es ist Vergangenheit, haucht der Mut aus einer Ecke meines Bewusstseins, doch er ist so leise.

Plötzlich hockt Jordan vor mir und sucht meinen Blick, der sich allmählich klärt.

»Was ist los, Layla?« Er nimmt meine Hände in seine.

Mein ganzer Körper schmerzt, weil jeder Muskel angespannt ist.

Ich atme durch, um mich zu beruhigen und locker zu machen. »Alles okay«, schwindele ich. »Es war nur Spam.«

Er runzelt die Stirn. »Wirklich? Du wirkst, als hättest du dich erschrocken.«

Eine andere Stimme meldet sich, der Zynismus ist es wieder einmal, und er tut das, was er am besten kann. Er höhnt: *Mach nur! Erzähl ihm, dass du durchdrehst, weil ein leeres Segelboot gefunden wurde!*

Du bist allein!, tönt der Spott dazu. *Du wirst immer allein sein.*

»Es war Spam«, wiederhole ich.

Jordan glaubt mir nicht. Er wirkt besorgt, schaut mich dabei aber an wie eben, kurz bevor ich aufgestanden bin. Wieder zuckt sein Mund. Diesmal hält er seine Worte nicht zurück.

»Als ich dir gestern gesagt habe, wie es besser geht«, murmelt er, »habe ich das nicht nur getan, um dir zu sagen, wie es besser geht.«

Mein Herz rast, und meine Brust scheint sich zu verengen.

»Ich hab es so gemeint.« Seine Daumen streichen meine Handrücken. »Jedes Wort. Ich bin für dich da, und ich will, dass du das weißt. Ich hab mich in dich verliebt, Layla.«

Oh! Mein! Gott!

Alles in mir spielt verrückt. Die schrecklichen Gedanken, die sich wegen der Newsmeldung eingestellt haben, verheddern sich mit kompletter Verwirrung. Und mit Angst.

Ich könnte Jordan sagen, dass ich Angst habe, aber ich kann ihm nicht sagen, wovor. Nicht, weil ich es nicht weiß. Ich weiß es, und in genau diesem Moment ist mir außerdem so klar wie nie zuvor, warum ich nicht ausdrücken kann, was ich für ihn empfinde.

Ich habe Angst, mir selbst, aber auch Jordan zu vertrauen. Ich habe Angst, mich fallen zu lassen und irgendwann fallen gelassen zu werden. Ich habe Angst, von diesen Gefühlen abhängig zu werden, sie zu brauchen, Jordan zu brauchen. Ich habe Angst, ihn zu verlieren und mit diesen dann völlig nutzlosen Gefühlen allein zu sein. Ich war mein halbes Leben lang allein, unabhängig. Von Menschen und Gefühlen unabhängig.

Antworte ihm, verdammt!, kreischt die Verzweiflung. *Sag ihm, dass du dich auch verliebt hast.*

Kannst du das?, hält der Argwohn dagegen. *Das ist eine große Sache. Riesig. Bringst du das über die Lippen? Was passiert danach? Mit dir? Mit ihm? Was ist, wenn du dich irrst? Du hast nicht die Vergleiche, die er hat. Du bist eine Theoretikerin.*

»Ich …«, stottere ich panisch. »Ich bin …«

Jordan schüttelt den Kopf. »Schon okay. Du musst jetzt nichts sagen. Ich wäre nur krepiert, mindestens wahnsinnig geworden, hätte ich es nicht gesagt.«

Das macht es nur schlimmer, lässt die Angst wachsen. Sie dehnt sich aus und ballt sich wie eine Blase um die Liebe, die mich eigentlich auch krepieren ließe, wenn ich still bleibe.

»Du … Du bist …« Tränen steigen mir in die Augen. »Ich will dir nicht wehtun.«

Abermals flackert Jordans Blick. Ein erschrockenes Flackern ist es diesmal. Er scheint auf mehr Worte von mir zu warten, doch ich bringe nicht mehr über die Lippen. Was ich gesagt habe, erscheint mir schlimm genug. Genau genommen war es so schrecklich, dass es mir Tränen in die Augen treibt. Ich löse meine Hände aus Jordans und stehe auf.

»Gehen wir wieder ins Bett?« Unsicherheit schwingt in seiner Stimme mit.

»Ich denke, ich muss gerade allein sein«, flüstere ich. »Mich sortieren.«

»Layla …«

»Ich möchte allein sein.«

Seine Miene wird hart, sein Mund ein Strich. Er nickt. »Okay, dann sortier dich«, gibt er zurück und beginnt, sich anzuziehen.

Halt ihn auf!, fleht die Verzweiflung. *Sag ihm, dass du es nicht so gemeint hast!*

Du bist bekloppt, ätzt die Fassungslosigkeit. *Total gestört, bei einem Liebesgeständnis so zu reagieren. Als wäre er nicht das Beste, was dir seit Jahren passiert ist.*

Ich kann mich nicht regen, nicht durchringen. Ich halte Jordan nicht auf, als er geht.

Kapitel 36

31. Oktober
Ich habe kaum geschlafen und bin viel zu früh wach geworden, geweckt vom Unterbewusstsein, dass die Tatsachen nach und nach in mein Bewusstsein geschoben hat. Alles ist schrecklich, und ich bin daran schuld. Zuerst habe ich mir befohlen, nicht überzureagieren, aber von Stunde zu Stunde wurde ich unruhiger. In der Zwischenzeit ging eine neue Meldung von den Charlevoix County News ein, die darüber informierte, dass man das Paar vom Boot bei bester Gesundheit gefunden hatte. Der Mann und die Frau hatten auf Höhe ihres Wohnhauses in der Grand Travers Bay geankert und waren schwimmen gegangen. Der Anker hatte sich gelöst, das Boot war weggetrieben, sie hatten es nicht mehr erreicht und waren nach Hause geschwommen. Dort hatten sie erst einmal den Rausch ausgeschlafen, den sie sich an Bord angetrunken hatten, statt der Bootsvermietung Bescheid zu sagen.

Unfassbar!

Aber noch viel unfassbarer ist, wie ich reagiert habe.

Ich habe den Sonntag nutzen wollen, um mich auf die Vorlesungen morgen vorzubereiten, doch verdammte Literaturtheorien und die Metamorphose der Shakespeare'schen Komödie waren mir bald total schnuppe. Gegen Mittag habe ich Jordan getextet und ihn gefragt, ob wir reden können. Als ich das Warten nicht mehr aushielt, habe ich Stella alles gebeichtet. Ihr war anzusehen, dass sie mich am liebsten gepackt und geschüttelt hätte. Stattdessen hat sie ihre eigenen Vorbereitungen sausen lassen und versucht, mich zu beruhigen.

Um fünfzehn Uhr zweiunddreißig trudelte Jordans Antwort endlich ein. Dass er viel zu tun hat und sich auch ein bisschen sortieren muss, hat er geschrieben.

Das hat mich endgültig verzweifeln lassen.

Ich weiß nicht, was ich machen soll. Stella meint, ich soll Jordan ein bisschen Zeit geben. Sie denkt, dass er sich bei mir meldet. Ich frage mich, wie lange *ein bisschen Zeit* dauert, und will nichts von AJ und Simon hören, als die beiden vor unserer Tür stehen und fragen, ob wir mit zur Halloweenparty im North Quad gehen. Stella sagt zu, ohne meine Antwort abzuwarten, obwohl sie ganz bestimmt weiß, dass ich nicht möchte.

»Du brauchst Ablenkung«, beschließt sie, sobald die Jungs weg sind.

»Vergiss es!«, entgegne ich. »Jordan wohnt im North Quad.«

»Er mag keine Partys, hast du gesagt.«

»Ja, und ich mag auch keine Partys.«

Damit hätten wir schon zwei Gründe, warum ich nicht gehen werde. Pff, Halloween! Es gibt nichts, das mir gerade weiter am Arsch vorbeigeht.

»Die Party bringt dich auf andere Gedanken.«

»Glaube ich nicht. Das will ich auch gar nicht.«

Stella versucht es mit einem anderen Argument. »Allein gehe ich da nicht hin.«

Das zieht nicht! »AJ und Simon gehen, Cat und Lisha sind auch dabei. Du wärst nicht allein.«

»Ich möchte mit dir hin.« Stella nimmt mich am Arm und dirigiert mich. »Du brauchst Ablenkung.«

Damit wären wir wieder beim Ausgangspunkt unserer Diskussion. Sie öffnet ihren Kleiderschrank.

»Was jetzt?«, frage ich.

»Jetzt stellen wir unsere Kostüme zusammen. Du brauchst ein weißes Langarmshirt, eine schwarze Leggins und weiße Sneakers.«

»Stella, echt …«, fange ich an, komme aber nicht weit.

Sie schimpft los: »Hör auf zu nörgeln! Du machst mir auch ganz schlechte Laune.« Aus ihren dunklen Augen funkelt sie mich an. »Du hast Mist gebaut, aber wenn er dich liebt, wird das schon wieder. Du bist zwar am Zug, aber lass ihm noch ein bisschen Zeit und überleg dir, wie du das in Ordnung bringen kannst.«

Nicht auf einer Halloweenparty, will ich kontern, beiße mir aber auf die Zunge.

Die Vorstellung, auf eine Party zu gehen, ins North Quad noch dazu, gefällt mir wirklich überhaupt nicht, aber ich sehe ein, dass es auch nichts bringt, nach dem ganzen Tag auch noch den Abend über Trübsal zu blasen und zu grübeln. Also nehme ich die Klamotten, die Stella für mich heraussucht. Sie selbst nimmt sich eine weiße Leggins, ein schwarzes T-Shirt und ein Paar schwarze Sneakers.

»Wird das ein Partnerlook?«, spekuliere ich.

»Klar. Wir gehen als Voodoo-Skeletons. Nur die Schminke brauchen wir jetzt noch.« Sie flitzt zur Tür. »Ich radele schnell zu Wallgreens und besorge die. Bin in zehn Minuten wieder hier.«

Während sie unterwegs ist, hocke ich noch ein paar Minuten lustlos auf ihrem Bett. Dann ziehe ich mich um. Stella ist nur fünf Zentimeter kleiner als ich und ein bisschen schlanker. Ihre Leggins passt mir gut, und das T-Shirt ist ohnehin Oversize. Stella kommt zurück, als ich gerade in die Sneakers schlüpfe. Sie sind etwas eng, und mein großer Zeh stößt vorn an, doch ein paar Stunden kann ich darin schon laufen.

»Ich brauch keine Schminke«, witzele ich beim Blick in den Spiegel. »In diesen Klamotten bin ich verkleidet genug.«

Schwarz steht mir einigermaßen, aber Weiß überhaupt nicht. Blass wie eine Kellerleiche wirke ich darin. Für unser Kostüm ist das wohl perfekt.

Wie Stella schmiere ich Gel in meine Haare, nehme sie straff zurück und binde sie zu einem Zopf zusammen. Dann verteile ich die weiße Theaterschminke in meinem Gesicht. Die Augen, die Nasenspitze und Teile der Wangen spare ich aus und fülle sie anschließend mit Schwarz aus. Mit schwarzem Kajal malen wir Voodoo-Punkte und Blumen auf. Am Ende holt Stella ihre Schmuckschatulle und kramt passende Teile heraus, mit denen sie sowohl sich selbst als auch mich behängt und unseren Partnerlook perfektioniert.

Kichernd verlassen wir das Appartement und gehen über den Flur zur Etagentreppe. Als ich die Tür aufziehe, springt eine schwarze Gestalt schaurig lachend herab und erschreckt Stella und mich so sehr, dass wir kreischen. Am Lachen erkenne ich AJ. Er ist als Tod verkleidet, hat sogar eine Sense dabei. Weitere Gruselgestalten kommen die Treppe hinunter: Elijah und Kyle als Batman und Joker. Cat passend und sexy als Katze, Lisha und Tammy als Hexe und Fledermaus.

»Cooler Look«, sagt Cat zu mir, als wir in der Gruppe zur State Street gehen. »Hättest du nicht geredet, hätte ich dich nicht erkannt.«

Die Straßen sind voller Gespenster, Teufel, Zombies, noch

mehr Hexen, Katzen und Toden. Zac, José und David schließen sich uns an. Jeder von ihnen trägt eine alte Insektenschutztür mit Netzfenster vor sich her. AJ errät ihr Kostüm: The Doors, eine Siebzigerjahre-Band, deren Musik ich nicht kenne, aber, wie mir AJ gerade versichert, unbedingt kennen sollte.

Was ich ihm noch sage wollte, habe ich nicht vergessen und nutze die Gelegenheit. »Danke für das, was du in Charlevoix für mich getan hast.«

»Keine Ursache«, gibt er zurück. »Mike und Adrian waren voll wie Eimer und sind mir mit ihrem Schwachsinn auf die Nerven gegangen. Außerdem war ich dir das schuldig.«

Nachdenklich sehe ich ihn an. Unter der Kapuze seines Umhangs ist er so ähnlich geschminkt wie Stella und ich, ohne die Voodoo-Details. Auf seine Brille hat er wegen des Make-ups verzichtet.

»Wer einen vermeintlichen Freak verteidigt, wird schnell selbst als Freak abgestempelt«, sage ich. »Sicherlich wollen die beiden jetzt nichts mehr mit dir zu tun haben.«

AJ lacht trocken. »Ich kann darauf verzichten. Was sie und andere von dir erzählt haben, hat rein gar nichts mit der Realität zu tun. Ich war dumm genug, diesen Müll zu glauben und mich da reinziehen zu lassen.«

»Selbst wenn es der Realität entsprochen hätte, wäre es falsch gewesen, mich so zu verarschen. Oft gibt es Gründe, warum Menschen sind, wie sie sind, und die posaunen sie nicht gerade heraus.«

»Das ist mir klar.« AJ legt mir den Arm kumpelhaft auf die Schultern. »Passiert mir auch nicht mehr. Mit niemandem.«

Zufrieden lege ich meinen Arm um seinen Rücken.

Wenig später erreichen wir das North Quad. Die Party findet im vorderen Eckgebäude statt, nicht in dem Block, in dessen oberer Etage Jordan wohnt. Trotzdem, der Anblick des Lichts hinter so vielen Fenstern und der von drinnen herausdringende Lärm schüren meine Aufregung. Stella zieht mich von AJ weg.

»Wir müssen zusammen rein«, sagt sie. »Sonst wirkt unser Kostüm nicht.«

Hand in Hand betreten wir das Gebäude. Schon im Foyer ist eine Menge los. Verkleidete Studenten schwirren überall herum. Aus Boxen schallt *Thriller*. Ein paar Leute versuchen sich am Moonwalk. Wir gehen in die erste Etage, um uns dort umzuschauen. Die Musik scheint zentral gesteuert zu sein. Michael Jackson thrillert überall. Unschlüssig sehen wir uns um und überlegen, an der provisorisch errichteten Bar Getränke zu holen, da bekommt Cat die Nachricht, dass weiter oben noch mehr Leute aus dem Workshop sind. Also wechseln wir in die zweite Etage, wo es ebenfalls eine Bar gibt. Außerdem stehen dort Couches und Sessel, die aber alle besetzt sind. Wir ziehen die Jacken aus, holen uns Getränke, finden die anderen und stellen uns zu ihnen. Cat beginnt zu tanzen und singt textsicher mit. Nach einer Weile tanzt auch Stella und verpflichtet mich, Partnerlook-bedingt, zum Mitmachen. Erst komme ich mir doof vor, aber als ein neuer Song beginnt und ich Billie Eilishs »Bury a Friend« erkenne, fällt es mir leichter, mich zu bewegen. Ich muss über einen Kommentar lachen, den Cat zu einem ziemlich verrückten Kostüm macht, und halte kurz inne, um beim nächsten Schluck vom Getränk nicht zu kleckern. Über den Becherrand fällt mein Blick auf zwei Sessel. Mein Herz setzt einen Schlag aus, als mir klar wird, dass es Jordan und Daphne sind, die da hocken. Er ist nicht verkleidet, sie trägt das Kostüm des Hutmachers aus »Alice im Wunderland« – bloß in der weiblichen, sexy Version. Sie redet auf ihn ein, sieht ihn eindringlich an und kriecht dabei beinahe in ihn hinein. Dann legt sie ihre Hand über seine. Jordan scheint das okay zu finden. Kurz senkt er den Kopf, bringt sein Ohr näher an ihren Mund, um sie besser verstehen zu können, dann sieht er wieder auf und lässt seinen Blick durch den Raum gleiten, ohne wirklich zu schauen. Er wirkt gedanklich völlig abwesend. Gerade will ich mich wegdrehen, noch viel lieber abhauen, da sieht er mich an. Sein Blick klärt sich, als er mich erkennt. Er zieht die Brauen zusammen.

Ich drehe mich weg und trinke einen Schluck, ohne das Getränk noch zu schmecken. So wenig, wie ich den Song noch wirklich höre, Stella, Cat oder irgendjemanden anders wahrnehme. Vor Schreck bin ich wie von allen Sinnen verlassen. Irritiert stolpere ich ein paar Schritte in keine bestimmte Richtung.

Ich hätte nicht herkommen sollen. Ich hätte mir denken sollen, dass ich Jordan hier über den Weg laufe. Zugegeben, ein bisschen hatte ich das gehofft. Aber nicht so. Was denkt er jetzt von mir? Dass ich ihn stalke? Bis zur Unkenntlichkeit verkleidet auch noch. Ganz toll!

Um meine Gedanken zu sortieren, bleibe ich stehen, da ist Jordan bei mir. Er nimmt meine Hand, ich will sie wegziehen, aber er hält mich zu fest und schleppt mich mit sich, all die Treppenstufen hinunter und durch einen Pulk von Menschen bis in den Innenhof. Die kühle Luft klärt meinen Kopf. Ich reiße mich von ihm los.

»Stella hat mich zu dieser Party überredet«, schimpfe ich und versuche, gegen die sich in mir ausdehnende Hilflosigkeit anzukämpfen. »Denk nicht, dass ich dir nachlaufe.«

Jordan schnaubt. »Auf die Idee käme ich nie. Das wäre ja zu schön.«

»Ich gehe jetzt«, beschließe ich. »Lass Daphne nicht warten.«

»Glaub es oder lass es, aber ich wollte auch nicht hier sein.«

Er verzieht den Mund, sein Blick wird kühl. »Daphne und ich sind Freunde. Das war eine der Sachen, die ich dir gestern erzählt habe. Sie meinte, ein bisschen Ablenkung würde mir guttun. Ich bin für sie da, wenn sie ein Problem hat, und sie ist es für mich.«

Jetzt hast du schon wieder überreagiert, flüsterst die Vernunft. *Du hast die beiden gesehen, und deine Fantasie ist mit dir durchgegangen.*

Ich will zurückrudern. »Ihr saht so vertraut aus. Das hat mir … Ich dachte, du hättest mich … Nach gestern …«

»Was dachtest du, hätte ich dich, nach gestern?« Jordans Stimme klingt hart und gereizt. »Und was hat dir das?«

Mit einem Mal kommt er mir so fremd vor wie zu Beginn des Workshops, so viel größer als ich.

»Du verunsicherst mich«, murmele ich.

»Stell dir vor, du verunsicherst mich auch. Und zwar so sehr wie kein anderer Mensch zuvor. Du kannst mir nicht einmal sagen, was du jetzt denkst.«

»Ich hatte Angst. Gestern hatte ich Angst vor diesen Worten und gerade hatte ich Angst, dass ich es nicht wiedergutmachen kann.«

Er runzelt die Stirn. »Echt jetzt? Willst du dich dafür entschuldigen, gesagt zu haben, dass du mich nicht verletzen möchtest?« Er schüttelt den Kopf. »Bitte nicht.«

Dieses Gespräch macht alles nur schlimmer. Ich verschränke die Arme vor der Brust und schaue auf meine weißen Sneakers. Jordan redet weiter. »Daphne hat mir gerade gesagt, dass ich dir Zeit geben soll, aber seit gestern Nacht fühle ich mich einfach grässlich. Und allein.«

»Das wollte ich nicht.«

»Was wolltest du dann? Außer mich nicht verletzen? Was

willst du generell? Wenn da noch ein anderes Gefühl ist, nicht nur die Angst, wie lange willst du es noch wegsperren? Lässt du es irgendwann raus?« Er gibt der Säule, an der wir stehen, einen leichten Kick mit der Schuhspitze. »Macht es denn überhaupt Sinn zu warten?«

Alles, was ich ihm jetzt sagen würde, würde wie nachgeplappert klingen. Wie aus der Nase gezogen. Ich hebe den Kopf und sehe Jordan wieder an. Am liebsten möchte ich ihn umarmen, doch er strahlt immer noch etwas aus, dass mich davor warnt, ihm näher zu kommen.

»Können wir morgen darüber reden?«, frage ich ihn.

Er antwortet nicht sofort. Immer nachdenklicher wird sein Blick, immer distanzierter.

»Eigentlich habe ich keine Lust, noch eine Nacht zu grübeln«, erwidert er schließlich. »Vielleicht bin ich einfach nicht der Richtige.«

Erschrocken schüttele ich den Kopf. Ich will nicht, dass er das sagt. Er soll es nicht einmal denken, aber er lässt sich nicht aufhalten und redet weiter.

»Vielleicht ist das hier nicht die richtige Zeit, nicht der richtige Ort.« Er geht einen Schritt zurück, von mir weg. »Vielleicht brauchst du jemand anderen, der dich aufwecken und vergessen lassen kann. Denn es ist nun mal so: Wenn du liebst, spielt es keine Rolle mehr, was früher war. Liebe gibt dir Sicherheit. Sie bläst den Staub weg und knipst das Licht in dir an. Sie nimmt dir die Angst. Im Endeffekt macht sie nur eins: Sie heilt.«

So schön seine Worte sind, so wahr sind sie auch. Und so wahr sie sind, so sehr treffen sie mich.

»Was soll das, Jordan?« Mein Herz scheint einen Takt auszusetzen. »Machst du gerade Schluss mit mir?«

»Im Leben geht jeder Mensch Risiken ein«, sagt er, statt mir eine klare Antwort zu geben. »Gefühle zuzulassen ist eins davon. Ich bin nicht sehr risikofreudig, was das angeht, aber wenn ich dabei bin, dann bin ich dabei.« Er schiebt die Hände in die Hosentaschen und zieht die Schultern hoch. »Ich halte es wie Tennyson und finde es besser, zu lieben und zu verlieren, als nie zu lieben.«

Damit dreht er sich um und geht zu seinem Wohnblock. Ich rufe ihn, aber er reagiert nicht. Warum sollte er auch? Wieder einmal habe ich nichts gesagt. Rein gar nichts.

Jordan zieht die Tür des Hauseingangs auf und verschwindet darin.

Lord Tennyson, den Jordan gerade zitiert hat, hat einen der schönsten und traurigsten Sätze aller Zeiten formuliert. Am Ende muss ich sie wohl als Jordans Antwort verstehen.

Er hat mit mir Schluss gemacht.

Kapitel 37

3. November
Auf Jordans T-Shirt sind neun behelmte Wikingerköpfe. Unter jedem steht eine andere Emotion. Glücklich und traurig, aufgeregt und müde, stolz, verwirrt, verärgert und so weiter. Das Wikingergesicht ist immer dasselbe. Ausdruckslos starrt es vom T-Shirt. Ich frage mich, ob dieses T-Shirt neu ist oder es unten im Stapel lag.

»Der Dialog«, eröffnet er den Workshop. »Kaum eine Geschichte funktioniert ohne Dialoge. Aber es müssen gute Dialoge sein. Schlechte verderben jede noch so grandiose Idee. Die Leser sind schnell raus, denn unbewusst schenken sie den Dialogen die meiste Aufmerksamkeit.«

Unweigerlich denke ich an Jordans und meinen letzten Dialog.

Zusammengenommen, in einem Roman, der niemals geschrieben wird, war dieser Dialog wohl ein Spiegel von Verzweiflung, Hilflosigkeit und Enttäuschung.

Drei traurige, einsame Tage ist es her. Drei Tage, in denen ich mich aus meinem Bett zur Uni und zurück ins Bett geschleppt habe. Mit Ausnahme des Schlafens erscheint mir alles, absolut alles, total sinnlos.

Das bisschen Hoffnung, das ich in den heutigen Workshop hatte, ist verpufft, als Jordan sich gesetzt und damit begonnen hat, durch mich hindurchzuschauen. Das tut weh. Und der Gedanke, dass dies unsere letzte Zusammenkunft in der Gruppe ist, der ist fast genauso schlimm. Nachher wird Jordan unsere Journale für Professor Carter einsammeln. Sie wird all unsere Texte lesen und über unsere Credits entscheiden. Ich hätte nicht gedacht, dass ich am Ende dieses Workshops traurig bin. Die Treffen jeden Mittwoch, Freitag und Samstag werden mir fehlen.

Und Jordan.

Er fehlt mir so sehr.

Wie wird es in Zukunft sein, wenn wir uns über den Weg laufen? Murmeln wir dann ein Hallo und gehen weiter? Das hier kann doch nicht wirklich das Ende sein!

»Dialoge müssen die reflexive Dynamik der Konversation einfangen«, erklärt er. »Sie müssen natürlich sein. Die Umsetzung fällt vielen, die schreiben, nicht leicht. Manche hassen Dialoge, vermeiden sie und packen vieles, was in einer Unterhaltung besser rüberkäme, in einen verschwurbelten Fließtext. Andere lieben Dialoge so sehr, dass sie fast nichts anderes schreiben. Nur wenige verstehen ihre Bedeutung und setzen sie genau dann ein, wenn sie gebraucht werden.«

Nach diesem Intro tragen wir in gewohnter Manier Regeln zusammen. AJ weiß, dass man Smalltalk, zum Beispiel über das Wetter, vermeiden sollte. Simon sagt, dass er es nicht ausstehen kann, wenn ein Dialog mit einem Gruß beginnt. Cat findet, dass der Leser immer Klarheit haben muss, wer gerade spricht. Ich schlage die eigentlich allgemeingültige Show-don't-tell-Regel vor.

»Ein Beispiel«, verlangt Jordan.

»Wenn man ausdrücken möchte, dass jemand verärgert ist, sollte man denjenigen nicht sagen lassen ›Ich bin verärgert‹ oder so ähnlich.«

»Sondern?«

»Man sollte diese Emotion zwischen der wörtlichen Rede durch das Beschreiben von Mimik und Gestik vermitteln. Mit einem verkniffenen Mund oder verengten Augen lässt sich Ärger beschreiben.«

»Gut.«

Jordan notiert die Regel am Whiteboard, dreht sich dann wieder zu uns und deutet auf sein T-Shirt. »Würdet ihr diese Regel nicht beachten, würden eure Dialogpartner wirken wie diese Wikinger.«

Er ringt sich zu einem Lächeln durch, das seine Augen aber nicht erreicht. Dann nimmt er Benedict dran.

Sobald wir acht Regeln zusammengetragen haben, gibt er uns die erste Aufgabe für den Tag. In Zweierteams sollen wir einen Dialog schreiben, bei dem zwei Personen streiten. Am Ende des Streits soll deutlich werden, dass sie im Streit etwas anderes thematisiert haben als die eine Sache, die sie tatsächlich beschäftigt und aufregt.

Cat und ich tauschen einen Blick und beschließen, zusammenzuarbeiten. Wir ziehen uns in eine Ecke des Raums zurück.

»Ist alles okay zwischen Jordan und dir?«, flüstert sie. »Ihr wirkt beide so angespannt.«

Ich linse zu Jordan, der schreibt. »Wir haben am Sonntag auf dieser Party im Hof ziemlich gestritten«, flüstere ich zurück.

»Wegen deinem Liebesbrief?«

»Prinzipiell ja. Ich will hier nicht drüber reden, Cat.«

»Klar, verstehe ich.« Sie überlegt kurz und macht mir dann

einen Vorschlag. »Vielleicht können wir das als Ausgang für unseren Dialog nehmen und es so wieder richten.«

»Das ist lieb gemeint, würde aber nicht funktionieren.«

Jordan und ich haben uns keine indirekten Vorwürfe gemacht. Er hat seine Gedanken unmissverständlich zum Ausdruck gebracht. Und ich meine gar nicht.

»Lass uns ein anderes Thema finden«, bitte ich Cat. »Hast du eine Idee, welche Personen sich streiten könnten?«

Grübelnd tippt sie sich mit dem Finger an die Lippen. »Zwei Mädels wegen eines Typen?«

Ich lasse den Vorschlag sacken, werde damit aber nicht richtig warm. »Würden die sich nicht direkt die Meinung geigen?«

»Stimmt, wahrscheinlich schon.«

»Wie wäre es mit einem voneinander gelangweilten Ehepaar?«

Ihre Augen hellen sich auf. »Gute Idee. Das sind zwar Klischees, aber wir können uns richtig austoben.«

Wir legen los und lassen unser Ehepaar streiten. Sie sagt ihm, dass er die falsche Butter mitgebracht hat, dass er ständig die falsche Butter mitbringt. Er ärgert sich darüber und fragt sie, woher er wissen soll, welche Butter die richtige ist, wenn sie lieber mit den Tomatenstauden im Garten spricht statt mit ihm. Am Ende bringt er nicht nur die falsche Butter mit, sondern auch die falschen Blumen und die falschen Parfüms. So kommt eins zum anderen. Wir steigern unsere streitenden Charaktere in ihren Ärger hinein und lassen ihre Auseinandersetzung eskalieren. Eine Herausforderung ist der Sprung zum tatsächlichen Grund für den Streit: Die beiden haben sich verändert und das Interesse für den jeweils anderen verloren. Ein klassischer, trauriger Fall von Auseinandergelebt.

Jordan holt uns auf unsere Plätze im Kreis zurück und bittet

AJ und Simon an den Start. Mit verteilten Rollen lesen sie den Dialog zweier Hunde, die sich immer wütender wegen eines quietschenden Gummihähnchenbeins ankläffen. Am Ende klärt sich, dass sie eigentlich um die Gunst des Herrchens rivalisieren.

Ich wünschte, ich könnte so frei lachen wie die anderen, aber mein Lachen bleibt mir, obwohl der Dialog unglaublich witzig ist, ständig in der Kehle hängen. Jordan gelingt auch nicht mehr als ein Schmunzeln. Nach einer kurzen Analyse, viel Lob und wenig Kritik, fordert er Cat und mich zum Lesen auf.

Müsste man unseren Dialog in ein Genre einordnen, wäre es Dramedy. Der Witz versteckt sich zwischen den Zeilen und gilt einem eigentlich traurigen Thema. Die Jungs lachen trotzdem an den richtigen Stellen. Als Jordan Cat und mir sein Feedback gibt, kann ich nicht anders, als seine Miene mit denen der Wikinger auf seinem T-Shirt zu vergleichen. Er ist so freundlich und neutral, völlig emotionslos. Ein Lachen habe ich gar nicht erwartet, aber er könnte wenigstens schief grinsen oder seine Braue hochziehen. Eigenartig, aber wahr: Ich wäre sogar erleichtert, würde er mit seinen Notizblättern herumfuchteln, schimpfen, wie scheiße der Text ist, und mir allein die Schuld dafür geben. Aber nichts dergleichen. Gut. Schön. Richtig. Bisschen mehr auf dieses und jenes achten. Check. Next.

Mit seiner Reaktion gibt er mir das elende Gefühl, dass ich ihn kaputt gemacht habe, wie ein Kind aus einer Laune heraus ein Spielzeug kaputt macht.

Nachdem Bob und Benedict ihren Dialog zwischen zwei schwerhörigen Senioren im Pflegeheim vorgetragen haben, entlässt uns Jordan in die Pause. Heute gibt er uns nur zehn Minuten, weil er etwas früher Schluss machen möchte. Cat und ich setzen uns auf die Treppenstufen vor der Mason Hall. Sie plaudert, ich höre ihr aber kaum zu, weil meine Gedanken bei Jordan sind.

»Was hast du nur mit dem Coach gemacht?«, murmelt sie nach ein paar Minuten. »Der ist ja plötzlich handzahm.«

Ich möchte es Cat so wenig sagen wie das, was Jordan mit mir gemacht hat. Was auch immer es ist, es funktioniert. Und ich hasse es.

Cat erzählt von zwei Typen, die sie auf der Halloweenparty kennengelernt hat, und überlegt, welche Dating-Reihenfolge strategisch günstig wäre. Früher hätte ich strategisch mit ihr mitgedacht; heute rate ich ihr, auf ihr Herz zu hören. Cat lacht darüber und meint, ihr Herz hätte zu keinem von beiden eine Meinung.

»Dann date weder den einen noch den anderen«, brumme ich und stehe auf, weil die Pause gleich um ist. »Wäre Zeitverschwendung. Vielleicht verpasst du dabei den Richtigen.«

Wir gehen zurück. Jordan macht nach Plan weiter und stellt uns die zweite Übung des Tages vor. Jeder Einzelne soll nun einen weiteren Dialog schreiben und einen der Gesprächspartner unausgesprochen lassen, seine Rede also praktisch zensieren. Anhand der Äußerungen des anderen soll man aber wissen, was der Zensierte sagt.

»Diesen Text lest ihr heute nicht vor«, informiert er uns zuletzt. »Ihr könnt euch überlegen, ob ihr ihn mich lesen lasst oder nicht. Wenn ihr möchtet, kann das auch euer Beitrag zur Abschlussveranstaltung übermorgen sein.«

Alle beginnen zu schreiben. Ich male Kringel auf meine neu aufgeschlagene Seite und linse immer wieder zu Jordan, der mit seinen eigenen Notizen beschäftigt ist. Im Geiste stelle ich mir vor, wie ich ihn im nächsten günstigen Moment zur Seite nehme und ihm sage, dass ich ihn auch liebe. Aber wie ich es auch plane und zu formulieren versuche, alles klingt nach einem lapidaren, verzweifelten *Ach übrigens, ich liebe dich auch*. Weil ich auf seine Liebeserklärung so bescheuert reagiert habe, würde er mir keines meiner Worte, so ehrlich sie auch sind, glauben.

Als ich ihm gesagt habe, dass ich ihn nicht verletzen will, habe ich ihn offenbar sehr tief verletzt. Er ist davon ausgegangen, es bedeutet, dass ich ihn nicht liebe. Ich habe nicht an das Jetzt gedacht, sondern tatsächlich an Risiken, die ich eingehe, wenn ich die Gefühle zulasse. Wer denkt schon an so etwas, wenn er verliebt ist? Nur ich bin so selten dämlich. Dabei hänge ich längst tief drin und riskiere bereits alles. Nur muss er das noch erfahren. Und mir glauben.

Eine Idee blitzt durch meinen Kopf. Je länger ich darüber nachdenke, desto lebendiger wird sie. Die Umsetzung wird mich einigen Mut und noch ein bisschen mehr Überwindung kosten, aber ich will das. Unbedingt. Wahrscheinlich ist es meine letzte Möglichkeit.

Auf der Abschlussveranstaltung am Freitag werde ich Jordan zeigen, dass ich es kann. Diesmal werde ich sorgsam und ehrlich sein und ihm Worte geben, die er verdient hat. Auch wenn ich es vor allen lese, soll nur er allein sich angesprochen fühlen. Die Aufmerksamkeit aller will ich nicht, sondern nur seine. Ich will ihm zeigen, dass ich kein Schisser bin und sogar risikofreudig genug, mich mit meinem Geständnis öffentlich zu blamieren. Für meine Blamage müsste er gar keinen Kommentar abgeben, es würde schon genügen, dass er mittendrin oder am Ende aufsteht und verschwindet.

Aber bietet der Dialog, den ich jetzt schreiben soll, das richtige Format? Welche Seite sollte ich hörbar machen und welche stumm? Jordan hat alles gesagt, während ich lange genug stumm wie ein Fisch war. Mein Part müsste in jedem Fall reden. Der Gedanke, seine Antworten zu zensieren, fühlt sich aber befremdlich an, auch wenn sie durch meine Reaktionen klar werden. Das wäre, als würden er und ich die Rollen tauschen. Vielleicht wäre das nur fair. Aber nicht richtig.

Nein, dieser Dialog passt nicht.

Der vorherige Dialog eignet sich aus den schon festgestellten Gründen genauso wenig. Von der nächsten Seite, die ich zurückblättere, springt mich mein schrecklicher Liebesbrief an. Hier hätte ich einiges gutzumachen. Damit könnte ich zeigen, dass ich es besser kann, aber die Möglichkeit erscheint mir zu schlicht. Nachdem Jordan meinen Brief im Kurs mündlich korrigiert hat, ist dieser Text keine besondere Herausforderung mehr. Es könnte der Eindruck entstehen, dass ich lediglich seine Korrekturen umsetze und es sage, wie er es gern hätte.

Vom Angst-vorm-Vergessen-Text, der für ein Umschreiben auf Jordan nicht infrage kommt, blättere ich zum Text, bei dem wir den Anfang weiterschreiben sollten. Aber das ist Jacks und Dianes Geschichte.

Davor finde ich meinen Slam-Poetry-Versuch. Ich will die noch älteren Texte anschauen, da blitzt es abermals hinter meiner Stirn. Ich halte inne, zerre den Gedanken heran und lasse ihn wachsen. Das Thema, das ich am Workshopsonntag in Charlevoix gewählt hatte, war lasch. Aber was mir gerade eingefallen ist, hat eine Menge Potenzial.

Vor freudiger Aufregung prompt kribbelig, würde ich mich für die Recherche am liebsten in meine Bibliothek zu Hause in Charlevoix beamen. Zeit, hinzufahren, habe ich nicht, also muss ich in meiner Erinnerung kramen. Die eindrücklichsten Momente der schönsten Liebesgeschichten, die ich je gelesen habe, sollten mir wohl auch einfallen. Wäre ja lächerlich, wenn nicht.

Ein Problem gibt es allerdings: Dieser besondere Rhythmus. Es soll ja keine Bauernlyrik werden.

Ich habe keine Ahnung, wie man Slam-Poetry schreibt.

Mein Blick huscht durch den Raum und bleibt an einer eifrig schreibenden Person hängen. Ich habe keine Ahnung, aber ich kenne einen Meister dieser Kunst.

Kapitel 38

4. November

Kurz vor achtzehn Uhr am Donnerstagabend bin ich im Sava's. Mir wäre es lieber gewesen, wir hätten uns gestern noch treffen können, denn angesichts der Tatsache, dass mein Text prinzipiell nicht existiert, ist die Sache mehr als kurz vor knapp.

Der Platzanweiser führt mich zu einem Tisch am Fenster, dessen Blick auf einen zur Straße hin offenen Hof geht. Vor Kurzem standen dort noch Tische. Inzwischen ist es zu kühl, um draußen zu sitzen. Am kommenden Sonntag werden die Uhren auf Winterzeit umgestellt, und dann wird es auch noch früher dunkel. Sogar jetzt ist es schon zappenduster. Vom Hof aus wandert mein Blick zur State Street, die von den Autoscheinwerfern und Ampeln erhellt wird. Bis zum North Quad ist es ein Katzensprung. Das Eckgebäude des Wohnkomplexes kann ich sogar sehen.

Eine Kellnerin kommt und erkundigt sich nach meinen Wünschen. Ich bestelle eine der hausgemachten Limonaden.

Auf einer Tafel werden Specials angeboten. Sandwiches, Salate, Huhn an so-und-so, Beef à la das-und-das. Whatever! Ich habe den ganzen Tag noch nichts gegessen, aber trotzdem keinen Hunger.

Ein »Hey« holt mich aus meinen Gedanken. AJ zieht einen der drei freien Stühle am Tisch zurück und setzt sich.

»Wo brennt's denn?« Mit einem Fingerstups rückt er seine Brille auf der Nase zurecht.

Ich wurschtele meine Notizen aus meiner Tasche. Zuerst glätte ich die Seiten mit den Ideen, die ich bisher gesammelt habe, dann schiebe ich sie ihm hinüber.

Er liest sich durch, was ich aufgeschrieben habe, und grübelt eine Weile vor sich hin. Die Kellnerin bringt mein Getränk. AJ bestellt eine Coke und ein Sandwich. Weil er mich überredet, nehme ich auch eins. Essen in den Magen zu bekommen kann am Ende nicht schaden. Möglicherweise wird es für mich eine lange Nacht.

»Muss es unbedingt Slam-Poetry sein?«, fragt er.

Ich zucke mit den Schultern. »Ich finde, das passt am besten.«

Abermals überfliegt er meine Notizen. »Was ist mit einem Sonett?«

»Ah, das ist so festgelegt. Zwei Vierzeiler, zwei Dreizeiler. Hier ein Reim für das, dort ein Reim für jenes. Das klingt am Ende so gewollt.«

»Die Gefahr besteht bei Slam-Poetry auch.« AJ schaut wieder auf. »Eigentlich ist sie da noch viel größer.«

»Kannst du mir nicht Tipps geben, wie man das schreiben kann? Vielleicht am Beispiel von drei, vier Zeilen?«

Mehr soll er ja gar nicht tun. Um Himmels willen niemals den ganzen Text in Form bringen. Das will ich selbst schaffen.

Er schüttelt den Kopf. »Für das Schreiben von Slam-Poetry gibt es keine wirklichen Regeln.«

»Ja, das weiß ich. Das haben wir im Workshop besprochen. Aber es muss doch Anhaltspunkte geben. Wie schreibst du das denn?«

Er stellt eine Gegenfrage. »Magst du Rap?«

»Nicht wirklich.«

»Ah fuck, Layla, wenn du keinen Rap magst …« AJ unterbricht sich, auch weil seine Cola gebracht wird.

Dass ich Rap nicht mag, heißt nicht, dass ich Rap nicht kenne. Um ihm das zu beweisen, rappe ich ein paar Zeilen aus einem Eminem-Song.

AJ verkneift sich ein Lachen. »Klingt merkwürdig aus deinem Mund, aber okay.«

»Okay?«

Mit dem Stuhl rückt er näher an den Tisch, trinkt einen Schluck und legt los: »Slam-Poetry berücksichtigt Metrik wie andere Lyrik auch. Eine besondere Rolle spielt aber die Struktur von Lauten. Kannst du dir darunter etwas vorstellen?«

»Betonung und Rhythmus«, schlage ich vor.

»Plus Melodie und Pausen«, ergänzt er. »Versteh das mit der Melodie nicht falsch. Du singst das natürlich nicht, aber was du liest, hat einen bestimmten Klang.«

Ich nicke. »Schon verstanden.«

AJ beginnt zu zitieren, einen seiner eigenen Texte wahrscheinlich, und klopft in einem Takt, der nicht gleichmäßig, aber doch rhythmisch ist auf die Tischplatte. Zuerst spricht er langsam, macht Pausen, dann folgt eine schnelle Passage, in der sich seine Worte fast überschlagen.

»Es muss natürlich klingen, wie du sprichst«, erklärt er mir dann. »Aber dennoch melodisch. Es muss unbemüht aus dir rauskommen, eine gewisse Leichtigkeit haben. Du musst deine Worte fühlen, mit ihnen mitgehen.«

»Was du eben vorgetragen hast, hat sich an einigen Stellen gereimt.«

»Es ist okay, wenn sich was reimt, aber das muss nicht sein.

Es kann sich am Ende der Zeile reimen oder mittendrin, vier aufeinanderfolgende Worte meinetwegen. Aber das ist höhere Kunst.« Er lehnt sich zurück, als die Kellnerin unsere Sandwiches auf den Tisch stellt, wartet, bis sie wieder weg ist, und fährt dann fort. »Wenn du den Reim erzwingst, wird es kein guter Slam. Deine Message wird dann ins Lächerliche gezogen.«

»Das wäre fatal«, murmele ich.

»Genau. Und darum …« AJ nimmt sein Sandwich. Er beißt davon ab, betrachtet mich kauend, und scheint zu überlegen, ob ich verstehe, was er meint.

»Okay«, sage ich. »Der Reim ist also zweitrangig.«

Er schluckt und legt das Sandwich ab. »Schließ die Augen und warte auf die Worte«, rät er mir. »Sag sie vor dich hin, betone sie an den richtigen Stellen. Du schwimmst mit ihnen mit, lässt dich ein Stück weit auch von ihnen tragen.«

Seine Worte sacken. Nachdenklich nehme ich mein Sandwich vom Teller. Erst als AJ zu lachen beginnt, wird mir bewusst, dass ich das Essen anstarre wie ein Lexikon. Tatsächlich habe ich im Geiste an meinen Versen gebastelt.

»Slam-Poetry ist für den Autor wie ein Meer«, erklärt er mir nach ein paar weiteren Bissen. »Wieder und wieder stürzt man sich in eine Welle. In einem eigenwilligen Rhythmus rauschen sie heran. Wenn du eine Reimform willst, denk dazu an einen Puls oder Herzschlag.«

Meer. Welle. Rhythmus. Herzschlag. Puls. Melodie. Worte. Worte. Worte.

Beim Schreiben der Workshoptexte ging es mir oft so, dass ich einen guten Gedanken für eine Formulierung hatte und diesen glatt wieder verlor. Er war aufgeblitzt, wurde aber nicht zur Weiterverarbeitung in meine kleinen grauen Zellen gesendet, als würde ein Elefant über meine Synapsen trampeln und die Verbindung unterbrechen. Solch ein Moment habe ich jetzt wieder. Zig scheinbar grandiose Gedanken kommen herein, aber nicht an. Es ist frustrierend. So inspirierend das Avalon war, so hemmend scheint das Sava's zu sein.

AJ steckt sich das letzte Stück Sandwich in den Mund, schiebt seinen Teller beiseite und nimmt sich meine Notizen ein weiteres Mal vor. Mit gerunzelter Stirn liest er und drückt seine Brille dabei auf den Nasenrücken, als würde ihm das beim Denken helfen.

»Hast du einen Stift dabei?«, fragt er nach einer Weile.

Ich krame einen Kuli aus meiner Tasche. AJ legt meine Notizen quer hin, sodass wir beide darauf schauen können. Mit Pfeilen markiert er mögliche Verschiebungen im ersten Abschnitt. Er streicht Worte, die wegfallen können, damit der Rhythmus stimmt, und unterstreicht andere, für die ich noch bessere, stärkere und vielleicht auch reimende Worte finden könnte. Dann will er, dass ich den zweiten Abschnitt auf dieselbe Weise analysiere, und setzt die Markierungen, damit ich mich später daran erinnere.

»Jedenfalls ist das eine richtig gute Idee.« Er legt den Kuli auf den Blättern ab und zwinkert. »Das kann groß werden, wenn du bereit bist, dir die Nacht um die Ohren zu schlagen.«

Mit einem Seufzen ziehe ich die Blätter zu mir. »Darauf wird es hinauslaufen, aber jetzt weiß ich, wie ich es angehe.«

»Die Inhalte hast du ja schon, die Message steht also. Im Prinzip braucht es nur noch den Feinschliff.«

»Nur noch!«

»Das schaffst du.«

»Danke, AJ, du hast mir wirklich geholfen.«

Zufrieden grinsend verschränkt er die Arme auf dem Tisch. »Jordan wird hin und weg sein.«

»Eigentlich soll er bloß Bescheid wissen«, gebe ich leise zurück und friemele an den Ecken der Seiten, während ich mich an den Spaziergang durch Charlevoix erinnere. Da hatte Jordan mich gebeten, Bescheid zu sagen, wenn ich so weit bin.

»Irgendwie seid ihr ein witziges Paar.«

»Wieso witzig?«

»Na ja, anfangs hatte es nicht den Anschein, als würdet ihr auch nur Freunde werden. Wenn ich mich erinnere, war ich selbst nicht sonderlich scharf auf seine Gruppe. So einen Stress wollte ich mir nicht geben.«

»Das wollte wohl keiner.«

»Außer Cat.« AJ lacht.

Stimmt, ihren eigentlichen Plan hatte ich fast vergessen.

»Jordan und ich sind nicht mehr zusammen«, gestehe ich AJ dann, weil es mir falsch erscheint, dass er mich und ihn noch für ein Paar hält.

Er macht große Augen. »Echt, wieso das?«

»Weil ich feige war und ihn damit verletzt habe.« Ich nicke zu meinen Notizen hin. »Deshalb soll dieser letzte Text was Besonderes sein. Ich will ihm zeigen, dass er seine Zeit nicht verschwendet hat. Weder schreibtechnisch noch emotional.«

»Mann, das tut mir echt leid.« AJ verzieht den Mund und schnaubt. »Das erklärt, warum er gestern so schräg drauf war. Ich mein, das ist er ja immer irgendwie. Aber gestern war es anders. Eine eisige Stimmung war das.« Kaum hat er das Wort gesagt, da tut es ihm schon leid. Beschwörend hebt er die Hände. »Aber damit meine ich nicht dich. Das war jetzt keine Anspielung auf Eiskönigin oder …«

»Schon okay«, unterbreche ich ihn gelassen. »Ich hab es nicht als Anspielung aufgefasst. Die Stimmung gestern war eisig, das stimmt schon.«

»Du kannst es wiedergutmachen. Ganz sicher.«

AJs Handy gibt einen Ton von sich. Er holt es aus seiner Tasche und liest die Nachricht, die eingegangen ist.

»Ist es okay, wenn wir hier Schluss machen?«, fragt er. »Ich würd gern noch jemanden treffen.«

»Jemanden, so so!«, necke ich ihn. »Jemanden aus dem Workshop?«

»Tammy«, gibt er zu. »Sie ist in Nicks Gruppe.«

Ich erinnere mich, wie sie Professor Carter auf der Fahrt nach Charlevoix Löcher in den Bauch gefragt und AJ zuvor am Lagerfeuer um immer neue Gitarrensongs gebeten hat.

AJ will bezahlen, aber ich bestehe darauf, dass ich die Rechnung übernehme. Als das erledigt ist, verlassen wir das Sava's und gehen ein Stück zusammen über die State Street. Tammy wartet im Park hinter der Angell Hall auf AJ. Auf deren Höhe verabschieden wir uns.

Ich muss an Jordan denken, zum sicher tausendsten Mal heute. Ich erinnere mich an unseren Tanz im Park und werde traurig. Ich will jetzt keine Traurigkeit! Die kann mich morgen immer noch mit sich raffen, wenn ich heute nicht schaffe, was ich mir vorgenommen habe.

Mit AJ und Tammy hat sich im Workshop das vierte Paar gefunden; vielleicht sind es sogar mehr. Neben diesen beiden und Elijah und Kyle sind Zac und ein Mädchen aus Daphnes Gruppe seit Kurzem zusammen. Gestern hat mir Stella außerdem von Lisha und Dennis erzählt.

Schon verrückt, was da passiert ist. Vermutlich hätte sich keines dieser Paare ohne den Workshop gefunden. Für die meisten war es sicher nicht nur ein Kreativseminar, sondern auch eine Reise zu sich selbst. Ich habe einiges über mich erfahren, und anderen wird es ähnlich ergangen sein. Jeder von uns hat sich geöffnet und sein Inneres nach außen gekehrt. Bei einigen hatte es diesen sonderbaren, wunderbaren Gefühlsumbruch zur Folge. Nicht die Optik war interessant, sondern die Worte als Spiegel des Wesens. Auf keiner regulären Studiparty wäre das geschehen.

Als ich unser Appartement betrete, höre ich Stella hinter der geschlossenen Tür ihres Zimmers sprechen. Zuerst denke ich, dass sie telefoniert, aber mir wird bald klar, dass sie übt, ihren Liebesbrief zu lesen. Ich will sie nicht stören.

In meinem Zimmer lege ich mich aufs Bett und nehme mir meine Notizen vor. Der Elefant ist immer noch da, aber ein paar Synapsen hat er bereits freigemacht.

Ich schalte die Soundbox ein und wähle auf meinem Handy die Songs von Bear's Den. Dann drehe ich mich auf den Rücken und warte auf die Wellen.

Kapitel 39

5. November

Nach nur zwei Stunden Schlaf müsste ich eigentlich wie ein Zombie herumkreuchen. Kurz nach drei Uhr habe ich mein Journal zugeklappt, den Stift auf den Tisch und mich ins Bett fallen lassen, war aber zu aufgewühlt, um gleich einzuschlafen. In meinem Kopf habe ich mich vor all den Leuten stehen und lesen sehen. Als sich die Pforten zum Traumland endlich öffneten, bekam ich praktisch die gleichen Bilder, nur minimal abweichend, präsentiert: Alle Teilnehmer mussten duschen, bevor sie lasen – eine Dusche war extra neben dem Pult installiert worden. Ich hatte allerdings meinen Bikini vergessen und war voller Panik, nackt unter die Dusche treten zu müssen. Glücklicherweise gab es kein Wasser mehr, als ich an der Reihe war, und so blieb mir das Duschen erspart. Aber, weil ich mit meinem Vortrag die Letzte war und von mir nichts Besonderes zu erwarten war, gingen alle nach Hause. Alle, außer Jordan und Daphne, die nichts mitbekamen, weil sie so sehr mit Knutschen und Fummeln beschäftigt waren.

Gegen sechs hatte der Horror ein Ende, denn ich saß senkrecht im Bett. Über eine Stunde, bevor mein Wecker klingelte. Einerseits erledigt, andererseits heilfroh, dass es nur ein Traum gewesen war, plumpste ich wieder auf die Matratze, doch an Einschlafen war nicht mehr zu denken, denn das andere Gefühl begann mit der Belagerung meines Nervensystems. Inzwischen hat es die volle Kontrolle. Es ist ein Mix aus Übelkeit, Angst und Ruhelosigkeit, wie vor der letzten Prüfung an der Highschool. Nur zehnmal stärker.

»Wisst ihr, in welcher Reihenfolge wir lesen?«, frage ich Stella und Cat auf dem Weg zum Museum of Art.

Die Nachmittagsstunden haben wir zusammen im Sava's totgeschlagen. Die beiden haben über Jungs gequatscht, während ich nicht viel mehr tat, als die Uhr zu hypnotisieren, damit sie endlich achtzehn Uhr anzeigen und zugleich rückwärtslaufen möge.

»Ich denke, das ist wie immer freiwillig«, antwortet Cat. »Wer will, der liest halt.«

»Glaub ich nicht«, kontert Stella. »Bei zweiundzwanzig Leuten würde das ein ziemliches Durcheinander geben.«

»Wir werden es erfahren.« Cat flucht wegen eines Radfahrers, der zu dicht an uns vorbeirast, und brummelt dann: »Mir ist eigentlich egal, wann ich lese. Ist auch nichts anderes als in den Gruppen. Auch wenn ein paar mehr Leute da sind.«

»Mir ist es nicht egal.« Stella atmet tief durch. »Je eher ich dran bin, desto besser.«

»Bloß nicht als Letztes«, sage ich und grusele mich noch einmal beim Gedanken an meinen Traum.

Wir erreichen das Museum of Art, das unmittelbar neben der Angell Hall liegt. Es ist vergleichsweise klein, aber genauso schön wie die Angell Hall. Ein von Eckpfeilern und Doppelsäulen getragenes Portal führt in eine Halle, die für Events genutzt werden kann. Professor Carter hat sie für den Abend gemietet, Kollegen und Studenten eingeladen. Viele sind ihrer Einladung gefolgt. In Gruppen stehen sie zusammen oder sitzen bereits auf den Stühlen, die in zwei Blöcken in der unteren Hallenebene zwischen den Säulen aufgestellt wurden. Die Säulen stützen einen rundum verlaufenden Gang, an dessen Geländer mehr Gäste lehnen. Prachtvoll gerahmte Kunstwerke hängen an den Wänden, Deckenstrahler verteilen goldenes Licht, klassische Musik untermalt das Gemurmel der Gespräche. Am Kopf der Halle sehe ich eine provisorisch errichtete, extra stimmungsvoll illuminierte Bühne mit einem Pult. Mein Herz hopst nervös, und mein Mund wird trocken, obwohl ich im Sava's zwei Limos getrunken habe. Zwei Studentinnen bleiben bei uns stehen, um uns Getränke und Häppchen anzubieten. Stella und Cat greifen bei beidem zu. Ich nehme mir nur ein Wasser und kippe es hinunter. Als ich das Glas absetze, steht Professor Carter vor uns und hält uns eine Box hin.

»Greifen Sie zu, Ladys.« Sie schüttelt die Box, sodass die darin befindlichen Zettel rascheln.

Viele sind es nicht mehr, da die meisten anderen Teilnehmerinnen und Teilnehmer des Workshops schon anwesend sind. AJ und Tammy lehnen händchenhaltend an einer Säule. Bob, Benedict und Simon reden mit den Jungs aus Glorias Gruppe. Gloria, Daphne und Nick entdecke ich vorn, vor der ersten Stuhlreihe. Jordan sehe ich nirgends. Nicht weit von uns stehen Elijah und Kyle. Elijah und Stella tauschen einen Blick und winken kurz zur Begrüßung. Mit einem Lächeln auf den Lippen dreht sich Stella zurück und zieht einen Zettel aus der Box, nachdem Cat sich schon einen geangelt hat. Ich nehme einen der letzten drei Zettel. Wir falten sie auseinander, als Professor Carter zu den nächsten Studenten wechselt.

Lass mich nicht die Letzte sein!, bete ich im Stillen.

»Zwei«, singsangt Stella und hängt ein kleines Jubeln an.

»Acht«, sagt Cat mit einem Schulterzucken.

Ich sehe die Zahl auf meinem Zettel und schnaube verdrießlich. »Einundzwanzig.«

Da wurde ich aber sehr beim Wort genommen.

»Immerhin bist du nicht ganz zum Schluss dran«, muntert mich Stella auf.

Ja, ganz toll!

»Suchen wir uns Plätze!«, beschließt Cat.

Über den schmalen Gang zwischen den Stuhlreihen gehen wir ganz nach vorn. Stella wechselt ein paar Worte mit ihrem Coach Gloria. Cat spricht kurz mit Mason, der schon Platz genommen hat. Kurzerhand setzt sie sich neben ihn. Stella und ich hocken uns auf die Stühle links von Cat.

»Hast du Jordan schon gesehen?«, flüstert Stella.

Ich schüttele den Kopf und atme tief durch. »Ich fühl mich, als müsste ich mich gleich übergeben.«

Sie nimmt meine Hand. »Das wird schon. Du machst das.«

»Gerade finde ich es total bescheuert«, presse ich zwischen den Zähnen durch.

»Was? Hier zu sein?«

»Das auch. In erster Linie aber meinen Text.«

»Wenn du ihn mir zu lesen gegeben hättest, könnte ich dir jetzt sagen, dass er super ist.«

Beinahe muss ich lachen. Seit dem Morgen bettelt sie darum, aber ich habe mich standhaft geweigert. Das verklärte, euphorische Gefühl, das ich bezüglich des Textes zumindest bis vor einer Weile noch hatte, wollte ich mir auf jeden Fall bewahren. Es hat mir den Tag über Mut gemacht. Stella hätte mir zwar nicht gesagt, dass sie das, was mir da aus dem Herzen geflossen ist, superblöd oder auch nur nicht gelungen findet, aber ich hätte gemerkt, wenn es ihr nicht gefallen hätte. Zum einen hätte es das Pure und die Unschuld, die meinem geschriebenen Wort noch anhaften, gewissermaßen verfärbt. Zum anderen hätte ich ernsthaft zu zweifeln begonnen und säße jetzt vielleicht nicht hier, sondern in meinem Auto auf dem Weg nach Charlevoix.

»Da ist er«, flüstert Stella und sorgt dafür, dass ich aus meinen Gedanken auftauche.

Jordan ist gekommen. Mit den anderen Coaches steht er bei Professor Carter und bespricht etwas. Wie seine Coachkollegen lacht er, als die Prof einen scheinbar witzigen Spruch macht. Als sei alles in Ordnung.

Dann zieht er seine Jacke aus. Mein Blick fällt auf sein T-Shirt. Es ist schwarz wie das T-Shirt, das er anhatte, bevor wir zum ersten Mal miteinander geschlafen haben. Mit einer Hand fährt er sich durch die Haare, als sich Daphne auf die Zehenspitzen stellt, um ihm etwas zu sagen. Beim Zuhören lässt er die Hand in seinen Haaren stecken, dann nickt er und hebt den Blick, um ihn über die erste Stuhlreihe wandern zu lassen. Ich schaue schnell weg und sehe im Augenwinkel, wie sich die Coaches auf die Außenplätze der zweiten und dritten Reihe setzen.

Professor Carter geht zum Pult. Die Musik und das Gemurmel verstummen.

In ihrer Eröffnungsrede spricht die Prof übers Schreiben, wie es für manche ein notwendiges Übel, für andere Selbstverständlichkeit und für wieder andere so etwas wie eine Religion ist. Sie erzählt von den Wegen, auf denen man zum Schreiben kommen kann und dass sie selbst nach einem Schreibwettbewerb in der Middle School angefixt war.

»Das ist mein fünftes Jahr an der U of M«, sagt sie. »Und mein fünfter Workshop. In jedem gab es mindestens eine Teilnehmerin oder einen Teilnehmer, die ihre Leidenschaft fürs Schreiben im Workshop entdeckt und das schlummernde Potenzial geweckt haben.« Sie schaut zu mir und lächelt. »Auch in diesem Jahr. Das ist für mich immer ein besonders schönes Gefühl.«

Ich bekomme eine Gänsehaut und streiche über meinen Arm, um sie zu vertreiben.

Professor Carter kommt auf den Workshop zu sprechen, auf ein paar Themen und unseren Ausflug nach Charlevoix. Dann übergibt sie das Wort an den Teilnehmer, der zuerst vorlesen wird. Es ist Kyle. Sobald er hinter dem Pult steht, sagt er seinen Namen, dann liest er. Sein Text ist unmissverständlich Elijah gewidmet. Stella, links neben mir, beginnt zu zappeln. Ich kann ihr nachfühlen und nehme ihre Hand, um sie zu beruhigen. Sie ist gleich als Nächstes an der Reihe, auch mit einem für Elijah geschriebenen Text.

Applaus begleitet Kyle auf seinem Rückweg zum Platz neben Elijah auf der anderen Seite des Gangs.

»Meine Knie sind weich wie Gummi«, krächzt Stella, als sie aufsteht.

»Du hast nichts zu verlieren«, gebe ich ihr mit auf den Weg. »Und dein Text ist schön, auf seine Art sogar schöner als der von Kyle.«

Stella steigt die beiden Stufen zur Bühne hinauf und tritt hinter das Pult. Sie schaut kurz übers Publikum, sagt ihren Namen und konzentriert sich dann auf das vor ihr aufgeschlagene Journal. Ich halte den Atem an, als sie zu lesen beginnt. Zuerst schwingt Unsicherheit in ihrer Stimme mit, doch die verfliegt, je mehr sie liest. Erleichtert lasse ich meinen Atem aus meiner Lunge entweichen.

Stellas Text ist unglaublich berührend, auf seine Weise bezaubernd. Gefühlvoll. Jedes Wort hat sie sorgsam ausgesucht, und doch klingt keines davon bemüht, sondern einfach ehrlich.

Es kommt aus tiefstem Herzen. In ihrem Brief bezeichnet sie Elijah, natürlich ohne seinen Namen zu nennen, als schön, bezieht diese Schönheit aber auf seine inneren Werte. Er hat ihr bewusst gemacht, dass Liebe viele Formen und Facetten haben kann und dass sie die beste Form der Liebe für ihn empfindet. Für Stella ist es eine Liebe, die nicht mehr wie ein Feuerwerk in ihr knallen wird, sondern eine, die sehr leise ist, aber nie verschwinden wird. Stella verabschiedet sich gewissermaßen von Elijah oder auch nur von der Vorstellung, dass er und sie eine Beziehung haben werden. Sie wünscht ihm, dass er glücklich ist.

Am Ende überträgt sie das Gefühl des inneren Friedens, der Zufriedenheit und der Selbstsicherheit wahrscheinlich auf jeden Zuhörer, denn ihr Applaus ist so tosend, dass die Halle zu beben scheint.

Als Stella von der Bühne geht, sind ihre Wangen rot vor Aufregung und sicher auch vor Stolz. Sie wirft einen Blick zu Elijah. Um ihn in mein Sichtfeld zu bekommen, muss ich den Kopf ein wenig neigen und tue das gerade rechtzeitig, um zu sehen, wie er die flache Hand kurz aufs Herz legt und Stella anlächelt.

»Das war richtig toll«, flüstere ich ihr zu, sobald sie wieder neben mir sitzt.

Sie lässt den Atem mit einem Pfff aus ihrem Mund, dann strahlt sie mich an.

Die nächsten drei Leser sind aus Nicks Gruppe, gefolgt von Lisha und Benedict. Im Anschluss muss Cat auf die Bühne. Noch immer ist sie nicht die Spur aufgeregt und liest ihren Text, der sich mit Emanzipation, frei nach Cats Interpretation, befasst. Sie wirkt, als würde sie das tagtäglich machen. Nach zwei Studentinnen aus Daphnes Gruppe ist AJ an der Reihe und zeigt allen, was richtig gute, dazu noch amüsante Slam-Poetry ausmacht. Nachdem fünf weitere Leute hinter dem Pult gestanden haben und nur noch vier vor mir sind, geht es mir plötzlich alles zu schnell.

Bobs Text ist kurz; kaum eine Minute später sitzt er schon wieder. Tammy liest danach, dann Zac. Zack, zack! Hinter Nummer zwanzig steckt Simon. Er hat sich für einen Dialog entschieden, der von Jennifer Lawrence und Dakota Fanning geführt wird und das Publikum zum Lachen bringt. Auch Simon ist für mein Empfinden viel zu schnell fertig. Nach einem vom Dialog unabhängigen Scherz ins Mikro verlässt Simon die Bühne und überlässt sie mir.

»Viel Erfolg!«, murmelt Stella.

Ich stehe auf und will ihr noch etwas antworten, aber meine Lippen sind wie zugekleistert.

Wenn du dich jetzt in deine Angst verliebst, verlässt sie dich vielleicht auch, witzelt der Spott.

»Weich wie Gummi« ist ein Ausdruck, der für meine Knie nicht passt. Gummi ist noch viel zu fest. Wackelpudding vielleicht. Das kommt eher hin. Aber ich schaffe es auf die Bühne, ohne auf den beiden Stufen zu stolpern, und schlottere weiter bis zum Pult. Mein Herz schlägt mir bis zum Hals, als ich mein Journal aufschlage und zur Seite blättere, auf die ich den fertigen Text übertragen habe. Ohne Halt zu suchen, fliegt mein Blick über das Publikum. Meine Stimme zittert, als ich meinen Namen sage. Dann schaue ich auf meine Worte, hole tief Luft und atme sie wieder aus.

»Bescheid«, lese ich. Das ist der Titel.

Auf geht's!

»Durch Feuer und Stein wollte ich zu Jamie nach Schottland in die Vergangenheit reisen. Ich streife aber lieber mit dir um die Häuser und bin froh, dass die Vergangenheit früher war. Weil du und das Jetzt so schön seid.

Auf dem Ball von Netherfield wollte ich mit Fitzwilliam über Stolz und Vorurteile streiten. Ich streite aber lieber mit dir über die richtigen und die falschen Worte. Weil du mich zu Ende denken lässt.

Ich wollte auf Long Island wohnen und übers Wasser zu den Lichtern von Jays Party schauen. Ich wohne aber lieber im South Quad und schaue über die Lichter der State Street zum North Quad. Weil ich mich dort, bei dir, so wohlfühle.«

Kurz wird mir schwindelig, und die Zeilen verschwimmen vor meinen Augen. Ich blinzele, fokussiere mich wieder und lese weiter.

»An irgendeinem Tag außer Dienstag wollte ich mit Don Hummer-Avocado-Salat an Seegras essen. Ich esse aber lieber jeden Morgen mit dir Brot im Avalon und bin dein Layla-Projekt. Weil du Hummer auch lieber lebend magst.

An Philip wollte ich große Erwartungen haben und einfach alles sein, was ihn besonders macht. Ich erwarte aber lieber gar nichts, wenn du und ich Zeit miteinander verbringen. Weil es mit dir am Ende immer besser ist.

Ich wollte von Rhett geküsst werden und meine Schmerzen vom Winde verwehen lassen. Ich werde aber lieber von dir geküsst und verwinde die paar läppischen Wehen. Weil mit dir alles gut ist oder wird.«

Inzwischen hört sich meine Stimme fremd an, als ob ich weit weg von mir und hier bin. Nur das Journal ist noch bei mir, und die nächsten Worte fliegen von dort zu meinem Geist und meinen Stimmbändern.

»Mit Romeo wollte ich mich unter dem Balkon verkriechen und der Nachtigall lauschen. Ich verkrieche mich aber lieber unter deiner Bettdecke und lausche deinem Herzschlag. Weil mein Herz im gleichen Takt schlägt.

Auf Gauvains Haut wollte ich die Salzkörnchen zählen und mit ihm am Strand dösen. Ich schaue aber lieber zu, wie das Salz nach und nach auf deiner Haut trocknet. Weil das mit uns für immer sein kann.

Für Mark wollte ich zum Frühstück Schokolade essen und mich im Hasenkostüm vor allen blamieren. Ich blamiere mich aber lieber vor dir im Kostüm der kläglich-verzweifelten Poetin. Weil du mir das Risiko wert bist.«

Das Lachen holt mich zu mir selbst zurück. Ich spüre den Boden unter meinen Füßen wieder und das Pult unter meinen Händen, aber meine Stimme klemmt in der Kehle. Ich kann nicht anders und sehe auf. Über das Publikum huscht mein Blick zu den Außensitzen der zweiten und dritten Reihe, zu Jordan. Ein warmes, wohliges und immer noch leise schmerzendes Gefühl breitet sich in meiner Brust aus, als ich ihn lächeln sehe.

Ich schaue wieder in mein Journal und lese weiter.

»Hinter Franck wollte ich auf dem Motorrad sitzen und mit ihm zusammen weniger allein sein. Ich sitze aber lieber neben dir auf der Parkbank und bin mit dir zusammen mehr zu zweit. Weil du mich mutig machst.

Von Oliver wollte ich Sehnsucht gelehrt bekommen und dass er mich bei seinem Namen ruft. Ich höre dich aber lieber meinen Namen sagen, raunen, flüstern, und all die anderen Worte. Weil du meine Gedanken mit Liebe füllst.

Ich wollte nicht lernen, wie man eine Geschichte nach allen Regeln der Kunst erzählt. Ich habe gelernt, warum es so schwer ist, ›Ich liebe dich‹ zu sagen, aber ich sage es trotzdem. Damit du Bescheid weißt.«

Mir ist zugleich heiß und kalt, als ich aufschaue. Zuerst fehlt mir der Fokus; ich sehe das Publikum wie eine bunte Masse. Dann schaue ein weiteres Mal zu Jordan, doch sein Platz ist leer. Über meinen Rücken rieselt ein kühler Schauder, während sich hinter meiner Stirn ein Fieber auszubreiten scheint. Der Applaus dröhnt in meinen Ohren. Ich klappe das Journal zu, nehme es und trete den Rückweg an. Auf wackeligen Beinen gehe ich die Stufen hinunter und will auf meinem Platz zwischen Cat und Stella Deckung suchen. Da stellt sich mir jemand in den Weg und bremst mich aus.

Jordan!

Ein Lächeln umspielt seinen Mund, und ein Funkeln lässt seine zweifarbigen Augen leuchten.

In alter Gewohnheit will ich zu stottern beginnen, aber bevor ich damit anfangen kann, legt er eine Hand in meinen Nacken, beugt sich zu mir und küsst mich.

Epilog

25. November

Ab Ironton führt der Highway am Ufer des Lake Charlevoix entlang. Es ist schon dunkel, und das Wasser schimmert schwarz im Mondlicht. Auf der gegenüberliegenden Seite, die vielleicht fünf Kilometer entfernt ist, schimmern die Lichter der Häuser wie Sterne, an einem Faden aufgezogen. Mal sind sie verdichtet, mal einsam. Die Lichter, zu deren Gruppe das Haus meiner Eltern gehört, sieht man wegen einer Landzunge noch nicht.

Noch zehn Minuten sind es von hier aus.

Ich sehe zu Jordan. Er fährt. Als er meinen Blick bemerkt, schaut er kurz von der Straße weg. Er stellt die Musik, Bear's Den, ein bisschen leiser.

»Bist du nervös?«, fragt er.

Ich wiege den Kopf hin und her. »Geht so. Und du?«

»Nein.« Er lacht kurz. »Was soll schon passieren, außer dass sie mich vor der Tür stehen lassen? Dann suche ich mir eben ein Hotel. Ich kenne mich ja inzwischen aus in Charlevoix.«

»Sie werden dich nicht vor der Tür stehen lassen.« Ich muss auch lachen. »Genau damit könnten die Probleme beginnen.«

»Wenn sie den Truthahn vergiftet haben, sterbe nicht nur

ich, sondern wir alle. Das werden sie bei eventuellen Mordgedanken in Betracht gezogen haben.« Er nimmt meine Hand. »Mach dir keinen Kopf. Das werden ein paar schöne Tage.«

Es fühlt sich zwar merkwürdig an, aber den letzten Zweifeln zum Trotz glaube ich das auch. Jordan und ich haben vor, bis Sonntag zu bleiben.

Mom hat mich vor zwei Wochen angerufen, um zu fragen, ob ich zu Thanksgiving nach Hause komme. Ich hatte keine anderen Pläne, schließlich fährt jeder zu Thanksgiving nach Hause. Beim nächsten Anruf, ein paar Tage später, der von Dad kam, haben sie Jordan eingeladen, mich zu begleiten. Ich habe versucht, mich und ihn herauszureden, doch Dad ließ nicht locker und meinte, ich solle ihn wenigstens fragen.

Das hab ich getan.

Und nun sind wir auf der Zielgeraden.

Jordan wäre in diesem Jahr eigentlich zu seinem Vater gefahren, während seine Schwester bei der Familie ihrer Mutter in Detroit feiert.

»Dein Dad nimmt dir sicher nicht übel, dass du nicht kommst?«, frage ich ihn, als wir die Landzunge hinter uns lassen und die Lichter der Seehäuser von Charlevoix in Sicht kommen.

Jordan schüttelt den Kopf. »Ganz ehrlich, ich glaube, dass er sogar froh ist. Er ist gerade im letzten Drittel seines aktuellen Romans, da sind ihm Unterbrechungen für so nutzlose Dinge wie Feiertage eher lästig.«

Ich habe keine Ahnung, wie John Bates tickt oder wie er lebt, aber ich kann mir lebhaft vorstellen, wie er allein im stillen Haus am Schreibtisch sitzt und seine Protagonisten die letzten, über alles entscheidenden Fehler begehen lässt.

»Wahrscheinlich würde er mit weggetretenem Blick am

Tisch sitzen«, sage ich. »Und in Gedanken so emsig weiterschreiben, dass du seine Worte beinahe lesen könntest. Den Truthahn mit dem Löffel schneiden, die Soßenkanne statt des Weinglases an die Lippen heben.«

Jordan zieht eine Braue hoch, um sein Necken anzukündigen. »Hey, du hast ja wirklich was gelernt.«

»Aber klar. Ich bin die nächste Bestsellerautorin.«

»Was denn? Aus der Traum von der Lektorin auf der Suche nach den großen Geschichten?«

Ich winke ab. »Die schreibe ich besser selbst.«

»Die Hoffnung stirbt immer zuletzt«, meint er mit einem Schmunzeln. »Da spreche ich aus Erfahrung.«

Mir ist klar, dass wir nicht mehr direkt übers Schreiben sprechen, sondern über meinen Beitrag zur Abschlussveranstaltung. Immerhin, seine Hoffnung ist nicht gestorben, aber sie hat einiges aushalten müssen. Es ist eine Erfahrung, die ich ihm einerseits gern erspart hätte, die uns andererseits aber an den Punkt gebracht hat, an dem wir nun sind.

»Übrigens …«, sagt er und lässt den Rest offen.

Ich grinse, denn ich weiß, wie es weitergeht. »Übrigens?«

»Habe ich dir eigentlich schon gesagt, dass dein Bescheid das Schönste ist, das ich je von jemanden gehört habe?«

»Heute noch nicht.«

»Okay, erinnere mich nach dem Essen noch mal dran.«

Ich stelle die Musik lauter, denn *Agape* beginnt. Mit den ersten Tönen muss ich daran denken, wie ich mich gefühlt habe, als ich den Song zuletzt gehört habe. Verunsichert, verwirrt und ängstlich. Ich kann nicht behaupten, jetzt all das los zu sein. Manchmal, wenn Jordan seine Gedanken mit mir teilt oder mich einmal mehr mit seiner Offenheit überrascht, verunsichert er mich immer noch ein bisschen. Manchmal verwirren mich die Gefühle, die ich für ihn habe. Und andere Male habe ich Angst, dass alles den Bach runtergeht, weil ich es irgendwie vergeige. Oder er.

Ich glaube, es ist normal und gut, dass ein bisschen was von allem bleibt. Insbesondere, weil ich noch immer nicht wissen will, wer ich ohne Jordan bin. Es tut viel zu gut und ist viel zu schön, die zu sein, die ich mit ihm bin. Und das kann ich ihm jetzt endlich sagen.

Inzwischen kann ich kaum noch nachvollziehen, warum es mir so schwergefallen ist. Nicht immer, wenn der Gedanke jetzt durch meinen Geist flattert, sage ich es auch. Es sind gefühlt heilige und in jedem Fall bedeutsame Worte, die ich nicht so oft benutzen möchte, wie sich manche vielleicht die Schnürsenkel zubinden. Oft genügt es, wenn mich das mit ihnen einhergehende Gefühl von innen wärmt. Aber andere Male müssen die Worte auch einfach heraus – und ihr Effekt ist beinahe so schön, wie sie zu sagen.

Ich fühle. Ich liebe. Ich schreibe. Was ich damit mache? Was auch immer sich gut und richtig anfühlt. Vielleicht werde ich Lektorin. Vielleicht werde ich Englischlehrerin oder Buchhändlerin. Vielleicht schlinge ich mir einen Schal um den Hals, setze ich mich zu Jordan auf die Veranda eines Cottages in New England und mache dem Klackern seiner Schreibmaschine mit dem Klackern meiner Schreibmaschine Konkurrenz. Vielleicht werde ich Schriftstellerin. Ich weiß es nicht. Aber ich weiß: Wenn ich es möchte, dann kann ich es sein.

Danke …

mein Lottle, für eine ganze Menge, aber an dieser Stelle insbesondere für Deine Anregungen zur Story, für das Braintwisting bei Laylas Stundenplan und dass Du mir ungeliebte Recherche-Telefonate abnimmst, wie den im Englischdezernat der University of Michigan. Sorry für die Momente, in denen ich zwar bei Dir und dennoch ganz woanders war. Aber Du weißt ja, Leerzeichen in meiner Miene sind ausschließlich dem gedanklichen Plotten geschuldet.

Mr. T! Du hast mich schon so oft im Tunnel meiner Fantasie erlebt, dass Du inzwischen ein Meister des Lautlos-Vorbeischleichens bist. Eine neue Lektion gab es für Dich dennoch: Setz Dich nie an Moms Schreibtisch, wenn sie gerade an einem Roman arbeitet und kurz aufgestanden ist. Du könntest etwas zu lesen bekommen, das Du nicht lesen möchtest. Dein Lachanfall zur Sexszene wird mir immer in herzerwärmender Erinnerung bleiben.

Familie Montag! Andrea, fürs Lesen der Story und für Dein gewohnt kritisches Hinterfragen. Ohne dich hätte Jordan einen vielleicht unverzeihlichen Fehler gemacht. Matze, für Deine ratzefatze Idee zur Rettung einer Szene. Anouk, für deine süße, für mich sehr vergnügliche Message an Mama (der Scan hat sie mir trotz des Wegradierens gezeigt). Ich hoffe, das Asterix-Comic ist inzwischen wieder aufgetaucht.

dem einstigen Huron Shores Writing Institute und meinem damaligen Coach, Professor Jacob Blumner (University of Michigan-Flint). Es ist schon fast drei Jahrzehnte her, dass Du meine kreative Schreibe gefördert und unterstützt hast, aber ich erinnere mich noch lebhaft und sehr gern an die beiden Workshops, bei denen ich in Deinem Stuhlkreis sitzen durfte. Ich hätte keinen anderen Coach gewollt.

der Crew von Moon Notes/Oetinger. Insbesondere Maren Wendt für die gemeinsame Arbeit an der Geschichte. Wann immer ich jetzt einen Terrier sehe, muss ich schmunzeln und an unsere »Hund-oder-nicht-Hund«-Diskussion denken. Ebenso Katharina Linder für den Plan, den Indian-Summer in Michigan mit einer Geschichte über Schreiben zu verbinden, und für Deine mega unterhaltsamen Randnotizen.